图书在版编目（CIP）数据

水云问渡／卢锡铭著 . — 广州：广东教育出版社，2018. 2
（2023. 12重印）
　　ISBN 978-7-5548-2140-4

　　Ⅰ . ①水… 　Ⅱ . ①卢… 　Ⅲ . ①散文集—中国—当代
Ⅳ . ①I267

中国版本图书馆CIP数据核字（2018）第022315号

出 版 人：朱文清
策划编辑：赖晓华　王晓晨
责任编辑：蔡潮生　王晓晨
责任技编：佟长缨
装帧设计：黎国泰
封面图片：卢伟尧

广 东 教 育 出 版 社 出 版 发 行
（广州市环市东路472号12—15楼）
邮政编码：510075
网址：http://www.gjs.cn
广东新华发行集团股份有限公司经销
广州小明数码印刷有限公司印刷
（广州市天河区高普路83号B栋C5号）
787 毫米×1092 毫米　16开本　26.25印张　525 000字
2018年2月第1版　2023年12月第2次印刷
ISBN 978-7-5548-2140-4
定价：88.00元
质量监督电话：020-87613102　邮箱：gis-quality@nfcb.com.cn
购书咨询电话：020-87615809

目录

序一：
流转于山水之间的神韵
——读卢锡铭散文集《水云问渡》

　　30年前，初冬，广州日照朗朗，簕杜鹃烂漫，我去《黄金时代》杂志社编辑部小坐，第一次见到卢锡铭。这是一位壮实面善、待人仁厚的男子汉，我俩一见如故，聊得很投机、很舒心。从此，他的朴实无华、淡定从容、彬彬有礼的模样，一直山清水明地留在我的心间，只要有闲，我就会蹑足去他办公室坐坐，讨杯茶吃，我们成了"老友记"。

　　初见他时是杂志社的副总编辑，后来是出版社社长，最后来是出版集团副总经理，公务繁忙，干得出色。然业余也醉心于散文创作，写了几本散文集，其中《带走一盏渔火》，还获得全国冰心散文奖，退休后依然初心不改。我曾道："老弟，你老家东莞，那里生意兴隆，金鸡下金蛋，风生水起，对你没一点诱惑？你有点时间，偏偏东跑西颠，周游于大江南北的好山好水，写你的散文，看来很倜傥，也是十分磨人的呀。"他"呵呵"笑答："我这个人命贱，没大本事，就是喜欢业余写点东西自娱。我身背相机，风里雨里到处钻，活得有滋有味，很知足。有时，确实累得像条流浪狗，晒得像个蜂窝煤，热得像只出炉烧鸭！"我听了哈哈大笑。我懂，卢老弟心里恋着一朵美丽的白莲花——

地，也是佛教文化珍藏之地，我多次前往。有一次，在山上小憩，一位小姑娘上前道：买只雀放生吧。这时，一旁老尼说：施主，不可！你买了一只，小姑娘又会去抓一只，她小小年纪就会心萌贪念，而且也很不环保！此话有理。我正在犹豫，那小姑娘不声不吭，主动打开雀笼，那雀儿"扑"的飞向参天古树的枝头了。当时见到这样的场面我十分感动，心中默念：飞翔吧！吉祥之鸟，愿世上都是净土，都是自由的空间。后来，我就从这个细节展开，写了一篇《点亮心灯》。鸟儿放生，很寻常，在他笔下就开掘出新意，发人深省。所以，作者发现一个有意思的细节，往往这篇散文就成功一大半了。我道：我也讲一个细节。有一次，我去《花城》杂志编辑部小坐，主编田瑛问我：教授，你喜欢喝什么茶？我答：潮州的凤凰单枞。田瑛在满柜的茶罐里找，踮脚、昂首、躬身、下蹲，就是不见凤凰单枞的影子。田瑛不甘心，道：教授，你等等，我去别的办公室瞧瞧。我好受感动：不用啦，我已喝到人间最清香的茶啦。从这个平常的细节里，我明白了田瑛为什么总能组到好稿。因为编者与作者，你有心来我有意嘛。锡铭听了说：教授，这个细节很动人，也有画面感，很美！你很敏感呵。作者在日常中，会遇到无数的细节，但我们要捕捉的、要发现的必须是精彩而又活脱的，是所想写的与主题有关的细节。那么，怎样才能抓到好细节呢，这与人的禀赋，对生活的热爱，人生的阅历，学养的深浅以及当时所处的客观环境有密切关联。同时，要善于将生活中容易被人们忽略的、具有冲击力的细节，一把拽出来，放在一个显要的位置重墨浓彩地写。这就是散文作者的本事，锡铭就具有这样的本事，这样的才华。他在《烟花三月》中，除了写"烟花三月下扬州"的美景外，还写了历史文化名城与诗人的关系，以及"扬州炒饭"与"扬州修脚"。但留给我印象最深的细节是"瘦西湖"名称的由来。原来，闻名遐迩的"瘦西湖"是位小家碧玉，她只是一条长长弯弯细细的护城河。一位鸿儒灵机一动给它起了芳名"瘦西湖"，一经与大名鼎鼎的西湖沾了边，挂了钩，名声就大振啦。这鸿儒功德无量哩。瘦西湖的一泓水，宛如锦带，确有一番清丽神韵。这瘦西湖的名称由来很发人深省，尤其在市场经济百舸争流的形势下，更是蕴含着很妙的启迪，做传媒的做广告的，都该活学活用。锡铭真是散文高手，将这个细节拎出来"示众"，放大，好有心机。

读者有闲工夫请翻翻这本散文集吧，读了之后你心中会有山水阳光的。这篇短文，我无法面面俱到，只能抽几篇来说事。

锡铭的脚板像抹了油，如今仍在中国大江南北、俄罗斯、非洲等地，东跑西跑，仍是一往情深地痴迷着他心中的情人——白莲花！愿他的散文像一支支林中响箭，发出清脆悦耳的声音，响彻神州大地！

章以武

二○一七年十月二十五日

于广州大学桂花岗校区宿舍

（章以武，中国作家协会会员、广州大学人文学院教授、广州市作家协会原主席、第二届广东文艺终身成就奖得主。）

序二：
浸润在诗意文字里的人文情怀

    岭南长期活跃着一批散文作家，早已是全国散文创作的一支重要力量。说到广东的散文创作，不能不提到卢锡铭，他是岭南散文作家群中一个不可忽略的作家。

    卢锡铭先生早年从办期刊开始，就与新闻和出版工作结下不解之缘，后来长期担任新闻出版单位的领导，一直做到广东省出版集团的副总经理，退休后又担任广东省期刊协会会长，有人说他是广东出版界堪称"教父"的资深人士。这使我想起西北流传的一句俗语：什么事情做久了，神就会上身。同样，他的个人写作也很专一，基本上集中在散文方面，曾经出版过多部散文专集，荣获过全国性散文大奖，受到读者和评论界的广泛关注，得到过很高的评价。

    我们因散文创作而相识，读过他近些年出版的几本集子，也读过关于他散文的不少评论。他的散文，在我读到的那么多篇目中，描写个人生活的比重不高，整体上看，他从选材到着笔，注重的是一种人文情怀的表达，而不是自己经历的愁别离绪之类的个人悲欢。特别是近些年，他的创作更是侧重于旅行途中的观察与思考，更加追求作品的文化意识和思想含量，写得大气、开敞，写得厚重、深沉，作品也显示出更为浓厚的文化气韵。

    这部《水云问渡》，应该说集中了作者在散文创作方面的主要成果，这些散文正如他在《后记》中所说的——融报告与文学、历史与现实、自然景观与人文景观于一体——是一部值得我们重视的作品集。

我读这部散文集，当然更多的还是注重其中的文化特色。比如，作者写苏州寒山寺，他没有停留在对唐人张继《枫桥夜泊》诗意的描绘上，而是着重介绍了中日两国人士对当年激起诗人情思的那口唐钟下落的探寻，把读者带进一次文化追寻过程，使作品没有停止在带有自然属性的"夜半钟声"的诗情构建中，而是赋予了其相应的文化意蕴。还如，他去云南的泸沽湖，那个"世外之地"因为摩梭人保留的走婚现象而名闻天下。作者游览之后，也写了读者普遍感兴趣的话题，但他却探讨了这里走婚制保留至今的历史渊源，回答了读者最为关心的问题。

前几年，卢锡铭再次来到武汉，还留下一篇《黄鹤一去还复返》。这是我居住了几十年的城市，这里的东湖、大江、鹦鹉洲等不少名胜，我都曾经写过，可我对自己城市里这些外地人来了一定要看看的"宝贝"却并不怎么在意。他在散文中提到的那个"不写黄鹤楼"的作家，指的就是我，其实我写过，可我写的是自己为什么不上黄鹤楼。因为20世纪80年代初政府重建黄鹤楼时，我目睹过整个过程，它无法让我找到"感觉"。卢锡铭来后，仿佛他站在城中最高处，挥手指点，洋洋洒洒几千言，将这座古城的山水名胜尽收眼底。最后，他对如今只剩下一个"楼名"的千古名楼道出了自己画龙点睛般的见解："它是大地、山水、人文高度融和的精品，从而使人的心灵得到高度的净化，这大概就是黄鹤楼历经千载风风雨雨而不衰，与日月共长存的魅力所在吧？"读到此处，真让人有一种"当事者迷，旁观者清"的感触。

在刚刚过去的年代，很多作者的散文都是公务外出之余的"附带收获"，卢锡铭也不例外。他在一些文本的开头如实地做了说明，那些名胜之地本是作者因为工作而去的，会后被当地主人安排去进行游览，作家的到来便产生了散文。并且，他在许多地方是在考辨和思索中完成自己的游历的，从而给自己的行程赋予了文化寻访的意义，也使作品超越了山水观赏的诗意表达。

作者很善于把作品的文化韵味浸润在文本的字里行间，让人在阅读中不知不觉地感触到作者的文化视觉。比如，很多人都写过凤凰古城，但他却以水墨画般的笔触去描绘烟水的沱江，去点染吊脚楼的幢幢灯影，使读者从他对小城迷幻的景物描写中，去感悟边城的文化内蕴。

作为散文作家，作者堪称写景的高手，不但能够将散文高度诗化，并且还给作品注入丰厚的思想成分和文化张力。即使是出自他笔下的城市景观和街巷风情也别具韵味，尽管我读到他的这类散文不是很多，题材还不够开阔，他写城市也不是出于一种艺术自觉，但像他这样钟情城市色彩的作家还不多见，能像他这样写出城市个性的作家更少。卢锡铭的城市篇章，显示出了一个散文作家独到的艺术功力和审美境界。在当今的散文发展道途中，他留下的是一道探索性的痕迹。

我曾经探讨过卢锡铭的写景艺术，尤其是对他描绘城市夜景的文字进行过一番品味和分析，认为作者的努力为现代散文拓展新的审美空间做出了尝试。

卢锡铭写过国内外不少城市，但他写得最多的还是广州，这是他长期工作和生活的地方。面对广州的一条老街，作者稍微"振动一下想象的翅膀"，就修复出了它曾经让四方来客为之着迷的面貌：在东山的一个林荫蔽日的坡地上有一座小寺，寺旁有一条弯弯的幽径通向一个渡口，在那并不那么宽的小河上，停泊着数艘小艇，在朦胧的月色下摇着数盏疏疏的灯影。这么短短几句，作者就为南国大都会勾勒出了当年曾经拥有过的江南小镇般的诗情风韵。

他写城市鳞次栉比的森林高楼，写城市川流不息的人潮，写城市的湖泊，写古老城堡，写城市雕塑，写城市的种种侧面，总是那么鲜活灵动，总有那么一种浓郁的诗意沁透在字里行间。而正如前面所列举的这幅小街夜景一般，我发现他对城市夜色情有独钟，观察得尤为细致，作为城市独特景观的夜色，在他笔下更是出神入化。比如他写《珠江夜韵》："一幢幢高低错落的楼宇，闪烁着七彩霓虹，几座标志性建筑的饰灯，在珠江上空来回照射，活像一条条蛟龙驾着薄雾在江中挥舞。天字码头的游船出动了，它们在江面上穿梭游弋，一串串彩灯把它们勾勒得玲珑浮凸，仿如一座座金山银岛在江中浮动，各种光与影交织着辉映着，就像天上突然倾翻了万箩珠宝，璀璨得令人咋舌。"每每写到城市之夜，他显得格外得心应手，写起来挥洒自如。

都市—河流—夜色，构成了卢锡铭的城市篇章中最具美学意义的审美要素，也成了他的散文中尤为引人注目的一道艺术亮色。

他说："夜色的灵魂是赤裸的，从某个角度说，它最能折射出一方水土的文化底蕴，尤其是城中河的夜色，这种折射就更为明显。"难怪他这么迷恋于夜幕中的广州珠江和南京秦淮河，迷恋很多城市流过夜色的河流。秦淮河的桨声灯影，伴随着散文名篇已为天下读者所熟悉，但卢锡铭仍然要到这处著名的景观中去体验出自己笔下的夜景。为此，他三泊秦淮，终于寻找到了他心目中"月笼烟水，灯影迷离"的秦淮夜色。这使我想到他笔下的瘦西湖，这道被称作"湖"的河流，原本是扬州的护城河，因为作家是在一个行色匆匆的白天去游览的，以至于没有找到"感觉"，连他想象中空蒙的山色、激滟的波光、婉转的莺啼和沉雄的钟声，也全都无影无踪。我想，如果作家是在一个晴朗宜人的夜晚来到扬州，他的篇章里一定会充满瘦西湖之夜的美妙图景。

其实，卢锡铭迷恋城市夜色，并非只是城中河的夜姿，比如他写一个海滨小镇，写的就是那里灯火中的海湾："当那火红的夕阳沉入红海湾，黄埔镇骤然亮起了万家灯火，那高低错落的鞋店的霓虹灯，变幻着七彩的光芒，与红海湾浅水滩养殖场忽明忽暗的渔火以及天上闪烁的繁星交织在一起，真让人分不清哪是大海，哪是陆地，哪是天上，哪是人间。"可见，这位散文作家擅长描绘浩瀚的灯海，也擅长描绘高楼峡谷中生活的河流。他描写在高空俯瞰城市夜色，形容旋转餐厅"就像那扫描仪不断在转动着三百六十度，把夜幕下的城市尽收眼底。那万家灯火，在高高低低大大小小的窗口眨着眼睛，那主要的马路车流如泻，像一条流动的彩色的河。那些标志性建筑更像一名贵妇，浑身闪烁着珠光宝气"。只要他的笔触探入城市夜色，必然是流光溢彩，必然是诗情奔涌。

与其说卢锡铭写的是城市夜景，不如说他写的是城市的特征和个性。他说，北京长安街十里华灯璀璨得像天上的银河，故宫、颐和园和圆明园的灯火显得神秘幽暗，使京都之夜仍然显示出白天的大气。重庆的灯火高低错落，让人分不清天上的星星与人间的灯影，体现了这座山城山水一体的独特韵致。南京在月挂中天的时分，更像一位薄施粉黛的仕女，更显几分妩媚。兰州给作家留下的夜色印象是，白马山的路灯如天梯一般直抵苍穹，黄河在朦胧的夜色里奔腾不息。他每到一个大都市都要去登高夜眺，而当地的友人总会尽量满足他的这一"怪癖"，我们则通过他如诗的妙笔欣赏到了不同的城市夜景，又通过这种夜景欣赏到各个城市不同的人文风情和文化内涵。

卢锡铭笔下的现代城市彩绘，每一幅追求的都是诗与画的交织、情与景的融汇。除了夜景，他描绘都市的其他姿态，也同样没有以抽象的语言去罗列概念，而是通过一座洋楼，或者一个花园，一座教堂，一条小径，去回顾一个城市或一条老街的历史，使那些往事有了画面，有了动感。《寺贝通津那条小街》就是这么写的，不但写出了这条百年老街的沧桑、宁静，而且写出了小街优雅散淡的气质。对于扬州，他不但列举了千年前诗家们吟咏扬州的名篇，也写了作为商业传承的扬州炒饭和修脚技艺。但作家对扬州文化的介绍没有停留在这种大众常识的层面上，进而通过这里的冶春御码头、绿杨村市场和扬州船娘，讲述扬州的历史与风情，仍然是诗画并用。他以茶舍、船影、古亭、酒旗这类极易触发读者想象的意象，串起一件件古老的典故，组成一幅幅市井场景，这样的画面在历史与现实之间来回穿插，交相辉映，每一幅都浸润着诗意，有如水墨，但又不失真实，有些就是眼前的此情此景，让读者沉醉其中。作者既向读者交代了古城深厚的文化底蕴，又赋予作品丰沛的美学意象，给人以审美享受。

通过散文展示自己的文化情怀，对作家的笔力是一种考验。卢锡铭不但在他城市篇章的审美视野上定位很高，而且他写其他题材的散文也同样具有很高的美学追求，比如他写过的南国乡村、西北大漠、异域见闻，或潇洒灵动，或沉雄壮美，赋予了作品诗性品质。

任　蒙

二〇一七年九月

（任蒙，著名作家、文化学者，湖北大学特聘教授，现居武汉。出版有诗歌、散文、杂文、文艺理论等专集23部，其中以诗论诗的《诗廊漫步》曾多次再版和重印；《任蒙散文选》再版3次。曾获首届"全国孙犁散文奖"唯一大奖、冰心散文奖、首届全国鲁迅杂文奖金奖。）

聆听海的故事

悠悠沱江水

幽幽武陵源

浩浩洞庭湖

枕沙听涛

天下第一苏迹

海底村庄上的绿岛

聆听海的故事

梦居亚龙湾

自然景观与人文景观，渗透着一股湿漉漉的原生态气息，散发着几分蛮荒，几分妩媚，几分梦幻，几分神秘，乃至几分禅味。

悠悠沱江水

湖南的景色在湘西，湘西绝色在凤凰。数十年前，新西兰的旅行家路易·艾黎曾说过："中国有两个最美的小城，一个是福建的长汀，一个是湖南的凤凰。"

凤凰的美，美在古朴沉雄。

那古老雄奇的黄丝桥古城，建于唐代，雄踞边陲一千五百余载，俯视着莽莽苍原的千年嬗变；那状如游龙的"南方长城"，起伏于千山万壑之间，见证数百年汉苗对抗的恩怨情仇；那绕着凤凰城而建的箭楼与碉堡，布满了岁月风刀刻下的斑迹与战火残留的弹痕，记载着一段段带血腥味的沧桑故事。沈从文对凤凰古城作过这样的描述："落日黄昏时节，站到那个巍然独立于万山环绕的孤城高处，眺望那些远近残毁碉堡，还依稀遥见当年角鼓火炬传警告急的光景。"

凤凰的美，美在天生丽质。

那从云贵高原发端的沱江，从古城蜿蜒而过，载着凤凰的倩影，穿过悠悠岁月，低吟浅唱一首永恒的恋歌。那从大山深处，一直延伸到沱江边的吊脚楼，根根木桩撑起两个民族，也撑起万种风情。那红粉石做成的跳岩，像一叶叶蒲团横横点播在江中，让清清的江水涓涓流过，也让行人和挑夫像跳舞般渡河，那种奇特那种神韵可谓天下独步！还有那倒映在江面的白塔，那滑行于江中的渔舟，那悬挂在虹桥的落日，那升腾在吊脚楼的袅袅炊烟，以及在清晨与黄昏，从青石板古街传来的木屐声，从深山庙宇传来的暮鼓晨钟，构成一轴配乐的山水画。它是那么绮丽，那么迷人，不仅深得江南水乡小桥流水人家的意蕴，且流溢着湘西峰峦水脉的一派江山大气。

这种古朴沉雄与天生丽质，这种阳刚之气与阴柔之美一糅合，便是一片产生烽烟牧歌的土地，一个产生英雄游侠与纯情苗女的家园。凤凰的美是质朴的也是亮丽的，是平面的也是立体的。自然景观与人文景观，渗透着一股湿漉漉的原生态气息，散发着几分蛮荒，几分妩媚，几分梦幻，几分神秘，乃至几分禅味。这一切都让人看不够，猜不透，而这些正是她吸引人的魅力所在。

凤凰生命的源头与灵气在沱江。

沱江是凤凰的母亲河，它不仅养育了这片神奇的土地，而且孕育了大批名贤，他们中有驰骋沙场的铁血将军，也有活跃在政坛与文坛的政要和大师。其中杰出的代表有维护民族尊严怒斩不法传教士的贵州提督田兴恕，有定海浴血抗英流芳千古的民族英雄郑国鸿，有民国第一任民选内阁总理"湖南神童"熊希龄，还有文学巨匠沈从文和国画大师黄永玉。

我是在一个烟雨迷蒙的春天走进凤凰的，在沱江边的吊脚楼一住数天，把凤凰把沱江认认真真地细读一番。说实在的，此行我是冲着沈从文来的。这片神奇的土地，经他的妙笔一点染，简直成了读书人魂绕梦牵的世界。我的行囊中还带着一套《沈从文全集》，它是该书的责任编辑叶曙明先生送我的。卷中的《边城》与《湘西散记》，读得我如梦如幻，加之电影《天上恋人》一演绎，更是加速我走进凤凰的脚步。

入夜，一个清辉如水的新夜，我在吊脚楼的灯下，翻读《沈从文全集》。突然，窗外飘来一阵胡琴和竹笛伴奏的歌声，这歌声像一股山泉，是那么清脆，那么婉转，那么甜美。我侧耳细听，哟！是《小背篓》——

小背篓，晃悠悠

笑声中妈妈把我背下了吊脚楼

头一回幽幽深山中尝呀野果哟

头一回清清溪水边洗呀小手哟

头一回赶场逛了山里的大世界

头一回下到河滩里我看了赛龙舟

……

　　歌声越飘越近，我伫立窗前，向窗外望去，只见一笼烟水的沱江，倒映着吊脚楼的幢幢灯影，偶尔滑过的渔舟，把一河灯影搅得晃荡迷离，倒是小河深处那三五点渔火，像为玉带般的沱江嵌上一颗颗红宝石，在一弯月影下熠熠生辉。蓦然，一只渡船穿过月笼的烟水出现在我的眼前。一位戴着彩色头巾的苗家妹子，正一面摇橹一边唱歌，一位憨厚的老汉坐在她身旁拉着胡琴，一位壮实的小伙站在她的身后吹着竹笛。一曲既罢，船上的几位游客一齐喝彩道："再来一个！再来一个！"于是一曲充满湘西韵味的《龙船调》又在沱江上飘荡着……

　　这活生生的一幕，让我眼前叠化出《边城》的一轴画卷。我仿佛看见翠翠和她的爷爷在沱江上摆渡；看见翠翠与傩送在龙舟节邂逅于吊脚楼前；看见勇敢的弟弟傩送与哥哥天保相约在白塔前向翠翠斗歌求婚；看见天保在沉水遇难；看见翠翠伫立在渡口翘首盼望傩送的归来。此刻，我仿佛听到一个带点苍凉的画外音在我耳边回荡——

　　"魂牵梦萦的人儿啊，也许永远不回来了，也许明天就回来！"

　　啊！悠悠沱江，不仅养育了沈从文，也孕育了他的作品，这位湘西之子，用那如椽巨笔，缔造了一个边城世界，这个世界不仅有田园的牧歌，也有淡淡的忧伤和浓浓的惨痛。那美艳照人笑着而死的"落洞女"，那瘦黑矮小却义勇过人的湘西大侠，以及苗族人攻城不幸被俘的挂在城门口的耳朵和小孩挑在肩头上的叔叔和爸爸的首级，读后都让人心灵战栗！有人说他是中国"短篇小说之王"。他在中国文坛的地位，犹如莫泊桑之于法国，契诃夫之于俄国。他的散文同样浸透着湘西风情，氤氲着灵动的水气，晶莹透亮，自然天成。沈从文把一个妩媚与野蛮掺杂的情景，把一个奇异与丰盈的湘西展示给世人。他自己说过："我虽然离开了那条河流，我所写的故事，却像是水边的故事，故事中我最满意的文章，常用船上水上作为背景，我的故事中人物性格，全为我水边船上所见到的人物的性格。"正是这家乡的小河，冲开了他创作的闸门，让他的作品像小河般汩汩流淌，成就了他在中国文坛的泰斗地位。

悠悠沱江，不仅孕育了他的作品，而且雕塑了他的性格，创造了他的人生。他说："我倘若还有什么成就，我常想，教给我思索人生，教给我体念人生，教给我智慧同品德，不是某一个人，却实实在在是这一条河。"他还说，"水教给我黏合卑微人生的平凡哀乐，并做出海扬帆的美梦""水的德性为兼容并包……其实柔弱中有强韧，如集中一点，即涓涓细流滴水穿石，却无坚不摧"。他这里说的是水，其实是他的自画像。上善若水呵！正是沱江柔中带强韧且无坚不摧的禀性，成就了他虽九曲回肠却终归大海的人生。他虽然出生官宦世家，但家道中落，14岁已经失学，被送到部队服役，20岁的他逃离了地方军阀的部队，只身闯荡北京城，以小学毕业的资历，跻身文坛，用了27年的时间，被人称为"中国的托尔斯泰"。正当他想用满腔热情去歌颂新生活的时候，被迫暂停了。他那位当年在淞沪保卫战立下赫赫战功的弟弟，因为当了个空头中将，被错杀了，他本人也被扔进了历史博物馆。兄弟俩，一个抗日英雄肉体被消灭了，一个文坛骁将精神上沉寂了。死者，死得有点悲怆，他在河滩上铺了条旧军毡，坐在那指着自己的脑袋说：瞧这吧。活着的，活得极为艰辛，他戴着精神的镣铐，在默默地潜行。在这常人难以忍受的灾难面前，沈从文宠辱不惊，就像那沱江水，表面平静，潜流却在涌动。他一面静静地为博物馆打扫卫生，从容地为参观者当讲解员；一面却潜心研究起古代的服饰，并在这一领域耕耘出一片天地来。春天来了，他在文坛复出，他弟弟的问题也得以平反，他没有像一些人那样，纠缠历史的旧账，去滔滔不绝诉说自己的怨恨与悲愤，而是默默地整理他那些旧作，为中国现代文学史，留下一座令人仰止的丰碑。

次日清晨，我踏着沿沱江蜿蜒而去的青石板古街，直上听涛山拜谒沈从文墓地。墓地没有我想象中的辉煌，却肃穆得让人心潮难抑。墓地没有牌坊没有墓园，也没有千年柏万年松，只有几丛芳草，几排杂树，一尊天然的南华五彩石成了先生的墓碑，上面刻着先生的一句墓志铭："照我思索，能理解我，照我思考，可认识人。"在墓地的入口处，左右竖着两块同样用南华石板做的石碑，一块刻上其姨妹张充和为其撰写的联："不折不从，亦慈亦让；星斗其文，赤子其人。"另一块是先生的表侄画家黄永玉写的碑文："一个战士不是战死沙场，便是回到故乡。"前者是一位知音的真情诉说，也是对先生的人格魅力与文学成就的准确勾勒；后者是一位活着的大师表达对另一位长眠地下的大师的共同恋乡情怀，也是两位斗士发自灵魂深处的呐喊！沈从文先生是一位真正的战士，虽然伤痕累累，可悠悠的沱江为他抚平伤口，这位凤凰的赤子，没有在风里浪里倒下，而用他的韧性在顽强地奋斗，且用惊人的毅力和平和的心态创造了最后的辉煌。这藏在深山里的凤凰城，是他的出发地，也是他的归宿地。

站在沈从文墓前，只见听涛山下的沱江如白练蜿蜒飘过，涛声从岸边似有似无地传来，似为大师吟唱着一首《安魂曲》。墓地与沱江遥相守望，这是灵魂的守望！沱江守望着他的赤子，赤子永远在它的怀抱中将息。

沱江水源远流长，沈从文灵魂不灭！

隐居武陵源的张良是明智和幸运的，也许在宦海沉浮中，他彻底悟透"舍得"的禅意吧……

幽幽武陵源

　　闯进武陵源，真的如闯进"世外桃源"。

　　　　居人共住武陵源，
　　　　还从物外起田园。

　　一心寻求归隐山林的唐代诗人王维，用这诗句表达对武陵源的无限向往。他认为，身处此地，物念俱消。这里是高山峻岭与低谷深涧的一片迷宫，这里是众多孑遗植物与珍稀野生动物的自然天堂，这里还是溪水悠悠流淌让人忘却红尘烦扰的人间仙境。

　　21世纪初的一个金秋，我与中外出版联谊会会长许老以及台湾出版商协会主席陈先生，在此小住数天，这种人间仙境之感特别浓烈。

　　武陵源，地处湖南和贵州交界的武陵山脉北段。中晚泥盆纪时期，刚处于海陆交界的武陵源地区，沉积大量的石英砂岩，岁月悠悠，沧海桑田，随着地壳的抬升以及侵蚀风化等因素，有些隆起的台地慢慢变成砂岩、峰林，有些地方却慢慢夷平，剥蚀成了峡谷和沟涧。这以后，又经过"燕山造山运动""喜马拉雅造山运动"和第四纪的"新构造运动"，才使我们看到武陵源今天这般千姿百态、沟壑纵横、奇峰耸立、万石峥嵘的大自然奇观。如今武陵源集张家界、索溪峪、天子山三大风景区于一体，以"山奇、水秀、桥险、洞幽"，恍如仙境福地称著。1988年10月被列为国家重点风景名胜区，1992年又被联合国教科文组织列入《世界自然遗产名录》。

张家界是武陵山脉的腹地，秀美的澧水滋养着这块湿润的土地。这里云雾缥缈，奇峰秀水，这样一个世外桃源，当然是安置人心的最佳地方。西汉定鼎天下后，作为"汉初三杰"之一的留侯张良，睿智地放弃权力和富贵，游历名山大川，其中也去过湖北的神农架，最后还是归隐这片土地，过着躬耕陇亩与世无争的日子，避免了像韩信一样兔死狗烹的结果，张良的子孙在这繁衍生息，这个地方便被命名为张家界。

张家界的灵气在于水，它的百态千姿是靠水来激活的。纤尘不染的泉水，从山缝林间汩汩而出，它低吟浅唱，闪着蓝幽幽的光。奔流而下的一道又一道瀑布，飞珠溅玉，汇成一潭又一潭的碧水，一个又一个澄湖，我们划着小船，在一湖上荡舟，山风徐来，碧波万顷，江雾缭绕，群峰相迎。许老竟一时兴起唱起了《让我们荡起双桨》：

　　　让我们荡起双桨

　　　小船儿推开波浪

　　　……

顷刻谷应山鸣，惊飞两岸鸥鸟。陈先生打趣说："看见这美景，咱许老返老还童啦！"许老一脸认真地附和："对呀！对呀！身置如此仙境，心态年轻了几十年啊！"

张家界的水之所以澄碧，是因为它是活水。寻找活水的好去处，便是金鞭溪。溪长5700余米，因为绕着金鞭岩而得名，据传这金鞭还是秦始皇赶山时扔下的，溪流自然天成，宛如一条玉带，溪水澄碧，彩石莹莹，落英遍溪，鱼儿追逐。岸边繁花似锦，岸上楠木擎天，在幽深奇伟的武陵源，这里无疑是一片恬静怡然之地，刚好是秋高气爽，晴空万里。我们赤着脚，溯溪而淌，每个人影由一变二，由二变三，三影相随，这是此地独具的神韵，这种奇妙的感觉，真叫人击掌叫绝，也令人心旷神怡。

张家界的险在于桥，它们横空出世，乱云飞渡。天下第一桥和仙人桥就位于张家界的核心景区。天下第一桥，横架两座山峰之间，巨石为桥面，大树作桥栏，整座桥乱云飞渡，险象环生。仙人桥则由一块天然形成的悬空石连接峡谷两边，桥面宽过一米，两侧没有任何扶栏，桥下就是深达千尺的大峡谷，乌鸦在桥上啼叫，苍鹰在桥下盘旋。要过桥也只能一步一挪，迎面扑来的是呼呼山风，当地人说只要走过去，必定能成仙。我们只能望桥兴叹，绝对没有当神仙的欲望和胆量！

武陵源另一山水画卷，是索溪峪的"十里画廊"。"索溪峪"土家语的意思是"雾大的山庄"。说它是"十里画廊"，不如说是"雕塑长廊"。绵延十里的峡谷，侧山峰一字屏列，岩石从溪上擎天叠出了200来尊"似人似物，似鸟似兽，无一不神，无一不绝"的奇妙造型。骆驼峰、醉罗汉、双石玉笋、周门倒影……巧夺天工，惟妙惟肖；神鹰护鞭、西游取经、劈山救母、千里相会……组合巧妙，故事经典，每个经典都在展现一段社会故事，都在提示一个人生哲理，从这点看，"十里画廊"也是一轴精妙绝伦的"浮世绘"。

索溪峪，还有大小59个溶洞，最有名的当属黄龙洞。它是中国大陆第二大长洞，总长20余里，素有"洞中乾坤大，地下别有天"之称。"定海神针"是黄龙洞内最高的石笋，高19.2米，直径40厘米，两头粗中间细，最细处直径只有10厘米，看来这定海神针亦有险情。我们手拖着手，在溶洞之间穿行，忽见云雾升腾，忽见流水淙淙，忽见清溪绕石，忽见一奇石仿如一位农家妇女跃现田庄，她乌发盘起，神态悠然，弄得你惊一阵喜一阵的，心情彻底放松。此刻，我才体会到武陵源的幽在于洞。

武陵源的奇在于峰。这里"三千峰林八百水"，试问世界上哪有如此的峰林？而且三千奇峰之间，竟有八百条流溪碧泉奔腾流淌，这种奇幽也是举世无双，看来上帝对武陵源确是万般宠爱。

要观峰，就得上天子山。天子山位于武陵源的最高处，主峰海拔1260余米，它在武陵源的北部，绵延近40千米，东自深圳阁起，西至将军岩。由于同行者年纪较大，我们是坐缆车上主峰观景台的。群峰环绕的主峰"天台"，可以俯视整个武陵源，在千变万化的苍茫云海掩映下，武陵源以峰为魂，艳冠人间。山谷中有数十座错落有致的秀峰直逼蓝天，御笔峰无疑是武陵源的标志性山峰，犹如神奇的倒插御笔，傲立在重岭之间，而那御笔前的平整石峰，不更像是批阅文案的御书台吗？看来世间的人们心地是善良的，把人间最美妙的东西都赐回给皇上，真不知是哪朝哪代的君王有如此的福气！

"云雾""月夜""霞日""冬雪"则是天子山的四大奇观。云雾间，变幻无穷，仪态万千，时而江海翻波涌涛逐浪，时而轻纱掩体缥缈虚无，仿处"仙山琼阁"之中；月夜下，嫦娥毕现，峭壁如浩，万籁俱寂，浪漫陶人，大有"起舞弄清影，何似在人间"之感；日出时，朝阳喷薄，祥云满天，密林披彩，绿茵如烟；日落处，霞光无限，天幕璀璨，如画如诗，无穷变幻，颇有"江河行日"之趣；入冬后，雪压险峰，霜披松柏，冰锥倒悬，经久不化，俨然一派银装素裹的奇幻景象。

在天子山最奇险的地方就是神堂湾，尤其是在雨雾绵延时，不远处宛若浪潮起伏的烟云，在湾中的险壑深峪间弥漫，远近石峰如岛屿般隐现，于虚无缥缈的沧海中沉浮。依着观景台俯视，四面悬崖陡壁把神堂湾合围成深不见底的山谷，好似要把人吞噬了去，不禁让人毛骨悚然。神堂湾因地磁效应，能闻"杀伐之声"，也成为武陵源另一奇特之处。据传贺龙当年就在此打过游击，在神堂湾的不远处就有一个贺龙公园，贺龙的雕像就立在园中央。天子山如此奇雄而又神秘莫测，故此享有"不游天子山，枉到武陵源"之美誉。

有山有水的地方，就有山歌。武陵源是个多民族共同生活的地方，其中以土家族人口最多，土家族妹子千百年来能歌善舞。古时，这些姑娘出嫁前半个月，使用"哭嫁歌"，唱出对娘家的依依不舍之情，如今哭嫁风俗不再，但武陵的林下溪边，在缥缈的云雾间，总会传来土家族妹子湿漉漉的歌声。我们临下山时，在瞭望亭就碰到四位土家族妹子，她们均穿一套红色的土家服，头上扎着头巾，衣领、袖上、裤脚及头巾均绣着亮丽的花边，每人的肤色都白里透红，脸上长着一双像湖水般清澈的眼睛，她们像一朵朵山茶花般亮丽而又热烈。我赶快叫两位前辈上前跟她们合影，她们落落大方一点不生分。当然我更忘不了逗她们唱歌，她们对"哭嫁歌"真是不懂，而什么《小背篓》《龙船调》《九九十八弯》全会，歌声像溪水般清甜，像流泉般清脆，柔柔山风把这美妙的歌声带去峡谷、带去林海、带去云间，我忽然惊喜地发现她们都面带嫣红，是晚霞的照耀还是唱歌唱得微醉？

迎着夕阳，踏着山间小路，我们回到了张家界度假村。小憩一会儿，夜幕降临了，一弯新月挂上了参天楠木的树梢，满天星斗和万家灯火，散落在武陵源的上空与大地，显得格外的宁静而又致远。我们选择一个小木屋就餐，这是一间"农家乐"。喝惯台湾高粱酒的陈先生，特别喜欢武陵源酿的"土炮"，而长在大海边食惯海鲜的许老则喜欢武陵源的"山坑鱼"，我呢，倒是对武陵源的"云雾茶"那种清香而又微甘情有独钟。三杯落肚，两老话儿就多起来，陈先生突然哑然失笑地说："我在台湾阳明山麓建起一座颐养天年的小屋，自认为风景优美，居然起名为锦绣山庄，比起张良这山清水秀地幽的武陵源，真可谓是天壤之别。"许老谈得更多的倒是贺龙，他曾在中宣部出版局当过领导，学富五车精通古今，他的话很耐人寻味："贺龙一把菜刀参加革命，当过南昌起义的总指挥，参加了第一、二次国内革命战争，抗日战争，解放战争，屡建奇功，当了开国元帅，戎马半生，最后还是……"这两老的对话，一个牵涉自然生态，一个牵涉政治生态，我一直沉默着，真不知拿什么来插话。

历朝历代官场都是险恶的，多少彪炳千秋的文臣和武将，最终也难逃飞来的厄运。隐居武陵源的张良是明智和幸运的，也许在宦海沉浮中，他彻底悟透"舍得"的禅意吧。我想，只有与原生态的大自然所生万物相处才是和谐与愉悦的，因为没有任何权力的争斗与物欲的纠缠，也只有它们才有永恒的亲和力和生命力！

屋内谈兴正浓，屋外却异常宁静。天空星河流动，偶尔陨落一两颗流星。不远处的野外，松涛如吼，流泉似琴，偶尔伴上几串虫鸣，几声蛙鼓，几声鸟啼……

啊！好一个幽幽的武陵源！

范仲淹不仅是北宋的文学家，而且是一位著名的政治家和军事家，又是一位卓越的教育家，作为宋学开山鼻祖、士林领袖，他开风气之先，文学论议必本儒学仁义，并以其人格魅力言传身教。他受滕子京之邀写《岳阳楼记》时，正被贬放河南邓州，虽身居江湖之远，却不忘心忧国事，虽遇迫害，仍不放弃理想。

《岳阳楼记》是通过对洞庭湖侧面的描写衬托岳阳楼的。它超越了单纯写山水楼观的环境，将自然界的晦明变化，风雨阴晴的"迁客骚人"的"览物之情"结合起来写。

　　若夫淫雨霏霏，连月不开，阴风怒号，浊浪排空；日星隐曜，山岳潜形；商旅不行，樯倾楫摧；薄暮冥冥，虎啸猿啼。登斯楼也，则有去国怀乡，忧谗畏讥，满目萧然，感极而悲者矣。

　　至若春和景明，波澜不惊，上下天光，一碧万顷；沙鸥翔集，锦鳞游泳；岸芷汀兰，郁郁青青。而或长烟一空，皓月千里，浮光跃金，静影沉璧，渔歌互答，此乐何极！登斯楼也，则有心旷神怡，宠辱偕忘，把酒临风，其喜洋洋者矣。

文章不仅把洞庭湖不同天气的风光写得淋漓尽致，也把"迁客骚人"不同境况的"览物之情"刻画得入木三分。范仲淹正是借此含蓄地规劝他被诬陷擅自动用公使钱的老友滕子京"不以物喜，不以己悲"，试图以自己"先天下之忧而忧，后天下之乐而乐"的济世情怀和乐观精神感染老友。这是《岳阳楼记》的本意和精华所在，也决定了文章叙议的风格。

岳阳楼飞峙洞庭湖畔的石矶台上，主楼为长方形，楼高20余米，三层四柱，飞塔、斗拱，灰顶。据考证岳阳楼是中国仅存的灰顶结构古建筑，其次岳阳楼是江南三大名楼中唯一砖木结构，没有一钉一铆，全靠木制榫口彼此勾连，被列为江南三大名楼之首。整栋楼气势恢宏，加之斜阳一照，彩霞簇拥，犹显金碧辉煌。远远望去，仿如一只凌云展翅的鲲鹏！

主楼有左右两座风亭相衬托，左侧为"仙梅亭"，呈六边形，檐角高翘，玲珑雅致，高两层，绿色玻璃瓦，据传明崇祯十二年（1639）重修岳阳楼，于楼基中得石一方，去其泥水，显示出二十四萼枯梅一枝，时人以为神物，称之为"仙梅"，乃建亭，置石其中，名为"仙梅亭"。

位于右侧的是"三醉亭"。它根据吕洞宾三醉岳阳楼的故事所建，与君山的朗吟亭遥相呼应。始建于乾隆四十年（1775），几经损坏重建，最后在光绪六年（1880）由曾国荃拨岳卡厘税重修。这两座亭仿如两簇祥云，托起岳阳楼这鲲鹏展翅飞翔，好不壮观。

登上岳阳楼，已是傍晚时分，八百里洞庭湖依然全收眼底，如火盘般的红日眼看要沉入湖底，洞庭湖的上空铺满了漫天霞锦，万顷碧波被染得一片玫红，远处君山如黛，近处湿地如毡，听不见渔歌唱晚，却见几叶渔舟在撒网，网起满天的星斗，偶尔传来几串汽笛声。

我在二楼中厅的楼屏下驻足，屏上挂着清代刑部尚书张照写的《岳阳楼记》，这书法，风骨凛然，洋溢着一股正气，固然使我佩服，然而我对《岳阳楼记》的作者范仲淹更为肃然起敬，我不仅佩服他文学的才华，更佩服他崇高的情操。

《岳阳楼记》的著名，正是因为它思想境界的崇高，如范仲淹的文友欧阳修在为他写的碑文中说：

> 公少有大节，于富贵贫贱毁誉欢戚，不一动其心。而慨然有志于天下，常自诵曰："士当先天下之忧而忧，后天下之乐而乐。"

这是范仲淹一生行为的准则，乃至晚年"田园未立"，居无定所，临终《遗志》一言不及私事，他倡导的"先忧后乐"的思想和仁人志士节操，为儒家思想中的后我精神树立了一个新的标杆，是中华文明史上闪耀异彩的精神财富。

千载以来，历朝历代，各地有关范仲淹的遗迹，均受到人们的尊敬与纪念。可时下一些戴官帽子的人德不配位，比一名真正的士大夫要差十万八千里！这是历史的悲哀，这是道德的沦丧，应为人类所不齿！

我踱出阳台，深情地再望洞庭湖一眼，一缕淡淡的哀思顿然缠绕在我的心底。据悉洞庭湖虽依然是中国第二大湖，可面积已缩小了一半。我想，湖的缩小固然可悲，倘若一个民族精神上萎缩则更为可怕。呵，让洞庭湖的湖水来得更博大更浩荡点吧，荡涤一切污泥，荡涤一切浊水，让湖水来得更为清澈，更为澄明，让它呈现更美的天光云影！

　　"先天下之忧而忧，后天下之乐而乐"，《岳阳楼记》的名句，忽然在我的耳畔响起，这千古名句又一次叩击我的心弦。我想，范仲淹这种胸怀，这种境界，比洞庭湖还要浩瀚，还要博大！

　　壮哉，洞庭湖！浩哉，范仲淹！！

啊，南澳岛!那藏宝之谜，把你装点得带有几分神秘。然而，无穷无尽的原生态资源，那才是取之不竭的真正宝藏……

枕沙听涛

南澳处闽、粤、台三省海面的交叉点，东距高雄160海里，北距厦门97海里，西南距香港180海里。处于"香港—高雄—厦门"三大港口的中心点。濒临西太平洋国际主航线，地理位置相当优越。自古以来，南澳是东南沿海一带对外通商的必经泊点和中转站，史书有载"郑和七下西洋五经南澳岛"，早在明朝已有"海上互市"的称号。

2015年夏，我们到南澳考察时，正好碰上南澳大桥合龙，此桥全长9341米，它像巨龙横卧波浪滚滚的海峡上，号称"粤东第一桥"。当地的书记站在合龙处，望着浩瀚大海和片片帆影告诉我们，随着广九铁路、港梅汕铁路和南澳大桥的通车，南澳作为华南第二出海口的条件更趋成熟。我们深以为然，南澳海岸线77千米，大小港湾66处，其中烟墩湾、长山湾和竹栖肚等多处具备兴建深水港的条件，辟建万吨级码头、发展海洋运输事业得天独厚。

指挥完大桥合龙后书记赴市开会，县长以女性的细腻，边带我们参观边为我们做详细介绍。

八千多年前南澳岛就留下人类文明的足迹，岛上发现新石器时代的象山文化。西汉元鼎六年（前111）南澳归南海郡揭阳县管辖，南澳岛本为闽越地，后秦汉为了削弱闽越，将其划给南越管辖，其后归属问题反反复复，明万历三年（1575）南澳分属福建、广东两省管辖，设南澳副总兵，分广东、福建两营，清康熙二十四年（1685）升设南澳总兵，管辖闽南、台湾、粤东军事，南澳岛仍然分广东、福建管辖，直到1915年，南澳岛才划给广东，看来南澳历来是兵家必争之地。

县长首先带我们参观两大古迹：一是总兵府，二是"宋井"。

南澳岛的总兵府，始建于明万历四年（1576），后因大地震破坏得很厉害，县委县政府委托古建筑专家，按明清风格修复，现成了南澳一大胜景，它是全国唯一的海岛总兵府。明、清二朝三百多年间，有173位正、副总兵曾住持在此，其中民族英雄刘永福也曾任南澳总兵，郑成功曾在此岛举义旗，招兵买马。在总兵府，我们还看到当年留下的"招兵树"，这棵古榕虽历数百年沧桑，依然是绿叶如伞，长髯飘飘，白云罩顶，飞鸟盘旋。别看这是一个孤岛上的总兵府，自清康熙二十四年（1685）起，负责闽粤二省及台湾、澎湖海防军务，它是台湾为中国不可分割领土的重要见证。

岛中的"宋井"，见证了一段比总兵府还早的历史。据记载南宋景炎元年（1276）五月，因元兵进逼，时礼部侍郎陆秀夫和大将张世忠等护宋少帝赵昰及其七岁之弟赵昺（时为太子，后称帝）、太后杨淑妃等退经南澳，驻扎澳前村，并挖有供皇帝、大臣和将士兵马饮用的"龙井""虎井""马井"三口宋井。宋井之奇，奇于七百多年来，古井时隐时现，出现时虽离波浪滔滔的大海仅十余米，但清泉喷涌，水质清澈甘甜，它久藏而质不变，故被称为"神奇宋井"，我们舀来尝了一口，泉真清甜入肺。县长说目前发现的只有"马井"，其余两井尚没寻现。

与"宋井"相互印证的是青澳山下"宋忠臣左丞相陆公墓"。读过《宋史》的人便知道陆秀夫是宋朝最后一任宰相，宋军与元军在新会崖门决战，宋军大败，陆秀夫背负年仅七岁的幼帝赵昺投海殉国。为何墓在南澳？原来是陆秀夫殉国四年后，元朝枢密院副使兼潮州路总管丁聚，仰慕陆秀夫高风亮节，为让忠魂有所归依而建此墓，墓内没有遗骸，只是一个"魂依墓"。1995年潮汕陆氏后裔将此墓扩建为陵园，供后人景仰。陆秀夫曾在潮州为官，据说他在潮州的后人分布于各市、县二十余个村庄，人数达三万之众。如今古墓古木森森，芳草萋萋，陆丞相何曾魂归？恐怕连老天也不知道！可见国弱不仅民不聊生，连国相也不聊生。不过，他却在后世人心中永生！

在南澳宋井亭东北面约千米处，有一太子楼遗址，这是当年宋军退守南澳所建。这里，有一棵枝叶茂密、气根飘飘的古榕，它长在一块硕大的石壁上，石壁下侧有一道裂缝，在裂缝两边歪歪斜斜地刻着难辨的文字。据说裂缝下便是一密室，内藏着南宋皇帝未能带走的大批金银珠宝，若有人能将石壁上的文字念成文并释其义，则石壁便会自动开启，里面的宝藏也归他所得。猎奇探秘碰运气的人来了一批又一批，但都一无所获。后来有一颇通文墨的商人，居然能读字成文，释义至八成时，石壁便开启一条缝隙，露出耀眼的珠光宝气。这时山下来了一个人，商人唯恐其来争夺珠宝，急忙钻进石缝取宝，石缝突然闭合，商人被关在里面，只留下那长长的辫子在石缝之外，后来这里积了尘埃，长出一棵小榕树，岁月如流，小榕变成大榕，商人化作一抔黄土，滋润这棵榕树。如今，石壁上的文字由于岁月洗礼蒸腾虽有点模糊，我们尚可辨认，但读来如看天书，至今还没有人破解。

县长为我们讲这谜时，风趣地跟我们说："看来藏宝之地为南澳带来几分神秘色彩。"接着她说："其实，南澳真正看得见摸得着的宝藏遍地皆是，这就是来自原生态的资源，老天对南澳特别眷恋，什么珍贵的自然资源都赐给我们。走，我们挑几个地方看看！"

首先我们上的是"黄花山国家森林公园"，南澳岛像一个倒放的葫芦，分成东西两部，西部比东部小，就像葫芦的上半部。西部山多，有龙颈山、马岭、大尖山等，总称黄花山。这是全国唯一的海岛国家森林公园，这里三面环海，莽莽苍苍的原始森林仿如一片浩瀚的大海，那重重叠叠的山峦则仿如大海中的岛屿。县长告诉我们，北回归线正好从森林中部穿过，这里林木面积1000多公顷，树木生长特别繁茂！拥有102科1440多种热带、亚热带植物。这里，古木拍天而长，两人合抱不过，古藤缠绕，繁花簇拥，整座森林色彩斑斓，浅绿、鹅黄、驼红、淡紫，仿如一硕大的织锦高低错落地铺展在山峦之中；这里嶙峋怪石，鬼斧神工，各种造型惟妙惟肖。"鹰嘴石"，如蹲伏在山峰的大鹰；"冰榴石"，如成熟开裂的澳榴，石榴籽粒粒突现；"双驼峰石"，像一只双峰骆驼，在绿洲中行走；"企鹅石"，则像一神态可掬的企鹅，呆立在滩边。她还告诉我们，这里野生动物很多，常见大蟒蛇在古树上攀缠，三线闭壳龟在溪边爬行，黄嘴白鹭等鸟儿在傍晚时分成群结队回林中憩息。这里有40多种属国家重点保护的野生动物，被海内外专家誉为"南中国海上天然动植物园"。

告别"森林公园"，我们便去"候鸟天堂"，这是一座漂浮在浩瀚大海中的一座孤岛，亦像嵌在大海中的一颗明珠，它离主岛3.9千米。县长招来一快艇，艇儿犁开海浪，大约用了40分钟时间便抵岛上。登岛时她一再叮嘱我们要轻点再轻点，别惊动岛上的鸟。这真是一个原生态的岛，岛上原始森林全覆盖，当然有林荫遮盖下的深涧，有叮叮咚咚的流溪，有茂密的野果和繁花，也有芦花摇曳的沼泽地，有鱼翔浅底的碧水潭。我们定睛细看，才发现参天古树的枝丫栖满鸟儿，不知是谁不小心踏甩一块岩石，岩石骨碌骨碌往山下滚，只听见"轰"的一声巨响，各色鸟儿一下子腾空而飞，岛上骤然平添了一抹彩色的云。我们还发现，在蓬勃的草地上，有一窝一窝大小不等充满斑点的雀蛋。县长告诉我们，岛上自然植被良好，植物资源有26科43种，周围海洋生物资源丰富，成为候鸟觅食、栖息、繁衍的"安乐窝"。这岛是澳大利亚、日本、俄罗斯、朝鲜等国家候鸟进入中国的始点站，鸟类达100多种，其中属中日两国政府签订保护协定的有60多种，国家一类保护鸟有白腹军舰鸟、短尾信天翁和白尾海雕三种，国家二类保护的鸟有岩鹭、红脚鲣鸟、斑嘴鹈鹕、褐鲣鸟等。每年5至9月份，岛屿上万鸟云集，成为海上一大奇观，是蜚声中外的"候鸟天堂"。

在返回主岛的途中，县长指着一座有风雨亭和飞峙崖中的小岛跟我们说，那是"金银岛"，央视《南澳岛寻宝》专题片拍摄地之一。南澳岛藏宝之谜主要有两个，其一是我们去过的"太子楼藏宝之谜"；其二便是这金银岛的"吴平藏宝之谜"。

南澳深澳镇西北面有一个三面临海的寨子叫吴平寨。就是现在说的"金银岛"，岛大约有1000平方米，三面临海，碧波荡漾，石洞穿插，幽深莫测。400多年前，沼平人氏吴平聚众为海盗，勾结倭寇，抢劫过往船只，明嘉靖四十四年（1565），吴平到南澳筑城建堡，负隅顽抗官兵围剿，官兵屡剿不灭。同年九月朝廷命都督戚继光、俞大猷联合征伐，终把城堡攻了下来。吴平早在寨破之前，将掠来的金银珠宝装成18坛，藏于不同的地方，并留下谜一般的歌谣："水涨淹不着，水退淹三尺。"藏宝的地方只有他的胞妹知道。一次吴平问其妹："一旦山寨被破，你随我逃走还是想留下来看管金银。"妹妹说："我愿留下来看管金银。"吴平心生不悦。戚继光、俞大猷联军分水陆两路围剿吴平寨时，吴平见大势已去，逃至海边杀死了留守18坛金银的胞妹，并将尸首碎成18块分埋于藏金的地方后，夺船逃出海去。18坛金银埋在何方，至今仍然是一个谜。

　　青澳湾，这是我们最后的落脚点，也是南澳岛最值得看的景点之一。青澳湾被称作"东方夏威夷"，它位于南澳岛的东端，整个海湾就像一轮新月，海面有七大礁石相锁，整个海湾就像一个微波细浪的平湖。金黄柔软的沙滩绵延2400多米，坡度平缓，一直延伸至水边百米以外，海水清澈澄碧，背依险峻高山，山上奇石嶙峋，湾外便是浩瀚的南海，可见万顷碧波荡漾、落霞追着归帆齐飞的壮丽景致。

　　闽粤沿海流传着这么一个美妙的传说，东海龙王的七个女儿有一天偷偷跑出龙宫，她们要到南海寻找好玩的地方。刚到南海，但见海面有一个小岛，东北角岛礁环绕，将大海围成一个平湖，沙滩洁白如雪，海水清澈如镜，周遭林木如屏，背靠山川如画。她们被迷住了，尽情在湾内沐浴玩耍，临回东海龙宫仍依依不舍，各抛下金钗为标记，海湾马上浮出七座岛礁，把青澳湾围成一个平湖，退潮时，礁石裸露，远望如七颗星星飘浮于蓝天；海风稍猛，碧涛托起白浪，七星礁石隐藏于烟雨迷蒙的云水中。夜晚，浪击礁石，不时会闪着蓝幽幽的磷光，像流萤在空中飞舞，像星河在天幕流动，煞是景致迷人，当地人形象地称之为"七礁缠星"。

　　傍晚，我们在海边一"渔家乐"就餐，它飞峙在岸边，可见不远处的南澳渔港，桅樯林立，鸥鸟翱翔，可闻渔笛声声，卸鱼人潮如浪如涛。县长告诉我们，南澳岛附近可供开发的渔场达5万平方千米，盛产石斑鱼、龙虾、膏蟹、鱿鱼等优质高档水产品，有鱼、虾、蟹、贝、藻类1300多个品种。沿海岛水深

10米以内的海域面积165.7平方千米，水质好，浮游生物种群多，可发展大规模海水养殖。目前，海水网箱养殖已达5000多格，鲍鱼、海珍珠和贝藻类养殖也已初具规模。当晚上席的是盘龙海鳝、清蒸鲍鱼、糖醋大明虾和盐焗黄油蟹等，食得我们满嘴留香。

回到青澳湾度假村，夜已降临，天幕一弯新月，满天繁星，阳台临海，窗外数座灯塔沉浮，十里渔火流动，沙滩上搭满露营的帐篷，点满迎风摇曳的烛光，别有一番空蒙而又温馨的意境。他们是有意枕沙而卧，聆听涛声的。青澳湾听涛很特别，因为南海与东海的涛声在这里交汇，时而低吟浅唱，时而引吭高歌，大自然的天籁之声，令你沉醉，催你入眠，这可是青澳湾一道独特的风景线。累了一整天，我亦早早枕着涛声入梦。

次日清晨，天刚发亮，我便跑去沙滩观日出。晨观日出，是青澳湾的又一奇观。位于南澳岛东部的青澳湾，横卧在北回归线上，是广东最先看到日出的地方。老天作美，天气特别晴朗，海面上只罩了层薄如轻纱的云烟。我搬了张沙滩椅，坐在海滩上，极目苍穹，在海天相连的地平线上先是亮起一片朦胧的白光，慢慢地一轮红日在浩瀚的大海上冉冉上升。它硕大如盘，艳红如火，把大海染得一片赤彤，整片大海仿如一条巨龙，闪动着万片金鳞，然后升腾起一缕缕瑰丽的云烟，大海的上空，彩霞涌动，变幻万千，出海的白帆像插上金色的彩翼，飞向大海的深处。

啊，南澳岛！那藏宝之谜，把你装点得带有几分神秘。然而，无穷无尽的原生态资源，那才是取之不竭的真正宝藏，加之你是个得天独厚的侨乡，东南亚华侨特别多，台胞也有十万之众。随着改革开放的深入发展，华南第二出海口予以实施，把海上互市做得风生水起，成为"一带一路"政策的一大亮点，南澳岛一定能像青澳湾的日出那样，云蒸霞蔚，蒸蒸日上！

我深信南澳深入改革开放澎湃的涛声会更为迷人。

什么时候，再来枕沙听涛。

传说未必真实，但它往往反映一种民心，一种民意，一种价值观，烙上深深的社会印痕。

天下第一苏迹

　　初春，入住惠州西湖的湖心岛，适逢四川自贡的灯会在西湖展出。入夜，一轮圆月高挂，孤山的泗洲塔，披一身银晖，倒映在西湖的微澜上。夜幕一降临，满湖灯饰瞬间齐亮，斜挂塔上的流苏，停在桥边的画艇，亮在苏堤的火树银花，还有放在湖中的盏盏莲花灯，把整个西湖装点得一湖璀璨，让平日幽静、闲逸、安详的湖光山色，腾然变得华丽、喧闹、沸腾起来。

　　西湖，惠州的西湖，我实在数不清来过多少次，闲来也做过一些史料的考证。在东汉时期，这里是荒野之地，充满洪荒气息。它原是横槎、天螺、水帘、榜山等山川水入江冲刷出来的洼地，西枝江改造后的河床则变为湖，其西面和南面群山环抱，北依东江。东晋在湖边建有龙兴寺，唐朝改为开元寺，唐中宗年间，在西湖孤山建立泗洲塔。西湖初名无从考究，北宋张昭远居惠州时，将湖起了个怪怪的名：郎官湖。同朝代余靖作下的"重山复岭，隐映岩谷，长溪带蟠，湖光相照"之句，则是描述惠州西湖最早的佳句之一。北宋治平三年（1066），惠州知州陈称对西湖进行了治理，史称筑了平湖堤、拱北桥，以及点翠洲上的孤屿亭、湖水亭等，并用来养鱼灌田，西湖也因此被称为丰湖。

　　西湖声名鹊起，皆因东坡降临。

传说未必真实，但它往往反映一种民心，一种民意，一种价值观，烙上深深的社会印痕。

啊，岁月碾过多少历史痕迹，它让人沉思，让人长歌当哭！也让人奋发向前！！

惠州西湖，还有很多辉煌的历史，孙中山、周恩来、廖仲恺等都来过惠州，都在西湖留下过足迹。西湖虽负如此盛名，由于深居山区，改革开放前，去一趟可极不容易。若乘水路，从广州出发，得由珠江转入东江，乘"红星"客船也得走上一整天，若走陆路得翻越不少山坳。记得1965年，我在东莞虎门读高中，有一次跟一位副校长到惠州（当时是惠阳地区公署），听彭真的一个关于教育的录音报告，我们乘的是烧煤油的大客车，进入惠阳地界得翻越一个叫"牛屎坳"的大斜坡，客车虽然开足马力，车屁股喷着浓浓的黑烟，也足足爬行了半个小时。

那时惠州的接待能力也严重不足，偌大的一个惠州城，像样一点的宾馆也只有一个"东江宾馆"，一个"西湖宾馆"。那晚因租不到房间，我只好跟副校长共挤一张大床，他一米八几的个头重近180斤，呼噜打得像雷鸣一般，弄得我偷偷躲进沙发睡了一夜。

如今，去惠州方便了，两条高速公路直抵惠城，远远便可看到西湖孤山泗洲塔影，可以看见浩瀚西湖潋滟的波光。惠州的接待能力也今非昔比，星级宾馆在西湖周围星罗棋布，除了市属的惠州宾馆，座座别墅散落在西湖岛上，还有"凯宾斯基""万怡国际"两座五星级酒店巍巍然耸立在西湖边。夜幕降临后整个惠州市流光溢彩，西湖也小舟荡波，点点灯光像渔火、像流萤、像星河在流动。2002年5月，国务院已审定西湖为第四批国家重点风景名胜。2018年10月被评为国家5A级旅游景区。

惠州政府在西湖孤山建立起东坡园，从21世纪起，在一步一步完善孤山苏迹景点，突出东坡寓居惠州生活和文学创作，整修"朝云墓""六如亭"和相关旧迹。如今，东坡塑像挺立在孤山东坡纪念馆前，他一身正气，览尽湖光山色，近在咫尺的六如亭下朝云卧瞻七级浮屠，彼此永生永世魂系西湖孤山。

明朝万历三十三年（1605）某午夜，琼州发生了大地震，这片土地72条村庄一下沉没。现在东寨港和文昌铺前港一带的海湾海底村庄，也是我国迄今发现的唯一的一个陆地成海的地震废墟……

海底村庄上的绿岛

　　海南东寨港红树林，我前后去过两次。

　　第一次是1982年8月，我的一位特铁的同学琼文兄，毕业后回海南省府机关工作，他的老家就在红树林的岸边演丰镇上，他邀我携家眷到他的家乡红树林着实看了一回。

　　红树林我并不陌生，老家东莞虎门就有。虎门位于珠江口，珠江穿镇而过，镇的对岸有个阿娘岛，岸边就长满红树林，它像一条碧翠的玉带系在阿娘的腰间，斜阳下闪着迷离的光。涨潮时，我们喜欢游过对岸，躲进红树林捉迷藏；退潮了，我们喜欢钻进红树林下裸露的滩涂，捉跳跳鱼和蟛蜞。每天清晨，一群群鸥鸟从红树林飞出去觅食，日落时分，一群群鸥鸟又飞回林中憩息。

　　到了东寨港一看，才发现虎门的红树林只是一条绿带，而东寨港的红树林，远远望去简直是一片浩瀚的海洋，尤其是在涨潮的时候，潮水把红树林的根部枝干淹没，整个红树林像大海中一座充满诗情画意的"绿岛"，更像大海中一片莽莽苍苍的森林。一群群各色各样的江鸥在森林的上空盘旋，一艘艘渔舟在河汉中游弋，这森林随着阵阵海风翻起一层层绿浪，林涛声、海涛声，还有鸥鸟的鸣叫声，时而低吟浅唱，时而吼声如雷，奏响了红树林美妙的交响曲。

退潮了，东寨港红树林又是另一番光景，树林下被覆盖着一望无垠的浅滩，滩上布满纵横交错的树根，它们像蛇一般横七竖八地躺在那里，上面还长满各种寄生植物，螃蟹和一些两栖动物在上面爬呀爬的。有许多曲折迂回的潮沟分布林中，沟中有鱼跃有虾跳，还有不少软贝在沟边蠕动。琼文兄的男孩，带着我的女孩，在沟上摸鱼捉虾拾软贝，玩得十分开心。两位太太在岸边看着，聊得也十分投机。

琼文兄弄了条小艇，载我们在河里游弋，时际黄昏，一抹斜阳，透过树影，在河上洒下碎花般的光斑，轻桨划波，河水闪动着万片金鳞。那河缓缓地向海口蜿蜒而去，岸边有各种各样我叫不出名堂的鸟儿、鹤儿、鸭儿在觅食在嬉戏，一点也不怕人。再看河两边的红树林，各种树形，高低错落，参差不齐。林中色彩丰富，光叶子就有浅绿，有鹅黄，有深紫，有淡翠，当然还有姹紫嫣红的繁花，有吊满枝头的野果。在我的印象中，红树林是低矮的灌木林，可眼下却古树排空，有些海榄树龄达百年以上，直径达1.2米，高达30米，不少附加植物和藤蔓植物缠绕其间，形成海岸上一道奇妙的风景线，真想不到红树林竟有人合抱不过的参天古木。

琼文兄告诉我，红树林是热带和亚热带海岸特殊的森林植物群落，东寨港及附近的海滩上保存面积较大生长良好的红树林，树种之多为全国之最，有红树植物20科36种，占全国的97%，其中有水椰、红海榄、海南海桑、卵叶海桑、尖瓣海莲、秋茄、白榄、海漆、玉蕊、海芒果等。谈起红树林琼文兄可是部活字典，原来东寨港红树林可有一段不寻常的来历。东寨港又称东争港，古称东斋港，海岸线受第四纪初、中期断裂凹陷和明朝万历三十三年（1605）某午夜，琼州发生了大地震，这片土地72条村庄一下沉没，因沉没的村庄中有东寨村，故把地震导致地层下陷形成的港湾叫东寨港。现在东寨港和文昌铺前港一带的海湾海底村庄，也是我国迄今发现的唯一的一个陆地成海的地震废墟。

东寨港形状似一个漏斗，属阶梯状港湾，水面面积56万平方千米，水深一般在10米以内，其潮水为半日潮，潮高1.5米~2米，平均潮差1.1米，水体盐度

2.2%~34.5 %，土壤淤泥质，滩面平缓微呈阶梯状，有许多迂回曲折的潮沟分布其间，东有演丰河，南有三江河，西有演丰东河和西河，四条河流汇集港湾出海，四条河流年产水量达7亿立方米流入东寨港。东寨港滩涂面积广，水域资源丰富，为红树林的生长、繁衍创造了良好的条件。

东寨港位于海南省东北部，处于海口市与文昌市交界地，横跨海口市演丰镇、三江林场、三江镇与文昌市的商贸农场交界，红树林则绵延50千米，总面积4000多公顷，是中国第一个红树林自然保护区。它不仅是蔚为壮观的"海上森林"，此外，这里还是"鸟类天堂"和"天然养殖场"。

冬天，东寨港红树林是候鸟的过冬之地，栖息的鸟类有219种，其中鸟类珍稀物种包括黑脸琵鹭、白腹鹇、白头鹎、斑头鸺鹠、橙胸绿鸠等18种国家二级保护鸟类。红树林最常见的鸟类有池鹭、小白鹭、大白鹭、绿翅鸭、红脚鹬、青脚鹬、丝光椋鸟、棕背伯劳等。我们站在观鸟亭正好碰上百鸟归巢，它们在红树林上空盘旋、俯冲，不时发出颇有冲击力的啼叫，其场景的壮丽真叫人拍手叫绝。琼文兄告诉我，港里每年都搞一个观鸟节，那个时节来东寨港的客人一个个带着"长枪短炮"，可真谓人如潮涌。

东寨港海鲜亦极为丰富。鱼类有160种，主要有鲷鱼、鲻鱼、中华乌塘鳢（土鱼）、中华豆齿鳗（土龙）和鲈鱼等。螃蟹主要有锯缘青蟹、招潮蟹和相手蟹等；虾类主要有斑节对虾、鲜明鼓虾和虾姑等。软体动物有115种，主要有鲍鱼、牡蛎、莱彩螺、紫游螺、红树蚬、毛蚶、近江牡蛎、团聚牡蛎、长竹蛏、文蛤、红肉河蓝蛤和珠带拟蟹螺等。只要你在河上摇只小艇，撒上几网，保证你能满载而归。我们发现有几只小艇，正在河中撒网，一网上来，白花花的又是鱼又是虾，撒网时，那网像张开的一把大伞，在斜阳下闪烁着七彩光斑。网落时，发出一阵"星星索"的声响，收网时，鱼欢虾跳，闪着亮闪闪的银光，美妙极了，若是有人来首咸水歌，那是极佳的一幅"渔歌晚唱图"。

晚饭我们就在琼文兄家里吃，他在河边的凉栅里摆了一张大圆桌，满桌的海鲜都是琼文兄的大舅子在河上捉的，有肥肥白白的生蚝，有涨满膏黄的重壳蟹，有形如盘龙的大海鳗，有比拇指还粗的明虾，有横卧铜盘的大海鲈，还有不知从哪弄来的文昌白切鸡。我突然想起读大学时琼文兄的大舅子是行船的，经常带点大黄鱼、牡蛎，让我们饱尝口福，原来他大舅子还是一个捉鱼的能手，且一出门便是天然渔场。我们把酒临风，一面品各种特色的海鲜，一面赏东寨港数盏渔火点缀的夜色，一面听见阵阵涛声与归巢的鸟叫，如入寨上仙境！

这几年因为省参事室要下乡调研绿色发展，我跑了不少地区的红树林，各地的红树林各具特色，深圳红树林跟海滨生态公园连在一起，沿着深圳湾逶迤十数千米，在那可以看到越冬的数万只小鸟翔集的壮观场面，它与香港米埔自然保护区一水之隔，共同构成了具有国际意义的深圳湾湿地生态系统，也成为深港边界上最具特色的风景线。1986年，世界野生生物（国际）基金会主席，英女王的丈夫菲利普亲王，在英女王访华期间，特意从北京南下深圳，登上深圳湾红树林的观鸟亭，饱览深港湾湿地风光。丹麦野生生物基金会主席，丹麦女王的丈夫亨里克亲王也曾于1989年，兴致勃勃到深圳湾观光，并将红树林称为"绿色明珠"。

湛江雷州海岸线的红树林与湿地糅合在一起，长得既原始又繁茂，随处可见一道道绿色的长城；珠海的红树林，面积较大，光从海南东寨港引进的红树林良种便达6600多公顷，成了珠海大面积荒滩新的主人。阳江的红树林巧于布局谋篇，与阳江海陵岛的十里银滩、渔村小镇等风景区连成一个系列，让人玩了沙滩，泡了海水，食了海鲜之后，必然去这天然氧吧吸氧。

后来我查阅了不少资料始知道，红树林绝非只是一道亮丽的风景，它的作用可大着呢。

其一是防浪拥堤。红树林植物有多种多样的根系，形成稳固的支撑系统，使植物体能稳稳地扎根于滩涂上，通过"消浪，缓流，固土"功能在海岸形成一道密实的天然屏障。1986年中国广西沿海发生近百年一遇的特大风暴潮，合浦县398千米长堤被海浪冲垮294千米，而凡是堤外有红树林的地方，海堤就没有被冲垮。2004年12月，印度洋海啸，袭向周边几个国家和地区，死亡人数达23万人，而印度泰尔米纳德邦的瑟纳尔索普渔村，距离海岸仅几十米远的172户人家却幸运地躲过了此劫，原因是这里的海岸上生长了一片茂密的红树林。其二是天然的养殖场。红树林输出大量凋落物，星罗棋布的水沟、水坑，形态多样、纵横交错的根系，为鱼、虾、蟹及软体贝提供了生长发育及繁殖的良好环境，而且红树林植物群落的屏蔽作用为潮向带动物提供一个较为稳定而温和的环境。红树林是许多鱼、虾、蟹和贝类等海洋动物躲避和生长的乐园。其三是净化环境。红树林通过植物将二氧化碳转化为有机碳，同时释放大量的氧气，起到净化大气的功能、水体净化功能和改良土壤功能。近年来，海岸带污染问题日益突出，赤潮频发。红树林对氮、磷的累积能力强，可以减弱由于鱼、虾、蟹过度养殖所产生的富营养化，可以大量吸收重金属和有氯农药，让这些污染物稳定在土壤中，起到净化水体的作用。

当然红树林的作用还多着呢，诸如促淤造陆，维持生物多样性，科普教育及旅游，还有提供科学研究，等等，光以上翔实的三种作用其分量已经够重的了。红树林区是人类活动非常频繁的地区，也是社会经济高度发达的地区，自然开发利用的矛盾非常突出，如何在保护的前提下最大限度地利用红树林，是我们面临的重要课题。可以说对红树林保护的成功与否，是某一国家或地区自然保护工作水平的标志，更是人类在地球上能否长期存在的重要标志。

东寨港无疑是一突出的典型。它1980年经广东省人民政府批准成立海南东寨港自然保护区。1986年7月，经国务院批准晋升为国家级保护区，是我国建立的第一个红树林类型湿地自然保护区。1992年被列入国际重要湿地名录，是我国首批列入《国际重要湿地名录》的七个湿地之一。2005年被《中国国家地理》杂志评为中国最美的八大海岸之一。2006年被国家林业局评定为示范保护区。东寨港保护区是我国红树林保护区中最典型，最具代表性，资源最丰富，红树林物种类最多的国家级自然保护区，其群落多样性，物种多样性和生态多样性为国内同类保护区最高，在国际上具有较高的知名度和影响力，成为海口市的一张名片和一道亮丽的风景线。

2015年春节，琼文兄再次邀请我一家子到海南过年，重游东寨港当然是其中一个重要节目。

一晃30余年过去，当年到东港寨的女孩，早已当了妈妈，回想当年的情景，一家子总是笑出声来。东寨港红树林，有变有不变，变的是比以前更漂亮了，特别是那条红木做的栈道，仿如一道九曲桥，沿着河边傍着红树林，一直蜿蜒到天边。来的游客比以前更多了，特别是一双双情侣，一边在栈道上谈情说爱一边拍照，有的还带着狗来遛呢。河水比以前更清了，一艘艘崭新的游艇在河上来回穿梭。每一河段都设有供小憩和赏景的风亭与观鸟台，渴了可以饮椰子水，饿了可以食咸水蛋。在河的拐弯处还设有海鲜楼，海鲜池的海鲜活蹦乱跳，极为生猛，鱼虾蟹应有尽有任君选择，这海鲜楼跳出河面，坐在那里，海风入怀，红树林的全景尽收眼底，这种逍遥快活散心怡情，在大城市哪里找？

　　不变的是，涨潮时，那"海上森林"与"碧波绿岛"的雄姿；退潮时，那鱼欢虾跳，百鸟狂欢的景象，还是那么天然，那么和谐。

　　这使我想起了我家乡的红树林，不知什么时候起连影子都不见了，取而代之的是墨绿的浊流，虽然摘得"全国第一镇"的桂冠，可我却高兴不起来！

　　经济发展与生态环境，一定是一组不可抗的矛盾么？我不相信！看来，推进绿色发展的国策，是一个很有前瞻性、长远性和战略性的理念，东寨红树林更是一个活的标本。

"海的故事"，为什么能声名远播？因为它触及人类最敏感的神经，让人去回忆，去追求海的梦境……

聆听海的故事

去海南大多数人钟情于三亚，其实去琼海也别有一番风味，淌淌万泉河，闯闯天堂小镇，聆听一下海的故事，既领略别具一格的景致，也让你低首作点沉思。如此"漂泊一回"，此乐何极？

所谓天堂，就是老天的特别宠爱，把风光的精华都赐给它。这个天堂小镇叫博鳌，只要踏进这小镇，仿如闯进仙境一般。2015年夏秋之间，我们七七级的同学在这欢聚一堂，果真名不虚传。

博鳌，位于琼海市的东部海滨，是万泉河与南海的交汇处，东临浩瀚南海，境内有万泉河、龙滚河、九曲江三江汇流。博鳌，靠山临海，山峦起伏，江河如练，椰林飘香，聚江、河、湖、海、山、岭、泉、岛八大地貌于一身。

我们乘游艇溯江而上，探了一下万泉河。看见两岸椰林密布，河水清澈见底，有位女同学情不自禁地唱起歌来，清脆的歌声在万泉河上回荡——

万泉河水清又清

我编斗笠送红军

……

正是芭蕾舞剧《红色娘子军》这首主题曲，让万泉河闻名遐迩。其实，在芭蕾舞剧之前，也拍过一部同名的电影，演员的阵容十分鼎盛，王心刚饰演洪常青，祝希娟饰演吴琼花，陈强饰演的是南霸天，其故事来自琼海，其外景也全都在琼海拍，万泉河当然是景中之景。澄海除是红色经典之外，自然风光也堪称海南一绝。

万泉河，是海南的母亲河，是中国热带自然生态极佳的一条河，被称为中国的"亚马孙河"。万泉河发源于五指山，出海口就在博鳌，全长163千米，上游两岸峰峦壁立，古木成行，莽莽苍苍的热带原始森林直铺云际，一座巨坝把万泉河拦腰一截，数十里狭长的河道变成一弯月牙形的大湖，整个上游，犹如一水绕山转、浪拍峰尖、碧波万顷、小舟游弋的山水画廊。下游则水面开阔，水流舒缓，椰姿帆影，槟榔飘香。黄昏降临，残阳撒金，倒影沉壁，薄雾织纱，丛鸟归林，令人像饮了杯海南的山岚酒，有种微醺之感。

玉带滩不能不去，它位于博鳌面对的海面上，是一个自然形成的沙滩半岛，全长8.5千米，地形地貌酷似澳大利亚的黄金海岸和墨西哥的坎昆，在亚洲可谓仅此独有。玉带滩因其为世界最狭窄的分隔海、河的沙滩类岛，而被载入《吉尼斯世界纪录大全》，它像一条晶莹剔透的玉带，把河水、海水分开，一边是涛涌浪飞的南海，一边是平静如镜的万泉河，融江、河、海、山麓、岛屿于一景，加之白帆点点，白鹭追着落霞，是摄影爱好者真正的天堂。

博鳌亚洲论坛，就建在三河出海口的西南岸边，由五个巨大白色帐篷组成，远眺似蓝天中飘浮的五朵白云，近看似大海中五张帆影。东面是三河出海口的腹部，前面是宽阔的港湾和那沙色如银的玉带滩，西面和南北面是博鳌水域，万泉、龙滚、九曲三条河流就在此汇拢，继而流入浩瀚的大海。万泉河出河口有东屿、鸳鸯、沙坡三个岛屿，使博鳌港水中有岛，岛中有水，波光错落，景色迷离。沙滩广阔平坦，沙白如雪，沙软如棉。港口岩群屹立，海岸绿带成林，椰林挺拔，槟榔婀娜，炊烟袅袅，岚影飘飘，远眺绵延十多千米的海湾沙岸，无异于上苍纺织的一条五彩缤纷的绸带，为天堂小镇平添几许姿色，几许飘逸，几许空灵。不少中外旅游名家认为，这是世界上河流出海口自然景观保持最完美的地方。大概亚洲论坛选址在此是其中一个很大的原因吧。天堂小镇也由于亚洲论坛声名鹊起，真可谓相得益彰。

在博鳌旁边有一个渔港风情小镇，名叫潭门镇。整个小镇，河汊纵横，帆影林立，食肆成行，酒旗飞舞。据说潭门渔民是历史上唯一开发西南沙的特有群体，祖祖辈辈都在黄岩岛一带打鱼，为国家一级渔港。斜阳下的潭门渔港金碧辉煌，活像一座"海上行宫"，海鲜酒楼成行成市。我们选择了一个临海的"海鲜坊"就餐。这是一间园林式的食肆，椰林、帆影装点其中。坐在其间，海风入怀，风铃叮当，椰叶轻拂，帆影微动，颇有一种在船上就餐之感。海南同学琼文兄，点了十数种海鲜，有海鳗、鲍鱼、海螺、花蛤、对虾、膏蟹……配有近十种佐料，有蒜、姜、葱、醋、酱油、蚝油、椰丝……这些海鲜跟他的老家红树林的海鲜有异曲同工之妙，我们举起一大杯啤酒碰将起来，透过斜阳，麦芽色的啤酒也兴奋地扬起了浪花。我们边左右开弓大食海鲜，边极目远眺海边的景色，在石屎森林的大都市哪来这种天然与畅快！

这园林餐馆竟辟有一精巧的风情园，名曰"同船渡"。一丛椰林，一片沙堆，几只小船，数圈桌椅，在小船的桅杆上挂着一个木牌，上书"百年修得同船渡"。一顿海鲜餐之后，在这小园雅叙竟成了我们的余兴节目。在我们系的同届中竟有7对同学结成夫妇，近40年过去均白头到老。当然，每对有每对的精彩，也有磕磕碰碰，但都信奉"百年修得同船渡"这一朴素的人生哲理，越老越相敬如宾。另有一对他们都是已婚了的，男的爱人病逝，女的丈夫走了，他们相互聚焦，此行当着众多同学的面宣布结合。这几对旧的、新的互相推着搡着坐在条幅下，拍起亲密的合照来，还一齐合唱《风雨同路》。啊，同学岂不也是"百年修得同船渡"？于是全体同学手挽着手来了一张"全家福"！

"海的故事"是最具情调的去处。我们下榻的海滨度假村，走向海滩只需移步十来米，便是"海的故事"。这是一海滨酒吧，它处于琼海热带海滨公园的核心区，与它相邻的还有"老房子咖啡村落""爱情海""曼畔"等以博鳌为主题的坊间酒吧群。它们沿着海岸而立，一伸脚下面便是沙滩，一抬头所见即是浩瀚的南海。我们到时，正是夕阳西下的黄昏时分，滚圆的红日慢慢地沉入南海，把半边的天空烧得通红，那白鹭追着流霞飞向天边，那帆影载着渔歌翩翩归航，那一群群沙鸥，时而高飞，时而低翔，时而在滩边觅食，织成一幅颇具动感的图画。此刻，正值退潮，那涛声正在低吟浅唱，使你如入梦境，偶尔传来商船的汽笛声，又将你从沉醉中唤醒回来。

这批酒吧，各有各的风格。"老房子咖啡村落"，有间宽阔的咖啡老房子，其亮点在那排跳出海滩的长廊，啤酒台凳在长廊里摆开长蛇阵，以星空为瓦，以椰树作柱，以芭蕉扇风，以涛声作乐，取的是天然美。"爱情海"，则十数"爱巢"星罗棋布于沙滩边，屋前屋后均是掩映的椰林、繁花与剑麻，通幽小径是小桥、流水、亭阁，每间"爱巢"都是一个独立的小天地，取的是温馨意境。"曼畔"的烧烤炉高低错落，散布在岸边椰林下，石台石凳散在林中，中央宽阔地还有舞台，时有小型的外籍艺员的吉他演唱会，每至夜幕降临，那烧烤炉被点燃，便像一丛丛篝火在燃烧，加之吉他声一响，远远望去还以为在开篝火晚会呢，它取的是东南亚风情。

"海的故事"则是另一番情调，酒吧的氛围很有民俗个性和地域特点，从酒吧的整体建筑再到家具与饰物蕴含了极丰富的海的元素。整个酒吧，就像一乘风破浪的船队。"旗舰"有高高的桅杆，有巨大的航轮，有宽阔的船舷，"旗舰"两旁布有散而有序的小船。旗舰餐台餐椅均用破旧的木船和离弃的船板拼造而成，船舱大的便是大的酒吧，舱内挂满了旧的鱼叉和渔网，露天的大厅，摆满了大桌大椅，虽有点粗糙却挺有味道，船尾的船舱便是酒吧最大的酒屋，其他小船便是自成一统的小酒屋。酒屋与酒屋之间有鹅卵石砌的小径相通，路旁有如茵的绿草，有繁茂的野花，还有丢弃在草丛与花间的船桨与鱼篓。无论大小酒屋，墙上都挂满有关海的黑白老照片，每个墙角都吊着渔灯，让人顿生一种怀旧的情愫。由于它别出心裁，地方特色很明显，文化底蕴深厚，后来人们索性把整个酒吧公园都统称"海的故事"，甚至把整个博鳌也以之命名。

我们在旗舰的露天酒吧坐下，这里可以眺望大海，可以仰望星空，可以聆听涛声，可以听见隐隐传来的蛙鼓与蝉鸣，可以享受习习的海风，还可以感受一下这酒吧公园的热闹氛围。同学带来的小孩一见沙滩，便跑下去跟别的孩子一道脱下鞋子去蹚海水、去筑沙城。我们一群同学点了几扎啤酒，来了几盘小食，一边喝啤酒，一边嚼小食，一边观景，一边天南海北地聊了起来。

啤酒公园白天安静得像一潭泉水，晚上则像一片沸腾的海。夜幕降临，各酒吧顿时亮起了万盏灯火，"海的故事"的马灯也亮了起来，像一盏盏渔火在大海中闪烁，各酒吧的人越来越多，整个海滨公园如一条热闹非凡的酒吧街，其气氛就像北京的"三里屯"，不过"三里屯"看见的只是长街与楼宇。这里，见到的是大海，听到的是涛声，还有看到海中像流萤般飞动的渔火，天幕像飞瀑般流动的星河。

店主蒋先生见我们人多，拿起杯来向我们敬酒。三杯入肚，他的话便多了起来。他说："'海的故事'其实是每个人心中的一个梦想，也是我的梦想。小时候我对渔村和大海就有一种难以割舍的情怀，脑海中一直记住，面朝大海，春暖花开的'海的故事'。我大学毕业下了海，我的梦想就是做一个以海的文化为主题的休闲场所，让它成为海南国际旅游岛的一个亮点，海岛把热带雨林、山光水色、海边山野的美食展示给游客，'海的故事'把海岛的文化、生活方式、价值观念，以潜移默化的方式传播给大家，并希冀能引起心灵情感的互动！"

啊！"海的故事"首先是店主的故事，在商品经济的社会里，不少老板追求的都是利润的最大化，尤其是在一些旅游区，极端的商品化都让一些景点变了味，特别是一些食肆和悠闲的去处，老板都想方设法去斩客，去诈游客的钱，尤其在国际旅游点，这种行为更是令人讨厌，这是有失国体的事。"海的故事"的主人想到的是心灵互动，想到的是人生的哲思！这是多么有益而又有趣的事，店主跳跃的这一颗晶莹而又滚烫的心，让我看到国际旅游岛的希望！

我们是恢复高考的第一届大学生，我们是被耽搁的一代，又是幸运的一群。当年11届高中毕业生共挤高考的这一独木桥，毕业后又在各自岗位打拼沉浮，谁没有一段"海的故事"？店主人一下抓住了我们共同的兴奋点。我们开始在船上探寻，在大船舱设有一面"海的故事"的故事墙，墙上贴着纸条，上面写满漂泊的故事，海风徐来，像扬起的片片白帆，在一张渔桌上堆满了"故事簿"，我们仔细阅读，发现无数男女在此"停泊"，写下自己动人的故事，或把它放在墙上流浪，或让它藏在本子里沉淀。我发现，几乎所有的年轻人都有过两个浪漫的想法：一是流浪；二是开个小酒吧。开头我有点百思不得其解，深想一层也就释然了，人生不就是一个大海吗？流浪不就是闯荡世界吗？人生就是在"大海"中不断闯荡去实现自己的梦想的。开个小酒吧，不就是为一群群流浪者开一个驿站么？让他们小憩一下，再去闯荡一番，回味一段旧故事，开始一段新的故事。不断地在大海的浪里沉浮，直至到达理想的彼岸！

我终于明白"海的故事"，为什么能声名远播？因为它触及人类最敏感的神经，它让人去回忆，去追求海的梦境，这海当然是生活的大海，这种神经不仅当代青年最敏感，且每一个时代的青年都敏感。这使我想起我的一位老同事、老上级的"海的故事"。他姓赖，在20世纪60年代的初期，初中毕业的他就穿着海魂衫从广州到海南闯荡，在海南立业成家，生了个男孩取名就叫"梦海"，他有生活、有文化、有思想，笔杆也相当犀利，被提拔为县团委的宣传部长，后来他被省委选中为省青年刊物的总编，该刊物一度风行全国，月发行量超近150万份，成为全国青年刊物佼佼者！他把自己在刊物写的卷首语，结成一本集子，书名就叫《青春梦》。因为我是他的副手也是该书的责任编辑，我认真拜读它的每一篇文章，这是一本用真情实感写的畅销书，充满人生的哲理，激励不少年轻人为大海的梦想而奋斗。

每个不同时期的青年都有他追求的梦想，虽然追求的方式有不同，价值观也有不同，但追求人生美好的境界却是共同的！其实"中国梦"何尝不是在追求中华民族复兴的一种境界？从这个角度看，它也是一个放大了的"海的故事"，一个全民族的"海的故事"！

夜深了，我回宾馆洗了一个澡。然后枕着涛声入梦……

有人说，亚龙湾是一个被大自然宠坏的地方，大自然把最宜人的气候，最清新的空气，最和煦的阳光，最湛蓝的海水，最洁白的沙滩，最多姿的海岸……都赐予这迷人的海湾。

梦居亚龙湾

亚龙湾，是我到过最宜居的地方。记不清是哪年的暑假，我们一家子，在那度过两星期的假，那种美妙的余韵，还不时地撞击我的心弦，引起极为美好的回忆。

亚龙湾，位于三亚市的东部，距市中心仅有10千米，是一个奇妙无穷的海湾，它像一弯月牙，飞峙在南海之滨。在这里，连绵的青山拥抱着一湾湛蓝的海水，海湾有诸岛，以野猪岛为中心，南面有东洲岛、西洲岛，西面有东排岛、西排岛，岛屿虽小，却阻隔汪洋的澎湃，形成一个海中之海。海湾面积66平方千米，其中有9平方千米的珊瑚区生长着种类繁多的硬珊瑚和软珊瑚，海水能见度10米以上，可清晰看见海底珊瑚礁丰富的色彩和精巧的美姿，亦可看见色彩斑斓的热带鱼在珊瑚丛里进进出出，真是一个令人羡慕的和谐社会。这海域可同时容纳十万人戏水畅游，数千只游艇游弋追逐。可以说，这里不仅是天然的海滨浴场，也是察探珊瑚礁以及潜水冲浪的胜地。

亚龙湾，有一延绵7000余米，宽50~60余米的沙滩，这里沙细腻得像太古砂糖，色如白雪，软似棉花，随处可以躺下，枕着波涛安眠。据说这细腻的白沙滩是珊瑚的骨骼和贝壳风化而成，走在沙滩上，脚下发出吱吱的声响，仿如踏着一个童年的梦境。海风入怀，时刻都像被一个巨大而又极其温柔的胸怀拥抱着。当你回头张望那留在沙滩上的一串串脚印和那留在滩边色彩斑斓的拖鞋，你会感觉有人在向你诉说一个如梦如幻的浪漫故事。

有人说，亚龙湾是一个被大自然宠坏的地方，大自然把最宜人的气候，最清新的空气，最和煦的阳光，最湛蓝的海水，最洁白的沙滩，最多姿的海岸……都赐予这迷人的海湾。这里是一个消闲的乐园，我们曾下海潜水，曾乘船冲浪，当然更多的是海中畅游。累了，我们会静卧在沙滩椅上，任阳光微蒸，任海风入怀；或睡在椰林的吊床小憩，任涛声在耳畔低吟，任鸟儿在头顶浅唱。那种闲情，那种逸趣，那种舒坦，在大都市是无法体验的。有时兴致来了，会跟小朋友在沙滩筑长城，在海边拾贝壳，在绿色长廊里荡秋千；抑或是在椰林餐厅饮刚摘来椰子的椰汁或食刚捞上来的海鲜做的烧烤。天伦之乐产生的那种惬意，那种温馨，那种亲情，也是无法忘怀的。

"三亚归来不看海，除却亚龙不是湾"，是游人对亚龙湾由衷的赞誉。亚龙湾，古称琊琅湾，后称牙龙湾，过去是一处不为人知的荒僻海滩。20世纪80年代中期，考察海南时我就去过，最深刻的印象是海边那一望无际的芦苇荡与一丛丛蓬蓬勃勃的红树林，还有一艘搁浅在岸边的破船，船舷长满了青苔爬满了螺蛳。不过，那白花花软绵绵的沙滩，仿如一条晶莹剔透的玉带系着这一海湾，这种奇丽也是十分强烈的。据清朝光绪二十六年（1900）编纂的《崖州志》记载，"琊琅湾，在榆林港东五十里"，"琊琅湾"，出自本地黎语，"琊琅"意为白玉，形容沙子洁白如玉。因为这里的海湾呈月牙形，后来又被称为"牙龙湾"。

关于牙龙湾，还有这么一段传说。很久很久之前，在如今三亚境内亚龙湾一带根本没有沙滩，紧靠海面是大山和悬崖峭壁，在海边的高山上，住着十几户黎族人家，得大海风光的滋润和山野美景的厚泽，这里的姑娘一个个如花似玉，其中一位叫吉利的姑娘尤为出众，别的小伙子追求她一律不顾，一心只爱家贫却勤劳的阿祥。

一日，七位仙女下凡到此海中洗澡，忽见吉利和她的女伴走来，她们惊叹凡间竟有如此美丽的姑娘，在自叹弗如中沉入海底，再返回天庭，并把见到的告诉她们的哥哥们，并撺掇他们下凡娶吉利她们为妻。仙界七位英俊的小伙们怦然心动，他们踏着祥云来到海边，见吉利她们背着鱼篓走来，果真名不虚传，便吹了口仙气，七位姑娘便像着了魔般随他们朝深山走去。阿祥和他的同伴刚好出海捕鱼回来，见此状况，气不打一处来，跳下船拼命地追，可怎么也追不上，怎么叫也没人管他们，他们惊叹女人的心怎么变得那么快！

到了深山，七位仙界小伙，很有礼貌地向她们求婚，七位姑娘都说有意中人而拒绝，仙界小伙想起婚姻是月下老人主管的，不能强求，便吹了口仙气，让姑娘平安回到家里。回到家中，吉利她们见未婚夫们都白了头，好生奇怪，便细说遇到的事，并提出立即完婚，未婚夫没有一个愿意娶她们，他们怀疑她们已经不是黄花闺女了，未婚夫冷淡她们，父母冷淡她们，兄弟姐妹冷淡她们，村里的父老乡亲都冷落她们。

七位姑娘跪在大海边，祈求大海为她们的清白作证，大海无语；求苍天作证，苍天无声……七位姑娘悲愤地走进海里，以死证实自己的清白。这时，山呼海啸，大雨倾盆，高山峻岭、悬崖峭壁不断往后退，退出一个月牙形的海湾，姑娘们明亮的眼泪融在海里，使海水变得更为清澈，她们洁白的身躯被海水冲到岸边被主管这里的龙王太子阿龙点化，变成洁白如银的沙滩。上天知道原委后，发起恻隐之心，让她们的灵魂上了天堂。阿祥他们知道后追悔莫及，只好世世代代守护着这片圣洁的沙滩。

1992年，经国务院批准建立三亚亚龙湾国家旅游度假区时，开始统一使用亚龙湾的地名，寓意这块沉睡千年的美丽海湾，将像巨龙一样腾飞而起，光照整个亚洲，听起来有点儿政治色彩，但发现她的美，保护她的美，让她的美多放光彩，看来倒也符合上天的意愿。

亚龙湾的确宜居，除了戏水玩沙滩，还可以上岛，登山，访林，探谷。上岛，上的是亚龙湾蜈支洲岛，它像一只蜈蚣卧在浩瀚的大海中，岛上风光绮丽，生长着2700多种热带植物，更有数亿年前生存下来的奇花异木，岛的东南悬崖处有观日岩，登高远眺，全岛风姿一览无余，每当日出或日落，其景更为壮丽。日出，那金光在云层中如万箭射出，固然绚丽优美。而日落，白帆追着落霞又是另一番景致。观日岩下，一天然形成的巨石似海龟慢慢向海中游去，故被称为"金龟探海"，流溢一股福禄寿全的气息，岛上妈祖庙屹立在数百年

女气质吧！美丽而又高洁，活泼而不风骚，明朗而又羞涩，宁静而又热情。从古到今海湾期待的是理解和呵护……我们天天追求的不正是这种"天人合一"的境界么？

离开亚龙湾已经很多年了，不知怎么回事，却经常梦居亚龙湾里……

最后的枕水人家

烟花三月
归隐者的山庄
临湖一品
萧山秋涛
三泊秦淮
寒山夜半钟
最后的枕水人家

扬州实在是一言难尽，初看是有点
矫情，而细细品之，则有其风骨……

烟花三月

初识扬州是在诗文中。

一是诗仙李白的《黄鹤楼送孟浩然之广陵》：

故人西辞黄鹤楼，
烟花三月下扬州。
孤帆远影碧空尽，
惟见长江天际流。

在此李白虽主要写长江的胜境，可一句"烟花三月下扬州"使人对扬州
神韵勾起无限的遐想：三月的扬州，烟雨迷蒙，繁花似锦，而市井中则酒旗飞
舞，车水马龙。

二是大诗人杜牧的《寄扬州韩绰判官》：

青山隐隐水迢迢，
秋尽江南草未凋。
二十四桥明月夜，

玉人何处教吹箫。

又是青山又是绿水，又是明月又是虹桥，又是玉人又是箫韵，清辉中绿草如茵，晚风中香气袭人，多么令人销魂的秋夜。

三是扬州人张若虚的《春江花月夜》：

春江潮水连海平，
海上明月共潮生。
滟滟随波千万里，
何处春江无月明！
……

这首"以孤篇压倒全唐"的长诗，把扬州南郊江滨月下夜景描绘得尽致淋漓，以至被散文大师闻一多先生誉为"诗中诗，顶峰上的顶峰"。

四是在《三代庐笔谈》中。

文中说扬州女子金凤钗读《牡丹亭》成癖，一心一意要嫁给作者汤显祖，最后因情而死，唯一遗嘱是"以《牡丹亭》曲殉"。汤显祖感其知己，亲自为其料理丧事，守墓月余方返。此故事读来荡气回肠，令人唏嘘不已。

诗文中的扬州给我的印象是一个繁华的烟花之地，是一个风情万种的温柔乡。

再识扬州是在生活中。

有两件事令我的印象极为深刻。

一是扬州炒饭。这炒饭，数点葱花，几粒虾仁，少许蛋片，色香味俱全，滑滑的鲜鲜的，充斥着羊城的酒肆，一盘简简单单的主食，竟然可做成一道佳肴，扬州人识食也。

二是扬州的修脚。扬州师傅修脚，又轻又巧，一捶一捏，啪啪嗒嗒地充满韵律，让你感到酥酥的绵绵的，舒服极了。且所到修脚之处，师傅多为扬州人。

洞过云绕，夜听玉人箫"的绝妙佳境。

当然瘦西湖仍有不少迷人之处，那都是些天然去雕饰的野趣。

其一是冶春。

冶春，有熔春天景色于一炉之意，其实它只是一个水埠码头。据说当年乾隆正是在此登舟游湖的，所以被称为御码头。说是御码头，却看不见多少皇家的气派，只见一块石碑，孤零零地立在一个古亭中。可这里流泻着一派乡村小镇的趣韵。那长长的石阶从岸上铺到河边，一树古榕像一把巨伞为石阶遮阳挡雨，那些气根随着微风轻拂着河面，轻拂着如梭子般穿过的小舟，一群群村姑手挽着竹篮，打闹着到河边洗衣，捣衣声、笑骂声，声声入耳。数座飘着酒旗的茶馆依河岸而立，由一串串雕龙画凤的长廊连接着，远远望去仿如几艘凌波的画舫。舟行一路，扑入眼帘的是小桥、流水、船影、茶舍、农庄，这些天然野趣，在大都市是难得一见的。

其二是绿杨村。

当船轻轻荡过冶春时，不知不觉地来到绿杨村，这是一个花鸟市场，只见在一片浓密的绿杨下，各种盆景争奇斗巧，各种花卉姹紫嫣红，一个个大爷提着各种款式的鸟笼，笼子里莺啼鹧呼，真让你眼花缭乱，使人想起"绿杨城郭是扬州"的名句。这里之所以出名，其中一个原因是这里流传着一段佳话。明末秦淮八艳之一的董小宛，在明亡之后，曾与冒辟疆公子隐居于此，后来引出一段对董小宛垂涎已久的降臣洪承畴带兵查抄绿杨村，掳去董小宛，董小宛拼死不从，冒辟疆千方百计冒死相救的故事，这曲折的情缘与钱谦益和柳如是、方域和李香君的动人故事相媲美。

其三是船娘。

船娘可算是瘦西湖一道独特的风景线。

提起扬州，人们就会想起绿杨绕廊，碧水涟漪，在虹桥下边，有几条画舫临波荡漾，船上有姑娘或划桨，或摇橹，或撑篙，偶尔还会飞来一阵悦耳的歌声。这划桨、摇橹、撑篙的就是船娘，扬州的画舫是靠女人来装点的。扬州八怪之一的黄慎，有《广陵湖上》诗云：

城壕丝管集，

争待水关开。

画舫垂杨外，

歌儿皓齿来。

历史上一直流传的西湖的舞姬、珠江的艇妹、秦淮的歌女和瘦西湖的船娘的种种风流故事。其实，船娘不同于一般的船妓，船妓只是在船上卖艺与卖色的妓女，而船娘首先要在船上卖力气，她们要划船，甚至还下厨做菜。船妓以粉白黛绿为美，而船娘则以乱头粗服为美。当然因风气所染或生活所逼，到晚清时已有船娘沦为船妓的倾向。

如今瘦西湖的船娘，已是另一番光景，她们清一色穿着镶花边的蓝衫蓝裤，可头巾却是七彩纷呈，所以看见画舫在湖上来回穿梭时，仿如看到一群群七彩的燕子来回飞舞。船娘们一张张红扑扑的脸上，流溢着一种青春的活力，也难掩几分初出茅庐的羞涩。我真怀疑她们是否从渔家姑娘招来的，如今下厨做饭已不时兴，画舫上倒多了一道茶艺，而这茶艺师是导游兼做的，这些导游也是画舫上的一道风景，她们虽不是个个如花似玉，却均不乏气定神闲的风韵，她们穿着时髦，谈吐优雅，说起扬州与瘦西湖的风情典故如行云流水般舒展与清脆，她们多是从旅游学校出来，均拿了上岗证的，她们的"洋气"跟船娘的"土气"一调和，倒成了瘦西湖上一道可餐的秀色。

夜来读《扬州文化大观》，始觉得我白天的判断还是有失浮浅的。其实，这繁华的烟花之地，虽有隋炀帝为看琼花动用数十万人开凿运河的公案，但在历史上可圈可点的人或事委实不少，如数次东渡日本传经的鉴真和尚的执着，如捍卫江山血洒南城的史可法的坚贞，如活跃画坛而不媚俗的扬州八怪的风骨……

扬州实在是一言难尽，初看是有点矫情，有点做作，而细细品之，则有其风骨，有其内涵。虽是三识扬州，却依然有点肤浅，有点朦胧，因是走马观花，我写的仅仅是一些印象而已，要展现其内核还得好好去探寻它的风物，去考察其文化的底蕴。我想，对人、对事、对物、对一地方的评判亦然。

有几许清高，也有几许落寞；

有几许避世，也有几许不甘……

归隐者的山庄

中国的园林在世界上是著称的，中国的园林则以苏州、曲阜和扬州最为有名，而这三个地方的园林又各具特色。有园林评论家认为：苏州园林的建筑以富贵气出名，多为官僚富商的居室；曲阜的园林是以皇家气派出名，多为封建帝王祭孔的官构；而扬州因文人荟萃，所以园林的书卷气较足。参观了扬州的"何家花园"，我认同这一观点。

何园是扬州大型私家园林中最后问世的压轴之作，因为建筑手法独特多样，艺术风格南北兼容，中西合璧，成为扬州园林的经典代表，它有"中国名园，江南孤例"之称。文物专家罗哲文先生来此考察后还专门为何园题词"晚清第一园"，是扬州现存规模最大的官邸园林。

"何家花园"简称"何园"，因建园的主人姓何而得名，一百多年来，人们一代一代这么称呼，也就约定俗成了。其实，何园的真正园名叫"寄啸山庄"。面积达1.4万余平方米，何园由清光绪年间何芷舠所建。园名是当初园主何芷舠自己命名的，并用隶书题其额，嵌在门楣上方。"寄啸山庄"，取意于东晋大诗人陶渊明的《归去来辞》，集"倚南窗以寄傲""登东皋以舒啸"中的"寄""啸"两字为山庄之名，表达的是主人寄情于山水田园，不与宦海同流合污的志节情怀，很显然何芷舠是很欣赏陶渊明的归逸思想并乐于效仿的。

甫一入园，这书卷气便扑面而来。

当然，何园的书卷气并不是以一园名便能概括，这园名只是一点睛之笔，这种书卷气是浸淫于整个建筑的风格之中，一亭一阁，一楼一榭，一匾一联，均体现人文之美；书法、绘画、雕刻、琴韵，荟萃成一个文学艺术的大观园。正因为如此，《红楼梦》《桃花扇》《梅花三弄》等五十多部电影、电视剧才不约而同选中它作为拍摄之地。曾在何园寓居过的名人亦很多，著名国画大师黄宾虹，他六次来扬州，都寓居在骑马楼东一楼。著名作家朱千华先生，曾寓居何园五年多，其旧居在骑马楼东二楼，这里留下他不少作品。我认为何园的总体建筑可谓匠心独运，说它是江南孤例，因为它拥有四个"天下第一"。

其一，是"天下第一廊"。何园是一个居游合一、宅园一体的大型私家园林，它分大花园和小花园，大花园则分为东苑与西苑，而这两苑的核心建筑则是主人日常起居的玉绣楼，在其东西南北分散着亭、台、楼、榭，妙就妙在这建筑群竟由一串长廊来连接，形式多样的复道廊，上下两层，或直或曲，或回或叠，真可谓无路不廊，有楼皆通，其长度竟达一千余米。仿如彩虹飞落，把何园五大楼宇融为一体，这长廊的功能多着呢：迟春，可凭栏观看牡丹池鱼儿抢食落英；隆冬，可临窗摘取一剪傲雪的红梅；雨天，可下水心亭，观看梨园子弟精彩的表演；月夜，可登赏月楼，一会月中寂寞的嫦娥。日出日落，回廊两侧透空雕花栏杆交错投影，溢彩流光，变幻莫测，绮丽迷人，那诗情画意尽在这若有若无间，它成为何园最著名的景观。为此，园林文物学会会长罗哲文先生称之为"江南园林中的孤例"。我认为解其底蕴，只有一个字便是：避。是避风、避雨、避日、避雪，但这种避又不甘寂寞，它还是要观看日月的升沉，要观看风雪的变幻，要观看花开与花落，要观看山水的肃穆，要观看戏台的喧哗，这是典型所谓归隐者的心态。

其二，是"天下第一窗"。我们在走串廊时发现，东南两侧楼廊的上下廊壁间各有一排杂锦花窗，品味花窗和从花窗观景可谓何园的又一特色。若把中国园林比作一首好诗，花窗就是它的锦词佳句，何园花窗不但数量多而且制作精，有方形、圆形、花形、格子形，样式十分精美。它们集中分布在花园与住宅之间的廊壁上，组成一条条优雅别致的花窗带，这本身就是一条艺术的长廊，它不但是赏心悦目的景观，而且实现了不同空间相互借景，人们透过花窗，就可以欣赏花园中一幅幅流动的框画，一步一景，步移景换，扑朔迷离，充满诗情，充满画意，也充满空灵，穷其底蕴也只有一个字：虚。

其三，是"天下第一房"。这片石山房是何园的后花园，可谓是园中之园。片石山房相传为石涛和尚叠石的"人间孤本"。石涛本姓朱，法号元济，据考证他是明宗室靖江王朱赞仪的十世孙，他出生后不久，明朝就灭亡了，为了逃避清朝统治者的迫害，他和哥哥在明王室内眷的安排下出家做了和尚，他不仅是中国画坛的一代巨匠，而且也是一位造园叠石的高手。他41岁时结束了云游生活，定居扬州，营造了片石山房。清光绪九年（1883）为何芷舠归隐扬州时所购得，成为何园的一个组成部分。进入片石山房，园子不大，只有1300多平方米，可却山水天然形胜于江南一隅，门厅有滴泉，仿如门挂珠帘，既形成"注雨观瀑"之景，亦有一帘幽梦之幻，虚实结合，意境盎然。纵观整座山房，其精妙之处是融山水亭榭于一体，且方寸之间有乾坤。三间水榭凌波而起，与假山主峰一潭相望，亭榭之间由回廊曲径相连，而这四景则可各具特色，尤其是水榭、假山与人造月更是匠心独运。

水榭，分为东室、中室和西室。居中一室有一涌趵泉，泉边摆着古琴，琴声幽幽，泉水潺潺，交融成韵，摇人心旌；东室置一双古槐树根的棋台，壁上有竹石图的窗景，扶疏有致，动静相宜；西室建有半壁书屋，纹竹书架，线装古籍，字画挂墙，墨飘淡香。这三座水榭互为呼应，琴棋书画相映成趣，给人以远离尘扰，舒心骋怀之感。石涛有诗云：白云迷古洞，流水心淡然，半壁好书屋，知是隐真仙。主人造榭的用意于此不点自明。

假山，与水榭隔潭呼应。这座大型假山用太湖石叠成，西峰为主峰，下有石室两间，旁置飞瀑深潭，一动一静，相得益彰。东首为丘壑，奇石嵯峨，栈道凌空，蔚为壮观，登上假山峰顶则一园景色尽收眼底。假山乃石涛和尚叠石在人间留下的宝贵珍品，宛如天设地造，能从假中见真！如仿大自然中山石洞穴，似置身山野郊外，山形显现出苍劲粗犷之美，得道法自然之真谛，山中主脉延伸入水中，有绝壁临崖的奇险，亦有山连峰叠的气势，胸中藏千山万壑的江山大气。

潭中的人工造月，可称是片石山房一绝。避暑山庄文津阁有一个通过假山留洞而形成的月牙倒映在水面，而这片石山房的水中月亮可以让人从月牙看到月圆，而且很清晰，它在山壑水波之中，显得格外明亮。有人说，扬州是月亮城，此景亦为扬州添辉，此话不假，可联系起潭上放置的一只不系舟，随波荡漾，无牵无挂，潇洒不羁，飘逸空灵。我则从中读出一个"空"字。也许这就是解读片石山房之眼。

我认为何芷舫不惜重金买下这山房，作为自己的后花园，不仅仅是看中石涛在叠石上高超的技艺，恐怕更看中的是石涛的归隐之心与自己是相通的，而它营造的意境和暗示的主题正合他的心意。

其四，是"天下第一厅"。如果说前三者用的是"曲"笔，而这船厅可说是园主直抒胸臆之作。从东园的牡丹厅往船厅的通道两旁，由站立的瓦片和鹅卵石铺成水波纹，似波光粼粼，似惊涛裂岸。看上去，高出数石阶的船厅宛然成了一艘卧在浩瀚大海中的轻舟，清风徐来，随波荡漾，人立其上，仿有动感，给人以水为居的意境。此时，看厅前明间的抱柱上"月作主人梅作客，花为四壁船为家"的楹联，人们才恍然明白船厅的得名之由，并忍不住要为它的建造者的精彩创意叫绝。

人们或许情不自禁地联想到，园主何芷舫的"芷舫"二字就是一只装满了香草的小船。他是安徽望江人氏，官宦世家，世代最亲近的就是江中之船。他在一茬茬官任上，特别是接任汉黄道台兼江汉关监督时，几乎日日与过往商船打交道，他的一生与船的关系何其密切，对船的感情何其深刻，有人问何芷舫归隐是否与他朝中没有可靠的背景有关？否也！何氏家庭和中国近代史上几个赫赫有名的大家族关系十分密切：与北洋大臣李鸿章，光绪皇帝老师孙家鼐是同乡加儿女亲家，与光绪另一位更有名的老师翁同龢以及清廷重臣、洋务派代表人物张之洞也有姻亲关系。主要是他本人看清了晚清政府昏庸无能，沉疴久积，病入膏肓，何芷舫深感空有爱国自强之抱负，而难兑现于国事，且在宦海沉浮中，哪怕有背景也难避厄运，倒不如急流勇退。遂于光绪九年（1883），只有四十几岁的他，由湖北汉黄道台兼江汉关监督的官任上卸任到扬州，购得吴氏片石山房旧址，后扩建为园林，建造这"寄啸山庄"，历时13年之久。他对船厅的这番设计是煞费苦心的，一是把自己的名字暗喻在内，二是把急流勇退之意明示其中。我们从船厅中读出的是一个"退"字。

一避、一虚、一空、一退，已把何园主人的归隐之心诠释得明白而透彻，这是何园有区别于扬州别的园林的独特之处。虽说是归隐，何芷舠是心有不甘的，只要看看何园的读书楼我们便可窥见其中一斑。这读书楼不事张扬，它躲在船厅后面的西边角落，这楼没有楼梯，只有假山的弯曲山道，登其楼，那是一副无言的对联：

书山有路勤为径，学海无涯苦作舟。

可这小楼绿树掩映，假山环抱，窗明几净，清香四溢，宜于静心苦读。何芷舠用此楼专门供儿子何声灏苦读，其儿果不负父望，在江南贡院众多考生中脱颖而出，以二甲第六名被皇帝钦点为翰林，继承何芷舠的衣钵，成就了一门祖孙两翰林的巨大荣誉，光耀门庭。

可见何芷舠的这种归隐的书卷气——

有几许清高，也有几许落寞；

有几许避世，亦有几许不甘。

这就是我对何园的解读，不知方家以为然否？

月华灯影下的西子湖，更显一笼幽静，踯躅于湖畔，《满江红》的琴声依然回荡在我的心头……

临湖一品

秋天，杭州的傍晚，暮色迷蒙。西湖，像一位浴后的美人，披上一袭轻纱，比起白天来更显几分羞色、妩媚与朦胧美。刚逃离饭局的我，走出西子宾馆，在湖边溜达。西湖，我到过好几趟了，总有一种看不够、看不透的感觉。走着走着，忽见一竹楼般的茶室，掩映在绿树深处，名曰：临湖一品。多脱俗的雅号，我不由得走了过去，一位身穿旗袍面容姣好的江南女子，引我登楼，安排我在一临窗的位置坐下，笑容可掬地送过一茶牌："先生，请问点什么茶？"我不假思索地说："来一壶西湖龙井！"女子会心一笑，准备茶去了！

茶室不大，却十分地幽雅，墙上挂着几幅字画，墙角摆着一架古琴，入口处立了一道杭绣的屏风，绣的是一湖碧水，两岸杨柳，几只归巢的莺鸟，取的正是不远处的"柳浪闻莺"的意境，一阵若有若无的轻音乐在室内流淌着，使茶室更显几分雅静。我伫立窗前，暮色中的西湖尽收眼底——

近处，是飘落在湖心的三潭印月。在碧波荡漾的湖面上，三座宝瓶似的小石塔鼎足而立，塔中的灯光从圆孔中透出许多小月亮倒映在湖面上，与刚刚爬上柳梢头的那弯新月，交相辉映，构成一道天上月、水中月与人造月浑然一体的奇妙景观。

东边，是横卧南北的苏堤。这座苏轼任杭州知州组织人力疏浚、利用淤泥构成的湖堤，成了西湖十景之首。只见六座孔桥此起彼伏，虽是深秋，一排排岸柳依然飞翠流碧，轻拂着孔桥与湖面，一丛丛姹紫嫣红的莲花点缀在堤心与岸边。在青黛色的夜幕下，苏堤仿是西子手中一支横吹的洞箫，它翻飞着七彩的飘带，飘荡着迷人的箫韵。

北面，是背靠孤山的断桥。断桥飞峙在历史最为悠久的白堤上。虽有十里湖堤做伴，虽有一双双情侣鱼贯而入，此刻的它却依然一脸的落寞与凄清。这断桥是以它的冷艳著称的，尤其是冬日残雪时更叫人销魂。每当雪后初晴，孤山、葛岭一带，湖心楼台，铺银砌玉，晶莹剔透，也许那种情景更易使人们联想起白娘子与许仙那段凄美的故事吧。

西南面，是伫立在夕照山的雷峰塔。虽是山色空蒙，雷峰塔依然伟岸可见，它与雄峙在钱塘江边的六和塔及亭亭玉立于宝石山的保俶塔，称为杭州的三大名塔。它无论在年代上还是构造上都不逊于其他两塔，可它命途多蹇经历坎坷。在明嘉靖年间，倭寇海盗入侵，怀疑塔中藏有伏兵，竟一把火烧尽了檐廊，仅剩下塔身，以其残缺美的特殊风姿耸峙了400余年。当时有墨客文人评说，六和塔像位将军，保俶塔像位美女，而雷峰塔则像位老叟，可悲剧并没有到此为止。人们传说塔砖可以逢凶化吉，到雷峰塔观瞻的乡下人，都偷偷挖一块回家，千年宝塔终于在1924年一个秋日轰然倾塌。雷峰塔倒了，因为传说中它镇压白娘子，鲁迅曾两次撰文为其倒塌拍手称快，当然鲁迅是借雷峰塔抨击恶势力，而雷峰塔却因法海这个恶僧而蒙受不白之冤。如今雷峰塔已重建，恢复了伟岸之身，为西湖南岸风景添回一道优美的轮廓线！尤其是暮色将至之时，一抹斜阳映照在雷峰塔上，加之阵阵风铃的鸣唱，与湖上小舟欸乃的桨声交织在一块，更有一种摄人心魄之美。白天我才去观光过，白玉奠基，青铜铸塔，琉璃飞檐，其精湛的工艺与上乘的用料，确非旧塔能比。只可惜有点过了，失却古塔的风韵，尤其是塔前两座突兀的电梯，不能不算是一败笔，这是现代文明的悲哀。

忽然，一阵雄浑的钟声，把我从游思中拽了回来，这钟声由远而近，谷应山鸣，一阵紧接一阵，我不禁脱口而出："听，这可是南屏晚钟？"

"没错，是南屏晚钟。"那位茶艺小姐不知什么时候已坐在我的面前，她一脸桃花地解释说："这是南屏山下净慈寺钟楼的梵钟鸣响，这梵钟重10吨，钟声在这暮色中最动人心魄。这净慈寺与灵隐寺齐名，创建于吴越时期，为南禅宗'五山'之一，传奇僧人济公等佛门名流还在那留下足迹呢。"

我赞许地点了点头，看见茶桌上已摆好了一应茶具，电热炉上的水壶已冒出缕缕白雾，我不无抱歉地说："咱喝茶吧！"

茶艺师娴熟地烫了一下茶杯，倒掉第一道茶，然后把第二道茶端到我的跟前，只见青瓷茶杯里的茶一泓碧绿，上面漂着数片碧绿的茶牙，忽然从窗外飘入几朵桂花，刚好落入茶中，杯上可平添几点金黄，茶色显得更有情趣，我轻轻一尝，那股甘香直渗肺腑！好一种"色绿，香郁，味甘，形美"四佳品格。

看见我那满意的神色，茶艺师浅浅一笑地问："你可知这茶是用什么水泡的？"

我老实地摇了摇头！

"水为茶之母，这可是用虎跑泉的泉水泡的。这龙井茶、虎跑泉，称为西湖双绝，这里面大有典故可查呢。据茶圣陆羽记载，这龙井茶在西湖边狮子峰的龙井处长茶，北宋的高僧辩才率众僧在此大僻茶园，使龙井茶声名鹊起，时在杭州当州官的苏东坡也常到龙井与辩才品茶小叙。清乾隆下江南时，也曾在这龙井栽下十八棵茶树，现被称为御茶树！这虎跑泉则在大熊山的万绿丛中，相传那是唐朝元和年间，大熊山本无水，高僧性空禅师一天晚上梦见来自南岳衡山的两头猛虎跑过，地面顷间涌出一股泉水。从此，这山泉汩汩长流，这泉水泡茶清甜入肺，人们把这泉称为虎跑泉。"

茶艺师眉飞色舞，越说越起劲。一经询问，始知她毕业于旅游中专，攻的就是茶艺专业，毕业后她与几位同学凑了一些钱贷了一些款，在西湖边开起这茶艺馆来，难怪她对西湖的名胜与茶艺之道如此烂熟。我望着墙角的古琴，突然萌生要她弹琴助兴的念头，她微微一笑，轻轻应允一声，便走到琴边抚起琴来！

先是一曲《春江花月夜》。这琴声，时而悠扬时而婉转，似春江潮水轻拍，似月夜花树摇疏……这是一曲为唐代诗人张若虚的名诗谱成的名曲。其诗，写的是当时扬州南郊曲江的夜景，我想，拿它来比喻杭州西湖的夜色更为

的游艇，还有小型的扁舟。顾客不仅可以随意租船，还可雇歌女上船。我们挑了条游艇，请了三位年轻歌女，只见她们一位手抱琵琶，一位手执二胡，还有一位手拿洞箫，她们身穿淡红色的旗袍，化着淡淡的妆，说不上是花容月貌，但均气质逼人，眉宇间流溢着江南女子的那股秀气。她们不卑不亢，一脸的阳光气息，一打听，方知她们均是音乐学院的学生，白天上课，晚上来这秦淮河上炒更，按她们的话说，一是勤工俭学，二是操练技艺，三是体味人生。真可谓是一箭三雕，大抵这是她们区别于昔日秦淮歌女之处。

游艇荡开碧波，演奏也就拉开帷幕，她们"品"字形坐在船头，首先合奏了一曲《春江花月夜》，继而是抱琵琶的姑娘弹奏了一曲《十面埋伏》；接着是那执二胡的姑娘拉了一曲《二泉映月》；紧接着那拿洞箫的姑娘吹奏一曲《但愿人长久》。乐曲时而低婉，时而高亢，时而缠绵，时而清脆，像流水，像行云，像莺啼，像雀叫，随着晚风和着橹声，向秦淮的一河灯影两岸烟楼荡开去，荡开去……正当我陶醉在美妙的曲韵和迷人的夜色中，忽听摇橹的船娘说：到了！我抬头一看，小艇已泊在一个小埠头，埠头上一块闪烁着霓虹的牌匾写着：李香君故居。

这是一座临江的小楼，穿过水磨青砖的门楼，便进入一个小庭院，院中有假山，有花圃。假山用太湖石砌成，有亭台有楼阁有飞涧，可谓小中见大。花圃用青砖围着，有芍药，有秋菊，有玫瑰，还有一棵高与屋齐的桃树。也许不是季节，桃树没有开花，却长着一树细长的嫩叶，它没有芍药的媚态，没有秋菊的清高，没有玫瑰的火热，却有一身的傲骨和一脸的高洁。庭院的南面是一个小客厅，中堂摆着一套明式的桌椅和茶几，墙上挂着字画，厅虽小却流溢着一股雅气。庭院的北面是一座临江的小楼，楼高二层，楼上开着南北窗口，打开南窗，飘入的是庭院中的阵阵花香。推开北窗，扑入眼帘的是泛红流绿的秦淮河。厅中布置相当简朴，唯一引人注目的是摆在窗前的那架古琴，厅左侧的闺房便是李香君的寝室，房中是一张雕花的木床和一袭洁白的罗帐，床前的梳妆台犹在，可佳人哪里去了？我仿佛看见她移着莲步出房，端坐在窗前，抚弄着古琴，琴音中有深深的思念，有淡淡的哀怨，有浓浓的激愤；我仿佛看见她，悉闻侯朝宗变节，拔剑自刎，血溅桃花扇……李香君流芳千古，绝不仅仅因为她是秦淮八艳之一，而是她的民族气节，不让七尺须眉。

三泊秦淮，是21世纪之初的一个夏日。那是江苏教育出版社当东道主召开华东年会，社长张胜勇把我邀上，再跑了一趟苏北，参观了淮阴的周总理故乡，凭吊了常州的淮海战役战场之后我们折回南京，主人在秦淮河畔设告别晚宴。窗外的秦淮河月笼烟水，灯影迷离，依然是那么诱人。然而饭局上的那场歌舞可让人大倒胃口，也许店主是想为食客助助兴而又不想太花本钱，不知从哪里请来不入流的演出队，服装大红大绿，演员参差不齐，节目粗俗不堪，与秦淮河的那种雅气实在是相去甚远。

步出酒楼，夫子庙前人潮涌动，在秦淮河畔一条龙排开有数百档小食，那红红的炉火，那浓浓的油腥和着那鼎沸的人声，在秦淮河的上空翻滚着，而在夫子庙对面的那座贡院，却被冷落在一边，尽管它当年被江南举子视为圣殿，在历史上占有一席之地。与之形成极大反差的是大街两旁的大店小铺，以"李香君"命名的却铺天盖地，在河边的一间小小的士多，也冠以李香君的芳名，而真正李香君的故居则被淹没在"李香君"的汪洋大海之中，这不得不令人产生莫名的惆怅。

其实，秦淮河出名又岂止一个李香君？历史上与秦淮河有关的名胜实在是浩如烟海。大书法家王羲之父子就出生于秦淮河畔，王献之当年迎娶爱妾桃叶之处，今仍有"桃叶渡"之称。唐代诗人刘禹锡写下的《乌衣巷》：

> 朱雀桥边野草花，
> 乌衣巷口夕阳斜，
> 旧时王谢堂前燕，
> 飞入寻常百姓家。

诗中的王谢是指东晋时期的两位丞相——王导与谢安。晋室南迁后，东晋的王导、谢安等王公大臣，豪门贵族，都择居于乌衣巷，如今乌衣巷的遗址仍在。《西游记》的作者吴承恩，《红楼梦》的作者曹雪芹，都曾寄迹于秦淮岸边，而画圣顾恺之就家住秦淮河旁。这桃叶渡，这朱雀桥，这乌衣巷，还有这批名人的故居，我们为何不去开发它？就秦淮八艳而言，董小宛的故事还有另一番跌宕色彩和迷人的气韵呢。

名胜古迹的开发，是市场经济的一种苏醒，它难免带有一种浓重的商业色彩。然而作为政府却一定要注意其文化底蕴的挖掘，其底蕴挖掘得越深，其社会价值就越大，社会影响就越久远，其经济价值也就越加增长，否则，哪怕是名噪一时，也难逃销声匿迹、风光不再的厄运。

三泊秦淮，不胜感慨。初泊秦淮，百废待兴；二泊秦淮，风正帆悬；三泊秦淮，鱼龙混杂。这种鱼龙混杂，是过多地掺入商业的色彩，它冲淡了文化的底蕴，使名胜的本质变味，这是对文明的一种践踏，这是一场隐患。其实，这又岂止秦淮河？全国许多胜迹，大抵都经历过这三部曲，令人惊喜令人忧！

秦淮河，愿你永远是梦中之河！

（注：写于2002年夏）

夜深了，枫桥上一轮冷月挂在中天，它有点冷峻却又十分空灵、清澈与锐利，江中的数盏渔火与天上的星斗，虽不繁华，却能点燃人们心头的火焰……

寒山夜半钟

我是因张继的诗走进寒山寺的。

驰名中外的寒山寺，是苏州众多古典寺庙园林之一。古刹创建于南朝梁代天监年间（502—519），距今已有1400多年的历史。寒山古刹虽然穿越千载沧桑，历经兴废，却沉淀了中华的佛教史迹、名人故事、文士吟咏、碑刻题记，人文景观和自然景观融合交织，令中外游人心驰神往。

扎进古刹细细揣摩，我发现寒山寺文化蕴涵的精髓是钟梵、碑刻、宝塔及诗缘。

寺庙钟磬是佛门法器，古刹钟声，得琳宫梵音。关于寒山寺古钟，著名的有三口：一口是唐钟，就是张继"夜泊听钟"的那口；第二口是明钟，唐伯虎为它写过《书姑苏寒山寺化钟疏》；第三口是清钟，陈夔龙铸，至今挂钟楼上。最珍贵当然数唐钟了，这寒山寺的精致大名，缘张继之绝响，更是不同凡响，引起世界的注目，后来还演绎了不少跌宕起伏的故事。

寒山寺的碑刻，蕴含了历代诸多名人轶事，记载着古寺千年沧桑，历来为人们所珍惜。现在寒山寺碑廊，大雄宝殿，藏经楼，寒拾殿，钟楼等处的古代碑刻，不仅是宝贵的文物史料，也是珍贵的艺术作品。加之普明塔院碑廊的书法新碑，林林总总，蔚为大观。

宝塔是普明塔院，开寺有塔，迭经兴废，依然巍然耸立，折射出一个个时代的盛衰。关于寒山寺宝塔不同时期的风采，只能从历代诗词中去追寻了。现在的普明塔院，四方五层，檐如雄雁展翅，钟似流泉吟咏。塔高约42.4米，常有祥云缭绕，为仿唐楼阁式宝塔，斗拱粗硕，吻兽雄壮，檐深瓴远，古朴典雅，加之四周回廊遍嵌碑刻，细细品赏，是种极大艺术享受。

当然，寒山古刹，历经劫难而重生，传盛名于遐迩，关键在于张继《枫桥夜泊》一绝的流传。正如清代叶燮所言：

> 天下佛刹之流传，或有或无，天下人安能尽知而道之？惟寒山则人无不知而能道之者，则以唐人张继"月落乌啼"一诗，人人重而习之。寺有兴废，诗无兴废，故因诗以知寒山。

不怕方家见笑，因为好读诗而不求甚解，我原以为枫桥只是一座桥而已。参观之后才知枫桥还是一江南小镇，小桥、流水、人家的韵味很浓。居，傍河营屋；集，因水成市。一条枫江穿镇而过，水埠头泊满船舟。寒山寺原来也不叫寒山，而叫妙利普明塔院。是唐代贞观年间，寒山和拾得从浙江国清寺来到苏州，曾住持妙利普明塔院。因为寒山享有盛名，后来，人们就把该塔院称作"寒山寺"。大约唐元宗开元年间（713—741）高僧希迁又在枫桥重建伽蓝，正式题寺名为"寒山寺"。

寒山古刹，因唐代诗僧寒山而得名，又因唐代诗人张继诗而传名，正所谓"缘寒拾之高风，有懿孙之绝唱"（寒山和拾得，张继字懿孙），继而历代名士题咏不绝，这不能不说是缘。自隋朝"京杭大运河"开通以后，因枫桥古镇位于江南运河和古驿道并行之处，且通往苏州阊门的交通要道，"枕漕河，俯官道"，所以，南来北往的车马船舶都要从枫桥经过。因而慕名到寒山寺观光瞻仰的名士日趋增多，诸如韦应物、范成大、陆游、高启、沈周、唐寅、文徵明等名士都来过古刹，还赋诗、题词，留下佳话，当然享有盛名的便数张继《枫桥夜泊》一绝：

月落乌啼霜满天，江枫渔火对愁眠。

姑苏城外寒山寺，夜半钟声到客船。

张继，字懿孙，襄州（今湖北襄阳）人。唐玄宗天宝年间（742—756）进士。历任盐铁官，检校祠部员外郎等官职，有《张祠部诗集》传世。诗作多为登临纪行之作，以这《枫桥夜泊》最为传名。张继中进士很快即发生"安史之乱"，前后历时七年多，唐王朝从此由盛转衰，出现藩镇割据局面，安禄山乱兵虽没杀到江淮地区，但江南地区也不太平，上元元年（760）刘展反唐，经两年才平定叛乱，苏州地区惨遭破坏。张继是战乱后来到苏州，目睹苏州满目疮痍，田荒人萧的凄凉景象，写下了《阊门即事》诗一首："耕夫召募爱楼船，春草青青万顷田。试上吴门窥郡郭，清明几处有新烟。"由此，不难想象，张继孤舟夜泊枫桥时的心境了。张继《枫桥夜泊》情文并茂，意境空灵，动静结合，有色有声，不仅是一首难得的写景诗，更主要的是它隐含着诗人颠沛人生的纠结与对国家的命运和人民幸福的牵挂，意境灵动而雄浑，意蕴深邃而阔达。这也许正是《枫桥夜泊》千古传颂不绝的原因。鲜为人知的是，张继后来又曾来过枫桥寒山寺，还写过一首《枫桥再泊》：

白发重来一梦中，青山不改旧时容。

乌啼月落寒山寺，依枕尝听半夜钟。

据说，围绕张继的钟声有两段逸事。

其一，围绕张继诗中"夜半钟声"问题，曾演绎过一番文坛激烈论争的趣话。唐宋八大家之一的北宋欧阳修号六一居士，在他所写的《六一诗话》中评论，唐人有"姑苏城外寒山寺，夜半钟声到客船"之句，句则佳也，其奈三更非撞钟时。此论一出，王直方《诗话》《石林诗话》《诗眼》《学林新编》《复斋漫录》等纷纷围绕"半夜钟"展开论述。后来南宋范成大在《吴郡志·考证》中论述：

欧公盖未尝至吴中，今吴中僧寺，实半夜鸣钟，或谓之定夜钟，不足以病继也。《南史》的丘仲孚，吴兴人。好学，读书常以中宵钟鸣为限。阮景仲为吴兴守，诗云："半夜钟声后"，白乐天亦云："新秋松影下，半夜听钟声"，吴中半夜钟其来久矣。又于鹄《送宫人入道》诗："定知别后宫中伴，遥听缑山半夜钟。"温庭筠诗亦云，"悠然旅榜频回首，无复松窗半夜钟"，何独于继而疑之。

从此之后，张继的"夜半钟声"诗句，才没有人再有异议。此事，可见张继诗影响力之大，其次可见当时文人骚客治学之严谨，以及文坛争鸣之风极盛。也许正因为如此，才有唐宋诗词的鼎盛乃至登上中国文学史之峰顶。

其二，张继《枫桥夜泊》诗后敲出"夜半钟声"的唐钟，其后便下落不明，成了千古之谜。静夜钟声，给予人的印象特别强烈，"夜半钟声"不仅衬托出了夜的静谧，而且揭示了夜的深永和清寥，因此，这寒山寺"夜半钟声"也就回荡着历史的回声，渗透着宗教的情思，而给人以一种古雅庄严之感。"夜半钟声"是诗的点睛之笔，诗盛传后，这唐钟便顷刻成了无价之宝，其失踪肯定是一种特别的原因。据近代《寒山寺志》作者叶昌炽说，他曾在宝室寺和景龙观等处，见过唐钟模型的纸拓本"唐钟冶炼超精，云雷奇古，波磔飞动，扪之有凌"。关于寒山寺唐钟已流落日本的传说非常盛行。康有为在1920年游寒山寺时，还在诗中写道："钟声已渡海云东，冷尽寒山古寺风。"并在款识上说："唐人钟，已为日本人取去。"

相传，早在日本明治时代，有一位日本僧人山田润，西渡访华，挂单寒山寺，和寺内众僧相处十分融洽。当他听说寒山寺的唐钟被日本劫去后，立下誓言，一定要找到这口古钟，归还苏州寒山寺，并且把自己的名字改为山田寒山。回日本后，历尽千辛万苦，遍访日本列岛，但是没有找到。于是，山田寒山决心重铸仿唐古钟，送往苏州寒山寺，以了心愿。他到处化缘、集资，终于铸成一式两口铜钟，一口留在日本馆山寺，一口送到苏州寒山寺，现在悬挂在大雄宝殿东南侧的青铜乳头仿唐钟应是此钟。

直到抗战胜利后，苏州寒山寺住持培元，还上书政府，要求"向日交涉，以期物归故园，古吴重光"。据说，向战败国日本追还被劫文物的清单上，列有还寒山寺唐钟。但唐钟下落，始终不明。

明代嘉靖初，寒山寺住持本寂，曾经铸钟建楼，但明钟铸成30年左右即又毁失。《百城烟水》有记载："明嘉靖间，僧本寂铸钟建楼，钟遇倭变，销为炮。"又是日寇造的孽。清光绪三十二年（1906），江苏巡抚陈夔龙重修寒山寺，并铸钟建楼，这口铜钟，就是今天悬挂在钟楼中的清代古钟。

寒山寺钟声余音袅袅。如今除夕夜寒山寺竟有个听钟声活动。此活动起于1979年，发起人竟是日本池田市日中友好协会副会长藤尾昭先生。1979年12月31日，由他率领的首届"寒山钟声团"十多位日本友人，跨洋越海，来到苏州，聆听寒山寺除夕钟声，名为"听钟声，祈祷世界和平法会"。直到今天，寒山寺除夕听钟声活动，仍长盛不衰！

佛教认为，人生无常，祸福相依，一年之中，有108种烦恼，据唐代怀海禅师所制的《百丈清规》称，寺院"晓二时鸣大钟一百零八声，以觉醒百八烦恼之迷梦"，芸芸众生"闻钟声，烦恼轻。智慧长，菩提增"。现在演化为每年除夕之夜听钟声，这108响钟声，可以消除你一年中所有烦恼，逢凶化吉，除旧迎新，带来新年的快乐与好运。

每年除夕之夜，枫桥镇上，张灯结彩，人流如潮。寒山寺里，香烟缭绕，木鱼声声。半夜11时42分，方丈法师撞响第一下钟声。接着每隔十秒一声，至108响钟声传出，正好是新一年的零点。顿时，整个枫桥镇都沸腾起来，锣鼓喧天，鞭炮齐鸣，群情激奋，欢声雷动。中外宾客，共迎新春来临。这本是中日两国人民之间和平友好的纽带，这良好的愿望不知能否带到现实中来。

夜深了，枫桥上一轮冷月挂在中天，它有点冷峻却又十分空灵、清澈与锐利，江中的数盏渔火与天上的星斗，虽不繁华，却能点燃人们心头的火焰。踯躅枫桥的岸边，寒山寺的钟声又一次敲打着我的脑际，忽然我的耳际响起了陈小奇的《涛声依旧》：

月落乌啼 总是千年的风霜

涛声依旧 不见当初的夜晚

……

　　陈小奇这《涛声依旧》之所以能风靡全国，经久不衰，主要是吸收《枫桥夜泊》的意境与神韵，情景交融，勾起人们美好的回忆，启迪人们美好的向往和追求。看来，有影响的文化艺术，绝对不是靠几句响亮的口号所能奏效的，只有真正的文化精髓，才能穿越历史的时空，走向永恒！

江南忆，最忆是乌镇，她是江南雨后的一条小巷；她是江南梦回的一叶小舟；她是江南浅唱的一支小曲；她是江南最后的枕水人家……

最后的枕水人家

去乌镇转了一圈，仿如叩问了岁月流年的一场梦境。乌镇，跟我童年的珠江三角洲水乡小镇有太多的相似，勾起我不少亲切的回忆，但乌镇比起我儿时那水乡小镇，更显几分玲珑，几分清丽，几分委婉，几分古拙，别具另一番画意与诗情。

乌镇，地处浙江北部，京杭大运河绕镇而过，是江南水乡六大古镇之一。"吴疆铁马越界戈，秦时明月汉时风"，一一存放在古镇的记忆中。乌镇，古名乌戍，秦时以车溪为界，西为乌墩，东为青墩。唐咸通十三年（872）的《索靖明王庙碑》是乌镇以镇为制最早的记录，从此便与青镇隔东溪（今市河）遥望千年，直至1950年5月，这隔河相恋的两镇合二为一，正式定名为"乌镇"。

在江浙走了一遭，我发现，水是江南的毓秀所在，水是江南的灵性所钟，乌镇更是如此。她是用水做的，用水造桥，依水建镇，各处石栏拱桥，深宅大院，过街券门，河埠廊坊，临河水阁，驳岸跨步，处处呈现水乡浓浓的生活气息，把江南"小桥、流水、人家"的景致，演绎得淋漓尽致。

走进乌镇，你会很明显感到镇上水系呈"十"字形，将乌镇分为东、西、南、北四栅与枢纽——中市。户户凭河而居，粉墙黛瓦，前临街，后枕河，街是石板小街，河是清澈小河，出门过桥，进门涉水。乌镇最独特的建筑是水阁，所谓"枕水人家"指的就是这种建在河面上的"水阳台"。它使民居的一部分延伸到河面，下面用木桩或石柱打在河床中，上架栋梁，搁上木板，便是"水阁"了，水阁三面墙均有窗，窗台栽满花草，我们凭窗而眺，市河风光尽收眼底。临河而卧，可听水声浅唱低吟。土生土长的茅盾在他的散文《大地山河》中这样描述过故乡的水阁：

  ……人家的后门外就是河，站在后门口(那就是水阁的门)，可以用吊桶打水，午夜梦回，可以听得橹声欸乃，飘然而过……

  茅盾所说的橹声，便是乌篷船的橹声，在很多很多年前，我就读过周作人写的散文《乌篷船》，他用书信的形式写他老家绍兴的"乌篷船"，它如诗似画地刻在我的心中，这次来到乌镇所见所闻比周作人笔下所描绘的更为真切。乌篷船，实际上在船中用竹篾搭了一个帐篷，然后抹上一层黑漆，既可挡风亦可遮雨，还可一边品茶一边看周遭的风景，仿如在水上搭了间能移动的小屋，别具一番情致，你亦可躺在船上小憩，枕着悠然的水声入梦。乌镇的乌篷船真多，多得如过江之鲫，在市河上穿梭着，划出一道道皱纹，流溢一首首声韵，成了乌镇一道亮丽的风景。

  我们在埠头上一招手，一艘乌篷船便轻柔柔地贴了过来，船娘是一位穿蓝底白花衣裳的俏姑娘，她留着长辫，披着头巾，那双乌黑的大眼睛就像河水般水灵，她轻摇着橹，唱着吴侬软语的歌谣，小船悠悠划向远方，乌镇的景致也一一扑面而来。首先闯入眼帘的是桥，如果说水是乌镇的血脉，桥则是乌镇的筋骨，据说乌镇历史上桥最多时有120多座，而今还有30多座古桥。通济桥，红济桥，太平桥，南平桥，人寿桥，永安桥，福兴桥……这些苍老的古桥连接着彼岸此岸，支撑着古镇古拙的风情。

  有桥的地方，总是一幅即可捕捉的画景，乌镇最美的古桥风景莫过于"桥中桥"。一是丁字桥。它由通济桥和仁济桥组合而成，一桥南北走向，一桥东西走向，两桥直角相连，无论站在哪座桥边，透过桥孔都可以看到另一座桥，小船划过桥洞，水面两个半圆形的桥孔倒影，会晃晃悠悠地把你包裹起来。二是逢源双桥。这是一座别具风味的古桥，因桥上有一廊栅，所以又称廊桥，桥下有水栅栏，是古时水路的进出关口。传说踏步双桥有男左女右的习俗，走一遍桥，须得走左右两边，因此演绎出走此桥便可左右逢源之说。

若是天下起微雨，乌镇则是一桥一桥的花伞，其状如河上架起一道道彩虹，那种斑斓的色彩，那种朦胧的烟雨，那种江南女子轻盈的步履，是画？是诗？是声韵？反正美得令人叫绝！

乌镇乍雨乍晴，雨后一抹斜阳照在市河上，河面上仿如飘下万片枫叶，在碧波中沉浮晃动，这使人想起大诗人白居易的《忆江南》中的"日出江花红胜火，春来江水绿如蓝"的意境。

当乌篷船进入一道水街，只见粉墙黛瓦壁立两岸，偶尔会听见"吱呀"一声，粉墙推出一扇窗户，从窗里露出一张娇俏的脸来，她跟窗台上的杜鹃融为一体，真分不清哪是丽人哪是娇花。几乎每幢人家都有一个埠头，有少女在捣衣，有妇人在洗菜。埠边的木桩系着一叶小舟，随着水波在晃动着。呵，这多么像意大利的水城威尼斯啊，不过威尼斯的小船是贡多拉，摇船是意大利小伙子，唱的是高亢意大利民歌，乌镇乘的是乌篷船，摇船的是船娘，唱的是吴侬软语的民谣，相比起来乌镇少了点阳刚色彩，却多了点阴柔之美。

乌篷船进入西栅，我们还可以看到"水上戏台"，这戏台在老街的北侧，建筑在水面上，它跟东栅的古戏台，一个水上，一个陆地，供昔日乌镇和临近一带居民和乡民观戏和娱乐的地方。西栅还有"水上集市"。每天清早，船夫摇着小船，载着新鲜的瓜菜、生猛的河鲜和肥美的家禽，来到四通八达的河道出售，临河的居民只要一声吆喝，船夫就会把船摇到水阁边。

上了岸，我们在古街上溜达，因刚下过雨，青石板小街湿漉漉的。倘若是清晨，那木屐敲打青石板的声韵，一定会清脆地闯进枕水人家那一帘幽梦中。我们可以到老街逛一些"博物馆"或"百年老店"，到东栅老街参观"江南百床馆""宏源泰染坊"，到西栅老街"老邮局"和"三寸金莲馆"，一睹江南水乡的民俗风情。

乌镇的繁荣靠的也是水，绕镇而过的京杭大运河，是古时航运的大动脉，如同现在的高速公路。乌镇是杭嘉湖水路交通要津，近通周边二省八府七县，远达京杭乃至四海。苏绣、杭锦、濮绸、湖绢、沧州红枣、岭南佳果，百货云集，聚散其间。河埠上船艇穿梭，商客如流。这财路通达三江，这河埠系联五湖，这小镇连着大市场。遥远的水上丝绸之路，这里也是一个起点。

乌镇的土地，也是水冲积而成的，如它的名字一样黑沃，是盛产白菊与丝绸之地，没有沃土就没有桑基，没有桑基就没有丝绸。江南的丝绸，就是靠这些小码头通往四海的。明清时，乌镇东、西、南、北栅连成一片，"民物藩阜，第宅园池盛于他镇"，不仅仅埠头遍布，店铺林立，镇上一度出现多家典当行，据《乌青镇志》中记载，最多时达13家，窥一斑而知全豹，由此足见小镇的繁华。她像一颗含着水样光华的明珠，嵌在省城杭州、古城苏州与现代大都市上海之间，玲珑剔透，熠熠生辉。

一方水土养一方人，乌镇以水的灵性润泽了一批英才。自唐至清，乌镇以弹丸之地共出举人161名，进士64名，钦点翰林2名，可谓文风长盛。昭明太子、沈约、裴休、陈与义、鲍廷博、夏同善、严辰、茅盾、沈泽民、严独鹤、孔另境或生于乌镇，或游学乌镇，或寓居乌镇，均与乌镇结下不解之缘，使乌镇赢得"郎中码头"之誉，杰人灵地，相得益彰。这批人都有脍炙人口的故事，挑晚清和当代的两位代表人物说说吧。晚清是夏同善，当代是茅盾。

夏同善有"翰林第"在乌镇，它位于中市观后街，原是一般民居，夏同善被钦点翰林并获赐"翰林第"以后，经整修已成为一处集传统民居和园林为一体的富有人文气息的景观，我们虽是走马观花，但从中品出清末江南小镇大户人家的生活况味，因江南一带广为流传《杨乃武与小白菜》的故事，为这"翰林第"平添几许传奇色彩。

夏同善并非乌镇人，但是饮乌镇的水长大。夏同善（1831—1880），原是杭州人，幼年丧母，父亲夏建寅续娶乌镇萧氏，夏同善视之如生母。父亲仕途失意，遂弃儒经商，夏同善随母在外婆家，夏从小酷爱读书，竟遍读外祖父所藏经典，与胡雪岩有交往。1855年，夏同善中举人，次年咸丰六年（1856）进士及第，选庶吉士，钦点翰林并赐"翰林第"匾。夏同善因念自己得以读书皆赖萧家，就把御赐的匾额挂在外婆家的大厅上，自此翰林第就成为乌镇最吸引人的古宅名居。

夏同善善写文章，时人誉谓"在曾（国藩）左（宗棠）之上"，甚得慈禧太后赏识，曾命他和翁同龢一起为光绪帝侍读，同治十二年（1873）以审理杨（乃武）葛（小白菜）冤案出名。该案省、府、县三级七审，屈判成冤案，次年杨乃武姐姐赴京告状，活动浙江籍京官帮助申冤，夏同善等28名官员联函奏请刑部复审，获慈禧恩准，三年后"杨葛冤案"真相大白，参与该案数十名贪官也受到不同程度的处分，其事被后人编成评弹，广为传颂，夏家名声得以远播。

在乌镇观前街和新华路交界处，有一座清代古宅，便是茅盾的故居，门楣高悬陈云题写的"茅盾故居"匾。故居前后有两幢房屋，屋边有一小庭院，内栽棕榈、天竺、冬青、扁柏和果藤，给人一种四季常青之感。其书房窗明几净，虽处市中，却是闹中取静环境幽雅的地方。故居是茅盾曾祖父1885年在汉口经商时寄钱回家所购，茅盾的童年在此度过，13岁踏上到湖州读中学之路，1913年茅盾考到北京大学预科，1916年毕业，进入上海商务印书馆编译所工作。1920年开始文艺创作，中篇小说《幻灭》是他的处女作。据说茅盾回乡时，用刚收到《子夜》的稿费，翻建了部分居室，他亲自画出草图，请人督造，庭中棕榈和天竺就是当年茅盾所栽。

茅盾少年所读的立志书院在茅盾故居东侧，是邑绅严辰于1865年创建，现成了茅盾纪念馆。茅盾半身雕像放在厅的中央，故居共有珍藏品276件，现已移到立志书院展出。庭中分布梅兰菊竹，颇具书香品位。大门的门楣上嵌着"立志"两字，两旁的柱联分明是院名的注解：先立乎其大，有志者竟成。

茅盾（1896—1981），原名沈德鸿，字雁冰。茅盾很早参加革命，1927年大革命失败，被迫隐居上海，他创作了中篇小说《幻灭》，许多报社都不敢登他的文章，于是他用"矛盾"笔名投稿。稿子最后交给了《小说月报》的编辑叶圣陶，叶圣陶认为小说很好，但觉得这个笔名是个哲学名词，且在当时用这尖锐的笔名不好，就自作主张改作"茅盾"，以后茅盾就一直用此笔名。《幻灭》发表之后，与之相继问世的《动摇》《追求》合名为《蚀》三部曲，引起强烈的反响。1933年的长篇小说《子夜》是他最重要的代表作。在《子夜》《林家铺子》《春蚕》《秋收》《残冬》等小说中，我们都可以看到乌镇的影子，读到乌镇的方言，闻到乌镇的气息。

茅盾的一生，是辉煌的一生，正如著名作家张光年所说："茅盾体现了文学家与革命家完美结合。"他是中国共产党最早的党员之一，1927年7月蒋介石对革命进行镇压，茅盾在赴南昌参加起义的途中受阻，潜回上海后和党在组织上失去联系，但他对革命从没动摇过。20世纪30年代参加并组织了中国左翼作家联盟，反击国民党的文化"围剿"；抗日战争爆发，又在周恩来同志领导下，从事抗日救亡工作；抗战胜利后，积极参加反内战运动。中华人民共和国成立后，当了中国作家协会的第一任主席和第一任文化部部长，后又当了全国政协的副主席，1981年3月27日，逝于北京。3月31日，中共中央根据茅盾生前的请求，决定恢复他的中国共产党党籍，党龄从1921年算起。茅盾的儿子韦韬回忆，他父亲从1928年脱党后，因多种原因，曾四次与恢复党籍失之交臂，但他一直没有放弃对这件事的努力，恢复中国共产党党籍，是茅盾一生都在追求的荣耀。

茅盾陵园就设在乌镇西栅的灵水居内，临水依丘，墓地建在东侧山丘上，故乡的山山水水一目了然，雪松和翠柏掩映墓中。整个陵园用"子"字形布局，取于先生代表作《子夜》之意，笔画简洁，曲折流畅，泾渭分明，四通八达，独辟蹊径的创意运用，于美感中见寓意。

站在茅盾墓的雕像前，我默默地致哀，心中泛起了阵阵的波澜。茅盾是一代文学巨匠，在中国的文学史上，是一座绕不过的丰碑。他一生投身革命，党籍却被吊起半个多世纪，可他直至临终也没放弃对恢复党籍的追求，我一方面叹服茅盾是个"不忘初心"的光辉典范，另一方面我亦深感宦海的深不可测。此外，也为茅盾后来基于种种缠扰，再也没出什么力作而陷入深深的沉思。当然振兴我国文学创作的意愿，茅盾是矢志不渝的，中国作家协会根据茅盾生前的遗愿，将其捐出的25万元稿费，设立了中国文学最高奖项——茅盾文学奖。每次颁奖都在乌镇举行，每至颁奖期间，乌镇更是客似云来，成了文学界的一大殿堂。我想假若茅盾泉下有知，也许会发出一丝会心的微笑吧。

江南忆，最忆是乌镇，她是江南雨后的一条小巷；她是江南梦回的一叶小舟；她是江南浅唱的一支小曲；她是江南最后的枕水人家。打点行囊吧，让你行惯了钢筋水泥的脚步，去叩问岁月的青石板，去乌镇的烟雨中圆一个似水流年的梦境，枕着水声入梦吧，它比枕着涛声入梦更有另一番意蕴，更有另一种安宁。

空谷佳人

触摸泸沽湖
空谷佳人
廊桥邂逅
苗都，芦笙的故乡
亚丁，升起蓝月亮
水酿的童话
人间瑶池
马帮驮来翡翠城
心灵小憩的圣地
走进香格里拉

不远处，格姆女神山，像一位刚刚
在泸沽湖出浴的佳人，披着一袭轻纱，
平卧岛上，头枕玉臂，仰望星空，这
位当年为"走婚"奠基的女神在想
什么……

触摸泸沽湖

世上越让人捉摸不透的东西，越带有一种无法抵御的诱惑力，泸沽湖便是
其中一例，什么"东方女儿国"，什么"最后的氏族社会"，什么"走婚"，
等等，总带给人们一种仿如隔世的神秘色彩。

多想触摸一下泸沽湖！

2005年的一个盛夏，我终于成行。

那次去云南教育出版社参加一个年会，社长何学慧得知我的心事，便派了
她的司机，驾着她的坐骑，陪我走了一趟。

司机小龚，高大威猛，讲起泸沽湖来，眉飞色舞，妙语连珠。

泸沽湖，地处川滇的崇山峻岭中，海拔4160米的地质大裂缝衍化而成的高
山湖泊，湖面海拔2690米，水域面积约50平方千米，平均水深40.3米，最深处
据说达105.3米，湖岸曲折多弯，还有大片草海，造就风姿万千的湖畔景致。

在泸沽湖畔生活着"摩梭人"，"摩梭人"意思是"牧牦牛的人"，摩梭
人在婚姻上男的不娶，女的不嫁，实行的是"暮合晨离"的"走婚"习俗，同
时保留着以母亲为纽带的母系大家庭。摩梭男人爱戴大檐儿乌帽，穿粗糙毛皮
大氅，用风格粗犷的银饰装扮满身，而爽朗俊俏的摩梭女人，则红色头巾配上
白色长裙，像山杜鹃开在谷中。他们不论男女，都能歌善舞，喜欢喝酒

说笑……

　　那天，我们从大理出发，绕过数不清的盘山公路，最后当我们绕过一座陡峭的山坳，一个高山湖泊直扑我的眼前——只见一泓奇大无比的湖水，湛蓝清澈，深不可测，蓝天、白云、山峰、树影、繁花，倒映在湖面上，湖边长满了杂草，稍有动静，便扑喇喇飞起成群的野鸭。

　　泸沽湖中散布着一个全岛，三个半岛，一个海堤连岛，一般只高出水面15米至30米，远看像一只只绿色的船，漂浮在湖面。小龚告诉我，里格岛、里务比岛和黑瓦吾岛，是湖中最具观赏价值的景点，被誉为"蓬莱三岛"。

　　里格岛是"蓬莱三岛"之首，位于泸沽湖北部，海岛三面环山，一面临海，最高山峰为格姆女神峰，众峰环绕着格姆女神，水碧山青，云淡风轻，湖面的倒影，被微风一吹，湖光山色糅为一体，顷刻成为一幅大写意的山水画。

　　岛中的湖畔，是摩梭人居住较为集中的地方，一排排木楞房依山傍水而建，一只只猪槽船傍靠着湖边而泊。他们都异常好客，迎接着每一位到泸沽湖做客的朋友。

　　我们下榻的"泸沽湖风情园"旅舍，是一座几幢木楞房拼在一起的四合院。摩梭人的木楞房，不像湘西的吊脚楼，倒像傣族的竹楼，每幢木楞房都有一个围园，屋前屋后栽满树木瓜果花草，红红的苹果压弯枝头，青青的李子吊满窗口，米兰、茶花、玉棠姹紫嫣红，散发着淡淡的幽香，核桃树如把巨伞遮住屋顶，斜阳从绿叶间洒下细碎的光斑，阳台上鸟儿叽叽喳喳地欢叫，给人一种温馨而又祥和的感觉。

　　每间木楞房，均由正房、花房、经堂、门楼构成，正房是母亲住的，花房是供女儿幽会情人用的，经堂是一家人聚会与议事的地方。这些房数花房最为讲究，装饰也比较华丽，门窗雕饰多为雕花，墙上还绘些吉祥的图案。女子住的地方门闩特重要，一般制得既牢靠又精致。"走婚"是摩梭人的习俗，不要以为"走婚"很随意，很简单，"走婚"绝对是男女两情相悦的前提下进行的。花房，若得不到女子的同意，或她不钟情于某男子，要想进房，即使有猴子的敏捷也难以进入，因为木楞房四面都是木的结构，瓦顶还装上了天花板，屋后一般靠山，屋前几乎都有潺潺溪流。如若男女钟情，这婚会一直走下去，哪怕是十年、几十年也不会变，倘若互相不喜欢，说声再见，就不再来往。

行李刚放下，我们便直奔泸沽湖，湖边停满了猪槽船，每艘船都坐着划船手，划船手并不抢客，每个人都笑眯眯地望着客人，让客人自己去挑。我看到一个颜值很高的摩梭女，头戴一红色的头巾，一袭雪白的百褶裙在微风中轻荡着，那双明眸就像湖水般清澈。小龚眼利脚快，拉着我的手一个箭步跳上了船。

摩梭女微微一笑，一声"坐稳"，就摆开她的长橹向湖心摇去。划船手一般兼做导游，她告诉我们她叫阿旦。随后一边摆橹一边向我们讲述我们乐意听的故事。

泸沽湖的由来很经典。

在很遥远的年代，摩梭人在这片土地上放牧生息，村里有个牧童，是个孤儿，每天到格姆山上去放牧，把雇主交给的牛羊放牧得肥肥壮壮的。可是，主人家却没给他吃一顿饱饭。有一天，在山洞里他发现一条大鱼塞住了洞口，就割了块鱼肉来烤着吃。第二天，他又去山洞，发现大鱼割过的地方复原了，于是又割了块烤来吃。就这样，冬去春来，每天他都能吃上香喷喷的烤鱼，原来饿得精精瘦瘦的他变得又白又胖。后来，这个秘密被村中一伙贪婪的人发现了，他们牵来九牛九马，用绳索拴住鱼，鱼被拖出来的瞬间，洪水从山洞汹涌而出，瞬间淹没了山坡，冲向村庄。村里有个母亲正在喂猪，两个年幼的孩子正在旁边玩耍，眼看洪水将要冲到，母亲急中生智，把两个孩子抱上猪槽，两个孩子随水漂流，母亲却葬身湖底，这洪水冲成的湖便叫泸沽湖，后来也被称作母亲湖，而猪槽则变作在湖上劳作的猪槽船。

走婚的来历更为神奇。

相传，神山格姆山，原是一个浪漫而迷人的女神，由于贪恋泸沽湖而被罚下凡间牧羊。格姆女神，有沉鱼落雁之貌，且聪明能干，常骑一匹白马，吹着一支竹笛，所有男神都拜倒在她的石榴裙下，可她却独钟于勇敢而英俊的瓦汝卜拉山神。由于路途遥远，他们一年只能相叙一次。有一次，他们在泸沽湖畔见面，由于久别重逢，有说不完的绵绵情话，快乐的时光不知不觉在沉醉的夜幕中流逝，雄鸡啼叫之声把山神惊醒，天亮了他就回不了天上去。他策马加鞭前行，格姆女神依依不舍，依山凝望山神远去的背影，当马即将越过山脊，女神流下的相思之泪，把泸沽湖灌得更满，把湖水冲刷得更加晶莹如镜，山神回头见状深为感动，挥手往湖中撒下一把珍珠，湖上瞬间浮起几座小岛。偌大的湖并没阻挡有情人的相思相爱，深深的泸沽湖，成了清澈透明爱情的象征，这种"夜合晨离"的走婚习俗，摩梭人一直沿袭至今。

听完动人的故事，我们当然要听歌了！

阿旦扬起那张俏脸，冲我们微微一笑，随即亮起她的歌喉——

> 小阿哥
>
> 小阿哥
>
> 有缘千里来相会
>
> 河水湖水都是水
>
> 冷水烧茶慢慢热
>
> ……

歌词充满着浓郁的泥土香味，歌声却清脆悠扬得像纳西音乐的韵律。歌声在湖面上飘荡，引来了邻船游客一阵热烈的掌声。

登上小岛，泸沽湖的湖光山色尽收眼底。远处，泸沽湖的出水口万亩草海托着一座弯弯的走婚桥。这座桥是摩梭男人去海子那边走婚的必经之路，所以又称"情人桥"，情人桥是横跨草海连接两岸村落的木桥，长达300余米，是世界上最长的木桥，被称作"天下第一鹊桥"。多少恋人手牵手走在这情人桥上，为心爱的人唱一首情歌，任风儿卷着浪漫的气息飘向远方……

草海还是"鸟的天堂"，据说，冬春之交，从西伯利亚飞来的珍禽，密密匝匝地在草湖过冬、产卵、孵蛋。夏秋之际，水草在水中飘摇，草花在水面闪烁，野鸭在湖面游弋，各种鸟儿在水草与湖面间上下翻飞，好一个动植物和谐相处的世界。这为泸沽湖平添几分空灵、飘逸和祥和的气氛。

近处，几条猪槽船正在泸沽湖中撒网捕鱼。此刻正值夕阳西下，满天的晚霞，把整个泸沽湖染红，船儿、人儿、网儿，变成一帧帧奇妙的剪影，湖面闪动着金色、银色、灰色的光斑。打鱼的摩梭汉子，网回一网网活蹦乱跳的鱼儿，也网回一网网金色的希望！

晚饭后，我们去参加泸沽湖的篝火晚会，广场上燃烧着一堆很旺的篝火，笛声一响，盛装的姑娘、小伙子，马上五指交叉，身臂相擦，和着音乐的节拍，踏踏踢跶地跳将起来，时而舒缓柔美，时而狂放热烈。突然，在舞蹈队伍中有位摩梭女在向我们招手，我们定睛一看，是为我们划船的阿旦。小龚推我一齐上前，阿旦各执我们一只手，围着篝火伴着笛声跳将起来，舞很简单，节奏也很分明，不一会我们便学会了。据说，篝火晚会是情人约会的一大场所，倘若对方有意思约你"走婚"，会用食指在你手心敲三下，若你同意回应三下，便算约定了。阿旦自始至终紧紧拉住我们的手，一直跳着笑着，不时和着音乐发出银铃般的笑声，但始终没有敲出那关键的三下。

篝火晚会结束了，泸沽湖畔依然灯火通明，特别是那食街，炉火正旺，饮啤酒、食烧烤、猜拳行令的闹成一团。我也没有丁点儿睡意，独自在湖畔漫步，在一灯火阑珊处，摆着一个醒目的霓虹灯"大狼吧"。"大狼吧"？这名字我太熟悉了，这可有段主人公海伦的浪漫爱情故事。

海伦生于昆明，毕业于北京科技大学。之后随夫定居广州，1998年与有暴力倾向的丈夫离异，为了治疗心灵的创伤，与闺中密友小罗结伴到泸沽湖旅行散散心。为她划桨的船夫摩梭小伙鲁海次儿，绰号"大狼"，谈锋甚健，讲泸沽湖流传的故事，讲摩梭人的风土人情，更使海伦感到惊奇的是，"大狼"谈起"亚洲金融风暴""香港回归"竟头头是道，两人不由得撞出火花来，当晚"大狼"便带着白酒闯进海伦旅舍，并暗示小罗离开要与海伦"走婚"，小罗不知海伦的心思，下了逐客令。

原来打算在泸沽湖玩一周的海伦，为了逃避这份骤临的"爱情"，次日偕小罗骑自行车北上，人虽离开心却恋恋地留着大狼的影子，小罗见她魂不守舍，便鼓励她接受这份爱情。她立即雇了车子，连夜赶回泸沽湖，当夜，大狼便与她"走婚"。她在泸沽湖一住就是八天，然后依依不舍返回广州。不久，她发现自己怀孕了，大狼知道后温柔地对她说："来吧，来泸沽湖，我的家就是你的家……"柔情万种的话，把她带回了泸沽湖。海伦在1998年11月3日，依摩梭人的风俗，穿着传统服装，在认识大狼短短三个月之后，成了大狼家的媳妇。

这桩令人不可思议的奇缘，造成一定的轰动，中央电视台也作了跟踪报道，在我主编的杂志也图文并茂地登了八大版。据报道后的跟踪，这浪漫的爱情故事，后来又有点曲折。大学毕业的海伦和只有初中学历的大狼，生活背景与成长环境迥然，生活观和价值观也截然不同，两个人简直像来自不同的星球。海伦在许多痛苦的挣扎中调适自己的情绪，一年之后，海伦把大狼带去广州，并为他找了份保安工作，面对广州的花花世界，大狼尽了九牛二虎之力，也无法适应广州的喧嚣与拥挤。

为了维持这段婚姻，海伦偕大狼返回泸沽湖。并于2004年在泸沽湖开设了这"大狼吧"，于2005年5月在丽江古城开设了"海伦风情酒吧"，并在泸沽湖与丽江之间跑动。

我在"大狼吧"要了杯啤酒，靠着窗口品了起来。窗很大，窗口面对的就是泸沽湖。此时新月已挂在中天，满天繁星在闪烁，忙碌一整天的泸沽湖显得异常的幽静。我在苦苦思索一个问题，泸沽湖的"走婚"到底能走多久？

关于泸沽湖走婚的来由，当然只能当是神话故事，母系氏族社会每个地方都有，至于这个地方为什么能走到现在，实在是它的历史原因和地理环境使然。

据汉文献记载，泸沽湖距今已1600年历史，它经历了部落社会、氏族社会，直接进入了封建领主制社会。其原因是忽必烈南征大理国，中途路经永宁，驻兵永宁的月坪，永宁土著归降元朝，氏族酋长因对统一有功，被赐封土司职衔。于是，氏族制度改为土司制度，伴随着藏传佛教萨迦教义的传播，逐渐形成政教结合，如封建领主统治体系，但由于原来的母系氏族传统，加之这里又层层大山封锁，土司根本无法撬动氏族这坚固的堡垒。于是，统治泸沽湖的土司采取无为而治的策略，在小岛建起行宫来，只管自己享福去。中华人民共和国成立后政府又采取尊重民族政策，这远离庙堂的泸沽湖，仍然保持着母系氏族大家庭，保持着天下独有的走婚制。

在互联网时代，泸沽湖不再封闭，走出去的摩梭人与走进来的汉人实在太多，现代生活方式不断冲击这个"世外的伊甸园"，"走婚"已不再是铁板上的钉，据20世纪末调查的数据显示，走婚人有70%，其中有30%登记结婚。海伦与大狼这段浪漫的爱情，虽是一种特例，无疑也是一种无声的宣言。

夜深阑静，月色更为清明。不远处，格姆女神山，像一位刚刚在泸沽湖出浴的佳人，披着一袭轻纱，平卧岛上，头枕玉臂，仰望星空，这位当年为"走婚"奠基的女神在想什么……

也在想"走婚"还能走多久？

夜更深了，风也起了，湖水拍打着岸边，发出阵阵激越的涛声！

啊，一晃十年过去，泸沽湖涛声是否依旧？

画坛泰斗刘海粟先生既泼墨如云
又工笔细致地画了一幅"十丈洞瀑布"
的国画，题名为《空谷佳人》，好一个
"空谷佳人"！可谓对此瀑布的神韵最
贴切而又最传神的勾勒……

空谷佳人

　　以前，我只知道当年红军长征路经赤水，在毛泽东的指挥下，采取高度机
动灵活的运动战，纵横驰骋在这川黔滇边境，完成不可思议的"四渡赤水"战
役，粉碎了国民党几十万军队的"围追堵截"。萧华《四渡赤水出奇兵》这首
歌响彻大江南北。很难想象，一个战火纷飞的军事要地，同时又是一个充满诗
情画意的山水乐园。我们是靠出生在贵州的《少男少女》的刘春带进赤水瀑布
群的，在那跋山涉水转了一圈。

　　赤水，属于四川盆地南缘与黔北高原交接地带的砂岩型丹霞地貌，丹霞
是我国南方红色岩系发育的一种特殊地貌，是地壳经过漫长的上升运动，岩层
发生变化，雨水的冲刷逐步形成的。因气候湿润，植被茂密，水源充足，故处
处是瀑布、溪流，并有洞穴发育，构成了艳丽鲜明的赤壁丹崖和拔地而起的孤
峰，巨大的岩廊洞穴和峡谷飞瀑流泉相融一体的奇观，可谓红谷、绿树、银
瀑、清泉相映成趣。当然，最有观赏价值的当数十丈洞瀑布群。

　　十丈洞瀑布群位于赤水市南部风溪河上游，是赤水"千瀑之乡"的主体
景点。大瀑布景区内除了拥有瀑布，还有奇兵古道，怪石奇观，香溪湖、百亩
茶花、石笋峰、亿年灵芝、会水寺摩崖造像、红军标语等自然和人文景观。瀑
布除了十丈洞瀑布之外，围绕十丈洞瀑布的瀑布群星罗棋布，其中仁友溪瀑布

群的五个瀑布从300多米高的崖顶跌落，气势非凡。鸡飞岩284米的三级束状瀑布，让人惊叹。中洞瀑布被誉为最典型的帘状瀑布，甚为壮观。而十丈洞瀑布，气势最为磅礴，它高76米，宽80米，瀑布从悬崖上倾泻而下，如千龙翻滚，似万马奔腾，气势恢宏，震撼心魄，几里之外都能听见其如雷鸣的响声，数百米的水雾弥漫，在阳光照射下五彩缤纷，是我国丹霞地貌上最大的瀑布，也是我国长江流域上最大的瀑布，堪与黄果树瀑布媲美。

画坛泰斗刘海粟先生既泼墨如云又工笔细致地画了一幅"十丈洞瀑布"的国画，题名为《空谷佳人》，好一个"空谷佳人"！可谓对此瀑布的神韵最贴切而又最传神的勾勒，最准确而又最高度的评价。

十丈洞瀑布，长期隐藏深闺，直到明代永乐四年（1406）太监谢安奉皇帝的命令，为皇宫采集优质楠木建宫殿，他辗转无数的森林，最后闯入这圣洁之地，只见楠木擎天，数人合抱不过，便在这里采伐，成了体验大瀑布迷人风采的第一人。太监谢安进入风溪间谷采木的时候，十丈洞一带幽深古朴，原始森林茂密，野兽出没无常，交通极为不便，其硬如铁的楠木采伐不少，却因其太沉，绞尽脑汁也运不出去，无法向皇帝复命，只好隐居赤水山野20多年，开春播种，夏至收割，过着日出而作、日落而息的自耕自足的自然生活。据说有人曾看见深潭沉没有谢安当年采伐的楠木。谢安虽然仕途受阻，但有幽谷佳人作伴，也不枉度过余生了。

时至崇祯十一年（1638），距太监谢安入风溪河谷采木230年后，明代大旅行家徐霞客"雇短夫沿大道南行"，考察了黄果树瀑布，却跟十丈洞瀑布擦肩而过，这不能算是一件憾事，后来他推举黄果树瀑布为中华大瀑布之最，其前提是未到过十丈洞大瀑布，假若他去了，还真不知他会推荐哪一个。有人说是因为交通梗阻徐霞客未能去十丈洞瀑布，我认为凭徐霞客执着的个性，若知有那么壮观的大瀑布，哪怕是要披荆斩棘，亦要前往的，这也许是十丈洞"锁在深闺无人识"的又一佐证吧！

清代仁怀直隶厅同知陈熙晋偶进十丈洞，惊叹大瀑布的雄奇壮观，有感于太监谢安的遭遇，无意间赋诗一首：

洞深十丈锁云烟，谢监栖迟二五年。

　　采木使臣归未得，山中开青已成田。

　　虽然诗的意蕴及艺术不怎么高，但这竟成了最早发现十丈洞大瀑布的文字记载。直到1986年7月19日，中央电视台《新闻联播》节目首次向世界播放发现十丈洞大瀑布奇观新闻，才揭开这"空谷佳人"神秘的面纱，才广为人们所知。

　　我们是在盛夏走进赤水的，十丈洞瀑布，这"佳人"果真躲进深山峡谷，其中还有两大绿色屏障为它遮挡：一是竹海，二是桫椤王国。

　　浩瀚竹海，相对较为清朗，园内有楠竹17万亩，遍布于群山峻岭之中，但一丛丛高与天齐的竹林，有纵横错落的通幽曲径，有蜿蜒清澈的流溪，有间在竹丛中的杂树繁花，偶尔还出现一两个可供荡舟的平湖，湖面上倒映着天上的白云和岸边的竹影，让人顿生神清气爽之感。在一些古树参天的地方会有一些竹搭的亭台楼阁，供游人小憩。你可以坐在竹椅上品一壶香茗，尝一碟竹笋、老腊肉、豆花等小食，凭山风入怀，看竹影摇窗，不亦乐乎。登上山峰制高点的"观海楼"凭栏远眺，可见连绵起伏白云缭绕的远山，可观一望无际莽莽苍苍的竹海，山风吹过，滚滚竹海，像波涛在翻滚，似大提琴在演奏。

　　桫椤王国就不是那么好闯了，但它是进十丈洞瀑布必经之路，高高的桫椤密密匝匝长在深涧流溪旁，也纵横于深山老林灌木丛中，辟开的山间小路两边都是长满青苔的赤壁，湿漉漉的，有时还向头上滴水，偶尔还会碰到从山上下来的一两对瑶胞，男的背着一个箩筐，箩筐里坐着一个娃娃，女的身穿一袭花衣裙，手中擎着把花雨伞，一路欢声笑语，一见我们便热情地打招呼。我们小心翼翼地碎步行走，还不时要爬高低不一的山坳与斜坡，好在不时有小鸟翻飞和鸣唱，为我们消减一下跋涉的疲劳。

　　在1.8亿年前，桫椤曾是地球上最繁盛的植物，与恐龙一样，同属"爬行动物"时代的两大标志。在中生代侏罗纪时期，地球是一片繁荣热闹景象，这里古老的孑遗植物桫椤、苏铁等遮天蔽日，恐龙横行霸道，横冲直撞。后来发生了造山运动，随着第四代冰川等一个接一个的灾难，地球上的动植物惨遭灭顶之灾，连恐龙这庞然大物也难以幸免，但个别地区由于地理环境和其他特殊原因，使得部分动物、植物得以幸存下来，这里的桫椤就是其中之一。

桫椤又名黑桫椤、树蕨、大花蕨、笔筒树等，是现在唯一的木本蕨类植物，因此被列为国家一级保护的濒危植物，它的植株高大，一般高3至5米，最高近10米。桫椤的主干不分枝，叶项生，形如巨伞，状若华盖，树干外皮坚硬，花纹美观，可作笔筒、花瓶等器皿或其他工艺品。髓心则较为柔软，富含淀粉，可提取食用或酿酒，还可入药。除了这些，桫椤还是一种很好的庭园观赏树木，叶似凤尾，干像赤龙，栽上三两棵，平添一番婀娜多姿、优雅别致的景象。

赤水桫椤王国山高谷深林密，保持着较为良好的原始生态环境，被科学家们称为"桫椤的避难所"。这里桫椤达四万余株，种群分布集中，生长良好，结构典型，类型多样，以树型优美多姿苍劲挺拔蜚声海内外，双株并生桫椤，主干双叉、三叉等奇异株型在这里随处可见，因而赤水被誉为"奇丽的桫椤王国"。

良好的生态环境和适宜的气候不仅为桫椤等200余种蕨类植物的生存繁衍创造了条件，而且还保存了大面积的南亚沟谷雨林原始常绿阔叶林，如福建茶、长瓣短柱茶、小黄花茶和日本鳞始蕨、边果耳蕨等。此外，还有藏猕猴、猕猴、苏门羚、无冠鹿等珍稀动物时常出没在林间峡谷中，漫游在"桫椤王国"，仿佛重返了"侏罗纪"时期，摸着曾与巨无霸恐龙相处的桫椤树，心中的惊喜与激动有点不言而喻。看来，观十丈洞瀑布的前奏还是十分美妙的。

翻过几座丹山赤崖，穿过几道幽深峡谷，登上山峰一处高地，忽闻有雷声滚滚而来，抬头远眺，远远望见一大瀑布从刀削斧劈的悬崖上倾泻而下，似银河携风挟雷飞泻九天云霄，似蛟龙倒海翻江喷射百丈水雾，跌落深潭那一瞬，水花四射，顷刻平和，然后升腾起一层又一层的迷雾。雨过天晴，一抹斜阳射来，深潭上飞起一弯彩虹，它迅速与漫天的云水融合在一起，像赤、橙、黄、绿、青、蓝、紫七色在宣纸上点染，显得那么润泽，那么和谐，那么华丽，那么变幻无穷。

我透过桫椤去眺望那飞瀑的侧影，飞瀑顿时变得修长，变得柔情，变得玲珑浮凸。在斜阳下显得那么冰清，那么玉洁，那么晶莹，那么剔透。当它在空中飞泻的那瞬又仿如一丽人，挥着彩练当空飞舞，是那么婀娜，那么委婉，那么飘逸。在跌落潭底后的瞬间，又变得那么贤淑，那么坦然，那么宁静！

"空谷佳人！"我从心底蹦出这么一句。

"空谷佳人！"山在鸣，谷在应！

我暗暗佩服画坛泰斗刘海粟先生的审美力、观察力和想象力的高超。

在十丈洞瀑布的潭中，有一块高高耸起的巨石，被命名为观瀑石，人们要乘竹排才能登上去。此刻已挤满了人，他们不怕打湿衣服，也不怕打湿相机的镜头，以大瀑布为背景，摆着各种"甫士"拍起照来。那七彩纷呈的衣服仿如姹紫嫣红的花簇，跟飞潭深涧的桫椤及漫山遍野的杜鹃相映成趣，成了点缀大瀑布神韵的一道亮丽的风景线。

我在潭中的石墩桥上踯躅，刘春绘声绘色地跟我讲起"龙女潭"的动人故事。

据说，远古时期，十丈洞一带久旱成灾。龙王三公主趁龙王外出，洒降甘露拯救众生万物，玉皇大帝一怒之下，把三公主囚禁在十丈洞的潭底，深潭由此得名"龙女潭"。三公主身囚龙潭，仍不改初衷，每逢久旱无雨，便会设法驾着彩虹化雨为瀑，让溪水长流，拯救芸芸众生。人们在烟水弥漫的深潭中，偶尔还能看到奇妙的"佛光环"，这佛光环一环扣着一环，环随人动，美不胜收。每当这个时候，就会听到龙王三公主银铃般的笑声，人们油然对这位造福苍生的龙女产生无限敬意。

啊，莫非"龙女"就是那"空谷佳人"？抑或"空谷佳人"就是那"龙女"！？我常常陷入这种沉思！

此行，无缘于佛光，但能见"空谷佳人"真容，她那艳丽的绝色，固然让人赏心悦目，但她那造福世界、造福大众之心，更令人顶礼膜拜，我深信她对光环之类也是不屑一顾！

是的，人生在世，干点有益于人类的实事，最为有益，最为实际，至于其他所谓光环由它去吧！

我深深感到这片貌似贫瘠的土地上，其实蕴藏着人类极其富有的心灵，而这种心灵上的完满与富足是现代社会中极难找到的一种境界……

廊桥邂逅

　　离开赤水，我们到了千年侗寨。

　　原生态的大自然尚好找，原生态的村寨就难寻了，我们在黔东南就找到了一个，这就是肇兴的侗寨。在金正隆五年，也就是1160年，肇兴侗族的先民就在这里建寨安居，距今已有800多年的历史。它不仅历史悠久，更迷人的是，这里的一切都呈现出一股浓烈的原生态气味。

　　肇兴侗寨，位于贵州黔东南的黎平县，是黔东南侗族地区最大的侗族村寨，占地面积18万平方米，居民1000余户，6000多人，号称"侗乡第一寨"，肇兴侗寨四面环山，寨子建于山中盆地，两条小溪汇成一条小河穿寨而过。两岸干栏式的吊脚楼，鳞次栉比，错落有致，全部用杉木建造，硬山顶覆盖小瓦，古朴实用，临河而建，楼下一般石砌，堆放柴草杂物，饲养牲畜家禽。楼上住人，前半为廊，宽敞明亮，后半为内室，中间设有火塘，这是祖宗神位也是取暖煮饭的地方，南侧或者三楼上设卧房，一般一家一幢。也有聚族而居，将同一家族的房子连在一起，廊檐相接，可以互通。吊脚楼每幢都有一个水埠码头，码头旁，搭着吊栅种上丝瓜和水瓜，周遭长着密密麻麻的美人蕉和杜鹃花，成为每座吊脚楼的后花园。间或有一叶小舟，从小河划过，荡起细密的浪花，惊飞在河中游弋的小鸭。

侗族人为何喜欢聚水而居呢？这民族流传着这么个动人的故事，且用远古的歌声传唱出来。侗族的祖先姜良和姜妹原来就是兄妹，为了传接人类血脉而成亲，生下一个肉团，心生疑惑的姜良把肉团砍碎丢到山坡与河谷中，结果流入河谷的血水变成汉族，肉成了侗族，心、肝、肠、肺变成瑶族，骨头成了苗族。侗族由于是柔软的肉，便住在依山傍水的地方；苗族是硬如青枫的骨头，就住在高高的山岗上。

在这个令人喜爱的传说中，侗族人为自己对于山水的热爱，找到一个神奇而可爱的理由，在侗族居住文化中，依山傍水是一个不可缺少的元素。侗家村寨大部分背靠高山，偎依河流，从远山来的溪流环绕着寨子，白花花地流淌，送来微澜，浇灌繁花，沐浴浓荫，滋润着侗家人的生活。

有人就有水，有水就有树，侗寨绿树掩映古树擎天，有楠木、有枫树、有榕树、有钻天杨、有红豆杉。侗族是一个崇拜生殖繁衍的民族，侗族人认为树木生命最强，对于树的感情特别深厚，他们在自己房前屋后都遍植果树，不仅在平时悉心照料，而且还要每年正月初一给果树喂"年更饭"。在村寨周围，侗族人还将一些树确定为本寨的"风水树"，对这些树爱护有加。

我们是于2014年盛夏走进肇兴侗寨的。

进寨的那一天，不知是什么电视台来拍电视，满街满巷都挤满了穿着盛装的侗族姑娘，所戴的银饰，银光闪闪，工艺精致，质为铜件鎏银，轻巧奢华。戴上全套银饰的女孩，容光焕发，楚楚动人，成了侗寨一道亮丽的风景线。我们跟着摄制组，着实"采访"了一回。

侗寨有四大看点：鼓楼、风雨桥、梯田及无伴奏的大歌。

鼓楼，是侗寨标志性的建筑，一般一个村寨必有一座鼓楼。肇兴侗寨虽为一体，且都同姓陆，但有五大房族，分居五大自然片区，每个家族为一个团，每个团都有一座鼓楼，为"仁、义、礼、智、信"五座鼓楼。它们散落在侗寨的每个角落，被称为"肇兴鼓楼群"，是黔东南鼓楼之最，也是全国乃至全世界之最，所以1993年，肇兴被贵州省文化厅命名为"文化艺术之乡"。2001年，肇兴侗寨及鼓楼群被列入《世界吉尼斯纪录大全》。2004年1月，被国务院批准为国家级重点风景名胜。在2005年《中国国家地理》杂志主办的"中国最美的地方"被评为中国最美六大乡村古镇之一。2009年《侗族大歌》被列入联合国《人类非物质文化遗产代表作名录》。

我们来到鼓楼下，鼓楼外观像一座宝塔，飞阁重檐，气势雄伟，有人则说鼓楼的外形颇似发射火箭的支架，顶层阁楼的剖面恰如飞碟的造型，于是有人说这是外星人留在地球上的遗迹，这当然有点牵强附会。民间传说的是三国时期，诸葛亮南征，曾扎营侗乡，为方便指挥，在营寨中修高亭，内置铜鼓，以鼓传令，遂流传成为鼓楼。

鼓楼在建造过程中没有图纸，也没用一钉一铆，建筑家认为"这是建筑史上的奇迹"。鼓楼的平面数均为偶数，一般为六边形，立面均为奇数重檐，高度多为20米左右，逐层收缩，最高顶置放牛皮大鼓，顶部为攒尖、悬山、砍山等形式，顶置葫芦形塔刹，底部正方形，中央置火塘，塘火终年不熄。

侗寨建鼓楼，是吉祥的象征，兴旺的标志。鼓楼的作用有：一是侗寨和侗族族姓的标志；二是侗族群众休闲的场所；三是年轻人社交的场合；四是聚会议事的要地；五是传递信息或报警的工具；六是接待客人的地方。

每座鼓楼都建在小河边，旁边必定配有一座风雨桥，风雨桥飞架一河两岸，也许是为了方便人们前往鼓楼集中。当然风雨桥绝对不是普通通道，它是青年男女对歌、约会的地方。我们上桥细看，这风雨桥的确修建得独特，不仅有供人闲坐的长凳，还有挡风遮雨的桥顶，桥檐雕着各种花纹图案。我们在风雨桥上小坐，看河上粼粼的波光与倒影的白云，还有成群结队红掌拨着清波的白鹅，两岸长满姹紫嫣红繁花，飞满色彩斑斓的蜂蝶。当然，不显眼的角落里还并肩坐着讲悄悄话的情侣，我禁不住感叹当年修建风雨桥的匠人的心灵手巧，更赞叹侗族人懂得享受生活的情趣。

肇兴不仅是鼓楼之乡，而且是歌舞之乡。为了拍电视，寨上侗歌队和侗戏班的侗胞们一个个化了妆，穿上节日的盛装，纷纷从风雨桥走到鼓楼集合，准备参加表演。每逢节日或宾客临门，侗胞们都欢聚于鼓楼，举行"踩歌堂""抬官人"等民族文娱活动，侗歌尤其出名，有侗族大歌、蝉歌、踩堂歌、拦路歌、琵琶歌、牛腿琴歌、酒歌、情歌、山歌、河歌、叙事歌、牵牛歌等，光歌名便种类繁多，不可胜数。

侗族风情原始古朴，每逢佳节，村寨与村寨之间便举行大型联谊活动。甲寨举寨前往乙寨做客，当客人临近寨边时，主寨的姑娘们早已在寨门前摆起了板凳，唱起了拦路歌。客人应歌而对，一唱一和，几个回合下来，喝了拦路酒，才肯放客人进寨。寨中男人吹芦笙，放鞭炮，敲锣打鼓，女人将客人迎进寨的鼓楼内饮茶小憩，然后聚集在鼓楼旁的歌坪上，踩起歌堂，举行盛大的祭祀仪典。两寨的男女青年在寨老的带领下，拥着"萨坛"绕案一周，然后在芦笙曲中进入歌坪，围成男外女内的两圈，边舞边唱。夜幕降临，余兴未尽者还可集中鼓楼点燃旺旺的篝火，闹至天明。互相看中的青年男女，还可以偷偷跑到风雨桥约会。

我们发现一个很奇特的景观，吊脚楼前大多架起一块长方形的石板，打听之后才知道它的用途。侗族人，从农耕社会走来，崇尚自给自足的自然经济，农林产品及渔业固然如此，连身上的衣着及饰物也多为自家所造，这石板就是用来捶打面料的。我们进屋一看，主持染衣的是一位中年妇女，协助她的是几位小妹，她们先将大锅水烧开，加入靛蓝或者紫的红的染料，经过几次过滤之后放入大锅，将布匹放进去后翻煮两个小时左右，然后挂在长竹竿上晾晒，染了带有麻纤维的棉布晒干之后，她们用木槌在门口的长方石板上，用力砸折叠起来的布料，而且要将布捶打得有光亮才叫上品。中年妇女偷偷告诉我们一个秘密，这种原料用板蓝根来制作，有的面料处理之后还要刷上柿子水，使布料能防雨防风，面料经过捶打之后不仅光亮，而且因为纤维被强制伸展，使衣服难以发皱，有的将面料捶打成百褶裙，穿上后裙子衩是自然折叠及硬棱硬角的，永远像是刚烫过似的。经她一说，我们又长了知识。

我们发现爱美爱艺术图案是侗族的特点，整个肇兴侗寨的布局相当讲究。寨中的鼓楼和风雨桥的摆设，像朵朵浮出荷塘的莲花，而每座风雨桥则像系在荷塘边带篷的小舟，微风吹来，荷香四溢，颇具江南水乡的韵味。连接各寨区之间的小路，也铺上鹅卵石，并组成各种花样的图案，鳞次栉比的吊脚楼，家家户户门前都吊着带黄色流苏的红灯笼，让人顿生喜庆且有一种穿越时空之感，这让我想起了丽江的大研古镇，它们的确有点相似，它们都溪流蜿蜒，楼舍风雅，石板小街，民风质朴。然而，大研古镇却有点喧闹，大街小巷均是做生意的小店，而这里一片清幽，只有临河一排销售侗族特产的小铺和一排酒旗飞舞的食肆。

我们找了间临河的吊脚楼旅舍住下，稍作小憩，便租了一辆车往与肇兴侗寨相邻的堂安侗寨赶去，这侗寨是中国和挪威共同组建的一个"生态博物馆"。我们大约跑了两千米的盘山公路，远远看见一侗寨依山而建，山顶的吊脚楼白云缭绕，吊脚楼之间全是崎岖的山间小路，不过那古树与凤竹掩映石砌的通幽曲径颇有山野的风味。

寨前有一鼓楼，九重檐八角歇，山顶高15米左右，楼底中央有个火塘，塘火正旺，有位老侗胞坐在长凳上抽着旱烟，那竹做的烟管有3尺长。有位老大娘在绣花，绣的是大朵的荷花，针脚十分细腻，颜色十分有层次。还有几位上了年纪的人围着一方桌一边聊天一边品茶，鼓楼旁的那丛翠竹在婀娜多姿地摇曳，带来清风，带来绿影。

在离鼓楼几步之遥有眼山泉，泉下有一泓清澈见底的泉水，山泉从头顶飞泻而过，几位侗家姑娘正在冲洗她们飞瀑般的长发，那白花花的泉水同时冲刷她们一张张俊俏的脸，整个山泉顿时盛开一朵朵娇俏的莲花，她们互相调笑着，甚至互相泼起水来，打湿了薄如蝉翼的衣裳，尽显她们玲珑浮凸的曲线，不时爆发出铜铃般的欢笑声。在泉水下游的水溪边有人在捣衣，有人在洗藕，她们互拉家常，互相谈寨中趣闻，显得那么悠然，那么舒坦，那么畅快！这笑声、这捣衣声，寨中的鸡鸣声、鸟叫声，以及寨边的松涛声构成侗寨黄昏的交响曲，在山野的空谷中流淌着、回荡着。

堂安侗寨的风雨桥不在河上，而在两山之间的峡谷间，桥的两头长满参天的枫树和古柏，不时飘落的一两片黄色的枫叶，在空中、在桥顶飞舞，像一幅流动的画。下面是深涧、是流溪、是绿野，偶尔还有盘旋的苍鹰，比肇兴侗寨的风雨桥要高要大要长，且更具一点空灵和野味，因为它远离寨上，午间可供在田上农耕的侗人遮风挡雨小憩，晚上更适合青年男女谈情说爱，所以人们亦称它为花桥，花桥者情人桥也。因为它似一飞峙山谷的长廊，亦被称作廊桥。不知怎么回事，它让我想起美国电影《廊桥遗梦》，我想桥形基本相似，浪漫的本质也是共同的，不同的是《廊桥遗梦》的故事情节显得曲折，意蕴来得深沉，而风雨桥主人的故事恐怕来得直接，情感显得更为质朴一点吧！这种邂逅，使我穿越了时空，穿越了国界，联想了很多很多……

堂安侗寨的精华来自梯田，它的壮观与美姿是可以跟广西龙胜梯田媲美。这梯田依山而建，蔚为壮观。腊末春初，满田满垄，都是金灿灿的油菜花，上面飞满了蜻蜓和彩蝶；阳春三月，梯田灌满了水，梯田层层叠叠，从谷底一直延至山顶，像一面面叠加的镜，倒映着蓝天白云、屋舍和树影乃至飞动的鸟儿，而那一条条田埂，更像万条金蛇在蠕动，美妙得令人叫绝。我们去的时候正是盛夏，只见层层稻海流金，整座梯田仿如一架金色的天梯，直铺天际，在夕阳的照射下，这天梯闪耀着灼灼的金光，一切显得那么自然、畅顺，那么金碧辉煌。其实，令我感到更可亲的是，坐落在梯田旁那幢红枫掩映的小木屋，那缕袅袅娜娜的炊烟，以及那在草地上悠闲地吃草的水牛，骑在牛背上吹横笛的牧童，这是多美的田园牧歌，这人与自然糅合的图景太久违了！

从山上下来，我们草草吃了点晚饭，便直奔侗族举办的晚会。晚会并不在鼓楼和风雨桥举行，因为这两个地方并不能容纳那么多的观众。而是在离鼓楼不远的广场有一个舞台，在舞台前设有一排排石凳。我们找了靠前的石凳坐下。在一阵锣鼓声中，演出开始了，先是一段精彩的芦笙舞，然后是男人们的歌，女人们的歌，男人女人们的歌，琵琶歌、拦路歌。侗族的歌声丰富多彩，歌声里唱出他们生活的喜怒哀乐，爱情的忠贞操守，春花秋月的浪漫遐想，也唱出对命运不屈的控诉。最后大歌终于响起来了，这是所有侗歌中最完美协调的一种声音，没有乐器伴奏，没有指挥协调，高中低多部就这样自然流畅地相互交融在一起，也许是来自大自然中原生态的灵感吧？听，忽如叮咚流泉的轻吟，忽如飞泻瀑布的轰鸣，忽如倦鸟归林的啼唱，忽如雄狮狂奔的怒吼……听着听着，我深深感到这片貌似贫瘠的土地上，其实蕴藏着人类极其富有的心灵，而这种心灵上的完满与富足是现代社会中极难找到的一种境界，这种心灵状态从侗族这"大歌"中淋漓尽致地表现出来，那是一种发自生命深处最朴素的声音。据说这侗寨的大歌唱到北京去，唱到外国去，成为乐坛的一大奇葩。

精彩的晚会散了，我们也回到了旅舍，还不到晚上九点，肇兴侗寨已经安静下来，安静得连狗也不敢吠一声。我洗了个澡，怎也无法入睡，就在走廊的圆桌上品起茶来。侗寨好像已进入了梦乡，只见那每家每户的红灯笼还亮着，似乎要为那一弯新月和满天星斗，洒下的清晖增加一抹暖色。我侧耳细听，楼下的小河还响着潺潺的流水声，在不远的田野上还隐隐传来蟋蟀的鸣唱……

啊，好一个原生态的地方，好一座原生态的千年侗寨，好一块《廊桥遗梦》萦绕的原野……

在离开苗都的车上，我的情感甚为
复杂，既有沉甸甸的收获，隐隐地也掠
过一丝丝担忧甚至恐惧……

苗都，芦笙的故乡

我们是从肇兴侗寨，走进西江苗寨的。

寨门前是一群迎客的芦笙乐队，红绸飘飞笙声悠扬，进寨的路沿河而建，
两岸栽的全是梧桐，梧桐树下均是紫色、红色、白色的花丛。花丛的马路对面
是一间间新装修的各种铺店，偶尔飘下的黄叶，为小街平添几许诗情画意！

偌大的苗寨仿如一座山谷，远远望去，整个寨子处于群山环抱之中，从
雷公山流下的白水河穿寨而过。苗寨依山而建，层层叠叠，错落有致，只见翠
竹簇拥，红叶掩映，幢幢木楼，在岚影的缭绕下，仿如仙山琼阁，走近一看始
知都是吊脚楼。黄褐色的木板，像打过桐油，显得油光滑亮，彰显出古朴的风
韵，阳台的那张美人靠，靠着一位梳妆的苗族姑娘，鸟儿在栏杆跳来跳去，一
切显得天然而又雅致，隐透一种别样的风情。那一层层吊脚楼跟寨前寨后一片
片飞翠的枫树与寨旁一垄垄流金的稻海，构成一轴壮观而又美丽的图画。

这里居住着大约1400户人家，6000余人，是全国乃至全世界苗族集聚最
多的地方，也是苗族传统文化保存最好的苗寨，所以被称作"千户苗寨"，亦
被称作"苗都"。其实，西江苗寨并不是苗族人世居之地，在不同的时期，家
园屡遭战火洗劫，几经大的迁徙，西江苗寨只是苗族一支分系，最后的一个驿
站，一部迁徙史便是一部苗族史。

5000多年前，生活在黄河中下游平原的九黎部落在向北扩张，与东进和南下的炎帝、黄帝发生剧烈的武装冲突，经过长时间的征战，以蚩尤为首的九黎部落在涿鹿地区被击败，蚩尤被黄帝擒杀。大部分苗族先民被迫开始第一次大迁徙，辗转退到长江中下游平原，于洞庭湖和鄱阳湖之滨建立了"三苗国"。随着三苗部落的日渐强大，尧、舜多次对"三苗"进行征剿，舜帝即位"南巡狩猎"，对不服管的"三苗"进一步攻占，苗族先民再一次被迫向西南和西北地区迁徙，其中向西北迁徙的这支苗族先民一部分融合于"羌人"，成为西羌的先民，一部分从青海往南到四川南部、云南东部、贵州西部，有的更向南、向西，深入老挝、越南等地。而往西南迁徙的一支则与楚人和睦相处，成为后来"楚蛮"的主要成员。战国时期，秦灭楚，一部分苗族先民长途跋涉西迁，进入武陵山区的五溪一带，形成历史上的"武陵蛮"，西汉时期较快地发展起来，形成与汉王相抗衡的一股势力。

公元47年，汉王朝派出军队大规模征剿"武陵蛮"，迫使苗族进入黔东北，一部分南下广西融水，后又溯都柳江而上到达今天贵州的榕江、雷山等地。苗族在数次大迁徙中，分化成柳氏族、西氏族、南区族等，西氏族由于在多处辗转，到达西江已无地可以立足，西江有早在此定居的"赏氏族"，他们只好向"赏氏族"求助。后来，陆续有其他苗族分支过来，形成以"西氏族"为主体的苗族融合体。传说西江已有千年以上的历史。据《林荫记》记录，西江苗族的世系族谱显示，从蚩尤到1732年间共有284代，说明西江苗族是蚩尤的直系后裔。

西江千户苗寨是保存苗族"原始生态"文化最完整之地，也是领略认识中国苗族漫长历史与发展之地，是一座"露天博物馆"，展览着一部苗族发展的史诗，成为观赏和研究苗族传统文化的"大看台"。

关于苗族人的来历，我们听苗族人讲述过这么一种传说，苗人从一棵受到冤枉的枫树中走出来后诞生的人类母亲"妹榜妹留"，和水上的泡沫"浮方"，生下12个蛋，16年后，其中一颗黄色的蛋孵化出了苗族的祖先"姜央"。诞生于枫树的苗族人对树的崇拜保留至今。每个家庭生下孩子后，会请巫师打卦，确定山上的一棵树为孩子的"保保"，将孩子托付给树木，这样才安心。

我们串了几家的门，发现每家每户都有猎枪，苗家男人个个是狩猎的高手，在厅中挂满漂亮的兽皮，在厨房吊满了晶莹的腊肉。不过，苗寨也有乡规民约，在阳春三月鸟兽繁育旺季，他们是不会捕猎的，这类似于沿海一带的休渔期。只有十月秋收以后，男人们才被允许进行大规模的狩猎。

别看苗族的女人肤色白嫩，衣着光鲜，但她们个个都很能干，不仅是农耕的一把好手，且蜡染、刺绣、裁衣等技能无不精通，我们看到家家户户的阳台上都挂满蜡染的布，微风吹动，仿如飞起一道道闪着青花的虹。

《少男少女》的刘春告诉我们，苗族有很多传统节日，而且规模庞大，内容丰富，像"芦笙会""苗年""特藏节""姐妹节"。其中最神秘的是"特藏节"，它规矩最多，延续时间最长，且每隔13年才举行一次，而最有意思的恐怕是"姐妹节"了，它是苗族的"情人节"。"姐妹节"是以苗族年轻女性为主的节日，每年农历三月十五日，苗族年轻姑娘都要吃一种五颜六色的糯米饭，这种糯米饭还不是用色素染的，是姑娘在山上采的野果和叶子染成的，她们称之为"姐妹饭"。每到节日她们会选择一个僻静的山坡唱着跳着并且互赠礼物，再围坐起来食"姐妹饭"。

这种"姐妹节"可有来历，据说很久以前，徒水河畔居住着许多美丽迷人且聪明伶俐的苗族姑娘，她们勤劳智慧，过着丰衣足食的生活，美中不足的是这里山高路远与外界隔绝，不少姑娘到了适婚年龄，却找不到理想的对象。后来聪明的姑娘想出一个好办法，到了春暖花开的阳春三月，姑娘们做好七彩糯米饭，邀请外地的姑娘和年轻小伙子前来聚餐，也进行歌舞、赛马、踩鼓、斗牛等活动，渐渐地本地姑娘与外地小伙，建立深厚的情谊，情投意合的他们终结成了伴侣。

这里民风淳朴，几乎人人都会吹芦笙，唱芦笙歌，跳芦笙舞，所以西江苗寨又被称为"芦笙的故乡""歌舞的海洋"。芦笙古称卢沙或瓢笛，芦笙来源于古代苗族先民，是苗族历史文化发展的见证，苗族在不断迁徙的历史过程中，形成独特的芦笙文化体系，并在苗族文化上占了主导地位。从某种意义上说，苗族文化就是芦笙文化，芦笙是苗族的象征，是表达苗族人民思想感情的纽带，不管迁徙到哪里，芦笙总是与他们相伴，只要有苗族的地方就有芦笙，苗族民间有句谚语："芦笙一响，心里发痒。"

我们刚刚住下，刚好碰上一场苗寨的演出，那场景颇为盛大，整个演出场地就像个足球场，正面是一个舞台，台下就是舞场，四周一排排呈圆形向上升的是观众席，可容数百人。这是一场以芦笙为主题的演出。首先出场的是芦笙乐队，吹奏者清一色苗族壮男，每支芦笙都系着红绸带，在山风吹拂下，仿如一缕缕的红云，煞是壮观。吹奏出优美动听的乐曲，此起彼落，和谐协调，悠扬洪亮，气势磅礴。吹到兴致之处，芦笙手们还一边吹一边熟练地倒立、滚翻，甚至叠起罗汉来。而芦笙乐队的后面则是舞队，舞队中的苗族姑娘清一色蜡染裙服，戴着银帽、银梳、银锁、银环、银项圈、银佩带，她们踏着时而快捷、时而舒缓的乐曲，翩翩起舞，银饰辉映、银铃清脆，一个个如花似玉，婀娜多姿，真叫人眼花缭乱。接着有男女声独唱，男女声对唱，亦有芦笙的独奏，真叫人有点如闻天籁之感！场中间演出的小品，弄得全场爆笑，我们听不懂其中奥秘，但那诙谐的动作，那丰富的表情，也叫我们捧腹不已。那芦笙声、歌舞声，还有那银铃般的笑声在苗寨的上空流泻着、飘荡着，整个苗寨充盈着一种祥和的气氛。

"锦鸡美在羽毛，苗女美在银饰，无银无花不成姑娘，有衣无银不成盛装"，这场演出真让我对银饰大开眼界。据说，苗族的银饰从它诞生之时，就与苗族的信仰有关，苗族先民相信，一切锋利之物皆能驱邪，银饰也是极富威力的驱邪之物，且可消灾祛病。银饰也是检验毒物的有效工具，苗族地区居民喜欢饮山泉水，饮水前先用银手镯浸入泉水中，若手镯发黑便证明有毒，不发黑则可饮用。苗族银饰，一直以"大、重、多"为美。一只耳环最重可达二百克；镂花挂图，得超四公斤。苗族人佩带的银饰数量也十分惊人，三四只耳环，三四件项圈，衣饰、头饰、腰饰倾囊而出，组合起来多达数百件，重叠繁复，一身银饰重达十多公斤。苗族人以牛为崇拜的图腾，苗族头饰的银角，就是牛的造型。牛是农耕的主力，也是祭祀祖先的牺牲品，苗族人崇敬牛的奉献精神，认为牛是吉祥物。在西江附近有条"银匠村"，村中96%的人从事银饰行业，银饰是苗族文化一个重要的符号。

这场演出除了展示银饰外，也是对蜡染服饰的展示，展示它那种蓝底白花流泻着一股自然、质朴和淡雅之气。苗族的蜡染也有悠久的历史，蜡染与扎染、镂空印花，并称中国三大印花技艺。蜡染实际上是用蜡把花纹点绘在麻、丝、棉、毛等天然纤维纺织品上，然后放入靛蓝染料中浸染，有蜡的地方不上颜色，涂了蜡之后就出现因被保护而形成的白色花纹。这蜡染的发明说来有趣，据说有一位聪明美丽的姑娘，希望能在裙子上染出各种花卉图案来，但一时又想不出什么办法，终日愁眉不展。有一天，姑娘在深思中入睡，朦胧中花仙子把她带到百花园中，姑娘看得入迷，连蜜蜂爬满她的衣裙也浑然不知。等她醒来，发现衣裙上留下斑斑点点的蜜汁和蜂蜡，难看极了，她只好把衣裙拿到存放着靛蓝的染缸中重染一次，当她用沸水浸洗之后，发现衣服出现美丽的白花，聪明的姑娘从中便发明了蜡染。于是川黔滇的苗族妇女，便流行蜡染衣裙。

看完演出太阳快要落山，于是我们便去品尝苗家著名的长桌宴，饭店其实是一座吊脚楼，在白水河对岸的山坡上，长桌宴本是苗家过年的喜宴，过年时家家户户搬出长凳，在街上首尾相连，蜿蜒数百米，大家痛饮同乐，热闹非常，如今，则成了招待旅客的一招。黔东南苗族饮食以"酸"为主，"正月腊肉，三月腌菜，八月腌鱼"手艺一流，故称"酸溜汤"的故乡。店主人是位热情好客且美丽大方的苗族姑娘，她热情为我们推荐菜式，贵州出生的刘春心中有数，点了腊肉、腌菜、腌鱼，还有一大盘酸汤鱼。

这吊脚楼餐馆，设在山坡上，对面正是依山而建的"千户苗寨"。只见漫天的晚霞在苗寨的上空飞舞，斜阳透过枫树在吊脚楼上洒下一串串七彩光斑，临街的数座亭台楼阁，有苗家姑娘在走动，显得分外醒目。大路上挤满人山人海的游客，那衣服可谓七彩斑斓，我们往下俯视，仿如看见一条彩色的河。我们一边品尝美味的苗餐，一边欣赏苗寨的美景，心里比那阵阵入怀的山风来得还要畅快。

夜幕降临了，苗都千家万户都亮了灯，我突然发觉那万家灯火，勾勒出一个牛头形的灯饰来，显得十分地形象、神秘，且十分有灵气。在离"千户苗寨"大约两千米的对面山坡上设有一个观景台，有观光车将我们送达台上。站在观景台上我倒有点失望，大概因为下午演出的那场地架起了数盏探照灯，那七彩的霓虹灯在苗都上空飞舞腾挪，繁华是繁华了，但跟"原生态"的那种天然那种野味那种和谐，显得太不协调。此外，在沿河的马路上一字排开炉火正红的大排档，也显得人潮涌动，热闹非凡。本来苗族历代信奉"日出而作，日落而息"，如今苗寨竟成了一个不折不扣的"不夜城"。

　　如今，苗寨人睡得晚却起得早。东方刚露点鱼肚白，寨上已经人声鼎沸，最热闹的是卖苗族特产的那条小街，那银饰店、蜡染店，还有卖腌鱼、腌肉、腌菜的杂货店以及卖早点的小食店均是人头涌动。我却悄悄去拜访那穿寨而过的白水河，小河静静地流淌，晃悠悠而清澈见底，在曙色的映照下闪烁着万道银光，就像美丽动人的苗族姑娘的那一身银饰，显得那么仪态万方风采照人。啊，我发现有人比我到得更早，有对情侣坐在岸边的草地上，弄不清是刚来还是在此晒了一夜月光。有几位年轻姑娘脱了鞋踩着河上的卵石在蹚水，有人则穿着满身苗族的服饰，站在河的岩石上拍照，背后正是风情万种的风雨桥、岚影迷蒙的远山以及旭日初照的吊脚楼，一切显得那么天然、那么野性、那么惬意，我忍不住拿出相机，拍下这回归大自然的一切。

　　坐在离开苗都的车上，我的情感甚为复杂，既有沉甸甸的收获，隐隐地也掠过一丝丝担忧甚至恐惧，我真害怕浓郁的市场经济意识使苗寨原生态的大自然及原生态文化遭到破坏，但愿这担心是多余的吧！

一弯蓝色的月亮在亚丁的山谷间冉冉上升，为整个山野洒下一片清辉，天幕上星河在流动，与山谷高高低低疏疏淡淡的灯火融成一片，真分不清哪是天上的星星哪是人间的灯光……

亚丁，升起蓝月亮

到稻城去，一直是我的梦。

2003年我在广东教育出版社当社长时，全社上下一同奋战，终于拿下了十多科国标教材，这是一个里程碑式的胜利，为了奖励员工，我问他们有什么要求，大家异口同声地说："到稻城走一趟！"我答应了。回来后他们眉飞色舞讲起稻城的奇妙，让我朝思暮想了好一阵，为寻这个梦一等就是十年。

2014年金秋十月，我跟几位老友终于走了趟稻城。

稻城，被称作是"蓝色星球上最后的一片净土"，它地处青藏高原与云贵高原的接合部，它北高南低，西高东低，群山起伏，逶迤苍茫，山脊河谷相间，高原平湖共存，有终年积雪的高海拔山峰，有幽深温和的低海拔河谷，有牛羊游走的草场，有高低落差的瀑布……

稻城，有最古老的记忆和最纯真的脸庞，有云遮雾障的森林，有青藏高原最大的古冰遗迹——稻城古冰帽，它穿越千百年被遗忘的时光，随日月升沉，默默守护这旷世的美景。而古冰河时期留下的巨大砾石阵以及星罗棋布的高山海子，在蓝天下空旷辽远，在蛮荒中透着一种原始的野味，这里的天地人和谐相处，流溢着一派"世外桃源"的气韵！

我们是从成都坐飞机到稻城机场的，一下飞机，便有人感到有高原反应，据说那里海拔已达5000多米，在从机场开车往稻城的途中，坐在我后面的一位上海旅客便晕倒过去，只见他嘴唇发紫，面色带青，一看便知是缺氧，紧张的团友让他吸了两瓶氧气才缓过神来。这样一来，为半路上兜售红景天的检查站做了活广告，车上的人几乎都买了一盒。

在离稻城30千米处的桑堆，隔着车窗的我们眼前突然一亮：路边的一块湿地上，闪现一大片鲜艳夺目的红色。"啊，红草地！"有人惊叫。司机善解人意，停车让大家拍照。这真是一幅绝妙的奇景：一片鲜红的草，蓬蓬勃勃地生长在碧波微荡的水面。远处皑皑的雪山云雾缭绕，背后金色的白杨直指蔚蓝的苍穹；白杨林后面躲藏着古老的村舍，几匹牦牛在悠闲地吃草，一群水鸟在水边嘎嘎地掠过。人们提着相机在岸上不停地转悠，选择最好的角度，生怕漏掉最经典的画面。

稻城最神秘的景区在亚丁，我们从稻城转车直奔目的地。亚丁是个山城小镇，严格地说它更像一个藏族的山寨，纵横交错的经幡横空飞舞，牦牛、山羊爬满了山坡。但它比山寨又多了点现代气息，它有汽车站，有医院，有商店，更有坐落在高低错落街道上的各色藏族旅舍，这些旅舍高不过五层，清一色用山石砌成，方方正正，质感很硬，远处望去仿如一座城堡或碉楼，厚厚墙壁上布满宽大的窗口，每个窗口种满花卉，每个窗台就是一道亮丽的风景线。镇上还有藏族风情一条街，街上有烤全羊兼看演出的食肆，有卖土特产的商店，商品多是银饰和牛角制品，街上亦有小桥流溪风亭飞瀑的风情园，那溪水是从雪山流下来，清澈见底，岸边长满簇簇野花，溪上漂浮着点点花瓣，淡淡的幽香在空气中流动，四周便是高耸入云的山峰。当晚霞在天边消失的时候，山城没有闪烁的霓虹，却亮起万家灯火，仿若天幕撒满繁星，小街小巷挤满了前来观光的人群，有点昏黄的街灯，点亮了人们愉快的面庞。入夜这里就是一个燃起篝火，流溢着高原音乐与歌声的世界。

月挂中天，我们在"亚丁印象"旅馆下榻。推开窗户，晚风入怀，隐隐传来阵阵松涛和流泉的叮咚声，真有种淘心洗肺般的畅快感。因为明天要早起登山，我们早早便枕着松涛声睡了。

亚丁景点的精华在三座神山，南峰央迈勇意为文殊菩萨；北峰仙乃日意为观世音菩萨；东峰夏诺多吉，意为金刚身菩萨。三座高峰呈"品"字形，高峰周围群峰林立，大大小小共30余座，千姿百态十分美丽壮观。这三座神山，在世界佛教二十四圣地中排名第11位。据载，这是八世纪莲花生大师为贡嘎日松布开光时，为这三座神山定的名字。山有仙则灵，后来朝拜者便从四面八方蜂拥而来。

次日清晨，天刚露曙色，我们便乘车往深山里走，车窗外都是云海翻滚岚影缭绕，在回环的山路转了几个山坳，雍容大度的央迈勇便横空出世，直扑我们眼前，它在曙光的映照下一面祥和，宽阔的前额给人的感觉是一种智慧的化身，难怪大师称它为文殊菩萨。在岚影飘飘的山脚下有深谷有流溪有村寨，远远还隐约传来叮咚的流水声。1928年，美国探险家洛克在路途中遥望央迈勇，被它的沉雄高洁睿智所折服，他在日记中写道：它（央迈勇），是我所见到世界上最美的山峰。

进山车在一块草坪上停了下来，再往前走便要徒步，我们往北转了一路，经冲古寺，一过山坳便见仙乃日山峰，海拔5951.3米，为稻城第一高峰。它慈眉善目盘腿而坐，神态安详，被漫山遍野的杜鹃花和万朵祥云簇拥着，活脱脱一个观音菩萨坐在莲蓬上，背后朝阳初升，放射出万道霞光，四周湖光山色仿如罩起一片佛光。仙乃日山峰前的珍珠海，碧波荡漾，四周参天古木如伐，使人想起了观音菩萨驾起祥云飞渡南海的情景。

从仙乃日折回洛绒牛场，远处被称为金刚身菩萨的夏诺多吉峰便逶迤而来，它顶天而立浑身披着皑皑白雪，就像一尊气宇轩昂的天将穿着一身银铠甲，手执雪亮的银戟，随时准备伏妖降魔。洛克先生用西方文化的视点，把它形容为展开翅膀的蝙蝠，将它比喻成希腊神话中的战神，与中国文化似有异曲同工之妙。

湖泊是洗涤稻城亚丁灵魂圣洁之水，在稻城亚丁的高山冰雪、森林草甸之间，分布着数以千计的蔚蓝色高山湖泊，这些湖泊多是古冰川运动遗留下的堰塞湖，其中最美丽的是五色海和牛奶海。

在洛绒牛场，我们每人雇上一匹马，向牛奶海奔去，大概有20千米路程，别看登上山巅最后只多50米的高度，但这里海拔已近4700米，高原每登高一米都是一种艰难的跨越。过了一丛经幡，再翻上一个大草坪，我们马上看到四周雪山环绕一泓丰月形的海子，只见波光粼粼，清澈晶莹，山溪成瀑，剔透玲珑，那就是牛奶海，一泓白色的水温润如玉，静静卧在央迈勇下。水的层次分明，墨绿、浅绿、碧蓝，越往湖心，水越蓝得明亮而通透，随着云层的变化，阳光变化着角度，牛奶海也如宝石般凭着它的多棱在阳光下不断闪烁多彩的光晕，湖边是洁白的沙滩，岸边是红色的灌木林，与湖光形成鲜明的对比，景色是如此迷人，如此醉人，非勇敢的登高者是无福消受的。

从牛奶海再翻上一片陡峭的山岗，我们便可以瞭望到五色海，它位于仙乃日与央迈勇之间，海拔4600米，湖面呈圆形，现代冰谷下伸至湖畔，雪山倒映在湖面。它是藏区著名的圣湖，佛经中赞誉该湖与西藏羊卓雍措湖齐名。据说，这湖能"返演历史，预测未来"。我们细细观察湖呈现的奇幻色彩，湖色为蓝、绿、紫、红、金，层层递进，当山风一吹，湖面上泛过一层浪，所有的颜色又一次打乱，调和成另种深浅的比例，有时还会呈现深灰的珍珠色，这湖的颜色犹如一面多棱镜变幻无穷。这里，玛尼堆高耸，经幡飞舞，还有深不可测的峡谷，每年的朝圣者都在这里驻足。

这两座湖，除了为仙乃日和央迈勇平添神秘的色彩与迷人的魅力，也填补了我们清晨初进山时因浓雾和岚影遮盖看不清其奇妙风姿的遗憾。

从圣湖回到洛绒牛场已过正午，可阳光还是那么温馨，那么柔和。洛绒牛场是一个高山牧场，位于三座神山之间的山谷中，笼罩着一种浓浓的圣洁气场。这里地面平坦，视野宽阔，真想不到高原竟有如此一马平川之处。众座雪峰的冰川，融化的雪水汇成一条条小溪从灌木林、从草地蜿蜒穿过再汇成小河。小河，清澈见底，倒映着蓝天、白云、雪山、岚影。岸边，长满了姹紫嫣红的野花，飘荡着嫩绿鹅黄的青草。河中，偶尔游来一群群鱼儿，优哉游哉地在追啄飘落的花瓣。近处，是一望无边的莽原，一群一群的马、牛、羊在悠闲地吃草；远处，高低错落的雪峰岚影飘飘，为它们披上青黛色的轻纱。黄、红、绿、紫的灌木一片片一丛丛，层层叠叠交织在山麓上，在斜阳照射下雪杉的金黄，槭树的深啡，落叶松的鹅黄，使座座山峰层林尽染。松鼠、野兔在林中、在草地探头探脑，为这牧场平添几分野趣，这美丽又天然的景色，加之清风入怀，真像喝了杯高原醇酒般让人有点微醺。我索性躺在草地上，仰望碧空如洗的蓝天，环顾三座云卷云舒的神山，心灵真有种被净化的感觉，把在滚滚红尘中那种纠结、那种压抑冲刷得无影无踪。

忽然，我看到一群摄影爱好者扛着"长枪短炮"围着一位少女在抢拍。凭我的经验，这肯定是一个有组织的专业团体，这少女气质脱俗而又亮丽，背景是岚影飘逸的雪山，脚下是风吹草低见牛羊的草地，以及倒映着蓝天、白云、雪峰的小河。我当然不肯放过这个绝好的机会，举起相机加入抢拍的行列，那少女看见我这个陌生人，一点儿不见外，她微笑着，摆出各种"甫士"，让我尽情地拍，连那团队的人都向我投来几分羡慕的目光。

在休息的当儿，我掏出100块钱向她递去："给，模特费！"她微笑着说："嘘，我并不是专职模特，而是艺术院校毕业，已参加工作，听说这一摄影团体要找一模特来此地，费用全包，我便自告奋勇来了，此行是散散心，圆圆梦！"

"如果方便加我好友，我把照片发给你好吗？"我说。

"那太好了！我看你有点专业的架势。"她很自信。

接下来我们互加好友，临别时她向我莞尔一笑，随着那团体转移到别的景点去了。

我看着她离去的倩丽背影，喃喃地说："又一个寻梦者！"

我没有来得及问她来这里寻的是什么梦，其实又何必追问，这里有文殊菩萨给你智慧，观音菩萨给你福音，金刚菩萨给你安全感，这里天、地、人和谐共处，一切都保持原生态，这种梦境在充满戾气的滚滚红尘中何处寻呵。

在夕阳快下山时，洛绒牛场的景致十分壮观，喜欢摄影的早已在山坡上架起"长枪短炮"，守候着夏诺多吉金顶的出现，随着夕阳西下峰顶的颜色也在变化，时而银光闪闪，时而一片灰暗，时而青中带紫，只有在最后的三分钟，才会露出佛光万丈的金顶。神山金顶的出现，稍纵即逝，需要期待，需要仰望，有种凛然不可侵犯的神圣，怪不得那么多信徒对它顶礼膜拜！

我们乘车返回亚丁镇途中，夜幕已经降临，我们在盘山公路上穿行。窗外一弯蓝色的月亮在亚丁的山谷间冉冉上升，为整个山野洒下一片清辉，天幕上星河在流动，与山谷高高低低疏疏淡淡的灯火融成一片，真分不清哪是天上的星星哪是人间的灯光。隐隐可听见山谷松涛在轻吼，流溪在低吟，秋蝉在浅唱，蛙鼓在和鸣，整个原野显得那么宁静，那么柔媚，那么祥和，没有喧嚣，没有倾轧，没有污染，人们梦寐以求的不正是这种人生的境界么？

　　我不由得眯上眼睛，做了这么一个蓝色的梦！

我们曾乘一叶小舟，犁开一湖倒影，那种湿漉漉的感觉，仿佛进行一场天浴，让你的心灵得到净化，让你的疲惫得到消除⋯⋯

水酿的童话

闯进九寨沟，仿如闯进童话世界。

九寨沟，位于岷山南段弓杆岭的东北侧，处于青藏高原向四川盆地过渡地带，属长江水系嘉陵江上游白水江源头的一条支流。地质背景相当复杂，碳酸盐分布广泛，褶皱断裂发育，新构造运动强烈，地壳抬升幅度大，多种作用力交错复合，造就了多种多样的地貌，发育了大规模喀斯特作用的钙华沉积，加之莽莽原始森林的覆盖，形成艳丽典雅的瀑群，古木幽深的林莽，连绵起伏的雪峰。

九寨沟，我前往数次，依然有一种看不够、看不透之感，有人说它具有五绝，翠海、叠瀑、彩林、雪峰、藏情，我深以为然。

水，是九寨沟的风景之魂，早就有"九寨回来不看水"之说。我们感到的确与其他高山湖泊的水不一样，九寨沟的水，清纯洁净，晶莹剔透，色彩丰富，透明度达30米，也就是说30米水深依然可清晰见底，这是它的独特之处。究其原因我想起码有两点：一是与森林有关，九寨沟森林覆盖率在80%以上；二是地层属石灰岩结构，含有大量的碳酸钙，对水起到净化作用，水在湖中沉淀，滤去不少杂质，因而透明清亮，水质纯净。

九寨沟的海子（高山湖泊）则是水的精灵。我们几乎游遍所有的湖泊，九寨沟大大小小的湖泊，长的长，圆的圆，或形似琵琶，或状如葫芦，或如孔雀开屏，或似飞雁高翔。这些被称作"海子"的高山湖泊，有着自己美丽的名字，火花海、芦苇海、卧龙海、犀牛海等，既形象又传神。关于"海子"的来历，又有一段动人的传说：相传在很久很久以前，有一个名叫达戈的男神，送给他心爱的女神沃洛色嫫一面宝镜，以作表达爱意的信物，不料魔鬼得知后，便打起宝镜的主意，在争夺的过程中，女神不慎失手打碎了宝镜，晶莹的碎片散落在九寨沟的丛林里变为108个宝石般美丽的湖泊，也就是藏族人所称的"海子"。

湖水不仅终年澄碧，明丽见底，而且随着光照变化，季节推移，呈现不同的色调与韵味。秀丽的，玲珑剔透；雄浑的，碧波万顷；平静的，细流微澜；激越的，惊涛拍岸。不过，九寨沟的湖，更多的是风平浪静，常见的是蓝天、白云、远山、近树，倒映湖中，"鱼游云端，鸟翔海底"的奇妙景致层出不穷，水上水下，虚实难辨，梦里梦外，如幻如真。整个沟内，奇湖错落，目不暇接，百余湖泊，山峰古树环抱，奇花异草簇拥，湖与湖之间，有流溪有飞瀑相连，特点各具，变幻无穷。

在这些"海子"中，若论色彩的斑斓，非五花海莫属，它有"九寨精华"之誉，它位于日则沟孔雀河上游的尽头，它本身就形似一只色彩斑斓的孔雀，下半部像孔雀的头顶，而岸边数株古树，则似孔雀头上的花翎。湖中残存的湖埂和倒下的枯树，以及各类沉积物，由于钙华，变成一丛丛灿烂的珊瑚，在阳光照射下，五光十色，像谁不小心打翻了阿拉伯神话中的宝箱，铺张出一湖豪华与璀璨。三面峰峦与岸边杂树繁花，倒映湖中，更让湖光山色有种随步景移之妙。那水中游鱼，忽上忽下，忽左忽右地游弋，增添几许动感与活力的情趣。尤为奇特的是，有时湖底会出现美丽的海市蜃楼，或热闹的赶集，或转山的仪仗队，或深谷的牛叫马嘶，把人拉进迷幻的童话之中。

若论雄浑，则数位于九寨沟之巅海拔3000多米的长海，它长4000多米，面积为93万平方米，湖水最深处达百余米，是九寨沟湖泊最宽阔，湖水最深的海子。长海没有出水口，水来自高山融雪。奇怪的是长湖从不干涸，也不会溢堤，因而藏民称之为"装不满，漏不干"的宝葫芦，湖北侧入口的湖岸有一独臂老人松，造型奇特，一侧枝叶横生，另一侧秃如刀削。长海呈墨蓝色，四周山峦叠翠，对面群峰一到初秋便披上了白色的盔甲，中间一座冰峰寒气逼人。湖水一直沿着弯曲的峡谷蜿蜒而去，湖面上不时蒸腾起淡蓝色的雾霭，我们曾乘一叶小舟，犁开一湖倒影，那种湿漉漉的感觉，仿佛进行一场天浴，让你的心灵得到净化，让你的疲惫得到消除。冬天，长海结冰，这里便是一个银色的童话世界。此时，长海成了天然的冰上游乐园，可以尽情溜冰和跑马。

树正群海，则是九寨沟诸海子中艳丽与磅礴交织的典型。全长13.8千米，共有湖泊40余个，顺沟层叠绵延五六千米。这些湖泊之间并非土埂石块相隔，而是钙华土质结成汉白玉般的长臂，左弯右曲，连环相扣，煞是奇妙。更奇特的是湖底各种水藻密布，随波荡漾，平添海子的斑斓与柔情，而杜鹃、松柏、红树嵌在其间，其状如海中盆景，它们像向世人昭示：有流动，就会有活力；有活力，就有生命的永恒。在一幽谷中一座长长的栈桥横跨激流而过，在栈桥上建有古老的磨坊和神秘的转经房，转经房下的巨大木轮在激流带动下旋转，虔诚的藏民常来拜神念经。湖畔的村寨前飘扬着各色经幡，愈发使海子显得古朴空灵而又充满禅味，我们仿佛闯进佛的世界，接受一种藏传佛教的洗礼！

九寨沟是水的世界，也是瀑布的王国。

九寨沟的水构成数不清的瀑布，所有瀑布的水全部从密林里狂奔出来，在深潭小憩后再从悬崖峭壁飞泻而下，然后顺着阶梯形的河谷跌宕而去，再汇成纵横交错的河道。就像一台永不停息的织布机，织造规格不一、迎风飘动的丝绸，其景观颇有几分诗意。

最雄壮的当数"诺日朗"瀑布，在藏语中"诺日朗"意指男神，也含伟岸广大之意。因为"诺日朗"海拔2365米，瀑宽270米，高24.5米，是中国最大型钙华瀑布之一。滔滔水流来源于镜海，镜海就在诺日朗的崖顶，嵌于日则沟弧形峡谷之中，四周山峦重叠，溪流众多，镜海深不可测，湖水一旦漫过崖顶，则飞流直下，如银河倒挂，势不可挡。腾起的蒙蒙水雾，经早晨阳光的斜照下，常会飞起一道道彩虹，横挂山谷，加之参天古树在瀑边的掩映，凌云苍鹰在瀑下盘旋，更显迷人的风姿，实在是不同凡响！

最大落差的可算熊猫海瀑布，它落差高约80米，所以又谓高瀑布。水由熊猫海流出,分三级跌宕。四季景观不同。夏季,熊猫海水量丰富,溢堤涌波,跌宕浩荡;春秋两季,熊猫海水量减少,瀑底21个溶洞裸露,呈现出一派幽深莫测的景观;冬季,瀑布冰结,银装素裹,冰挂林立,冰幔幢幢,仿如溶洞深藏一位冷艳的冰美人。

最奇妙的应是珍珠滩瀑布,它位于镜海上游,海拔2445米,宽162米,是九寨沟内一个典型的组合景观,是拍摄《西游记》的地方。珍珠滩位于五花海下游500米左右的地方,日则沟和南日沟的交界处,上端滩流由台面上注入下方丹祖沟,形成新月形钙华流,仿如倒泻万斛珍珠,瀑布被嵯岩的石柱分割数段,如大珠小珠落玉盘;或如珠帘下撒飘飘洒洒或若干激流涌出,急泻狂奔,汇入涧底,喧腾着万簇浪花,璀璨得令人拍手叫绝。

九寨沟的多姿,一半归功于湖泊飞瀑,一半则归功于莽莽苍苍的原始森林。被誉为“九寨沟五绝”之一的彩林,覆盖了景区一半以上面积,2000余种植物繁茂生长,主要品种为红松、云杉、赤桦、连香树、领春木等,它们吞吐日月,争奇斗艳,犹如天然的巨幅油画,色彩斑斓,百态千姿。那如火的红,那如翠的绿,那如金的黄,似晚霞,似彩带,似织锦;那红是深红、浅红、紫红,找不到单一的红,是红的组合;那绿是墨绿、嫩绿、明绿、暗绿,是绿的浸染;那黄则是金黄、淡黄、橘黄、鹅黄,是黄的色谱。且随着季节不同而呈现不同的瑰丽:初春,红黄各色杜鹃点缀林间,显示出盎然春意;盛夏,黛绿的苍松、翠柏、古樟,深浅相间,显现出旺盛的生命力;深秋,浅黄的椴叶,火红的枫叶,殷红的野果,错落有致,层林尽染,呈现一个色彩斑斓的天地;冬季,漫山遍野,披上霜雪,长满了雾凇,挂起了冰凌,呈现一个冰清玉洁的世界。林木间还存在一年四季都沐浴在朦胧迷离光影中的孑遗植物,浓绿森森,神秘莫测;林地上,积满厚厚的落叶,长满青青的苔藓;林海中,盘旋着稀有的珍禽,不时散落美丽的羽毛;原始森林,栖息着的大熊猫、金丝猴,奔突着白麂鹿、毛冠鹿等稀有动物,颇有一种幽远的世外天地之感。

雪峰,是九寨沟景观五绝之一。看山最好在冬季,皑皑雪峰尽收眼底。站在岷山尕尔纳峰极目远眺,千里冰封,万里雪飘,山峦裹着银装逶迤,深谷幽壑漫天雪花起舞,蓝色冰瀑,凭借陡峭的光壁挂起巨大的天然冰雕,如蓝似碧，由浅而深，玉洁冰清，奇异多姿，还有巨大的冰柱、冰挂和冰幔，以璀璨耀眼的水晶世界，与山间那一幢幢雪盖的小木屋、大村寨，一同构建一个幽蓝澄澈的冰体胜境，共同演绎圣洁的冬韵，共同构建童话时空，撩人心魄，牵人情思。

藏族风情，也是九寨沟的一绝。

近些年，被开发了的九寨沟，建筑了不少星级宾馆，但要了解原汁原味的藏族风情，还得住到寨上去。穿越时间的隧道，在500多年前，一队队藏族人民经过长途的跋涉来到这块土地，一看四面环山，古木如海，沃土如毡，海子如云，河汊如网，飞禽盘旋，野兽奔突，好一处未开垦的处女地。于是在这里伐木，建起厚实的藏家村寨，木屋升起了炊烟，寨前垒起玛尼堆，筑起高耸的喇嘛塔，插起了漫天飞舞的经幡，这便是九寨沟的先民，他们来自甘肃玛曲，是当年随松赞干布占领松州留下的一支勇悍善战的部落，曲河漠化，再度南迁四川的阿坝州，他们将原河曲的俄洛女神山的传说及部落习俗带来了九寨沟。

九寨沟在历史上就是民族融合的大走廊，在这地处青藏高原东北边缘向四川盆地过渡的地带，在文化上处于藏区向汉区，牧区向农耕区的过渡地带，因此其文化呈现浓郁的边缘文化色彩和博大自由的包容特性，他们一方面保持着自身独特的文化传统，如神秘的宗教、繁复的建筑风格、热情奔放的节目盛典等，另一方面和周围的羌族、回族、汉族各民族和睦相处，彼此影响且相互渗透，形成多元的文化格局，勤劳、勇敢、智慧、质朴的藏族人民繁衍生息在这块富饶而又神奇的土地上，创造了一片灿烂的新天地。

那一次我们住进的是荷叶寨，是九个藏族村寨中最大的一个，寨前有一棵百年古松，苍劲挺拔，被命名为"迎客松"。松下垒起高高耸立的玛尼堆，堆上垒满写着经文的石块，插在上面的经幡迎风招展，高低错落的旅舍散落在寨上，一弯荷塘绕着寨边而过，怒放的荷花像星河在流动，旅馆前种有凤尾竹、核桃树和秋海棠，旅舍间有溪流穿过，有小桥相接，有花树掩映。

我们走进寨时，藏族人民已在寨前守候，男女都穿着盛装，男的腰间别着藏刀，女的头上戴着花环，男的为我们献上洁白的哈达，女的为我们敬上酥油茶。房子里挂满了唐卡和厚厚的织锦，我们推窗一看，四周景色全收眼底，寨的西北面有座海拔4200米的高山，这就是九寨沟藏族人民最崇拜的达戈男神山，另一座沃洛色嫫女神山位于寨的东南面，两山像一对情侣遥遥相望，闪耀着圣洁之光，寨上原野飞红流绿，呈现一派迷人的景致。那田畴流金的稻海，那峡谷叮咚的溪流，那山坡尽染的层林，那阡陌遍野的繁花，互相交织，互相浸染，山风吹来，荷香扑鼻，让人顿觉心旷神怡！

晚餐，我们在旅舍食了烤全羊，喝了青稞酒。入夜，我们被邀请参加篝火联欢会，寨前的广场燃起一堆熊熊的篝火，我们围坐在一起。首先出场的是位藏族的汉子，往篝火前一站，便像一座玛尼堆，他唱了首《神奇的九寨》——

> 在离天很近的地方
> 总有一双眼睛在守望
> 她有森林绚丽的梦想
> 她有着大海碧波的光芒
> 到底是谁的呼唤　那样真真切切
> 到底是谁的心灵　那样寻寻觅觅
> ……

歌声浑亮辽阔，在九寨沟的上空飘荡。颇有原唱容中尔甲的味儿。团友小吴被推搡出场，她亭亭玉立往前一站，和了首《梦中的九寨》——

> 梦中的九寨
> 美丽的姑娘
> 婀娜的身姿让人神往
> 身披五彩霞光
> 随花海静静流淌
> 诺日朗穿过那最美的印象
> ……

小吴是音乐编辑，毕业于星海音乐学院，字正腔圆唱得很甜美，就是缺了点高原藏区的那股野味。

接着是寨中俊男美女来了段踢踏舞，我们团友小范玩了段小魔术。藏族同胞十分好客，不时为我们端上野生的猕猴桃和刚摘下的山核桃，当然还有大碗的酥油茶。节目越出越热闹，最后的一个节目是"二牛抬扛"，由一位藏族汉子与一位旅客代表进行对抗赛，规则是两位壮汉各自立稳一字马，然后俯身，肩膀对着肩膀比臂力。我们派了牛高马大的团友阿牛出马，不知是藏族同胞谦让，还是阿牛真的有副牛力，他居然赢了，奖品是背着藏族姑娘回家做新娘，不过刚背出了场，那藏族姑娘便从阿牛背上溜了下来，然后恭敬送上一碗满满的青稞酒，弄得我们笑翻了天。

夜深了，寨上的百家灯火熄了，寂寥的天际星河在流动。星光下的达戈男神山与沃洛色嫫女神山依然醒着，他们一面兴奋又一面冷峻，好像要跟我对话，我凝视着他们，猜着他们想说什么。啊，他们好像在说，保住这片家园的青山绿水，就是保住族民的金山银山！保护这片家园的原生态，就是我们日夜祈祷的善缘。啊，这岂止是九寨沟？这似乎是全国自然景观共同关注的话题。窗外的路灯闪着浑黄的光，与那飞动的流萤织着一张奇妙的网，柔柔的山风送来幽幽的清香，它伴着我浓浓的喜悦和淡淡的忧思，走进了童话般的梦境。

黄龙与九寨沟可谓一对孪生姐妹，
水，是两景区共同的灵魂。九寨沟的精
华在湖泊与飞瀑，而黄龙则以钙华和雪
山著称……

人间瑶池

　　黄龙与九寨沟，同在四川阿坝藏族羌族自治州，虽只有一山之隔，却要绕
一百来千米，黄龙与九寨沟可谓一对孪生姐妹，两者皆被联合国教科文组织列
为自然遗产，并列入《世界自然遗产名录》。水，是两景区共同的灵魂。九寨
沟的精华在湖泊与飞瀑，而黄龙则以钙华和雪山著称。

　　黄龙风景区，由黄龙沟与牟尼沟等组成。

　　进入黄龙沟考察之后，始知它是岷山主峰雪宝鼎下一条长7.5千米，宽1.5
千米的缓坡沟谷。沟内原始森林覆盖，野生动物奔突。飞瀑、流泉、湖泊像倒
泻的银河，像飘动的白练，像明亮的镜子散落在沟的每一角落，且有奇花异
草、古木粗藤点缀其中。更为奇特的是沟内布满黄玉般的钙华岩石，远远望
去，仿如一蜿蜒于密林幽谷的黄龙，因而沟谷便取名为"黄龙"。

　　黄龙沟的钙华的确举世无双，连绵的钙华段长3600米，最长的钙华滩长
1300米，边石坝最高达7.2米，其中扎嘎瀑布高93.7米，钙华池3400余个，这钙
华石具有极强的质感，似玛瑙，似黄玉，剔透晶莹，溪水则是来自雪山，冰清
玉洁，明丽照人。所以，黄龙也有"人间瑶池"之称。

　　瑶池，是古代汉族神话传说中西王母娘娘所居之地，位于昆仑山上，高
大雄伟的昆仑山在古代人的心目中来自九天之外，白雪皑皑的慕士塔格峰更是

高耸擎天，被称为"第一重天"，极南之尽，乃王母颐养生息之天庭别府，名为"别有洞天"，此亦是瑶池之所在，瑶池圣境种有三千年开花和三千年结果的"王母蟠桃"，食之能长生不老。瑶池上空矗立尖垂巨乳，名为"凌云钟乳"，色彩瑰丽，下方池水平静如镜，雾霭蒸腾。钟乳吸取天地精华，百年方得凝聚一滴圣水。圣水经百年过滤，纯洁无瑕，瑶池乃圣池也！

黄龙的钙华池与瑶池有异曲同工之妙。黄龙奇特的地质形态，是在漫长的地质变化中逐渐形成的。在地质构造上，黄龙处于扬子准台地，松潘—甘孜褶皱系与秦岭地槽褶皱系三个大地构造单元的结合部，是空间位置的过渡状态，而造成区内地理状况的复杂多样。黄龙沟周围高山上的冰雪融水和地表水渗入冰碛之下，在石灰岩层下部形成浅层潜流，并溶解了石灰岩层中大量的碳酸钙物质，流出地表后，碳酸钙结晶析出，形成了晶莹剔透的钙华。而池中之水，是来自岷山山脉的主峰雪宝鼎，它海拔5588米，被藏族人称为"圣山"，其雪水亦是吸纳日月精华的圣水。

一进黄龙，闯入眼帘的便是一组精巧别致、水质明丽的池群，人们称之为"迎宾池"，池子不大，形状奇特，色彩艳丽，错落有致，四周山峦环抱，林木葱茏，山涧流泉叮咚，溪边野花竞放，最奇特的是彩蝶纷飞，偶尔还可以看到红蜻蜓立在花枝上。沟谷石径曲折通幽，观景亭阁点缀其间，既具北国之雄浑，又有江南之秀气，让你一入园便进入着迷的状态。

告别迎宾池沿着林木森森的曲折栈道蜿蜒而上，可见千股碧水冲破层层密林，顺坡而下，在高约10米、宽60余米的彩色岩坎上飞泻而来，形成数十道梯形瀑布，若珍珠散落，银光闪烁，如闻珠落玉盘之声。有的如珠帘高挂，云雾蒸腾，仿有佳人躲在闺中。也有如银丝缓流，舒展飘逸，仿如老寿星飘洒的长髯。瀑布后有座陡崖，多为马肺状和片状钙华觉积，垂涎欲滴，色泽金黄，使整个瀑布显得十分流丽壮观。经斜阳余晖一点染，又反衬出多种色彩，远望如彩霞从天而降，分外鲜艳夺目，被称之为"飞瀑流辉"。

在黄龙沟第二级台阶上，从金沙滩下泻的钙华流，在这里突然坍塌，跌落成一堵高10米、宽40米的钙华陷壁，它是目前世界最长的钙华陷壁。奔涌的水流从堤埂翻越而下，在钙华壁上跌宕成一道金碧辉煌的钙华瀑布，仿如一股天然的溪流，往一个黄金大浴缸里轻轻地慢慢地灌水，池水清澈见底，升腾着薄薄的雾气，加之古树浓荫一掩映，简直是悠然的仙境，倘若当年有仙女在此沐浴定会比杨贵妃在"华清池"出浴更具天然的意境美，可惜景区给它起了一个土得直掉渣的名字叫"洗身洞"，不能不说是一大败笔！

在接近黄龙沟顶部的盆景池，由一组近百个水池组成，池中有池，池外套池，池堤随地势及树的根茎而变，堤连着堤，岸接着岸，活水同源，顺势层叠，池底呈黄、白、褐、灰多种颜色，池面澄碧，光洁如镜，池旁池中，到处是木石花草，翠柏盘根，山花含笑，野果缤纷。这一片绚丽的景观，俨然是天设地造的奇特盆景，令园艺师们也叹为观止。在这一片景观中，还有紧傍原始森林的明镜倒影池，掩映在杜鹃花丛间的婆萝彩池和拥有彩池500多个，钙华景观中色彩最为丰富的争艳池。真可谓争奇斗艳，五彩缤纷。

在这群争艳池后面便是黄龙寺，距沟口约3.5千米，但尽头海拔3558米，到此地不少人会有高原反应。据《松潘县志》载：黄龙寺，明兵备副使马朝觐所建，亦名雪山寺。相传黄龙真人修道于此，故名。黄龙真人，谓元始天尊门下二代弟子之一，古代汉族传说中的仙人。沟内原有前、中、后三座寺庙，前寺现仅存遗址，中寺共五殿，基本保持完好。相传黄龙助大禹治水有功，后人为祭祀而在此修庙立碑，现寺内正殿有身披玄色道袍、神态安详的黄龙真人座像。

在古寺左侧10米处，有个黄龙洞，又称归真洞或佛爷洞，相传黄龙洞是黄龙真人修炼的洞府，在此处"真人""佛爷"合二为一，道教佛教融为一体，是探究宗教奥秘的罕见珍品。黄龙洞是一处地下溶洞，洞内幽静深邃，只听见琴音般的滴水声和地下河低吟喑哑的流动声，彼此唱和，仿佛一曲传自远古的音乐。

黄龙景区，历史悠久，藏族、羌族、汉族的民族风情多姿多彩，每年农历六月十二日至十五日，黄龙举行盛大的黄龙庙会。据说，六月十五日是黄龙真人修道成仙之时，这一天方圆数百里的藏、羌、汉族人民，从千里之遥的青海、甘肃以及四川绵阳、阿坝等地赶来，他们穿着节日的盛装，带上帐篷、炊具、食品等，络绎不绝来到黄龙安营扎寨，参加盛大的庙会。于是黄龙沟便多了星星点点莲花似的帐篷，升起了缕缕蔚蓝的炊烟。晚上点起一丛丛篝火，锣鼓声和奔放的歌舞震翻了天，弄得天上的星星和月亮都探头来偷窥。

倘若游完黄龙沟尚未尽兴，可到牟尼沟转转。牟尼沟集九寨沟和黄龙沟之美，却更为优雅与清静，且无冬季结冰封山之碍，景区内亦是山、林、洞、海互相映趣，大小海子可与九寨沟的彩池媲美，钙华池瀑布又与黄龙"瑶池"争辉。

在牟尼沟的原始大森林中，有一注巨大的水流自104米高的台阶式钙华岩体上，汹涌咆哮着似从九天倾泻而下，气势极为壮观，它是我国最大的钙华瀑布——扎嘎瀑布，它地处海拔3270米，瀑布高达93.7米，宽35~40米。上游是湖泊，下游为阶梯式河床，上百个层层叠叠玉串珠连，经三级钙华台阶跌宕而下，浪花如雪，瀑声如雷，真可谓形声兼备。在大瀑布第二阶的钙华壁上，有一"水帘洞"，洞口水帘飞挂，洞内气象万千，据说偶尔也有猴子躲在内面，人们猜想可是美猴王在内设宴？

溅玉台，是一座圆形的平石台，当瀑布从高山绝顶往下倾泻，跌落在此台，飞珠溅玉，声韵铿锵，斜阳一照，五光十色，看来有时玉碎也是相当绚丽而且壮观的！沿着栈道往较陡的坡上爬，经过一段狂瀑，便抵达扎嘎瀑布的源头，看见那浩浩荡荡横无际涯的源头，才明白扎嘎大瀑布为什么敢那么牛，可见所有一泻千里的飞瀑，都有深层的积聚作前提啊！

二道海地处牟尼沟北部，和扎嘎大瀑布仅一山之隔。二道海的名称由来已久，据说来自小海子、大海子这两个湖泊。《松潘县志》中也有记载：二道海，松潘城西，马鞍山后，二海相连如人目。撰稿之人可真有文采，二道海仿如绝色佳人一双秋波涟涟的明眸，这比喻是多么传神多么迷人。

二道海景区为一狭长的山沟，长达五千米，有栈道相连，从栈道往上行，沿途可看到小海子、大海子、天鹅湖、翡翠湖、犀牛湖。一个个宛如明珠、宝石，有的藏于密林中，有的袒露于蓝天下，有的像天鹅在湖中游弋，有的像犀牛在湖边喝水。湖水碧澄如染，湖面平静如镜，蓝天、白云、翠林、雪山倒映湖中，夏秋季节，层林尽染，水鸟云集，或翔于湖面或戏于水中，金风送爽，瑞气蒸腾。这里还有一个特别之处，即湖中开满洁白的水牵牛花，花海难分，幽静雅致。海子与海子之间由栈道连接，偶尔露出一两凉亭水榭，亭榭爬满藤蔓，飞满蝴蝶，一派祥和气象。

珍珠湖，又名煮珠湖，相传是九天仙女在这里煮珠炼丹营造出的祛病沐浴池。

这里水温较高，即使是大雪冰封的严冬时节，水温也可达25 ℃左右，池水光洁可鉴，池边硫黄味浓，据说能治皮肤百病，是一个极好的天然温泉。假若这里建个度假村，冬天来这沐浴，外面飘着雪花，池内热气蒸腾，躺在温泉里，泡泡温泉水，闻闻野花香。晨，可以观朝霞；晚，可以看流星，颇有一番飘飘若仙的情趣。

雪宝鼎，是岷山山脉的主峰，海拔5588米，亦是黄龙沟和牟尼沟的主峰，藏族人把黄龙沟称为"圣地"，把黄龙沟的最高峰雪宝鼎称为"神山"。雪宝鼎藏语为"夏旭冬日"，意为"东方海螺山"，海螺山就是藏传佛教的"神山"，可见雪宝鼎在藏民心中的神圣地位。它是岷山山脉的最高峰，峰顶像一座宝鼎高耸入云，在雪宝鼎的身旁，并列着三座海拔5000米左右的大山，它们连成一线，同黄龙山、雪山梁子组成松潘东南两道屏障，所跨面积160平方千米。登山眺望，云海茫茫，蓝天幽幽，数十座山峰戴着银盔争相钻出云层，挤向浩浩渺渺的碧蓝的苍穹，凌驾众山之上的雪宝鼎，显得格外崇高耀人眼目。

雪宝鼎山势险峻，终年封雪，有现代冰川数条，长达两千米。山腰岩石嶙峋，沟壑纵横，湖泊星罗棋布，大的海子，竟有108个，最为著称的有四大海子。一是像明镜般的东南圆海；二是势如城郭的西南方海；三是形似弯月的西北半圆海；四是宛如金字塔倒映的东北三角海。

雪宝鼎山麓，花草遍地，山花姹紫嫣红，芳草茵茵如毡，生长着大量的贝母、大黄、雪莲等名贵药材；这里灌木丛生，松柏参天，是青羊、山鹿、獐子等珍贵动物栖息及繁衍之地。峰顶如一玉雕般的宝鼎，高耸入云，岚影缭绕，不喜不怒，静观人间冷暖，细察日月升沉。西、北、南三面是刀劈斧削的悬崖峭壁，令攀登者一筹莫展，东坡虽缓一点，但也使人望峰兴叹，被称为"人间瑶池"的黄龙沟就在它的北坡。

除了了六月十五的庙会，一年四季均有藏族人民，远道赶来朝拜这"神山"，他们或手摇转经筒，或手执青竹枝，围着雪宝鼎转呀转，祈求神山赐福消灾。1986年8月6日，由中日联合组成的登山队首次征服这一处女峰，经考察后认为，这是一座在科学研究和发展体育事业等方面都有无限价值的"名山宝岭"！

山不在高，有生态价值和人文价值则名！

西北丝绸之路走的是驼队，穿越的是茫茫大漠戈壁；西南丝绸之路，跑的是马帮，穿行的是莽莽苍山林海。2000多年来，这驼铃声与马帮的铃声，在两条丝绸之路上流淌……

马帮驮来翡翠城

腾冲，是大地构造运动中熔炼出来的一块色彩斑斓的琥珀。

穿过幽深的时间隧道，在悠久而复杂的岁月里，在地球结构整合的剧烈碰撞中，高黎贡山不知啥时候蓦然高耸，横亘欧亚边境500余里，于是就有了站在高黎贡山的分水岭，向东迈一步，就踏入欧亚大陆，向西跨一步，就站在印巴大陆的奇观。于是也就有了中国最密集的火山群和热地温泉，就有了连绵不断的山涧与林海，有了莽莽苍苍的碧水浮着绿野的湿地……

我曾在腾冲参观过两个火山口。铁锅山，远远望去，仿如两只大锅并架在一座山上，从山顶往下望，其状如一锅形的深谷，遍地都是黧黑的火山石，偶尔从石缝中斜长出三两枝碧血般的野花；空山，有两个火山湖，湖水湛蓝，深不可测，湖边一丛丛雪白的芦花在迎风飘荡。

我曾参观过热海的温泉群，那温泉可谓百态千姿，有的如一只大滚锅，终年热浪翻滚，沸水轰隆，水温高达96℃，鸡蛋一烫即熟，鸭子下锅，不到半个时辰，便鸭香四溢。有的如一泓秋水，波澜不惊，澄碧清幽，上面缭绕着一层薄薄的蒸汽，人们可以在那游泳与荡舟。有的如一道瀑布，从崖中飞泻而下，在空中升腾起一股逼人的热浪。那陡峭的石壁上布满了硫黄的结晶体，酷似一幅色彩斑斓的油画。

我曾游过北海的湿地，那湿地堪称腾冲一绝，远山如黛，近水如蓝，天上飘着白云朵朵，地下点缀茅屋数间。你可以驾着小舟穿越湿地的河汊，追逐成群结队的鸥鸟。你可以踏上绿油油的湿地，它会像弹簧床一样把你弹起，但你千万小心，这绿被下面，就是深不可测的水泽或泥潭。

腾冲，是流淌在茫茫林海中，蜿蜒在崎岖栈道上，马帮驮来的一块晶莹剔透的翡翠。

远在2400多年前，已有长江中游的商人到腾冲进行商贸，商队劈出了中国与缅甸、印度之间的通道，它北起四川成都，南下云南大理，经腾冲出缅甸，过印度，穿巴基斯坦，然后进入欧洲大陆，历史上称为西南丝绸之路。此古道比起西北丝绸之路还要早200余年。西北丝绸之路走的是驼队，穿越的是茫茫大漠戈壁；西南丝绸之路，跑的是马帮，穿行的是莽莽苍山林海。2000多年来，这驼铃声与马帮的铃声，在两条丝绸之路上流淌，合奏着一支雄壮又略带苍凉的外贸交响曲，谱写着20多个世纪的文明。

西南古道的向西延伸，使腾冲开发较早，马帮把中原大地的丝绸、茶叶运往印度诸国，从缅甸诸国驮回翡翠、琥珀。元明时期腾冲便已成为缅甸等国珠宝的聚散地和加工场，鼎盛时期翡翠商行有40余家，翡翠加工作坊有300余个。从那时起，腾冲在世人眼中，也逐渐成为一座晶莹剔透的翡翠城。

商道，也是文化通道。19世纪和20世纪初，当印度和缅甸被英国殖民统治时，商贸的往来使腾冲成了中国和英国直接交往的前沿，形成近代东西文化的一个交汇点，当时英国在腾冲建起了教堂，兴办了教会学校。而经济的繁荣，使民间兴文办学之风日盛，一时间人才辈出，腾冲上空文曲之星闪烁着灿烂的光芒。乡贤们说，这些人才比翡翠不知还要珍贵多少倍。

和顺，则是这块翡翠最出彩的地方。

和顺，位于腾冲城西南四千米处，群山环抱，气候温和，水源丰富，风光旖旎，历史文化积淀深厚，人文景观众多。和顺人口约6000人，而侨居国外的和顺人口则达万人之众，是云南最著名的侨乡。早在新石器时代晚期，已有先民在这栖养生息。明初，和顺八大姓的始祖以军职屯守斯地，开创了和顺的辉煌历史。

和顺，地处腾冲通往缅甸的交通要道，随着岁月的流逝，屯守于此的军户人家不断增加，而可耕的土地却十分有限，这就迫使和顺人沿着古道进入缅甸诸国境内谋生，和顺人用汗水乃至生命，在异国他乡奠定了事业基础，涌现了一批雄商巨贾和实业家。旅居国外的和顺人，不管事业怎么有成，财富怎么增长，始终不忘根子在和顺，他们一代代把赚到的钱拿回故土，兴建一座座中西合璧的屋舍，修建一座座气宇轩昂的祖祠寺庙，开挖一口口藕塘荷池，筑起一方方亭台楼榭，兴建起两厢三进的文昌院，培养出成千上万的和顺子弟，仅明清两朝，便出了8名举人，3名拔贡，421名秀才，近代以来更是人才辈出，出现了像大哲学家艾思奇这样的杰出人物。

我是在一个盛夏走进和顺的。迎面扑来的便是叠水河瀑布，河水从百尺断崖飞流直下，形如银河倒泻，雪山崩落，声若万马奔腾，雷霆轰鸣。大盈河水从村前蜿蜒而过，一座座风雨洗衣亭飞峙河边，从洗衣亭飞出的捣衣声和妇女的欢笑语，此起彼落，仿如山涧马帮清脆的铃声。几丛竹筏划破一河碧水，惊飞在河中游弋的鸭子和在岸边觅食的小鸟。

进村得跨过两座卧虹桥。站在桥上，眼下是一望无际的荷塘，一片片碧绿如洗的荷叶，簇拥着点点星光般的荷花，一只只红蜻蜓或站在叶尖或在荷塘上追逐飞舞。金风吹过，荷叶翻滚，荷花摇曳，仿如一片闪动着万道银蛇的海。荷塘后面是主村落，它倚着黑龙山麓而建，高低错落而又泾渭分明，绵延数里，蔚为壮观。而图书馆、七星庙、文昌宫、三元宫等建筑点缀其中，巍峨挺拔，气宇不凡。位于村寨背后的云龙阁，背枕青山，前临碧潭，潭中倒映着蓝天白云朱阁，两株500余年的古杉高与天齐，吞吐着一股仙气，好一片秀丽清幽的风水宝地。

艾思奇的故居便矗立此潭畔。这是一座中西合璧的四合院楼房，楼前有一座小庭院，院中有小桥、流水、假山、花圃，楼中回廊曲径，点缀着西式阳台，登楼远眺，和顺尽收眼底。这故居出过李氏四杰，艾思奇叔父李芷谷，早年肄业于云南讲武堂，参加辛亥云南起义，后赴日本留学，归国后几经辗转，当了军事中将参议。父亲李曰垓，参加过云南辛亥滇南起义和蔡锷发动的讨袁战争，并任秘书长，撰写过《讨袁檄文》，后当云南军政部次长、民政司司长、第一殖边督办，被章太炎赞为"曾经作色犯大帅，还是昂藏一丈夫"。兄李生左，20世纪20年代，曾在南京东南大学（南京大学前身）攻读西洋哲学。后随其父回腾冲任"云南第一殖边督办署"秘书。1931年创办腾冲女子中学。1937年创办了《腾越日报》并任社长，是腾越地区叫得响的文化名人。

当然，李门最有影响的人物还是数艾思奇。艾思奇原名李生萱，1910年生于和顺水磨老宅，青少年期间受其兄影响很大，1932年他在上海看了一部名为《爱斯基摩人》的外国影片后，突受启发，于是借其谐音取了一个"艾思奇"的笔名，其意是爱思考奇异的事物。他两度留学日本，热衷于马列主义哲学研究。在20世纪30年代在上海即以"大众哲学家"名震中外。他的《大众哲学》一书，使许多热血青年走上革命的道路，1937年到达延安，与毛泽东等领导人发动组织"新哲学会"，成了毛泽东的哲学顾问。著有《大众哲学》《哲学与生活》《辩证唯物主义纲要》《辩证唯物主义与历史唯物主义》等哲学论著，成了中国的一代哲人。如今，哲人已逝，浩气却长存，故居大门上悬挂着全国人大常委会原副委员长楚图南题书的"艾思奇纪念馆"牌匾。我在匾下踯躅良久，陷入深深的沉思：和顺为什么人才那么密集？有人说是因为村庄建在龙脉上。我想，那是因为中西文化在这里碰撞得厉害，沉积着深厚文化底蕴使然。

也许，我们在和顺感觉到四溢的书香。那么，我们到腾冲城的"国殇园"一看，呈现眼前的则是纷飞的战火。这座陵园，是第二次世界大战期间，中国远征军收复滇西中印通道，策应中国驻印军和盟军缅北战争取得胜利后，为纪念收复腾冲的第二十集团军和盟军阵亡将士而修的。陵园坐落于来凤山麓，面对的是中印腾冲通道，旁有大盈江、叠水河瀑布围绕，巨松垂盖，碧草萋萋。忠烈祠后面，一山突起，山顶矗立的"远征军第二十集团军攻克腾冲阵亡将士纪念塔"，巍峨挺拔，直插云天。塔下环山而建的墓地里安葬着9618名抗日英雄的骨灰，山下竖立着盟军阵亡将士14人的纪念碑。纪念馆里用珍贵的图文记载着这么一段惨烈的战役：自横渡怒江到收复腾冲县城，经历大小战斗80余次，历时4月余，共击毙日寇上至少将、下至士兵6000余名，俘敌一批，并缴获大量武器及军用物资，为夺回中印通道，赢得太平洋战争的胜利起到重大作用。当然，爱国军民亦为此付出沉重的代价。如今，高耸入云的纪念塔，仿如一顶天立地的勇士，扼守着这中印咽喉要冲，守护着腾冲这座闻名中外的翡翠城。

这座翡翠城，可谓多灾多难。1942年始，先是随着日寇的入侵，翡翠行业百花凋零，继而这座翡翠城在战火中变为焦土。中华人民共和国成立后，这座翡翠城得以重建，然而闭关锁国的路线随之而来，使得这翡翠的集散中心从腾冲转移到泰国清迈。须知，腾冲离翡翠产地只有200多千米，而清迈离产地却有1000千米之遥。闭关可谓误国误乡误民！腾冲，这座翡翠城便经历了近半个世纪的尘封与寂寞。看来，哪怕是风水宝地，最害怕的也是战火与折腾！改革开放的东风，吹开了140千米国境线的八关九隘，腾冲被国务院批准为沿边开放口岸，翡翠又源源不断从腾冲口岸入关。当然，现在再也用不着马帮，跑的也再不是当年的茶马栈道。如今，徜徉于腾冲，又见往昔商贾云集的繁荣景象，珠宝玉器交易中心珠光宝气，珠宝城各式翡翠琳琅满目，玉器加工场如雨后春笋般涌现。中国地质学会宝石专业委员会已确定腾冲为全国翡翠研究中心。

腾冲，这座闻名中外的翡翠城重放奇光异彩，陵园的英灵泉下有知，定会露出欣慰的笑容。我想，腾冲比现在许多经济特区开放得更早，历史更为悠久，而且这翡翠之路更是得天独厚，我有理由相信，苏醒了的腾冲，会像她的名字一样，腾空而起，一飞冲天！

丽江，它不仅是一座古城，一道雪山风景，一种巴东文化，一城独特的建筑；对于在庙堂与江湖打拼的人来说，那里是……

心灵小憩的圣地

丽江是个大众情人，一百个人有一百种爱法。也许，这是由丽江那种自然环境和人文环境所决定的吧。由此可见丽江的美是多维的，心胸是兼容的，视野是高阔的。

"江流到此成逆转，奔入中原壮大观"，滚滚金沙江从青藏高原奔腾南下，在云岭深处的石鼓，由南向东激荡而来，形成万里长江第一湾，江湾有个风情万种的美丽古城，这就是丽江。

丽江坐落于云贵高原，那里有巍峨的雪山，有奔腾的激浪，有擎天的云杉，一派高原的江山大气。然而，那里处处都有小桥流水人家，有划破春水的小舟，有装点盛夏的芳草，有染红金秋的枫叶，有飞来过冬的候鸟，又颇具江南水乡柔媚的韵味。所以，丽江是高原的阳刚之气与江南阴柔之美的一种完美组合。

丽江古城，由大研、白沙、束河三个古镇组成，因以大研为中心，所以又叫大研镇。大研镇，在丽江盆地中心，古镇的西南角耸立着酷似巨笔的文笔峰，丽江盆地宛如一方碧玉做成的大砚台。古时"研"与"砚"相通，故镇名大研。

古城最特别的地方是没有城墙。据记载，丽江世袭土司姓木，木加框被围便是"困"字，故而避之。纳西族人原来没有汉族的姓氏，朱元璋建立明王朝后，远在滇西北丽江土司阿甲阿得审时度势于1382年"率众归顺"举君臣之礼，此举获朱元璋赏识，朱将自己的姓去一撇和一横，钦赐其"木姓"。从此纳西传统的父子连名制得以改成汉姓名字。

如今城中还恢复木府，它位于丽江古城狮子山下，是一座辉煌的建筑艺术之苑。古城内木府原为木氏的衙署，始建于元代（1271—1368），木府面积3万多平方米，府内大小房间162间，其内还悬挂历代皇帝钦赐的匾额11块，反映了木府家族的兴衰。

"北有故宫，南有木府"，这比喻是有点溢美。但木府的确不失为一座辉煌的建筑艺术之苑。府内登高递进，绿瓦红墙，古树掩映，翘角飞檐。它充分反映了明代中原建设那种大气，那种明丽，那种庄重，同时保留了唐宋中原建筑的那种古朴，那种粗犷，那种简约的流风余韵，府内玉沟纵横，活水长流，亭台楼榭，浓荫蔽日的布局，则可见纳西传统文化之精要，丽江旅游有一句话："不到木府，等于不到丽江。"虽有点过，但值得参考。

古城的总体布局以水为脉络。水从玉龙雪山引进，镇内河汊纵横，一进镇口便有一大型的风转水车，既古朴而又风雅，两架水车吱吱嘎嘎悠悠旋转，清清的溪水哗哗啦啦地流。民舍随水势山势自然延伸，常见一条小街，一条流溪，数座小桥，古城修建大大小小桥梁354座，其密度为平均每平方千米93座。临溪而建的小木楼吊满灯笼，窗户贴满窗花，窗台摆满奇花异草，散发一种悠闲而又高雅的情调。

丽江古城内的街道依山傍水而建，以多色角砾岩铺就。雨季，不会泥泞。旱季，铺路石上花纹图案自然雅致，与整个古城相得益彰。

古镇的中心是四方街，有人说其形状像是方形的官府大印，土司有"权镇四方"之意。其实，这是一个最没有官方色彩的地方，你既看不到衙门前石狮子那种居高临下的傲慢，也看不见警察驾着警车鸣着警笛的那种扬威。常看到的是男子跶着拖鞋，手执葵扇在穿街过巷，姑娘挽着时尚手袋到银饰铺和蜡染店，淘自己喜欢的饰物，当然更多是在桥边花树掩映的茶室里，品茶点啃瓜子，或去溪边柳荫下的小食店品尝过桥米线，细嚼丽江糍粑，这一切流溢着一种悠闲而祥和的情韵。

白沙古镇，已有一千多年的历史，北临玉龙雪山，南至龙泉，西依芝山，距大研镇10千米，白沙镇是纳西族的古都，曾经是丽江政治、经济、商贸和文化的中心。亦是丽江第一大家族即丽江土司"木氏家族"的发源地，是最具纳西风情的古镇，是最有原生态的纳西村落。早在唐朝，南诏王封玉龙雪山为"北岳"的时候，木氏祖先（那时还是丽江王）就在这里修建了白沙街和北岳庙，并从玉龙雪山引来泉水，后来在大研镇更将泉水的好处发挥得淋漓尽致。宋元时白沙依然是纳西族的古都，一直到明初才迁到大研镇。

在白沙镇俗称为"木都"的中心地带建有殿群和象征政治权力的大广场，弘扬宗教的大宝积宫、琉璃殿、大定阁等宗教建筑群，还有积累财富的商贸广场。白沙镇商业及手工业非常发达，中华人民共和国成立前白沙就有150多家打铜的作坊，产品有铜火锅、铜壶、铜盆、铜瓢、油灯以及藏区周边少数民族所需的物品，纺织和手工刺绣也非常发达。木氏土司知书识礼，大大推崇汉文化、建筑、服饰、刺绣，从汉人地区聘请大量种桑、丝织、刺绣、木雕、建筑艺术人才到丽江。历史上勤劳开明的纳西人兼容并蓄，集百家之长，从而使白沙成为一个多元文化共同发展的中心。

"白沙壁画"便是明代纳西大开放的产物，它的绘制从明初到清初，先后延续了300多年。镇上现存55幅的白沙壁画就创作在这期间，这批壁画融合了藏传佛教绘画中流畅的风格，是壁画艺术中的珍品。现在琉璃殿、大宝积宫和大定阁等庙宇的明代壁画，是极为珍贵的文物。大宝积宫的壁画是丽江壁画中规模最大的，共12幅，绘有167个人物形象，内容为宗教题材，但特殊的是在同一幅壁画里，不仅有佛教、道教，还有藏传佛教的形象，这种将各种教派糅合在一起的绘画样式十分罕见。

丽江历史学家，对木氏家族如何评价我不清楚。参观完"木府"和白沙"古都"之后，我认为有四点是十分可取的。一是无为而治的执政理念；二是强烈的市场经济意识；三是兼收并蓄地弘扬纳西文化；四是打造宜居的自然环境。

束河镇是丽江古城外延的古镇，其最大的标志是仿徽派的民居错落有致。

看上去就是一幅吴冠中所绘的徽派民居的油画。河水就在窗下流淌，果树在庭前摇曳，蝴蝶在墙根的花丛中翻飞，院子中老伯坐在竹凳上眯着眼睛拉二胡，老妈一脸慈祥坐着台阶上，一边晒太阳一边忙手中的针线活。石板小街上古拙的铺店，销售着木雕、银饰与普洱茶。一切显得那么自然，那么悠闲，那么质朴。

街北走100米便可找到流溪源头——九鼎龙潭，潭水透明清澈，日夜涌泉，龙潭奉为神泉。潭边临水一角，建有"三圣"楼阁，为传统四合院，里面供奉皮匠祖师。束河毛皮传统工艺十分出色，在束河镇就有个类似大研镇四方街的广场，面积约250平方米，曾经就是丽江皮包交易集散地。广场四周均为售皮具的店铺，古老的木板正面暗红油漆，还有店前黑亮的青石，脚下斑驳石坡的榕树下闲坐着一班老人，勾勒出束河古朴自然的本色，纳西民族由游牧转向农耕，再走向城市，从这里可以找到缩影。看来，丽江不仅是块悠闲之地，也是一相当务实的经济重镇。

在丽江除了三大古镇之外，有两个地方亦是务必要去的。

一是黑龙潭公园。黑龙潭公园也叫玉泉公园，位于丽江古城北象山脚下，从古城四方街沿经纬纵横的玉河溯流而上一千米，有一处晶莹清澈的泉潭，这便是中外闻名的黑龙潭。

丽江黑龙潭始建于乾隆二年（1737），其后乾隆六十年（1795）、光绪十八年（1892）均有重修记载，旧名玉泉龙王庙，因获清嘉庆、光绪两朝皇帝敕封"龙神"而得名，后改称黑龙潭。诗云："泉涣涣兮涟漪，问何时最是可人？须领略月到天心，风来水面；亭标标而矗立，看这般无穷深致，应记取云飞画栋，雨卷珠帘。"黑龙潭以其天生丽质，见列《中国名泉》等书，诚不虚也。

进入黑龙潭，迎面有一座涂金绘彩的牌楼，门口四尊石狮，守护玉泉。进得潭来但见有一座五孔石拱桥，仿如长虹卧波，将潭一分为二。玲珑俊美的一文亭、得月楼，分别屹立内外潭心，四面临水，有桥与岸相连，与杭州西湖三潭印月有异曲同工之妙。得月楼始建于清光绪二年（1876），楼名取自古人对联"近水楼台先得月，向阳花木易为春"中三字。"得月楼"匾额为郭沫若所题，并另撰写一副楹联：

> 龙潭倒影十三峰，潜龙在天，飞龙在地；
>
> 玉水纵横半里许，墨玉为体，苍玉为神。

全联仅三十字，倒也写出了丽江黑龙潭的神韵。远处巍巍玉龙雪山倒映潭中，可见"雪山四万八千丈，银屏一角深插底"奇景。象山半壁也映入水中，使黑龙潭山中有水，水中有山，山水相映，景色无比奇峻与秀美。此景，成了丽江的一道标识。

此外，位于玉泉北畔的五凤楼，建于明万历二十九年（1601）高20米，为三叠飞檐楼阁，共有20个啄天飞檐，从各个角度看，都见五个飞角，仿如五只振翅欲飞的凤凰，故名"五凤楼"。此楼融合了汉、藏、纳西各民族的建筑特点，是纳西古代建筑中的佼佼者。明崇祯十二年（1639）春，徐霞客游历丽江留居此楼八日，为土司木增校杂著作序，在纳西族文学史上留下一段佳话。

二是玉龙雪山。玉龙雪山坐落在中国西部终年不化的雪山群最南端，是横断山脉南端最著名的雪峰，它距丽江古城不过18千米，一进丽江地界，第一眼看到的就是玉龙雪山！

玉龙雪山之于丽江，如同一道圣洁的背景，薄雾轻纱般飘浮于山峰之间，宛如琼楼仙阁。清晨，曙色刚露，田野、村舍还笼罩在山岚迷雾中，皑皑玉龙雪山已沐浴在万丈曙光之中；傍晚，丽江三城暮色苍茫，玉龙雪山峰顶依然是白云追着流霞漫天飞舞。

玉龙雪山在纳西语中叫"波石欧鲁"，意为"白沙的银色山岩"，因其银装素裹而得名。玉龙雪山主峰高达5596米，气势磅礴，十三峰连绵不断如一排擎天玉柱。玉龙雪山是纳西人的圣山，相传它是全民信仰的保护神"三朵"的化身，"三朵"是骑着白马，穿白甲、戴白盔、执白矛的武神，常常显灵，保护着纳西人的安全。

玉龙雪山还被纳西族人奉为"情山"。山上的云杉坪是一片隐藏在原始云杉林中的巨大草坪，纳西语称"吾鲁游翠阁"，被当地人视为传说中的"玉龙第三国"，又叫"殉情谷"。在封建社会，一些不能结合的纳西族情侣，往往在此殉情，将生命消融在这里，将彼此的心与魂一起埋在这圣洁的白雪间。

当代人当然不用殉情，却把玉龙雪山看作圣洁的象征，不少披着婚纱的人到此拍结婚照，更有许多热恋中的情侣，手牵着手走在林间的小路上，已婚的夫妻则肩并着肩坐在云杉坪的古树下，被在这流传的那些悲怆爱情故事深深感动，在此折柳盟誓携手一生！

啊，丽江的魅力在哪？

真的是每个人的感觉都有所不同。我有熟悉的两位朋友，一是《时代周报》资深的编辑宋慕新，请了三个月的假期到丽江体验生活，写了一本畅销书《印象丽江》，把各类人来丽江的心态刻画得入木三分。二是新锐杂志《新周刊》的社长孙冕，退休后索性在丽江寻了一幢古屋，过着陶渊明式的隐居生活，但他隐居却不避世，抗日战争胜利70周年前的一段时间，他为抗日老兵的名誉和待遇奔走呼号。

丽江，它不仅是一座古城，一道雪山风景，一种巴东文化，一城独特的建筑；对于相爱的人来说，那里是圣洁得可以携手盟誓的地方；对于孤独的人来说，那是可以发生浪漫邂逅的地方；对于在庙堂与江湖打拼的人来说，那是可以让你心灵在那小憩的地方。

丽江，你真不愧是大众的情人！

这是一片和平、宁静，几乎与世无
争的净土。雪山上白雪皑皑，雪山下
林海苍苍，雪山之间是广阔无垠的
草原……

走进香格里拉

梦里寻她

探访香格里拉，是我多年的夙愿。

这夙愿，源于美国小说家詹姆斯·希尔顿的小说《消失的地平线》，这书
发表于1933年，书中描写了一名驻印外交官和几位朋友乘坐的飞机，迫降在一
个雪山环抱的神秘峡谷群中的村镇。这是一片和平、宁静，几近与世无争的净
土。雪山上白雪皑皑，雪山下林海苍苍，雪山之间是广阔无垠的草原……在这
片土地上生活着藏、汉、纳西、白、回等民族，他们信奉着不同的宗教，有着
不同的习俗，却能和睦地相处。作者把这世外桃源称为"香格里拉"。小说出
版后成为畅销书并被搬上银幕，引起强烈的社会轰动，"香格里拉"便一下子
风靡全世界。半个世纪以来，世人一直苦苦寻找"香格里拉"，但一直没有结
果。当云南省于1997年9月郑重宣布，经过数十位专家为期一年多的考察，证
实它就在云南的迪庆藏族自治州时，世人无不为之震惊，尤其对名山大川怀有
特殊情结的我，怎能不魂牵之梦绕之？

踏进高原

那年初秋，云南《奥秘》杂志社牵头组织了全国四十多家杂志社的领导举行一个"梦寻香格里拉"活动，令我终于有了个圆梦的机会。

迪庆，位于云南西北部，地处川、滇、藏三省交界处，平均海拔3380米，怒江、澜沧江、金沙江在这里并流；怒山山脉、云岭山脉和中甸大雪山在这里横亘，古代进入迪庆走的是重峦叠嶂的茶马路，比攀越蜀道还难，从昆明出发还要历时20多天才能抵达。

真要感谢现代交通工具，我们乘飞机从昆明起飞仅用了半个多小时便飞抵迪庆州的州府香格里拉。州委宣传部长已率队在机场迎候，这是一支色彩斑斓的队伍，穿着民族盛装的藏族姑娘和小伙子们载歌载舞，为我们献上洁白的哈达，敬上飘着浓香的青稞酒和酥油茶，一股纯朴的民风化作一泓清清的泉水，把我们因高原反应带来的不适与疲惫洗得一干二净。

从机场到州府还需走一段路，一路上我被扑入眼帘的景色镇住了：远处，巍巍的雪山，雪峰连着雪峰，像一把把出鞘的利剑直插碧蓝如洗的天宇；雪山下，森林连着森林，像一片片浩瀚的大海拍击着山崖与大地；雪山之间，是风吹草低见牛羊的大草原，一丛丛白菊花一簇簇红杜鹃点缀其中，整个草原就像一幅硕大无垠的织锦。近处，飞峙在山坡上的藏传佛教寺院与散布在平原上的村落互相辉映，飘飞在旷野的藏幡与升腾在农舍的炊烟浑然一体，涂抹出这神秘峡谷苍茫的底色，而偶尔从远山传来牧羊人那雄浑激越的歌声，则为这广袤的土地平添几分生动与张力……

进入州府香格里拉建塘镇，又是另一番景象，这被高山环抱的小城，竟有意想不到的繁荣，笔直的大道，闪烁的霓虹，如泻的车流，鼎沸的人声，跟珠江三角洲开放的小镇没有什么两样。不同的是，偶尔看到几辆马车在街道上大大咧咧地穿行，坐在马车上的藏族姑娘一个个神采飞扬，脸庞上的高原红与身上的藏服一样灿烂与抢眼。这里的宾馆与夜总会为数不多但规格不低，而倾销土特产的商店则成行成市，使人联想起拉萨的八角街，从中你不仅可以买到藏刀、玛瑙、绿松石等工艺品，还可以买到冬虫草、贝母、雪莲等名贵药材。

我们下榻于香巴拉酒店，设备虽比不上五星级宾馆，可服务员们一个个展现出莲花般的笑脸。当晚州委书记设宴洗尘，宴后是富有民族特色的篝火晚会，那甜美的歌声，那奔放的热巴舞，带着我们进入了甜甜的梦乡。

走马香格里拉

迪庆，辖德钦县和维西傈僳族自治县，代管香格里拉市（原名中甸县）。香格里拉，是迪庆州的政治、文化中心，人文景观与自然景观大都集中于此，我们花了整整一星期，也只能是走马观花。

位于香格里拉城北五千米佛屏山下的噶丹·松赞林寺，依山而建，雾绕云遮，远远望去，俨然一座布达拉宫。屹立寺中央的大殿，石墙铜瓦，画栋雕梁。那飞檐，仿如苍鹰的翅膀，驮着悠悠岁月展翅于蓝天白云之间。支撑着大殿的共有108根柱楹，应是佛家吉祥之数，殿内可供1600人打坐念经。入得殿来，只见经幡微拂，油灯闪烁，木鱼声、诵经声，声声入耳，好一块洗涤凡心的静地。这寺汉名归化寺，于1679年为五世达赖和清康熙皇帝所赐建，寺内珍品众多，文物价值连城，每年藏历正月十五的迎佛会和冬月二十六至二十九的跳神会都在这里举行，参与人数达一万之众。从这寺，我们可以破译藏族历史、宗教文化，以及它们与汉族文化相交融的人文底蕴。

从县城往东南驱车100千米，便可以达中国最大的华泉台地——白水台，它拔地而起，层层叠叠，镶嵌于群山之中，斜阳下，晶莹剔透，溪水涟涟，仿如一座用汉白玉雕成的梯田，故有"仙人遗田"的美称，考其成因是矿泉的沉积物不断覆盖地表而成。早在唐宋年间，已成滇西一带有名的游览胜地。它的出名不仅是奇观，更重要的是它与巴东文化的源头有关。从白水台遥望对山，群峰如浪，远远可见一山洞，黑幽黑幽的，据说东巴教的创始人东巴什罗，曾在那洞里苦苦面壁修行十年方得真经，并创造了巴东的文字。山下，便是一幢幢纳西族子民们古朴的民居，在同一神秘的峡谷中，他们与汉人和藏民们和谐地生活着。

香格里拉，在迪庆可算是富饶之地，它不仅拥有哈巴雪山一大片自然保护区，而且还拥有江河和湖海。

其江主要是长江，长江在香格里拉有两段迷人的奇景：一是虎跳峡，二是长江第一湾。虎跳峡是世界著名的大峡谷，它海拔高差3900多米，全长16千米，短距离落差216米，分上虎跳、中虎跳、下虎跳，共21处险滩，江水被香格里拉的哈巴雪山和丽江玉龙雪山所挟峙，奔腾咆哮，飞花跌宕，其奇雄之势，让人心灵震撼，令鬼哭神惊！长江第一湾距虎跳峡30千米，长江流至这里，突然来了个100多度的大转弯掉头折向东北，形成罕见的"V"字形大弯。"江流到此成逆转，奔入中原壮大观"，江面变得宽阔、清幽，两岸绿柳成行，朝晖夕映，水面浮光耀金，渔舟往来青江之上，渔网抛撒处，金珠飞溅，景色奇美。可以说，迪庆奇特的文化是由长江文化与雪山文化碰撞交汇而成。

其湖主要是二大湖，一是纳帕海，二是碧塔海。这两湖各具特色，纳帕海距香格里拉城八千米处，准确地说它只是一个盆地，湖周青山环抱，湖内一马平川。春天，雨季来了，它成为一片泽国，鱼翔浅底，舟楫凌波，成群结队的黑颈鹤在湖畔的芦苇丛中栖息。夏季，骄阳似火，湖水退去，这里又成了一片大草原，悠悠青草，点点野花，马、羊、牦牛，如滚滚的潮水漫向天际。我们每人租了一匹骏马，着实癫了一把！碧塔海则是个名副其实的高原湖泊，它仿如遗落在崇山峻岭之中的一块碧玉，泛着碧绿碧绿的光晕，湖的四周则是莽莽苍苍的原始森林，湖水波光潋滟，清可见底。当你荡舟湖上，捣碎一湖幽静，惊飞一群鸥鸟，那清清爽爽的惬意，绝非神仙可比。此湖有两绝，一是杜鹃醉鱼，湖的四周长满浓密的红、白杜鹃花，每年农历五月端午前后，杜鹃吐艳，湖畔鸟语花香，微风吹过，落英缤纷，湖中游鱼抢食具有浓香和微毒的花瓣，顿时如痴如醉，漂浮于湖面上；其二是湖中之岛，据说明代木氏土司曾在岛上建一庙宇，不知是菩萨耐不住清幽，还是守寺人守不住寂寞，庙宇荒弃了，现仅存残基。然而，岛上树木葱茏，繁花似锦，划艇登临，近可观湖，远可眺原始森林。如今游人络绎不绝，也许回归自然最合天意人愿吧！

深入腹地

迪庆的腹地在德钦。

走进德钦，那种走进高原的感觉特别强烈，周围都是崇山和雪岭，几乎看不到平川，触目皆是飞瀑、流溪和峡谷。德钦的聚焦点在两大雪山：一是白茫雪山，二是梅里雪山。

白茫雪山，位于德钦东南，属云岭山脉的一叶，它的特点在于幽深和丰富。车进白茫，只见莽莽苍苍的原始森林，托出一个银光闪闪的雪岭，从山脚蜿蜒而上近40千米，呈现出10多个由热带向北寒带过渡的植物分布带谱，一种分布带呈一种鲜明的颜色，仿如一幅色彩斑斓的油画，森林面积达13.1万公顷，生长着金丝杜仲、樟木、桐油等珍贵树种，拍天而长的冷松、云杉在"唱着主角"，姹紫嫣红的各色杜鹃簇拥其中；林间，活跃着滇金丝猴、云豹、黑鹿、金雕等一类保护动物；草丛中，蕴藏着冬虫草、贝母、雪莲、黄连、当归、天麻等名贵药材，整座白茫雪山，就是一个硕大的聚宝盆。人类，保护了大自然，大自然便为人类做出无私的奉献。

梅里雪山，位于德钦城西，它的特色在于雄奇与神秘。13座海拔6000米以上的雪峰，"一"字形排开直插云天，被称为"太子十三峰"，其中卡瓦格博峰，海拔6740米，为云南第一峰，此峰是藏传佛教的朝觐圣地，传说为宁玛派分支伽居巴的保护神，位居藏区八大神山之首。每年秋末冬初，西藏、四川、青海、甘肃成千上万香客，千里迢迢牵牛扶杖赶来朝拜，若逢藏历羊年，朝拜者增至百倍，他们匍匐上山的场面，令人叹为观止。

卡瓦格博峰迄今仍是无人登顶的"处女峰"。英国、美国、日本及中日联合登山队先后多次向神峰发起冲刺，均没成功。1991年1月3日，17名中日登山健儿，在山上神秘失踪，1998年7月始在冰川上找到他们的遗体。卡瓦格博峰平日云雾缭绕，有些朝圣者，在山下住上数月也难见神山真面目。据说飞机曾在神山上空侦察，发现半山住有人家，可历次登山队按图登临，竟觅不到半点踪影。此事，更为此山披上一层神秘的面纱。

卡瓦格博峰下的明永冰川也是一大奇观，这冰川从海拔5500米处往下延至2800米原始森林地带，是世界稀有的低纬度高海拔现代冰川。那天，我们为一睹神山和冰川的风采，一大早驱车从德钦县城出发，跑了10多千米的山路，跨过澜沧江的木桥，然后徒步翻越了两个山坳，便进入一个幽深的峡谷，峡谷的密林中藏着一座村庄，偶尔传来一两声的鸡鸣，更显村的幽静，村中农舍不多，可每座庭院都绿树掩映繁花吐艳。村前，一湾流溪，桃花夹岸，点点花瓣随着阵阵山风飘落溪中，追逐着簇簇浪花！而那白雪皑皑的神山和通体透明的冰川，就巍巍然显现在村的前方，村前的溪水就是从冰川上流下来的。队伍中不知谁在大叫："香格里拉！香格里拉！"是的，这就是香格里拉！它跟《消失的地平线》中描写的环境是多么酷似。

虽说神山与冰川就在我们的面前，可要触摸她的肌肤还得溯溪而上，穿越一座原始森林。村民们早已为我们准备了上山的马，为我牵马的是一位藏族姑娘，她的名字叫卓玛。卓玛身材苗条而又丰满，一张朴实的脸被高原的紫外线晒得黑里透红，弯弯的眉毛下扑闪着一双真诚的大眼睛。

原始森林已被先行者踏出一条小路，小路旁长着参天的古木和四处攀缠的古藤，大概受一串串马铃声的惊吓，树丛中不时跳出一两只松鼠，枝头上不时飞出一两只小鸟，卓玛不时拿出藏刀为我们砍去横出路面的枝丫，并拿出袋子拾起游客丢弃在路边的塑料瓶。她说，这里虽然是原始森林，亦要注意环保，还告诉我她在上高中，假期为村里帮点忙。我问她毕业后有什么打算，她扑闪着漂亮的大眼睛说想当一名导游，好把香格里拉介绍给更多的中外游客，更希望走出大山，看看外面精彩的世界！中途小憩，我们提议卓玛唱一支歌，她清清嗓音，站在树墩上，为我们高歌一曲《青藏高原》：

是谁带来远古的呼唤

是谁留下千年的祈盼

难道说还有无言的歌

还有那久久不能忘怀的眷恋

我看见一座座山

一座座山川

……

歌声高亢甜美，它和着流溪的浅唱和松涛的轻吟在山谷上回荡着。

大约一个小时，我们终于走出了森林，来到了神山和冰川的脚下，一群朝拜的藏民早已牵着羊拄着竹杖守候在那里。冰川像一个刚出浴的美人，枕着神山娴静地睡去，而神山岸然挺立，却依然蒙着面不肯见我们。正当我们心底萌生一种淡淡的失落时，奇迹突然出现：神山揭去那薄薄的面纱，露出一张威严的脸，在斜阳的辉映下，它的头顶竟罩着七彩的光环！我们欢呼着，当然，藏民比我们还兴奋。神，大抵只是被神化了的人或物罢了。

在归程中，出现一段小小的插曲，车刚转出山坳，前边的路面塌了方，车与人被堵在那里，我们折腾了好大一阵，正感到束手无措且又饥又渴的当儿，忽然背后传来一阵马蹄声，我回头一看，一支马队正向我们奔来，跑在前面的正是卓玛！她的马驮着两桶水和一大筐粟米。后面的村民驮的是锄头和铁锹。

路通了，我们也吃饱喝足了，当我拿出钱要谢卓玛时，她脸一红："你怎么那么小瞧我？回去多帮忙宣传一下我们的景点便行啦！"然后策马而去。我望着她的背影，陷入深深的沉思：

香格里拉，但愿你的生态环境永远那么天然；

香格里拉，但愿你的民风永远那么纯朴；

香格里拉，但愿你永远是一片令世人向往的世外桃源。

点亮心灯

那一夜，穿行于三峡
黄鹤一去还复返
挂在悬崖上的故宫
洪荒遗踪
点亮心灯
民族魂的图腾

两岸高山，遮天蔽日，一川激流，
水急浪高，构成一幅巨大的天然山水画
卷。一景一物，是诗是画，流淌在几千
年的中华文化的血脉里……

那一夜，穿行于三峡

　　重庆，朝天门码头。

　　呜！呜！呜！一阵笛鸣，游船离开了繁忙的码头。此刻，那轮火盘般的夕
阳，正沉入长江与嘉陵江的"合璧"处，江水一下变成一片橘黄，江风轻轻一
吹，江面闪动着万道金蛇。两岸灯光齐刷刷地亮起，霎时整座山城成了一片灯
海，而那泊在江边的海鲜舫的一排排红灯笼，则像那大海上一串串渔火。这灯
海一浪高于一浪，与天上星河连成一片，让人弄不清哪是灯哪是星，顿生一种
天上人间之感。只是解放碑那如泻的车流，如电的霓虹以及如涛的人潮，明明
白白告诉人们，这是一座繁华的都市。

　　那是20世纪末的一个秋天，全国青年报刊界的领导们在成都开会，会后
齐声说要绕道重庆，游一游三峡。其实，大多数人都游过三峡，且周遭的景点
都扫过一遍。此行主要出于一种三峡的情结。长江三峡，是中国第一大河上最
富传奇色彩的峡谷，它西起重庆奉节的白帝城，东至湖北宜昌的南津关，全长
193千米，但它并不是一个完整的峡谷，它由西端的瞿塘峡，中间的巫峡和东
端的西陵峡组成。这便是通常说的大三峡。除此之外，还有大宁河的"小三
峡"和马渡河的"小小三峡"，这几峡组成一派造化天成的瑰丽风景，两岸风
光秀美加上深厚的人文历史古迹，成为中华地理上的一朵奇葩。

三峡的形成是地质大背景的使然，四川盆地上的千溪万河要东流入海，却在中国二级至三级地形的阶坎上，遭遇了七曜山和雪峰山脉的阻拦，但起伏叠皱的岩石门槛，抵挡不住至柔至刚的滔滔江水，长江终于杀开一条出路，奔向了海阔天空的汪洋世界。

长江三峡，不仅是中国，而且是世界人流和物流最大的峡谷，雄伟的瞿塘峡，惊险的巫峡和秀美的西陵峡，各具独特的风采而又浑然一体。朝发白帝，暮至江陵，足见其江流之迅速；巫山云雨，高猿长啸，极见其深诡凄异。两岸高山，遮天蔽日，一川激流，水急浪高，构成一幅巨大的天然山水画卷。一景一物，是诗是画，流淌在几千年的中华文化的血脉里，浸染了世世代代中国人。三峡大坝的建成，将使"高峡出平湖"，我们此行是趁大坝建成之前，再一睹其雄伟磅礴的风采，也是向原生态的三峡作一次深情的惜别。

船犁开一河灯火，顺流而下，经过涪陵的白鹤梁、丰都鬼城、元阳的张飞庙以及奉节的白帝城，然后悄然进入了三峡。白帝城可是三峡的门户，它东依夔门，西傍八阵图，三面环山，雄踞水陆要津，为历代兵家必争之地。这里有两段脍炙人口的故事：

其一是"刘备托孤"。蜀国皇帝刘备的结拜兄弟关羽败走麦城，死于吕蒙刀下后，刘备为他报仇，不听众臣劝阻起兵伐东吴。途中另一结拜兄弟、伐吴先锋张飞丧身叛将范疆、张达手中，刘备愤而不谋，催兵猛进。章武二年（222）夏六日，被东吴大将陆逊用计火烧七百里军营，退守白帝城中。三国久未统一，两弟先后丧命，大军新遭重创，国事新仇使刘备忧愤成疾，眼看身处垂危，乃招丞相诸葛亮星夜赶至，在永安宫中把儿子刘禅（阿斗）委托于诸葛亮，然后一命归天。自此后白帝城更闻名于世。

其二是诗仙李白的行吟。唐肃宗乾元二年（759）诗人流放夜郎，行至白帝城遇赦，乘舟东还江陵时写了《早发白帝城》：

朝辞白帝彩云间，

千里江陵一日还。

两岸猿声啼不住，

轻舟已过万重山。

　　诗人把遇赦后愉快的心情、江山的壮丽多姿和顺水顺舟的流畅轻快融为一体来表达，写得流畅飘逸，惊世骇俗，但不加雕琢又自然天成。明人杨慎赞曰："惊风雨而泣鬼神！"此诗也为白帝城与三峡添上无穷的神韵。

　　瞿塘峡为三峡之首，从白帝城到巫山，在繁星及探照灯的照射下，只见群山嵯峨，水势磅礴，两岸丝萝悬垂，层林尽染，朦胧的夜色为它们镀上一层银辉，将画面点染得更具质感。看！赤甲、白盐两山扑面而来，它们夹江而立，河谷最窄处仅数十米，谷深却深于千米，构成险峻的夔门，上刻"夔门天下雄"五个大字。长江从这喧腾而下，激流汹涌，吼声如雷，景象蔚为壮观，它成为三峡的上口和巴蜀的咽喉，"众水会涪万，瞿塘争一门"，杜甫此言，勾勒出它奇雄而又险峻的独特风采。

　　船过瞿塘峡，走了一段宽谷，便进入了巫峡。巫峡可谓峡中有峡，巫峡西起巫山县大宁河口，小三峡便在大宁河上。"龙门巴雾连滴翠，奇山秀水胜三峡"，与长江三峡的宏伟壮观相比，小三峡则显秀丽别致，精巧典雅，故人们赞誉小三峡"不是三峡，胜似三峡"。小三峡是龙门峡、巴雾峡和滴翠峡的统称。小三峡景观各有奇妙。龙门峡称雄，峡口两山对峙，峭壁如削，天开一线，犹若一门，人们誉为"小夔门"。船行峡中可赏两岸奇峰怪石，流泉飞瀑，栈道悬棺，不时还有猴群隐现。巴雾峡称奇，这里山回水转，滩险流急，两岸怪石嶙峋，形成一组组妙趣横生的天然雕塑。有的如从天外归来的巨龙，有的如出洞的猛虎，有的如进山的骏马，人们称之为"龙进、虎出、马归山"。滴翠峡则以幽取胜，这里有群峰叠秀，林木葱茏，瀑布凌空，有弯弯的栈道，有横江的索桥，有幽深的峡谷，有摩天的赤壁，两岸滴翠，绝崖飞泉，峡中既有磅礴的气势，又有玲珑剔透的丽景。故有"无限秀美处，最是滴翠峡"之誉。

　　巫峡是三峡最险峻的地方，全长46千米，长江至此骤然变窄，江宽仅100米~150米，最大流速可达每秒8米。巫峡以云雨变幻无穷著称，可惜夜幕低垂，我们既见不到云也见不到雨，在朦朦胧胧中，只见十二座山峰，并列于巫山两岸，其中一峰宛如一亭亭玉立的少女伫立江中，这就是充满神奇色彩的神女峰。若在白天，每当云烟缭绕峰顶，便像身上披着一层薄薄的轻纱，娇俏的脸上更显脉脉含情。相传她是王母的小女儿瑶姬耐不住天宫的寂寞，下凡帮助大禹治水，功成后立于巫峡，为往来船舟导航。

先前躲在船舱的领导们，此刻呼的一下全涌到船头的甲板上来，因为神女峰是三峡一绝，并带有象征的意味。历朝历代的文人骚客为其花费了不少笔墨。领导们一个个满腹经纶，脚未站稳，便一个接一个发表"宏论"。有人说，神女命好，终身与长江三峡为伴，沐浴着巫山云雨，观看着穿梭帆影；有人说，神女命苦，终身站在江中，经的是风霜雪浪，听的是虎啸猿啼；有人说，好坏全凭内心的感受，反正冥冥中，一切都是命中注定。

一谈到命，领导们竟一个个争相当起"半仙"来。有的说，他的生辰八字算得准，只要你报上出生的年月日及时辰，就能算出你的命来。有的说，他看手相有一套，只要你伸出手掌来，什么事业线、情感线、生命线，全都给你诠释得一清二楚。有的说，他看面相最有把握，只要看你的眉，看你的鼻，看你的人中，看你的下巴，就能讲出你的性格，你的运情，你的寿命，你的财气。有的说，他测字很见功力，只要你报上一个字，就能把你想知道的测个八九不离十。反正，越说越玄乎，仿佛只要方巾一戴，算命测字的幌子一执，便可上街摆摊。

最活跃的可数《天津青年报》的K君，这小子脸尖、鼻尖、嘴尖，嘴巴来得特别快，一吐就是一串术语，让你如坠云里雾里，他称自己相学十八般武艺全懂，不到几回合，便占领了坛主地位。他首先拿《北京青年报》领导C君开涮，C君长得牛高马大，浓眉大眼，他执掌的报社正风生水起。K君凝思一会儿说："喂，你那双剑眉杀气太重，近期当心惹上官非！"弄得平日大大咧咧的C君，瞪大眼睛连声追问："你这小子别吓唬我，什么官非？什么官非？"K君微微一笑："天机不可泄露！反正你小心悟去！小心悟去！"上海一青年报的S君，平日好收藏，一路上收购了不少古玩，K君问了他的生辰八字之后，微闭着双目扳着指头在算，然后微睁双目说："你小子能聚点钱，可最近要破点财！得了好处需回首呵！"S君一拍脑袋喃喃地说："败！难道这趟阿拉收了些赝品？"山东一杂志的领导SK君，长得风流倜傥且挺有才气，上前挑战："来，给我算算，算不准砸你的招牌！"K君望了望他，拿起他手掌认真地看了一通："老兄，你要我讲真话还是假话？"没容SK君开口，大家齐声嚷道："当然来真的啦！"K君又卖了一个关子："要我当众说，还是背后悄悄跟你说？"大家又一齐起哄："当然当众说啦！"K君一脸严肃："老兄，你面带桃花，情感线分叉较多，当心桃花劫！"SK君一脸尴尬："哪里？哪里？你这小子真损！真损啊！"大家一阵哄笑。河北姑娘SU君，最近遭遇一场情感风波，她想测又不敢测，一直躲在大家背后，偷偷地看着热闹，K君早有察觉，忙招呼她上前："来，我帮你看一下！"SU君怯生生地伸出她纤弱的小手。K君凝神抚着她的手掌，轻声道："你感情会有点波折，可你用情专一，以后你的婚姻会很美满的！"SU君一脸感激，颤声说："谢谢！谢谢！"

　　"半仙"们都不甘寂寞，一个个地寻找着各自的对象，把对方弄得一惊一乍的，好不热闹。三峡美景一个个擦身而过，只有天幕上的星星眨着眼睛在笑，那一排排激浪不断拍击船头，溅起一簇簇浪花，向人们表示亲近。我从旁细细观察，渐渐看出一些眉目来。其实，全国青年报刊界圈子不大，加之交往频繁，每个人的底子，大家早已熟悉三分，再把该单位的走势及本人处事风格，综合起来一分析，所谓运情也能断个七七八八。于是连猜带蒙，就能说得有鼻子有眼的。归纳起来，不外乎是对锋芒毕露者来个下马威，杀杀其霸气；对于不安分者泼点冷水，对其提个醒；对于弱势者，则来点心灵抚慰，为其指点迷津。其实，大家都清楚，相命有点心理暗示作用，帮人看相者都会视被看对象的心理承受力而随机出言，聚在一块的都是些相知者，大家闹着玩玩而已，无论是出言尖刻或是文雅，都是一副菩萨心肠。对于生辰八字能决定一个人的命运之说，我全然不信，所谓"出世喊三声，好坏命生成"，一个人的先天怎么能决定后天的命运？因为一个人后天的努力与环境的影响，其作用是绝对不容否定的。但我相信一个人的性格决定一个人的命运。而性格则可以观察得到的，一个人的面相以及行为举止都蕴藏着性格的密码，只要运用生理学、心理学加之社会学便能破译个大概。此外，从病理学来说，一个人的气色和掌纹的走向也能反映其健康状况，从这角度讲，相学也不是纯唯心的东西。中国的相学，博大精深，历来争论不休，很难一下去评判它的是非。人的命运，也永远是一个谜，绝非三言两语能道清楚的。相命玩玩可以，绝不能全然当真，如何挑战命运，倒是一个值得去探讨的永恒主题。

笑谈中，船已闯进了西陵峡，峡口南岸便是明妃昭君故里香溪。提起王昭君，不由得想起这位绝世佳人的命运来。王昭君名嫱，西汉南郡秭归人，为中国古代四大美人之一。汉元帝时入宫为宫女，传说由于宦臣从中作梗，被打入冷宫。竟宁元年（前33），匈奴呼韩邪单于入朝求和亲，昭君自愿远嫁匈奴，后被封为宁胡阏氏，这就是历史上有名的"昭君出塞"。我曾到内蒙古凭吊过昭君墓，昭君死后葬于呼和浩特南部，大黑河之滨。墓身为人工夯筑的封土堆，高达33米，矗立在一片平畴中，远远望去，呈现一座青黛色的巍峨。相传，每到深秋时节，北方草木已经枯萎，惟昭君墓青草如茵，古木苍苍，因此被称为"青冢"，"青冢拥黛"被誉为呼和浩特八景之一。历史学家翦伯赞曾撰文说：王昭君已经不是一个人而是一个象征，一个民族友好的象征；昭君墓也不只是一个坟墓，而是一座民族友好的历史纪念塔。

看来，三峡中的两位女性，无论是神话中的瑶姬，还是历史中的昭君，都是敢于挑战自己命运的勇者。瑶姬挑战的方式是选择逃离，她逃离仙乐缥缈的瑶台，也逃离宫中的戒律清规，虽降落民间，却为自由之身，因为专做好事，人们还是把她当作神女来膜拜而传颂千古。昭君挑战的方式是选择进击，主动远嫁匈奴，从宫女跃为明妃，并赢得个"民族友好使者"的美名而流芳百世。由此看来，人的命运是可以挑战的，是可以自己把握的。

可船进入庙南宽谷三斗坪时，我对自己的想法又产生了怀疑。三斗坪是三峡江面最宽处，三峡大坝即建于此。据测，三峡工程建成后，坝前水位抬高110米，峡谷的水体景观及气势会大打折扣，影响和破坏了自然和文化的原生态，像刚刚经过的兵书宝剑景观将会被淹没，屈原祠、张飞庙和一些著名的石刻也要往上迁。啊，令人敬畏的长江三峡尚且不能左右自己的命运，何况脆弱如丝的人呢？若碰上不可抗的原因，人能选择么？看来，对于命运这个命题，要潜心解读一辈子也。

（注：本文写于1992年10月，刊于《特区文学》）

它是大地、山水、人文高度融和的精品，从而使人的心灵得到高度的净化，这大概就是黄鹤楼历经千载风风雨雨而不衰，与日月共长存的魅力所在吧……

黄鹤一去还复返

在我国古代，不管是佛、道、儒，还是皇家贵族，都把楼阁看作是神圣、尊贵和威严的象征。这些楼阁一般临水而建，湖光山色，波光粼粼。所以，这些楼阁也是文人雅士聚会之所，许多文学名篇也因这些楼阁而产生，而这些楼阁也因为这些文章的流传而声名远播。

自古有"国运发则楼运盛"之说，一座楼往往是一个地域的标识，是一个时代的象征，黄鹤楼历经千载沧桑，它的沉浮与兴衰，就是有力的例证。

黄鹤楼，在武昌蛇山的黄鹄矶上，是一座千古名楼，与湖南的岳阳楼，江西的滕王阁，并称为"江南三大名楼"，且以其历史之悠久，楼姿之雄伟，而居三大名楼之首，享有"天下绝景"的盛誉。

黄鹤楼，以前我去过，但都是走马观花，认真品楼是在2013年秋，在武汉参展全国期刊博览会之余。

黄鹤楼，始建于三国时代东吴黄武二年（223），至今已有1800年历史。三国时期，赤壁大战后，刘备借荆州，取四川，势力大盛，东吴大将吕蒙用计杀了关羽，夺回荆州，蜀吴间的矛盾大有一触即发之势，东吴依山筑城，并在城西南角的黄鹄矶上建了一座居高临下，俯视大江的高楼，作为军事瞭望哨和指挥塔，这就是最早的黄鹤楼。

黄鹤楼，楼雄势险，风格独异。由于黄鹄矶深入江中，截波阻流，形成一片巨大的旋流，波涛汹涌澎湃，登临俯视，可见浩浩长江与千里汉水在此合流，龟蛇二山隔江对峙，其气势之磅礴，令人感到惊心动魄。

晋灭吴后，三国归于一统，该楼失去其军事价值，随着江夏的发展，逐步演变成官商行旅"游必于足""宴必于足"的观赏楼，至唐代黄鹤楼已成了吟诗作画宴客送友的圣地。从宋代至20世纪50年代，还曾作为道教的名山圣地，相传为吕洞宾传道、修行、教化的道场。《全真晚坛课功经》中称黄鹤楼头留圣道。

黄鹤楼的形制，各朝有所不同。唐代永泰元年（765）黄鹤楼已具规模，唐楼虽仍是武昌城垣一座角楼，其造型已较初期时优美，楼高耸于黄鹄山顶，面临浩浩大江，江中鹦鹉洲和对岸汉阳城遥遥相望，江上舟楫穿梭，岸边桅墙林立，登楼凭眺，美不胜收。其后，史学家认为，宋楼雄浑，元楼堂皇，明楼隽秀，清楼奇特。

黄鹤楼，可谓历经千载风雨沧桑。由于兵火频繁，黄鹤楼屡建屡废，仅是明清两代，就被毁7次，重建和维修了11次。最后一座建于同治七年（1868），毁于光绪十年（1884），遗址上只剩下清代黄鹤楼毁灭后唯一遗留下来的一个黄鹤楼铜铸楼顶。

1957年，建武汉长江大桥武昌桥引时，占用了黄鹤楼旧址，1981年重建黄鹤楼时，选址在距旧址约1000米的蛇山峰岭上，1985年6月，黄鹤楼落成，主楼以清同治楼为蓝本，但比以前更为高大雄伟。

黄鹤楼，为什么以"黄鹤"为名？千百年来一直争论不休，说法大致有三：

一说是原楼建在黄鹄矶上，后上念"鹄"为"鹤"，口口相证，遂成事实。

二说是源于"仙人黄鹤"的传说。最早下笔的是南朝科学家祖冲之，他在《述异记》中写了黄鹤楼"驾鹤之宾"的故事，后被鲁迅辑在《古小说钩沉》里。

三说是《江夏县志》引《极恩录》所叙。从前有位姓辛的妇人，在黄鹄矶上开了间酒店。一位衣衫褴褛的客人向辛氏讨酒饮，辛氏不但不讨厌，且恭敬地把酒奉上，如此过了半年，客人为感谢她千杯之恩，临行前取橘子沫在壁上画了一只鹤，告之辛氏只要击掌，它便能下来起舞助兴。从此宾客盈门，生意兴隆。过了十年，客人复来取笛吹奏，白云与黄鹤皆飞至客人身边，客人跨上黄鹤直上云天。辛氏为纪念这位帮她的仙翁，便在其地起楼取名"黄鹤楼"。

有人在这故事的基础上再加以演绎，说客人跨鹤上天那一刻，才露出真容，人们细看，才认出那客人原来是八仙之一的吕洞宾。

"黄鹤楼"名字究竟从何而来？史书记载多是第一种说法，而坊间流传最广的却是第三种说法，也许这说法最接地气吧，因为宣传的是一种"知恩图报"的传统美德和揭示一种"善有善报"的人生哲理。

重建的黄鹤楼在蛇山西端之巅，建筑群由主楼、配房、轩廊、牌坊组成，分布于三级平台上，沿中轴线逐层升高。

第一层平台为黄鹤楼公园西大门，中央是胜象宝塔，这层其实是种铺垫。

第二层平台上有"三楚一楼"的牌坊，牌坊两侧有曲廊，廊前陈放一座黄鹤楼铜顶，是同治楼唯一的遗物；两亭间有巨石，石上有《黄鹤归来》铜雕，两只归来黄鹤一只伫立远望，一只低头觅食，造型古雅，栩栩如生。停鹤的巨石隐约为灵龟巨蛇，寓意黄鹤回到龟蛇两山对峙之地。已建的还有著名的搁笔亭等亭台楼阁，便散落在这层的曲径通幽处。

第三层平台的中央耸立着主楼。远远望去，黄鹤楼仿如展翅欲飞的黄鹤。楼的平面则取清楼的原韵，为四边套八方形，谓之四面八方之意，层层递进，然后归为攒尖，四边各有骑楼，飞檐之下，均悬巨大楼匾，正面朝西，匾为"黄鹤楼"。楼的各层排檐起翘，势如鹤翼，四周雕栏回绕，敞闭自如，楼内装饰用的是雕塑、绘画、书法、楹联、诗词，使楼于雄伟中不失精巧。其形势似楼非楼，似阁非阁，集楼阁塔寺于一身，奇特造型为国内罕见，因其形奇特，极易识别，故而成为湖北省和武汉市的地方标志。

楼高五层，各有分工。

第一层主题：神话。进入第一层的大厅，迎面而来是一幅表现"白云黄鹤"为主题的巨幅陶瓷壁画。两旁立柱上悬挂着著名书画家吴作人书写的张居正一副楹联：

> 爽气西来，云雾扫开天地憾；
>
> 大江东去，波涛洗净古今愁。

第二层主题：历史。二楼大厅正面墙上，有用大理石镌刻的唐代阎伯理撰写的《黄鹤楼记》，楼记两侧为两轴壁画：一幅是《孙权筑城》，形象地说明黄鹤楼和武昌城相继诞生的历史；另一幅是《周瑜设宴》，在此设"鸿门宴"欲取回荆州的故事。厅中展示着唐、宋、元、明、清及现代黄鹤楼的仿模型。

第三层主题：人文。三楼大厅的壁画为唐宋时期13位文化名人的"绣像画"，姿态各异，栩栩如生，其诗词分列左右。

黄鹤楼自创建经历1800年，被誉为"天下名楼"，吸引了历代众多著名文学家、诗人，仅旧志中收录的诗文就高达400多篇（首），其中著名的有唐宋名人崔颢、李白、王维、孟浩然、顾况、韩愈、刘禹锡、白居易、贾岛、杜牧等，都在黄鹤楼留过诗篇。当然，最为著名的要算崔颢的《黄鹤楼》与李白的《黄鹤楼送孟浩然之广陵》。

《黄鹤楼》是唐代诗人崔颢创作的一首七律：

> 昔人已乘黄鹤去，此地空余黄鹤楼。
>
> 黄鹤一去不复返，白云千载空悠悠。
>
> 晴川历历汉阳树，芳草萋萋鹦鹉洲。
>
> 日暮乡关何处是，烟波江上使人愁。

此诗描写了在黄鹤楼上远眺的美好景色，是一首吊古怀乡之佳作，前四句写登临怀古，后四句写站在黄鹤楼上的所见所思。一挥而就，一气呵成，诗虽不协律，但音节嘹亮而不拗口，成为历代所推崇的珍品。

这首诗在当时就很有名，传说李白登黄鹤楼，有人请李白题诗，他说："眼前有景道不得，崔颢题诗在上头。"南宋研究唐诗的著名学者严羽在《沧浪诗话》中说唐人七律当以崔颢《黄鹤楼》为第一。

"一代诗仙"李白的《黄鹤楼送孟浩然之广陵》同样脍炙人口：

故人西辞黄鹤楼，烟花三月下扬州。

孤帆远影碧空尽，惟见长江天际流。

全诗气势磅礴，情景交融，古往今来一直被人们称道。后来，清代名画家石涛把这首诗绘成一幅山水画，画中主要部分是浩浩长江，茫茫云烟，黄鹤楼下帆墙林立杨柳依依，恰见阳春三月送别之景，石涛之作，熔情愫画意于一炉，堪称珠联璧合。

第四层主题：传统。第四层居中的挂匾取自李白诗句"长江万里情"。各种仿古雕花隔扇和红木屏风把整个大厅布置得古色古香。匾下放着文房四宝，供文人骚客即席挥毫。四壁专门陈列悬挂当代书画家游黄鹤楼的即兴作品，说实话精品并不多，也许佳作早被人掳去。

第五层主题：永恒。长江源流三峡风光、庐山奇景等一幅幅镶嵌的风景都用它们的磅礴和持久诠释着一个主题，那就是永恒。更主要的是登上黄鹤楼第五层，武汉三镇全收眼底。由于地层错动和大江冲击，造成龟蛇两山隔江对峙的独特地貌，长江大桥则把龟蛇两山连成一气。这样，东西绵延的莽莽山岭与南北穿行的浩浩长江相交，黄鹤楼正好在这个十字的交点上。纵目四望，整个城市的高大建筑、名胜景点都纷至沓来。

在长江大桥尽头的龟山顶，矗立一座高耸入云的电视塔，在龟山北侧，是临江崛起高达88米的晴川饭店。龟山古称大别山，山上有一古一今两座墓，古墓为三国东吴名将鲁肃之墓，今墓则是中国妇女运动卓越领袖向警予之墓。

龟山脚下，有两处的胜迹与黄鹤楼遥遥相望。一是禹功矶，是凸出江堤之外的一处嶙峋巨石。相传为大禹治水成功之处，原名为昌公矶，禹公矶则是忽必烈在黄鹄山观察该矶时起的。吕洞宾曾在其上吹笛。二是晴川阁，是禹功矶上一座长方形的两层楼阁，明万历年间创建，因其波光云影，一碧万顷的神韵，素有"楚国晴川第一楼"之称。

"晴川历历汉阳树"的诗告诉我们：汉阳以树著名。相传大禹治水时曾在此植一株树，人称"禹柏"。传说这株树的根竟一直伸展至四十里外的柏家古井中。

"芳草萋萋鹦鹉洲"，是黄鹤楼上可看到的一处沙洲。相传，祢衡之死以及玉箫殉情的故事都发生在这里。历时一千余载，如今鹦鹉洲依然芳草萋萋。

从黄鹤楼东望便是蛇山，这里风光又是一番景象，蛇山之东的双峰山和洪山是宗教圣地。双峰山，是古神农坛和神祇的遗址。相传老子曾到过这里，山南长春观传说是长春真人邱处机修炼之地。在洪山还有传为岳飞手植的"岳松"。

洪山以东乃是东湖风景区。武汉东湖比杭州西湖还要浩大。还有名冠全国的三大名园：梅园、荷园和樱花园。樱花园与日本弘前樱花园、美国华盛顿樱花园，并称为世界三大赏樱胜地，这里拥有樱花80多种，10000余株，与武汉大学樱花一同撑起武汉世界三大樱花之都的美誉，为装点黄鹤楼前的湖光山色又添一道亮丽的风景线。

站在黄鹤楼向南俯瞰，亦可看到近代史上具有重要意义的革命纪念地——红楼与阅马场。红楼是辛亥革命的"武装起义军政府"。阅马场则是辛亥革命时期"保卫革命成果"的誓师大会的会场，阅马场上有孙中山铜像、黄兴点将台纪念碑！

眼前的这些景象又为这永恒的主题平添无限生机，也为黄鹤一去还复返，作了最有力的证据和最佳的诠释！品读黄鹤楼，让人感慨万千。它是大地、山水、人文高度融和的精品，从而使人的心灵得到高度的净化，这大概就是黄鹤楼历经千载风风雨雨而不衰，与日月共长存的魅力所在吧？

惊喜之余，却有缕惆怅，我曾问过湖北一位著名的作家："为何不见你写黄鹤楼？"他沉思良久说："这一切都是新建的！"是呵，现在这座千古名楼也许比以往更为雄伟壮观，但用的都是水泥钢筋去仿木质结构，仿得最出神入化也是仿呵，比如高仿的古画，仿得最真也是赝品啊！据说滕王阁亦如是，真不知这是社会的进步还是倒退？

在崇山峻岭与深涧幽谷中，它蕴含着一种神奇的美，美得让你杂念皆空，让每一个前来朝拜的香客或前来观光的游者受到一次灵魂的洗礼……

挂在悬崖上的故宫

佛教四大名山之首是五台山，而道教四大名山之首是武当山，一部武当史便是一部道教史。

武当山，古名太岳、太和山。位于湖北十堰市，东瞰荆襄，西接秦岭，南依神农架，北临丹江口。绵延800里，峰奇壑深，飞瀑流泉，高险与幽深、磅礴与灵秀兼而有之。主峰天柱峰，海拔1612米，比五岳之首泰山还高出60余米，仿如一根神圣的宝柱雄峙苍穹，被誉为"一柱擎天"。环绕它周围的群峰，全部俯身颔首，朝向主峰，宛如群星捧月，其间有七十二峰、三十六谷、二十四涧、三潭、九泉，构成一派"七十二峰朝大顶，二十四涧水长流"的天然奇景。

我们登武当山是在2014年夏秋之间，那天正好碰上蒙蒙细雨，在天柱峰登顶环顾四周，但见凌霄九天的七十二峰仿如七十二座岛屿，沉浮在浩瀚的云海中，峰顶披着一层层薄雾，披着一袭袭轻纱。再看看自己，已是置身云端，加之山岚缭绕，烟雨空蒙，俨如进入虚无缥缈的仙境之中，一种烦恼顿消的出世之感油然而生。

由于地处华中腹地，武当山气候宜人，南北动植物皆可于此繁衍生长，春天繁花似锦，生机盎然；夏日高山耸翠，流泉叮咚；秋季层林尽染，溢彩流丹；冬时白雪皑皑，玉洁冰清。武当山以雄为主，并集险、奇、幽、秀于一身。明代文学家王世贞高度赞誉武当山：山之胜，既甲天下。

登武当山金顶，共有四大神道，均是通幽曲径，奇景天成。

南神道，位于天柱峰西南麓的丹江市官山镇，距武当山天柱峰顶仅六七千米，是豫川陕香客敬香的主要神道。这里山峰如笋，大河如练，是武当八百里最原始、最幽静、最神秘之地，素有"武当后花园"之称。九道河像一条玉带，串起二龙戏珠。斩龙崖、尼姑岩、桃花洞、兰花谷、狮子滩、鬼谷子涧、天书台、黑金汤大峡谷、龙潭、转运谷、金蟾朝圣等自然景点，还有中国民族第一村、红三军军部、新四军遗迹等密集的人文景点，真让你目不暇接。

西神道，位于天柱峰西侧，经六里坪分道观开始登山，沿途古木参天，风景如画。经全真观遗址可见两株千年银杏树，高与天齐，数人合抱不过。每到秋天撑起半天的金黄，秋风一吹，那一片片金色的叶子，在古道上飘飘洒洒，如诗如画，美得真让人拍手叫绝，这种意境告诉我们哪怕失落也要一展洒脱的辉煌，仿佛揭示一切生命都在轮回。路旁有密布深沟大壑在纵横，有横亘的东沟河在流淌，身旁有金鼎、君棱两峰左右矗立。周遭还有七星（七座山峰）相伴，煞是令人叹为观止。

东神道，位于天柱峰的东侧，从丹江武当口村登山，路经天桥沟瀑布，这是一条流溪，自天桥奔向百米悬崖跌宕而下形成的大瀑布，形若万马奔腾，声如千雷怒吼。这里的穿山坡村，获得"中国锣鼓之乡"的美誉。那锣鼓声与那飞瀑一合奏，真可谓惊天动地，给幽静的武当山平添一股蓬勃的热浪！

北神道，位于东神道偏东北的一个古镇，这里没有奇山异水，却有另一种风味。那古朴的城郭，那布满花纹的小石街，那高高吊起的红灯笼，那点缀在街边古色古香的小店，琳琅满目的工艺品，像什么玉雕呀、木雕呀、陶瓷呀，颇具乡土气息，真让你眼花缭乱。

有一地方虽不是上山的神道，却非去不可。在紧靠武当山西神道的官山镇骡马村，有一奇特的景点，一座天然的神像：两侧有两座峰，形同一把座椅，中间端坐着一尊高80米、宽40米的天然座像，他仿穿道袍，五官形备，背依伏龙山，注视武当山金顶，头顶茂密的白皮松，俨如发髻，脸庞圆润，鼻梁高高隆起，双手平放两膝，打坐之姿惟妙惟肖，酷似武当山金顶上的真武大帝像。

出下临深谷，龙头上置一小香炉，具有极高的艺术性和科学性。南宫周围还有滴水岩、雷神洞，下临绝涧峭壁千仞的险峻景致。

逼真宫，位于武当镇东4千米处，以奉祀张三丰真人而著称，此宫周围高山环抱，宫前溪潭蜒绕。神路两旁古松森森，遮天蔽日，属武当山九宫之一。它背靠凤凰山，面对九龙山，左为望仙台，右为黑虎洞，故有"黄土城"之称，内有张三丰钢铸鎏金像，高1.415米，身披道袍，头戴斗笠，脚穿草鞋，仙风道骨，神态飘然、栩栩如生，是一件极为珍贵的现代艺术品。

在中国武林中一向有"外家少林，内家武当"之说。武当，历史悠久，博大精深，而太极拳是武当武术一个重要组成部分，太极拳的创始人就是元末明初武当著名道士张三丰，他被尊为武当派的开山祖师，其后又吸百家剑法之长，融道家养身之术创下了太极剑。

据说他在武当山隐居时，在邋遢崖看见一猛禽在袭击一条长蛇，猛禽数次扑击，但长蛇蜿蜒轻身躲闪回避，猛禽精疲力竭，无奈地飞走了，长蛇也自由自在地钻进草丛中。张三丰由此悟通太极以静制动，以柔克刚之理，于是模仿长蛇的动作创立了太极拳。

对太极拳我没有深入的研究，有两件事给我印象却十分深刻。其一是在20世纪60年代初，我读中学时，有位生物老师一早一晚都会在教工宿舍阳台上耍几路太极拳。那个时代太极拳没现在那么普及，觉得他的动作像我们在涌边摸虾，便戏称他在耍"摸虾拳"。后来这位老师活到90多岁，走之前还耳聪目明，思维十分清晰。其二是我发现我们参事室一位同事，他是广东医学院（今广东医科大学）的院长，每次出差他都多带一套行头，就是太极服及太极剑，每天清早及晚饭后必定在宾馆的林间耍起太极剑来，讲述其精妙，院长如数经典一套一套。

下得山来，在玉虚观前，见到一幅颇为壮阔的场景，不知从哪里冒出一个团体，清一色太极服，在广场上摆了一个庞大的方阵，耍起太极剑来，一招一式挺有太极味儿。刚好是黄昏时分，在一抹斜阳的照耀下，整个广场银光闪烁银涛起伏，十分壮观，他们真的有点在张三丰门前耍太极的味儿，也许是想吸一口太极的真气，也许是想得到武当传人指点，使他们的剑术更精湛点吧。

武当山的古建筑是挂在悬崖峭壁的故宫，而武当山的武术却扎根于中华大地，成为中华民族强身健体的一种极佳方式，只要我们留意每个大中城市的广场上，都会发现不少耍太极拳太极剑的人群，这种中华传统武术已走向千家万户。

　　太极拳是否确实是张三丰所创，学术界争论不休。不过，有点坚信不疑的便是，太极拳那圆融的风格，确实与道教文化暗合。其实，是谁创造对于一个民族来说无所谓，那扎根中华的沃土，数百年不仅不灭而且越燃越旺，这本身就是一座历史的丰碑，张三丰泉下有知，亦会捋着长须微笑的！

神农架洪荒时代的风光，不管你怎
么竭力去保护，随着现代化的进展，它
总会变样，而它的人文景观，随着岁月
蒸腾与历史的沉淀，才会永放迷人的
光华。

洪荒遗踪

神农架，我前后探访过两次。第一次是在20世纪80年代中期，第二次是在
30年后的2013年夏秋之间。第一次由《湖北青年》杂志社组织，召开全国青年
报刊年会，地点就在神农架，当时我是以一家青年杂志社社长的身份参加的，
历时一星期，会议除了研讨青年报刊的一些热点问题之外，就是考察神农架。

神农架，千峰陡峭，万壑幽深，石林云雨，古木参天，飞瀑流泉，云蒸霞
蔚，气象万千，实在是美不胜收。架内谷深林密，与世隔绝，较好地保存着洪
荒时代的气息。

神农架，地处湖北的西北部，总面积达3250平方千米，1000米以上的山峰
达20多座，其中主峰神农顶海拔3105.4米，是"华中屋脊"。相传上古神农氏
曾经在此尝遍百草，以辨其药性，由于山高路险，峭壁悬崖，神农氏就在此搭
架取药，后来百姓为了纪念神农氏，遂把这里称为神农架。

神农架，位于大巴山东部，是长江和汉江的分水岭。远古时期，神农架
还是一片汪洋，是燕山和印支运动将其抬升为高级陆地，成为大巴山东部的余
脉。区内群峰林立，脊岭高耸，峰岭盘集，密林纠结。距今250万年，中国中
部陆地处于冰川活跃时，而神农架鲜受波及，成为当时的避难所，使众多生物
得以生存繁衍至今，故有"中国冰川时期诺亚方舟"之称。

神农架，是中国东部最大的原始森林和国家级自然保护区，动植物资源极为丰富，是一个天然的植物宝库。架内有许多珍贵的植物，如千年活化石银杏、珙桐、水青树、连香树等，还有十几人合抱不过的古樟树。分布在山林各处的多类药材，有2000多种，是举世闻名的"天然药国"。植物花卉不仅种类繁多而且分布面广，从海拔389米的石柱河到海拔3000多米的神农顶，一年四季遍地鲜花，飘香万里。神农架还是"动物的乐园"。既有南方的苏门羚、毛冠鹿、灵猫、云豹、太阳鸟，还有北方的狍子、青鼬、狐、貉和树鹨，至于南北方都能生活的野猪、獐、青羊、黑熊等就更多了。据调查，神农架的野生动物有570多种，加之"野人"等许多难解之谜又为神农架蒙上了神秘的色彩。

第一次考察神农架时，尚未正式开发，整个林区只有一个研究所，神农架的考察靠的是徒步，有些山路稍宽尚可通车，但一塌方便堵住了。整个神农架真的是"原汁原味原生态"，洪荒气息比现在浓烈多了。我们住的地方被称作当地最高级的"宾馆"，其实只是带卫生间的招待所，连空调也没装上。然而，我们却住得相当舒坦。古树的绿枝伸至阳台，时值"秋老虎"，这里连风扇也不用开，那凉飕飕的山风扑窗而来，那高负离子的新鲜空气真叫人神清气爽。我采了一束野菊花放在窗台上，满房子都是淡淡的幽香。食得更是有滋有味，那没有农药的青菜、地瓜、粟米，那没有添加剂的水鳖、山坑鱼和走地鸡，还有野兔、飞禽和山猪等野味，真叫人"食过番寻味"。饭后用没有污染的山泉水泡一壶"神农架银针"，像在杭州西湖品龙井一样清心润肺。晚上，那清晖如洗的天幕，星河流动，新月如钩，那种宁静，那种高远，简直让你忘记滚滚红尘中所有的烦扰。睡了，有虫鸣，有蛙鼓，有泉声，有松涛伴你入梦。清晨，根本不需闹钟，阳台上的小鸟会把你唤醒，让你一天的心情格外畅快。

神农架，值得看的地方实在太多，有为数众多且极具特色的高山，如神农顶、老君山、金猴岭、燕子垭等，还有沟壑纵横的峡谷，如相传"野人出没"的板壁岩、蜿蜒15千米的红坪画廊，有"高山平湖"之称的武山湖，这些景观都有鬼斧神工之妙，且景中有景，让你如入神话之中。

神农顶，被称为"华中第一峰"，终年云遮雾罩，很难识其真面目，其实，它四季皆有奇观。冬季，峰顶漫天大雪，极目千里，银装素裹，好一个冰清玉洁的世界；春天，细雨迷蒙，云海翻腾，一览众山均成绿色的小岛；夏秋之间，正是天晴雾散的季节，立在峰顶，千万景象尽向你眼底扑来。陡峭的山谷幽深，俯首不见底，只见苍鹰在山岚缭绕的山岩中盘旋。整座山峰植被相当奇特，北坡怪石峥嵘，不见林木。西北坡却古木森森，飞红流绿，并富有层次：一层是箭竹，仿如一群仙风道骨的道士；一层是冷杉，像一群穿燕尾服的绅士；一层是杜鹃，像一群珠光宝气的贵妇。峰顶风景极佳，但绝对不能站得太久，不仅仅因为风大，站久了，会陡生一种无依无傍高处不胜寒之感。

金猴岭，是金丝猴的栖息之地，海拔3019米，怪石嶙峋，飞瀑流溪，古藤野蔓，林木森森，一片莽莽苍苍的原始森林密布整个山岭。据调查，岭上有一千余只金丝猴，金丝猴是珍稀动物，如此密集，全国仅此一处。这里金丝猴有黄、灰、黑、白等多种，以金黄色为主，它背部金黄耀眼，鼻孔朝天，是一种古老的灵长目动物，不仅漂亮非凡，而且聪明通灵。陪同的一位研究人员跟我们讲了这么一段故事：神农架林业站谭站长，20世纪50年代的一个冬天，在一次巡山中他发现一群金丝猴被撵进一个大雪坑里，身强力壮的爬上坑逃跑了，坑里剩下一只母猴一只婴猴，谭站长正要举枪射击，母猴抱着婴猴跪在坑里磕头求饶。母猴见谭站长没放下手中枪，一边哗哗地流泪，一边紧搂着婴猴喂奶，待婴猴吃饱了，母猴奋力将婴猴甩出坑口，然后"扑通"跪在枪口下，甘心受死。谭站长动了恻隐之心，把母猴也放了。这件事在神农架家喻户晓，当时这里虽没被划为自然保护区，但自那以后大家都自觉地爱护这种极有灵性的动物。

燕子垭，与天门垭南北相望，海拔2150米，下临紫竹河谷，扼鄂西江汉交通之咽喉。垭上西侧的半壁山下有会仙桥、燕舞亭等建筑物。会仙桥相传为炎帝与太上老君相会、劝老君改炼丹为冶金之地，从而更好地造福人类。桥头古柏苍翠刚劲，桥下深谷原始森林生态盎然。燕舞亭的悬崖下有个深不可测的燕子洞，洞内便是"金丝燕王国"，聚集了数以万计的燕子。我们赶到亭前正值暮色苍茫，恰逢燕子归洞，那一群群燕子，铺天盖地，仿如黛云压境，实在是壮丽非凡，据说幽深的洞壁，布满价值不菲的金丝燕窝。

红坪画廊，位于峡谷盆地两山奇峰成屏夹道，流溪如带蜿蜒。春天，山花烂漫；秋天，层林尽染；一年四季山岚缭绕，溪水流淌。此景有一河、二溪、三瀑、四桥、五潭、六洞、七岭、八寨、九石，还有三十六峰，交相辉映，如有移步换景之趣。这里景点有一奇、二怪、三险、四秀四大特点。奇，是峰林之奇；怪，是洞幽之怪；险，乃峭壁之险；秀，乃河、瀑、桥、溪秀色纷呈。此地四时景致俱佳，故被誉为"红坪画廊"。漫步坪中，如欣赏一轴轴流动的山水画一般神奇。

板壁岩，相传是"野人出没之地"。我们前往考察，只见怪石突兀，云雾缭绕，山崖交错，箭竹层封，仿如为"野人""坚壁"搭成一道道天然屏障。据说这一带箭竹林中，常发现毛发、粪便和竹窝等，经研究这种毛发的细胞结构优于高等灵长动物。"野人"传奇，众说纷纭，是否存在，到目前为止，依然是一个谜。

神农架，千峰陡峭，万壑幽深，是一个十分原始而又神秘的地方，独特的地理环境和区域气候，造就了神农架众多自然之谜。"野人"之谜是当今世界未解的四大谜之一。白化动物，数量之多也令专家难解，除了白金丝猴，还有白松鼠、白蜘蛛、白乌鸦、白熊、白狼、白蛇、白龟、白鹿等，堪称白色动物之乡。此外，怪蛇，身断几节为何能复原？水中怪兽，是"蟾"还是"水獭"？人熊，是狗熊与白熊交配的后代？冷暖洞，为何出口处有条冷暖分界线？田地的光束，为何比太阳还亮？这一系列怪事，无不为神秘的神农架涂上一抹洪荒时代的色彩。

第二次进神农架，已是2013年夏，一晃已过三十余年，这次是省参事室与文史馆组织考察，重点是考察神农架的人文环境。

三十年了，神农架发生了翻天覆地的变化，道路畅了，现代建筑多了，连上神农顶也可坐电瓶车前往。可惜，洪荒时代的气息却削弱了不少。

神农祭坛，当年来时是没有的。

祭坛的主体建筑是神农牛头人身的巨型雕像，高21米，宽35米，相加为56米，以示中华56个民族紧密团结，雕像耸立于苍翠的群山之间，以大地为身躯，双目微闭，似在思索宇宙万物。五色石分别为五行学说中的金、木、水、火、土。近处高10米的图腾分别立于祭坛的左右两侧，柱上大小牛首以示神农子孙后代繁衍之意，图腾柱的前方有两幅浮雕，展现神农氏一生的丰功伟绩。浮雕之间设有九鼎八簋和钟鼓楼，以供中华儿女祭拜。就在祭坛的脚下，那棵十数人合抱不过的古杉树，高30余米，余荫数十亩，那千载的年轮，也许为祭坛平添几许古韵和历史的沧桑感。

神农架，除了自然景观，人文景观也的确独特且年代相当久远。神农氏本来就是远古的故事，老君山流传的亦是那个年代，它离神农顶主峰只有10千米。据传太上老君曾在此山修炼，山上还有太上老君的神像，山中流水潺潺，每当冬季，冰雪覆盖山峰，整座山峰犹如冰雕玉刻，景色奇特壮观。此外，神农架还有很多历史痕迹。唐代，"薛刚反唐"，其山寨就设在神农架，"薛刚寨"的遗迹依然巍然屹立在山中。明朝，朱元璋做了皇帝，开始屠杀开国元勋，张良为了逃过此劫，曾来神农架寻找归隐之地，可惜留下的遗迹不多。当然最厉害的还数香溪，出了两位千古流芳的人物，一位是屈原，一位是王昭君。

香溪的源头就在老君山，香溪从那发源，一路奔腾而下，于巫峡出口宽谷东端巴东县城附近注入长江。传说中国四大美女之一的汉代王昭君省亲时曾在溪边洗脸梳妆，项链上的珍珠跌入水中，溪水从此清香四溢，香溪由此而得名。也有一种说法，说溪边长满野菊，其香无比，花瓣飘落溪中便香气飘逸，故名香溪。有点可以肯定的是，溪水清冽，"水色如黛，澄清可掬"，在注入长江口时，与长江清浊分明，相映成趣。而生长在溪中的桃花鱼，形如美丽的桃花，身分四瓣，晶莹透明，经常随波嬉戏，使得"碧水桃花"之景远近闻名。

在离长江出口十几千米处的香溪北岸卧牛山麓，有座历史悠久的古城叫秭归城，相传屈原受尽谗言被楚王贬黜回乡时，他一位出嫁了的姐姐知道后，急忙从他乡赶回家乡安抚屈原，乡亲们被其姐的贤惠感动得落泪，后来人们索性命名屈原的故乡为"秭归"。秭归也是楚文化的摇篮，早在战国时代楚国就曾在此附近建郡，长达百年之久，因其形似葫芦，故又名"葫芦城"。县城的街上矗立着两块高大牌坊，一块是"楚大夫屈原故里"，另一块为"汉昭君王嫱故里"。

屈原祠，就位于秭归县城附近。相传屈原投汨罗江后，有一种神鱼自洞庭湖溯江而上，把屈原驮到离秭归县城东三千米河边，人们将屈原埋在这里，称这里为"屈原沱"。后来在此修了屈原祠和屈原墓。以前人们经过屈原墓和屈原祠时，须重整衣冠，文武百官则要下马下轿，以示对屈原的尊重。

昭君故里位于秭归宝坪村，又叫明妃村，从香溪镇沿香溪河行18千米，过了香溪大桥就到。明妃村不大，田园风光浓郁，清澈见底的香溪河从村前缓缓流过，村头的台地上有座"望月楼"，就是昭君的故居，周围松柏青翠，林木葱茏，穿过16级台阶过了月门便是昭君的梳妆台。在村口有口楠木井，传说这是昭君时代的遗物，如今仍清澈可口。在村的背后有珍珠潭，有绣花溪，这些地方都曾有过王昭君青少年时期的足迹。

王昭君（约前52—前19），名王嫱，乳名皓月，汉元帝时，以民间女子身份被选入宫，成为一名宫女。竟宁元年（前33）正月，匈奴呼韩邪单于来朝，请求娶汉人为妻，元帝将昭君赐予他，呼韩邪单于非常高兴，表示愿永葆塞上边境。昭君抵匈奴后，被称为"宁胡阏氏"。昭君和呼韩邪单于生下一子，封右日逐王。入塞3年，呼韩邪单于去世，依游牧民族收继婚制习俗，昭君应嫁给呼韩邪单于长子复株累单于。昭君向汉庭上书请求归汉，汉成帝敕令"从胡俗"，昭君迫于大局只好复嫁复株累单于，又生两女，两人生活11年，复株累单于去世。王昭君去世后，厚葬于今呼和浩特市南部，我去拜谒过。墓依大青山，傍着黄河水，那一带均不长草，可墓园却芳草萋萋，后人称之为"青冢"。到了晋朝为避晋太祖晋武帝司马昭之讳，改称明君，史称"明妃"。昭君的死年和死地，史书没有记载。相传，复株累去世后昭君又被命嫁给新单于，这是复株累的长子，也是呼韩邪的孙子，昭君终于承受不住，精神彻底崩溃了，也最后选择了服毒自杀。这也没有史书记载，仅是一段野史而已。

昭君是中国古代四大美女中的"落雁"。这个名字可有一段典故：当年昭君告别故土，登程北上，一路上黄沙滚滚，马嘶雁鸣，使她心绪难平。遂马上抱起琵琶，弹奏了《琵琶怨》，凄婉悦耳的琴声，美艳动人的女子，使南飞的大雁忘记摆动翅膀，纷纷失落于平沙之上。"落雁"便由此成为昭君的雅称。

那天，我们是从香溪出水口乘船回宜昌的。偌大的长河已成了高峡的平湖，早已没有滚滚长江东逝水的味儿，巫峡也处于烟雨迷蒙之中，只有那船尾犁起的浪花才使人想起这是长江。站在船舷我思绪万千。

对于王昭君和亲远嫁匈奴，历来被认为是件极为悲惨的事，王昭君本人的想法具体如何则无法考证，对这行为的评价，已有数不清的历史记载和文艺作品。但历史向来是胜利者写的，往往带有政治的立场和观点，而文艺作品，也往往带有作家的感情色彩，难免有太多的矫情和粉饰。所以，历史的真相到目前为止依然是个谜。湖北著名作家任蒙写了篇《历史深处的王昭君背影》倒是最生动最深刻的解读。

其实，如何评价，这本身并不要紧，倒是透过历史来分析其价值是最为科学的。这不仅仅是王昭君主动出塞和亲，更主要是她出塞之行，使汉朝与匈奴和好，边塞烽火熄灭了50年，因此她得到历史的好评，元代诗人赵介认为王昭君的功劳，不亚于汉朝名将霍去病。昭君的动人故事，成为中国历史上流传不衰的佳话。董必武参观"青冢"之后写了首七绝：

> 昭君自有千秋在，胡汉和亲识见高。
>
> 词客各抒胸臆潑，舞文弄墨总徒劳。

这许是最好的总结。

神农架洪荒时代的风光，不管你怎么竭力去保护，随着现代化的进展，它总会变样，而它的人文景观，随着岁月蒸腾与历史的沉淀，遗留下来的精华便能永恒，才会永放迷人的光华。

走进五台山仿佛走进一片心灵的净土，每进一次犹如来一次心灵的洗涤，每来一次心灵的境界都有一次新的提升……

点亮心灯

自从佛教在中国植根并传播开来之后，中国的山水之间，便渐渐多了佛家的香火之气，无数的名山大川都与"佛"结缘，出家人远避红尘，与世无争，对于他们而言，深山幽谷之中是最好的清修之地。因此，五台山、峨眉山、九华山、普陀山作为佛教四大名山，逐渐名扬天下。

五台山是文殊菩萨的道场，而五台山以其建寺历史之悠久和规模之宏大，居佛教四大名山之首。在日本、印度、斯里兰卡、缅甸、尼泊尔等国家均享有盛名。

说句老实话，初进五台山，我并没有多少好感，也许是那时五台山"百废待兴"，且是由旅游团带去的原因吧，有两件事令我十分反感。一是满街穿着和尚服的人截住游客要你买香火，一束高香要价近百，一件龙袍要价上千，颇有一种"拦路抢劫"的味道。二是诱你捐"功德款"，我曾被导游带进一间颇为奇特的寺庙，一"和尚"满脸堆笑请我捐款，我一摸口袋没带现金，"和尚"忙说"刷卡也可"，一刷就刷去我990元，并说这是吉祥之数，钱不是付不起，但总有种受愚弄的感觉。

后来，我把这事告诉山西老友崔元和先生，他颇为气愤，说这肯定是假和尚所为，佛教圣地岂容如此，非整顿不可。他是山西省出版集团总经理，也是五台山佛教研究会的秘书长，当然有这义务及能力。随后他两次带我进五台山，一次是把五台山游了个遍，连唐代兴建的南禅寺和佛光寺也游了。第二次是拜会了五台山"菩萨顶"和"殊像寺"两大寺院的住持，两位住持均送了我佛珠，并进行较深入的交谈，使我对五台山、对佛教有了进一步的了解。此后，我竟成了"五台山"的常客。

五台山，位于山西省五台县，属北岳恒山山脉，其中的北台峰是华北地区最高山峰，有"华北屋脊"之称。五台山气温偏低，年均温度只有4℃。夏季，这里温度比山外要低10℃左右。历来就是避暑胜地，所以又有"清凉山"之称。

五台山，由五个台顶组成，各台各有奇趣。东台望海峰，形同大象，朝迎日出，万里云海汹涌澎湃；西台挂月峰，形如孔雀，峰顶挂月，清晖点亮湖光山色；中台翠岩峰，形如雄狮，昂首扬鬃，地质变化留下来的大量碎石长满青苔，仿如散落的一身锦毛；北台叶斗峰，高得可与天上星斗相接，形如蛟龙，风起云涌，如蛟龙入海，浪拍涛飞；南台锦绣峰，远离四峰而一峰独秀，形如卧马，遍地绿草如茵，它翘首昂视，默默地监护着众峰的安宁。五台山是文殊菩萨的道场，五顶建有五寺，代表文殊菩萨的五种智慧。

台怀镇是五台山腹地，是五台山寺院集中之地，时间可上溯至北魏孝文帝游五台，修建大孚灵鹫寺，自此佛寺林立。五台山寺庙广建群居，散落在台内台外，全盛时期达300余处，现存寺庙台内39处，台外8处，共47处。雄伟峻峭的险峰，浩瀚似海的烟云，林间点缀的寺院，山涧叮咚的流泉，默默展示五台山迷人的风采。登山路上驻足之处，总有古树与流溪，总有云烟与钟声，一分空灵，一分诗意，一分幽静，一分禅意，让人悄悄忘却滚滚红尘的喧嚣与烦扰。

五台山，最著名的寺庙有显通寺、塔院寺、菩萨顶、殊像寺、大螺顶、广宗寺、五爷庙等。

显通寺位于五台山中心地区，菩萨顶脚下，是五台山规模最大，历史最悠久的一座寺院。相传洛阳白马寺建成之后，两位天竺高僧迦叶摩腾和竺法兰从洛阳来到五台山，建起了这座寺庙，所以这座寺可俗称"祖寺"。这寺有400

多间殿堂，巍峨矗立，苍松翠柏点缀其间，流溢一派庄重、宁静、悠远的气象。正院内中轴线上排列七座大殿，大文殊殿、大雄宝殿、无量殿、千钵文殊殿和后高殿等。寺内设天王殿，只有两座通石碑，寓意龙虎把门不劳驾四大天王，这不可不说是对传统的一种突破。大文殊殿供奉七尊文殊菩萨像，中间为大智文殊，后面为甘露文殊，前面为五台的五大文殊，意在文殊把智慧播撒人间。朝山拜礼佛寺，必先拜谒此寺。

塔院寺，在显通寺南侧，本属显通塔院，重修后独立成寺，改用今名。寺内白塔擎天矗立，被人们看作五台山的标志性建筑，进五台山的腹地，便可远远看见此塔高高耸立在群寺之中。白塔由须弥座、塔身、塔刹三部分组成。塔高约75米，通体洁白，雄伟挺拔，塔顶四周悬有200多个铜铃，在晚风吹拂下，声音清脆悦耳，与院中的钟声、木鱼声、诵经声相互呼应，宛如一曲佛国的交响乐。千百年来历经风风雨雨，白塔依然保持完好，这巍峨的白塔与壮丽的显通寺交相辉映，成了五台山风光的绝唱。

菩萨顶，是五台山最完整的一座藏传佛教寺院，也是中国西藏地区之外的最重要藏传佛教寺院，当然也是全国唯一一座与汉传佛教同处一山的藏传佛教的寺院。菩萨顶依山而建，高耸云端，登寺的石阶仿如一架天梯，寺顶的鎏金所铸的"金顶"，斜阳一照闪着灼灼金光。藏传佛教由清初传入，清朝历代皇帝都喜登临，寺内有不少御笔亲题的碑和匾。在东院过厅和后院，在古松的掩映下有两座汉白玉四棱柱碑，碑身四面分别有汉、藏、满、蒙古四种文字所书碑文，均为清代康熙皇帝亲手所书。

五台山众多寺院中有两座寺院香火最旺。

其一是殊像寺。殊像寺是文殊的道场，虽然没有显通寺那么宏大，却也甚有气派，时任中国佛教协会会长赵朴初先生特意为它题了寺名。寺下有个宽阔的广场，一条大道直通寺院，要登山门还得登数十个台阶，寺内青松翠柏云牵雾绕，铜塔铁案香火熏天。据说，大雄宝殿的文殊菩萨雕像最为珍贵，抬头仰望虽是慈眉善目却气宇轩昂，文殊是佛教的骄傲与光荣，文殊是智慧和力量的化身，据说礼拜文殊升学考试高中金榜特灵。故很多人不远千里来殊像寺点智慧之灯。此外，还有段小插曲，抗日战争期间，八路军总部曾设在这里，今日文殊寺的住持，当年还是个小和尚呢。

其二是五爷庙。五爷庙就在塔院寺旁，庙不大却人气极旺，五爷庙礼拜的不是佛不是菩萨，而是龙王五太子。据说五爷专为普罗大众消灾解难且有求必应，五爷也不是不食人间烟火，他甚至是最接地气的。他有两大爱好，一是爱穿龙袍，二是爱听大戏。人们为了能烧头炷香，天还没亮就跑来庙前为五爷烧高香披龙袍，每次到五爷庙都有晋剧团在演出，据说是祈祷者愿成，请来剧团还愿的，舞台就设在五爷殿的雕像前。殿前一片空地，古树参天，颇有几分仙气，人们也乐于与五爷同乐。

五台山，是个和谐之地。五台山是中国唯一的汉传佛教与藏传佛教共处一山的佛教名山，佛界称之为"青黄并举"，同时它也是佛、道的同山道场，民间之庙在这里也有一席之地，五爷庙便是一例。最大的尼姑庙五郎庙，最大的藏传佛教寺院菩萨顶，铜殿铜像的显通寺，通通齐聚于此。最有趣的是集福寺里，居然是和尚尼姑同住，东边是和尚的僧舍，右边是尼姑的禅房，众多僧人、喇嘛、尼姑沿着各自的路线，走来走去相安无事。和尚尼姑同寺，世界上唯五台山独有。

五台山，是我国各代寺庙建筑荟萃之地。五台山是中国佛教寺庙建筑最早的基地之一。自永平年间（58—75）起，历代修建的寺庙鳞次栉比，佛塔摩天，殿宇巍峨，金碧辉煌。显通寺建于东汉，其地形有点像释迦牟尼的道场，其布局也是无与伦比的。南禅寺、佛光寺建于唐代，是我国现有最早的两座木结构建筑之一，目前仍相当完整。龙泉寺建于宋代，原为杨家将家庙，民国初期重修，台阶、石牌坊、影壁合称为"龙泉三绝"，不仅雕刻精美，而且颜色统一，在中国建筑史上亦有一席之地。

五台山，是佛教文化艺术珍藏之地。五台山的佛塔，立寺之久，数量之多，用材之广，形制之全，性质之繁，保全之好，都是世上同类佛塔所罕见的。五台山佛像浩如烟海，数量达3万余尊，原料不同，工艺有别，时代手法各异，作品姹紫嫣红、斑驳陆离也是世上佛缘艺术的宝库。历代名家所作的石刻、壁画、书法更是遍及各寺，均有极高的研究价值。

五台山，风光壮美景色独特。境内梵宇林立，文物遍布。置身五台山，苍松古柏亭寺，泉水流溪铮鏦，云山雾海沉浮，亭台楼阁参差，古刹晨钟暮鼓回响，佛寺早岚晚霞缭绕。这里，三步一趣典，五步一掌故，有景致有气韵，到处又隐伏着神奇的秘密。行走于五台山的通幽小径，仿佛每一基石每一台阶都能敲出几声梵音清咒，那遍布于山内山外的佛门之地，千百年来不断用缭绕的香火，来消解世间的凡俗之气。"山不在高，有佛则名"，这座清凉山中的寺庙古刹，将山与自然、人与自然、天与地融合为一体，走进五台山仿佛走进一片心灵的净土，每进一次犹如来一次心灵的洗涤，每来一次心灵的境界都有一次新的提升。

去五台山可谓人山人海。据我观察大多只是去观景，去逛庙，去拜佛，求签保佑赐福，求菩萨消灾解难的居多，而真正带一缕佛意，一种禅心，去体现去感悟的极少。其实，我们到佛教圣地去拜佛，更主要是去学佛，"学佛是学习佛菩萨的智慧和慈悲。有了智慧，就能了悟世间真相，断烦恼保自在。有了慈悲，就能纳并宽容一切，远离各种灾难。"济慈法师说过："如果我们总是祈求菩萨保佑，帮助我们实现各种世俗愿望，注定只能是个可怜的众生。"

在五台山，总有一些镜头令我感动。常见一些女人一步一叩，在沿着上山的甬道缓慢爬行，有时会是个很年轻的女孩子，额上血道斑斑，表情却十分平静，真想上前打听她的内心世界，见她如此虔诚，又不忍心去打扰。常见一些小和尚在沙门外，借着晨曦的曙色或落日的余晖，在攻读圣书，那种入定的程度仿如进入忘我的境界，也常见一些老僧或老尼心怀慈悲，不失时机为芸芸众生来点点化。

记得有一次我上南台锦绣峰，在半山亭小憩，一位小妹提着一个雀笼求我："先生，买只雀放生吧！"我看笼中小鸟缩作一团，仿佛在说："给我一片自由的天空吧！"我正想掏钱，一位坐在石栏旁的老尼上前拦阻："施主，你不要买！"我望着老尼一面祥和，有点不解，老尼微笑说："你以为在帮她，其实是害她，因为有买主，你放了这鸟，她又会捕捉其他的鸟，受害受折腾的是小鸟，也让她心萌贪念，干出有损环保的行为！"女孩脸红了，惊愕了一会儿，突然打开了雀笼的门，那雀儿"扑"的一声飞上参天古树的枝头，便叽叽喳喳地欢唱！小女孩脸上露出了笑容，我也笑了，心中默默地祈祷：

飞翔吧！

吉祥之鸟，

愿世上都是净土，

都是自由的空间。

　　常上五台山，为的是给自己点亮一盏心灯。灯，象征着光明、智慧、慈悲。点亮心灯，便开启内在的光明、智慧、慈悲，愿我们供灯时，勿忘点灯的初心，愿佛法的觉悟之灯，照遍人间。

黄河，是中华民族的母亲河，她孕育了伟大的中华民族，酿就了五千年的中华文化，创造了中华史诗般的历史，奔腾不息的黄河水是中华民族的魂，而壶口瀑布是……

民族魂的图腾

　　"黄河之水天上来，奔流到海不复回。"唐代诗人李白这句脍炙人口的诗句，勾画了大河的壮观景象，滔滔河水从千米河床排山倒海地涌来，然后归于二三十米的"龙槽"，形成极为壮观的壶口瀑布。

　　　　风在吼
　　　　马在叫
　　　　黄河在咆哮
　　　　黄河在咆哮
　　　　……
　　　　保卫黄河
　　　　保卫华北
　　　　保卫全中国

　　据说，当年冼星海是站在黄河岸边，受壶口瀑布雷霆万钧之力的感染，让排空的激浪化作激越的音符，谱写成《黄河大合唱》，这激越的音符激励着四万万中国人民汇成的抗日洪流，把日本帝国主义赶出中国。

黄河，是中华民族的母亲河，她孕育了伟大的中华民族，酿就了五千年的中华文化，创造了中华史诗般的历史，奔腾不息的黄河水是中华民族的魂，而壶口瀑布是民族魂的图腾。这民族魂坚定多少中华儿女的信念，这民族魂的图腾激励多少有识之士执着的追求。

有两件事，给我的印象非常深刻。

其一，是我第一次听《黄河大合唱》的情境。时年1960，正是我国三年困难时期。当时我刚在家乡读初一。音乐老师的第一堂课就教我们唱这首歌。音乐老师叫方中导，毕业于星海音乐学院，高高瘦瘦，长一把长发。他一面弹钢琴，一面用浑厚的男高音唱这首歌，那颗大脑袋随着歌曲激越的旋律不停地晃动，那把长发也随之在他那宽阔的前额晃动着。看他那种投入的神态，仿如是《黄河大合唱》交响曲的演奏家。

弹唱完这首歌，方老师站在讲台前，他激动地说："我们学这首歌，不仅要学习中华民族不可战胜的精神，还要弘扬中华民族自强不息之魂。虽然现在不是战争年代，但社会主义建设是一场没有硝烟的战斗，目前的经济困难也是一场严峻的考验，我深信中华民族一定能战胜这场困难的。"

透过那副深度近视眼镜，我们发现方老师的眼睛闪着一股坚定的光！我们听了他那番肺腑之言，不由得感到由衷的感动。我们刚入学就听到有关方老师"特别加水"的故事。因为三年困难时期，正是"瓜菜代"的年代，粮食特缺，学校为了让学生能增加点营养，把所有水池都用来养"小球藻"。为了让跑十几千米上山打柴勤工俭学的学生能填饱肚子，学校打报告给镇委申请配给一百斤米糠做糠饼，镇委批了，学校张了红榜贴在校门口，因为糠饼在当时已是上等的食物。老师当时已是特优之人，但每天也只能供给4两米（当时1斤米为16两）。正值壮年的方老师当然不够饱，他买来一只特大的蒸饭盅，用红漆在盅上写上"特别加水"四个字，意在提醒厨房工友蒸饭时在他饭盅多加一点水，让蒸好的饭烂一点，显得满一点，其实这只能骗骗自己的嘴巴，米一粒也不会多。日子久了，人们发现方老师脸色有点发黄且有点浮肿，经医生检查，得了水肿病。就是这么一个身受危害的普通老师，对中国的前途和命运依然那么坚信，那是为什么？那是坚定的信念在起作用。这事虽过去半个世纪，可我仍记忆犹新，越是经过岁月的沉淀，越是感觉这件看似小事的事所蕴含的社会分量！

其二是著名作家杨羽仪探黄河源的故事。

杨羽仪是我的忘年交，我尊他为老师。在20世纪末，他已近花甲之年。用江湖的话来说，他已功成名就，著作等身，并在全国获了大奖，当上了广东省作协的副主席。可他却提出要"读一次黄河""探探黄河源"，目的是"为了养气，养天地之气，养中华民族的正气，使自己的灵魂进入一种新的境界"。1996年5月他从山东黄河入口处西行，溯流而上，历时四个月，跨了八个省，行程一万里，终于在青海海拔5000多米的巴颜喀拉山找到了黄河源头，于是便有了他后来的《高原苦旅》，他写了近20本书，但这本书写得最苦，不仅是重病在身、跋涉黄土高原与青藏高原之苦，且是一个文化人不断拷问灵魂之苦，当他站在壶口瀑布更是百感交集，文思泉涌，想不到这拷问中华文化源头，拷问天地人生的力作，竟成了杨老师生命的绝唱，也许黄河源头便是他灵魂的最后归宿。他走后我写了一篇长篇散文悼念他，题为《黄河源头的绝唱》。这位饮珠江水长大的文化人，血管里流淌的是黄河的文化。

我是在2015年夏秋之间走进壶口的。那天，下着瓢泼的大雨，我们从太原出发，足足跑了六个小时才到壶口，从岸上往河里望，只见袒露的是一望无际的河床，像一堵硕大无朋而又倒放的峭壁，用粗犷且抽象的线条刻满岩画和写满天书，偶尔有一两个水凼也是装满浑浊的黄水。这是黄河数万载冲刷出来的痕迹，让你一望心灵就感到震慑。刚踏上河床，便隐隐传来了雷声，进入越深雷声越大，就是看不到河水更看不见瀑布。同行的小王见我一面的迷惑，笑着说："瀑布还没到呢。"

瀑布，壶口的瀑布终于到了。只见两岸峭岩壁上，一瀑飞泻而出，滚滚黄河奔至此，犹如万头猛兽束于牢中，千条蛟龙困于一岸，惊涛怒吼，搏岸击石，飞花溅玉，搅得满天迷雾，靠近岸边大有"岸在云雾中，人在浪中行"之感。

黄河之水发源于青海巴颜喀拉山脉，黄河源流段有星宿海，出星宿海后进入长蓝的鄂陵湖和长白的扎陵湖，这两大姐妹湖积聚了冰清雪水，积聚了博大的容量和无穷的力量，然后穿越几段森严壁垒的峡谷，扶摇北上内蒙古的泥泽与草原，急转一个大弯，气势磅礴地南下，走进满目泪痕的黄土沟壑，走进两岸铜墙铁壁般的深谷，在山西和陕西宜川一带，被两岸苍山挟持，然后收缩、收缩、再收缩，由300米骤然收束为30余米。河水奔腾怒啸，形似巨壶沸腾，跌落深槽，形成落差达50米的大瀑布——壶口瀑布。

壶口瀑布两岸石壁高高峭立，因河口上收束犹如壶口故名。明代诗人陈维藩在其《壶口秋风》中有云，"秋风卷起千层浪，晚日迎来万丈虹"，是壶口瀑布生动的写照。

我们正好赶上北方的雨季，暴雨频繁，黄河水位猛涨，壶口秒流量增至1000~2000立方米，为我国瀑布流量之冠。此时，原来分叉的瀑布连成一片，瀑布宽达100多米，水流从北、西、南三面跃入壶口，激起的水柱直射苍穹，水柱顷刻化作细小的水珠，形成漫天迷蒙的白雾，对岸是陕西地界，观瀑布者早已人山人海，虽只隔百米之遥，我们只能隐隐约约看到迷蒙的人影和飘动的红旗。

壶口瀑布有条秘密的通道，由岸上钻入瀑布的底端，据说是黄河藏龙之地，所以叫龙洞。据说朱镕基总理来参观壶口瀑布也钻过这洞且大加赞赏。钻进龙洞，瀑布从头顶飞泻而过，像千匹野马狂奔，像万斛雪花在飞溅，真有黄河之水天上来之感。飞瀑的吼声仿如惊雷在耳边乍响，此刻才真正体会到什么叫"震耳欲聋"。在壶嘴的正中，有一块油光闪亮的奇石，人称"龟石"，能随水位的涨落起伏，而且不论水大水小，总露那么一点点。远远望去，两侧河水滚滚扑来，掀起重重浪花，犹如二龙"戏珠"般奇特。

壶口瀑布也一直被传为"飞鸟难渡关"，因为飞鸟一到此，听见黄河在怒吼，看见烟云在弥漫，吓得不敢飞过。不仅是鸟，船也不敢过，也无法过。过去，来往船只每逢行至壶口，都是人在岸畔拉纤绕行。因此，当地从古到今就传承一种奇特的航行习俗——"旱地行船"，俗语说"无水不能行船"，可见这旱行的艰巨。那与黄河咆哮相和的号子，那深一脚浅一脚带血痕的脚印，那被纤绳刮成一道道凹痕的岸岩，都是一首首撼人心魄的诗，要是谱成黄河船夫曲，肯定比俄罗斯的《伏尔加河船夫曲》还要感人。

壶口瀑布飞流直下的"十里龙槽"也十分壮观。瀑布化作激流后直奔孟门山。这箱形的峡谷约5000米长，400米宽，黄河水从壶口以每秒数千米的巨大流量归于此槽，该槽传说为龙身穿凿而得名。十里龙槽，其实是一段弯弯曲曲的岩石峡谷，像一条摇头摆尾的巨龙，壶口是龙头，一口吞噬巨流，而龙尾即黄河谷底的河床中有两块棱形的巨石，巍巍然屹立在巨浪中，形成两个河心岛。传说古时孟家兄弟的后代被河水冲走，曾在这里获救，故将此二岛称为孟门山，腹泄黄河水向下游奔去。平日当地山民渡"十里龙槽"用的是羊皮筏，那种与激流搏斗的动作实在惊心动魄，真乃"羊皮筏过后，甩下一河惊险"！

壶口瀑布的冬天，又是另一番景致。

冬天，我没到过壶口，但我弟伟尧拍过一组壶口瀑布冬天的照片，收进他《江山如诗》的摄影集里，其中有一张就选作影集的封面，他要我为他影集配点文字。其实，冬季黄河水是最少的，可壶口瀑布仍然不失它的震撼力。这封面的画面是：飞瀑飞溅的水珠跌落在岩壁上，化作千姿百态黄色冰凌，仿如一冰帘倒挂在天幕，十分的奇特也十分的壮观。那飞瀑跌入槽底漫天的激浪，那激流照样一泻千里，那激流是金黄色的，仿佛奔腾的不是河水而是铁流，一河烧红的铁流，一河冒着白烟的铁流，刚好一抹斜阳射来，浪与雾之间飞起一弯彩虹，冰凌、激流、彩虹、岸岩错落成趣，交映生辉，是其他任何名胜也难得一见的奇景。我把这帧照片命名为《华夏血脉》，配的文字是："这里奔腾的是华夏五千年的文明。"后来我弟凭着这影集，拿下"广东十大摄影家"的称号，恐怕跟这照片的冲击力不无关系。

"驾车飞越壶口"也是一道亮丽的风景。

1997年6月1日，台湾地区的特技演员柯受良，为庆祝香港回归祖国，驾车飞越黄河壶口瀑布可谓惊世骇俗之举。他在西安出发前夕，在古城墙下，灞桥武术学校的小学生，按古代大元帅出征的架势，为他擂鼓助威，送上中华民族的阳刚之气。6月1日上午9点，柯受良驾着跑车在黄河东岸提速起跑，人们点燃万响鞭炮为他鼓劲。柯受良穿着红色风衣，戴着白色头盔，驾着白色跑车，从山西的黄河东岸呼啸而出，以1.58秒的瞬间，飞越51米的瀑布，然后准确无误地落在陕西的黄河西岸。要知道，飞车下的壶口瀑布奔腾咆哮落差近百米，稍有不测定然粉身碎骨，此壮举，真可谓世界上千载难逢的奇观。

记者采访他，柯受良回答很朴实，他说："台湾是中华民族的一部分，香港回归，不仅证明中华人民共和国的实力，而且证明中华民族是不可分割的。我此举是想为中华民族新的腾飞打气！"

站在壶口瀑布的峭岩上，凝望壶口飞瀑的雄姿，深深感到中华民族之魂在滔滔黄河上回肠荡气。啊，要实现中国梦，实现中国复兴之梦，多么需要呼唤中华民族之魂的回归，多么需要将民族魂的图腾衍变为现实，把那种信念变为目标，把那种执着追求化为创新的行动，万众一心，朝着一个方向向前飞奔，用一泻千里的激情，用飞花溅玉的智慧，何愁中国不能复兴！

西出阳关

祁连山下马蹄声
夏日塔拉大草原
声声驼铃入梦来
西出阳关
夜闯轮台
边声胡笳

历史像一条河，时间像一匹马。无论是帝王将相英雄豪杰，还是平民百姓能工巧匠，都是一位骑手，或涉足于潜流，或踯躅于岸边，撒下一串串的蹄点……

祁连山下马蹄声

　　金秋十月，甘肃《读者》杂志彭总邀请期刊界的一批领导，走了一趟河西走廊。

　　进入河西走廊，有座山始终伴随着你。它连绵起伏，盘桓千里，壁立于大漠与戈壁之中；它横空出世，主峰高达5808米，哪怕是盛夏，山顶上依然闪烁着皑皑白雪；它百态千姿，三千多条冰川，像三千多条银蛇，在山峦间盘旋飞舞。别看它外表冷峻，其地下河可潜流涌动，孕育着河西的万物，这座山便是祁连山——河西走廊之父。

　　祁连山，像西北汉子那样，性格粗犷，而内涵却极其丰富。酒泉以西见不到一片绿荫，突显的是巉岩的肌体，呈半荒漠的状态；在东部则气候湿润，森林密布，古木苍苍，山岚云影缭绕着腰际；愈往西森林的上限愈升高，林中藏有野驴、野牦牛和白尾海雕，奔跑着雪豹、黑鹳、白唇鹿等国家一类保护动物；北麓山前有一片宽广的平原，由于有冰河的滋润，形成一片"天苍苍，野茫茫，风吹草低见牛羊"的绿洲。

　　我们是从河西中部张掖走进祁连山下这片绿洲上的"马蹄寺"的。张掖是河西走廊的一个重镇，古称甘州，素有"河西粮仓"之誉，"若非祁连山上雪，错把甘州当江南"便是其生动的写照。踏进这片土地，在我们前面挺立着两个高大的背影，一是西汉的张骞，自他以毕生心血开通河西走廊以来，这里便绵延两千年的苍凉与璀璨；二是世界大旅游家马可·波罗，这位大胡子被这里绮丽奇雄的自然景观与历史悠久的人文景观深深地吸引着，竟在此流连一年之久。

当祁连山还笼罩在浓重的雾霭和岚影之中，我们便早起跟着彭总，踏着草原的雾水来到马蹄寺石窟群。当我们走到寺前，一抹朝阳正好射在石窟群中，那马蹄寺仿如一幅悬挂在悬崖峭壁上的浮雕，熠熠生辉而又高深莫测。

马蹄寺石窟群，处于祁连山北麓，位于河西走廊中部张掖地区肃南裕固族自治县境内。它包括金塔寺、千佛洞、胜果寺、普光寺，上、中、下观音洞等7个石窟群，派生出来的大大小小石窟70余个，星罗棋布于松峰丹崖之中。马蹄寺石窟群自北凉开始，历经北魏、隋唐、西夏、元、明、清两千多年沧桑，是一处延续时间长，建造规模大，内容丰富，保持较为完整的石窟群。是甘肃境内仅次于敦煌莫高窟、天水麦积山和永靖炳灵寺而位居第四的石窟群，我们当然不能放过。

马蹄寺石窟群前，是一片一望无边的绿洲。虽没有江南小桥流水人家那种精致，可扑入眼帘的却尽是大气沉雄的画卷，它有苍山、林海、深涧与流溪。常常看到的是几株古松，夹杂着一丛丛浓密的灌木林带；几条流溪，穿越着一片片莽莽的大草原；几片岚影，缭绕着一座座朦胧的远山。

我们首先闯进的是千佛洞。

它就靠在公路旁。仰眼望去，只见一片赭红色的峭壁依天而立，峭壁上依着山势，雕凿着大大小小的洞窟，洞窟里雕着形态各异的石塔和佛像。佛塔与佛像或石龛的结合，恰好是佛教自印度进入中国，穿过河西走廊乃至中原的一种例证。公元前3世纪的古印度，石窟仅仅是僧人休憩和修行的场所，捎带有佛殿功能，那时古印度反对偶像崇拜，提倡的是自我的清贫修行，石窟隐藏着"家徒四壁"之意，最早在佛教中的专用建筑则是佛塔。由于当时北印度受希腊文化的影响，在塔身上雕满佛像与图饰，在建筑上称之为"浮图"，后来佛教则把佛塔称之为"浮屠"。佛语云"救人一命，胜造七级浮屠"，表达的便是救人一命比建七层的佛塔更胜一筹的要义。石窟进入甘肃河西走廊后，也就出现将佛塔建筑在洞窟或石龛里，成了僧人苦苦修行和信徒心灵与佛对话的场所。据文献记载，这石窟应是北魏早期的作品。也许是年代久远，佛塔与佛像都风化得有点形象模糊，但依稀可以看出其造型的古拙和线条的优美。站在石崖下仰望，依然有一种恢宏而又肃穆的震撼力！

离开千佛洞，我们直奔金塔寺。

金塔寺，是马蹄寺石群中最早开凿的石窟，而且雕塑的作品也最为珍贵，它们大部分隐蔽于麻乡村南沟红砂岩壁上。我们走了大概20千米的崎岖山路才到达。不过一路上古松蔽日，流溪淙淙，倒也十分养眼与悦耳。由于它养在深闺且不对外开放，倒也保存了原生态的风韵。金塔寺开凿在距地面约60米的红岩峭壁中，有一条211级的陡峭石梯可以登临，金塔寺东西窟，中间由栈道相连，栈道下便是深谷与流溪。窟内现存佛像227尊，壁画近百平方米。其中最精美的雕塑为东窟的大型飞天，她神态安详而面容俏丽，却是人身鸟型，做飞翔状，整个雕塑古朴而又飘逸，佛教称之为"极乐世界之鸟"，是天国飞来人间布道福音的天使，它在中国雕塑史和石窟史上都占有重要的地位。站在她的跟前，我不得不被高超的古代雕塑艺术所折服。

它成形于1500年前北凉，出于匈奴人龟兹工匠之手，属于早年佛教雕像的代表作。有段时间它突然失踪，人们秘传它飞回天国，可后来查清是被在马蹄寺一带传教的喇嘛带回了藏区，因为他们认为飞天是藏人的神。其实，藏传佛教是公元700年前后创立的，远远后于这飞天的雕塑时间。看来，佛国的极品人皆爱之，哪怕是虔诚的喇嘛，也忘了考证飞天的前世今生，这不能不算是一个灰色的幽默！在相对小一点的西窟里，也有飞天的彩绘，色彩丰富，神韵灵动，其年代要比敦煌莫高窟的飞天要早。

马蹄寺石窟群的中心在马蹄寺，它飞峙于祁连山余脉马蹄山。关于马蹄山有这么个神奇的传说：在很久很久以前，一匹天马巡行于天际，又饥又渴之时，看见脚下的这片大草原，清溪流淌，水草丰美，于是飞下来食饱饮足，躺在风景如画的山岗上小憩，一觉醒来方知已酣睡了数天，情急之下，一嘶长鸣，飞回天庭，在它腾空那一瞬，后蹄在一块巨石上蹬出一个深深的蹄印。人们认为这里是一片连天马都神往的福地，这蹄印是神马留给人间的吉祥物。于是人们对它顶礼膜拜，并把这座山称作"马蹄山"，后来慕名而来的僧侣，在此建造了他们的圣殿——马蹄寺。出于几分敬畏，几分好奇，我们进入马蹄殿探个究竟，果真在一块巨石上嵌着一个深深的马蹄印，这蹄印比一般马蹄印要大要深，也许只有神马才有如此神力在坚硬的巨石上留下如此深的印记。

马蹄寺开凿在南北走向的峭崖间，中间只隔一道小山岗。南寺洞窟很小，深藏于森林与草原的怀抱之中，北寺石窟很大，散落在丹崖与峡谷之间。藏佛殿是马蹄寺的主窟，如今几成一座空殿，出于北凉和北魏时期的雕像都不知哪里去了，残留的只是佛龛上的一些壁画，还有那眼夏不溢冬不涸的水井，它不流却不腐，清澈如镜，也许是留给后人观照历史的吧。"三十三天"是马蹄寺中最壮观的洞窟，远远望去，那呈金字塔形的佛阁仿如一悬空寺，悬在丹崖之上。巨木做的门楣上，雕刻着色彩鲜艳的祥云；有点破旧的门框上，系满了朝圣者献上的哈达。从窟洞飘出的袅袅香火，仿佛在诉说这古寺昔日的辉煌和力陈今日依旧没有凋败。

"三十三天"是个佛教的名词，是护法神帝释天及其各部下居住的地方，说须弥山顶中央是帝释天，在四个方向各有八天神，这样加起来，就是三十三天。作为地方主人的彭总如数家珍般告诉我们，此石窟开凿于北魏时期，以后在不同时期不断开凿，直到明代才凿成最后一层，共有七层之高，这是佛教中最为独特的一种形式。底三层各有五窟，四层有三窟，五层以上各有一窟，上下叠加为金字塔形，每窟正中均开一大龛，内有石胎泥塑佛像趺坐。四壁残留着元、明时期的壁画。

"三十三天"虽悬在半山腰，但可沿着栈道登临。各层洞窟之间，则由隧道相通，这凿在崖壁上的隧道很窄，有些地方只能容一人通过，这隧道很陡，陡得要攀爬才能潜行。来到顶层，踏进木头做的栈道，只感到脚下在摇晃，并吱吱作响，给人一种岌岌可危之感。真不知是工程开凿的艰难，还是有意考验每个朝拜者的虔诚。不过有一点倒是挺人性化的，就是每一层都开有大小不等的洞口，既通风又透气且透光，人们可以向外张望。白日，可看到蓝天飘荡的云朵；夜晚，可以看到天际流动的星河。与青灯黄卷厮守，有日月星辰做伴，在周而复始的暮鼓晨钟中，大抵也能消除几许寂寞与疲惫吧。僧，也是人啊！

从"三十三天"下来走不远，我们来到格萨尔王殿，只见香烟缭绕，灯光飘忽，一阵浓浓的酥油味充盈于大殿。被供奉于正殿的格萨尔王，正襟危坐，威严中透出一股英气，两旁的文武大臣，一个个气宇轩昂。格萨尔王原属青海吐蕃部落首领，后徙甘州。这里流传这么个动人故事：当年格萨尔王率兵保卫自己的疆土，美丽的王妃在格萨尔马前跪别，之后王妃每天都登上山崖，期盼着格萨尔王凯旋，等来的却是格萨尔王战死疆场的噩耗，她泪雨滂沱，化作一泓瀑布从山崖倾泻而下。从远山望去，山崖上果有一飞瀑，袅袅娜娜忽隐忽现于薄雾之中，宛如一白衣飘飘的女子，守望着这片土地。看来，不管什么民族都尊崇英雄与歌颂坚贞的爱情。

　　走出大殿，心中颇有一番感慨，马蹄寺石窟群最早因北凉的匈奴人起，又沿北胡鲜卑人、晚唐回鹘人、西夏党项人、元朝蒙古人，其中还有吐蕃人做出的贡献，而佛教则像条纽带把各族人民系在一起，他们一代又一代共同关注这片土地的兴衰，守望着这个家园。

　　登上高高的石阶，远远看见在白雪皑皑的祁连山下，一项项雪白的帐篷和一个个蒙古包，点缀在辽阔的原野上，犹如万绿丛中一朵朵白色的莲花，显得那么宁静那么祥和。而一群群散落在溪边的牛羊，则如织锦中一颗颗耀目的珍珠，为大草原平添几许繁茂与活力。这里居住着蒙古族、藏族、回族和裕固族的牧民们，他们和谐相处，携手共建自己富裕的家园。每年秋后，这里都有赛马盛会，这几个骁勇的民族，都派出自己优秀的骑手，在这大草原上比试一番。

　　"走，看赛马去！"彭总大声地招呼着，这是他精心安排的一个余兴节目。一位裕固族姑娘微笑地迎了上来，她头戴桶形的小帽，帽檐下飘荡着七彩流苏，娇俏的脸庞上浮着两朵淡淡的高原红。她冲彭总一笑并说："都安排好啦！"

　　赛马场设在大草原上，那里临时搭了一个观赛台，各族人们早已围得水泄不通，好客的主人为我们献上了哈达和酥油茶。我们坐在看台上，只听得三声长号齐鸣，赛马仪式开始了，先是藏族、蒙古族、回族和裕固族的四个姑娘穿着民族的盛装，骑上四匹骏马，扬着鞭绕场溜了一周，然后骑手接过本族姑娘手中的鞭儿，翻身上马，号角一响，四匹马儿像四股疾风在草原上飞驰，撒下一串串清脆的蹄点，卷起一阵阵山鸣谷应的欢呼声⋯⋯

历史像一条河，时间像一匹马。无论是帝王将相英雄豪杰，还是平民百姓能工巧匠，都是一位骑手，或涉足于潜流，或踯躅于岸边，撒下一串串的蹄点。这蹄点或被河水所冲刷，或被尘埃所淹没，最后剩下的只有沉淀下来的文化，一种源远流长惠及众生的文化。

我蓦然坐起，循着歌声望去，只见一位漂亮的蒙古族姑娘，身穿一身洁白的蒙古族袍，头戴一方火红的头巾，骑着一匹枣红马……向我奔来。

夏日塔拉大草原

夏日塔拉草原，是我们走河西走廊第二个目的地。它位于祁连山北麓的肃南，海拔2500~4500米，面积3830平方千米，是一块没有开垦的处女地，质朴、原始、狂野，保持着极佳的原生态风姿。这里水美草丰，百花娇媚，地形险峻，被《中国国家地理》评为"中国最美的六大草原"之一。为何河西走廊有这么一片丰美的草原？无疑它是缘于祁连山奇特的地理环境。

祁连山，位于河西走廊南侧。东西横亘近千公里，山脉平均海拔4000~6000米，高山积雪形成了颀长宽阔的冰川地貌，冰川3306条，面积达2062平方千米。这里常常会出现逆长的生物奇观，海拔4000米以上称为雪线，一般而言，冰天雪地，万物绝迹，可祁连山的雪线之上，竟长着蘑菇状的蚕缀，还有珍贵的药材雪莲，以及生长在风蚀的岩石下的雪山草，被称为祁连山雪线上的"岁寒三友"。

祁连山，原始森林密布。立夏之后，山林浮翠成了一望无际的绿色海洋。祁连山的原始森林区内有15.7万公顷，这里有云杉、圆柏、杨树等林木以及鞭麻、黑刺、山柳等灌木。此外，祁连山的密林雪岭之中，还有许多游荡的鹿群、野驴、雪豹、棕熊、猞猁、赤狐、白唇鹿等野生动物或奔跑，或徘徊，或嬉戏其间，野趣天成，生态优美。

祁连山，山峰终年积雪。祁连山浪峰般的高山都在海拔4000~5000米，每一个山峰都气势非凡，人称"石骨峥嵘，鸟道盘错"，这些由冰雪和石头凝成的神奇造型，棱角分明，线条优美，犹如用神斧劈雕一般，那众多终年不融化的冰川，千姿百态，躺卧在雪山上，或如白龙在藏匿，或如银蛇在盘旋，在正午阳光的照射下，如钻石般发出万簇光芒，在霞光的浸染中，冰川则有无法描摹的瑰丽！

祁连山，河汉纵横。这是因为终年覆盖的雪山，有数不尽的冰川，每当暖季来到，阳光总会融掉上面一层冰雪，再加上森林带的降雨，水源之沛，无疑是众河不尽之源泉。河谷洼地一带，成片的是野生的柳树、杨树，还有丛丛簇簇的刺槐。只是它们均显得古老、苍劲而又扭曲，古老得使你无法估算它们的年轮，苍劲得使你无法描述它们的挺拔，扭曲得使你无法形容它们的身姿，与从它们中间波光粼粼流过的流溪气质极不协调。不过，它们都有一种古拙之美，俨然一个天然的盆景，而更重要的是，正因为有它们的守望，才不至于让水土流失。

祁连山下，有这么丰美的草原，完全在于情理之中。夏日塔拉草原曾是匈奴王、回鹘人的牧地，也是一代天骄成吉思汗后裔永昌王只必帖木儿避暑和牧马的封地，所以又称皇城大草滩。在草原的东滩上还留存皇城的遗址，有南北两城，城与城之间有天桥连通，城与独子山之间还修有地下通道，城内还保留着永昌王妃的梳妆楼。所以，夏日塔拉草原是块既有自然景观又有人文景观的风水宝地。夏日塔拉草原是一片四季分明，风调雨顺的草原。清人梁份所著的地理名著《秦边纪略》中说：其草之茂为塞外绝无，内地仅有。作者将此地看作内地是因为当时游牧人和农耕人正在争夺这一地区。藏族史诗《格萨尔》中说这一片草原是"黄金莲花草原"。而尧熬尔人和蒙古族人均称之为"夏日塔拉"，意为"黄金牧场"。

夏日塔拉草原，四季如春，但夏季最美，我们进入夏日塔拉草原，正好碰上夏季，一路上真的是风景如画。只见金色银色的哈日嘎纳花舞动着葱绿无际的原野，婀娜多姿的马兰花轻拂山野幽香的清风，蔚蓝的天边飘飞着缥缈的云絮，纵横交错的河汉在流动着叮叮咚咚的溪水。远处的雪峰像位冰美人被披上

适才那位睡美人，蓦然变成一位身披黄金甲的武士，而刚才像美人明眸的月牙泉，此刻则像躺在武士怀中的绝代佳人……

声声驼铃入梦来

叮当！叮当！叮当！

一阵阵驼铃声，把我从睡梦中惊醒。我推开窗，敦煌还笼罩在一片迷蒙的夜色中，只是挂在大漠上空的那轮弯月已经开始西沉。远处，还隐隐传来秋风吹过大漠的呼啸声。

驼铃，是梦中的驼铃。

我们是昨天黄昏赶到敦煌的。

大漠。

斜阳。

孤烟。

远处的鸣沙山像一条巨龙，横卧在敦煌城南，山体由流沙堆积而成，浑身像金子般灿烂。她东起莫高窟，西止睡佛山下的党河水库，绵延40余千米，南北广布20千米，主峰海拔1715米，只见它峰峦起伏，如刀削斧劈，景色奇丽，蔚为壮观。

当我们抵达鸣沙山时，太阳开始下山。适才她那副火辣辣的样子，顷刻变得温柔起来。猛抬头，我被鸣沙山山脊那根圆滑的曲线迷住了。沙山被曲线分割为明暗两面，一面是暗赤，一面是金黄，她仿如一位浴后的少女，斜躺在沙滩上甜甜睡去，让那光洁而富有韵律美的胴体，尽情地沐浴在落日的余晖中。

我们骑着骆驼，向鸣沙山深处走去。太阳渐渐地沉没在沙海里，我们看到的只是驼队在山脊上行走的一道剪影，这剪影很美，美得很经典。她线条分明，分明得像一帧木刻。说她是木刻，背景却涌动着漫天彩霞，色彩绚丽且变幻莫测。这动与静、明与暗，配合得如此和谐，和谐得如同天人合一般默契。

随着太阳的彻底沉没，这道剪影也消失在苍茫的暮色中。然而，刚刚隐隐传来的驼铃声，却越来越近，越来越多，越来越急，越来越响，颇有一种山鸣谷应的震撼感。原来，刚才行走在山脊上的一支支驼队在下山，正从四面八方向我们迎面走来，当他们与我们擦肩而过时，我发现一张张洋溢着兴奋的脸，夹在其中的还有不少老外，大概他们是慕名而来，想一睹鸣沙山的风采吧？他们热情地跟我们打招呼，还举起相机为我们拍照。

"走，看月牙泉去！"《读者》杂志主编彭兄说。他是此次活动的组织者，我们是沿着河西走廊过来的。目睹此状，他当然不想扫大家的兴。

我们赶到月牙泉，只见迷蒙的灯影下，一泓泉水晃动着万斛银浆，泉边的芦苇在秋风中荡漾，岸边的寺庙与亭台楼阁隐没在灯火阑珊处。月牙泉位于鸣沙山环抱的一块绿色盆地中，鸣沙山东西长40余千米，南北宽约20千米，形如弯月，可惜此刻的她，仿如一位戴着面纱的西域女子，只让我们看到她的一个朦胧身影，却无法见识其娇俏的真容。

"走，回宾馆歇去，明天拂晓再来，傍晚与清晨均是观看鸣沙山与月牙泉的最佳时光！"彭兄安慰大家。

入夜，我做了一个梦，梦见大漠的睡美人醒来，披上一袭橘黄色的轻纱，骑着骆驼向我走来，那一阵阵驼铃声，敲打着我的心坎！我是被这阵驼铃敲醒的。

嘭！嘭！嘭！一阵急促的敲门声。

"伙计们，起来啦，莫误了最佳时光。"彭兄在嚷嚷。

小分队迅速在大堂集结。

在一个农家大院里，一位农夫和十几匹骆驼，早已在那等候。我挑了一匹骆驼，在它背上轻轻一拍，它乖乖地跪下，我翻身坐了上去，骆驼蓦然站起，我顿生一种悬空的感觉。

那农夫便是向导，一脸西北汉子的那种粗犷与憨直。他牵着匹骆驼走在前面带路，于是驼队踏着朦胧的月色，向鸣沙山进发，一串串清脆的驼铃声，在大漠的村野中回荡，引起篱笆墙内的狗叫成一片。

村中的小路很窄，仅可容一匹骆驼走过，从两旁篱笆伸出的果树，为小路搭了一道绿色的长廊，上面吊满了累累硕果，一不留神，一个红扑扑的苹果或一颗晶莹的紫胭桃会碰到你的嘴边，只要一张嘴，便能甜甜地吃上一口。

当我们登上一座沙丘，在淡清的曙色下，我们看到的是一片浩瀚的黄沙和一座座朦胧的远山，是谁在低声吟唱《梦驼铃》？听——

> 攀登高峰望故乡
> 黄沙万里长
> 何处传来驼铃声
> 声声敲心坎
> ……

呵，是彭兄，始是他一个人开的头，继而是整支驼队的合唱；始是轻声低吟，继而是引吭高歌，歌声伴着驼铃声，在大漠上流淌着。

翻了一个山坳，向导大声说："鸣沙山到了。"鸣沙山？只见一道壁立的沙梁，仿如一道天然的屏障横亘在我们的面前，前不见首后不见尾，脚下是一片傍山而长的白桦林。

"伙计们，要看鸣沙山日出，跟我上！"彭兄在疾呼。

向导憨厚地点了点头，帮我们看管着骆驼。

我们一齐向上冲，说是冲，哪能冲？绵绵的细沙，进一步，滑回半步，觉似原地踏步，我们只好手足并用地往上爬。

登上一道山梁。嗨！一轮红日正从东边喷薄而出，万道金光洒落在鸣沙山上，那一道道沙峰，仿如大海中金色的波涛，气势磅礴，汹涌澎湃。那山坡上一波一波的沙浪则如荡漾的涟漪，时而湍急，时而迟缓，时而向前，时而回旋，真是跌宕有致，妙趣横生。

当我定眼纵观整座鸣沙山时，不由得惊呼：这不是昨夜梦中的她么？此刻，她正从酣睡中醒来，朝阳下的她通体晶莹剔透，剔透得仿如看得见那微细的血管。那在众山环抱的月牙泉，不正是她微微睁开的明眸么？泉边那在晨风中荡漾的芦苇，不正是她那长长的睫毛？岸上那一弯白杨树不正是她那弯弯的柳叶眉么？

极目远眺，那一轮冉冉上升的红日，仿如升在心中，照得心境通体澄明，一种烦扰尽消宠辱皆忘之感油然而生。

下山也颇为有趣，顺坡而下，只觉两肋生风，一跳十步，驾空取虚，飘飘然如羽化成仙。我们手携着手，一齐用力一蹬，推动流沙疾速下跌，只见沙浪滚滚，如山洪奔泻，如海浪呼啸。细看那流沙，则呈五彩之色，其气势惊心动魄而又回味无穷。

对这奇特的现象，有此一说：古时有位将军，征西获胜，兵入阳关，在鸣沙山安营扎寨，那时鸣沙山并无黄沙，是座绿树成荫水清草茂的青山。夜来，连日征战的将士，疲惫地沉沉睡去，不甘失败的西域敌兵突然前来偷袭，将军率众将士奋起抗敌，最后全部阵亡，敌兵正在洋洋得意之际，霎时狂风大作，铺天盖地的黄沙，像暴雨般倾泻下来。顷刻间，将将士的遗体与敌兵全部埋在下面，形成了累累沙阜。以后，每到刮风时就会铿铿锵锵地鸣响，细细听来，似金鼓齐鸣，刀剑厮杀，故称鸣沙山。刮起的沙粒呈红、黄、蓝、白、黑五色，则是旌旗与刀、枪、剑、戟之色。

当我们骑着骆驼往回走的时候，猛抬头，太阳已升上鸣沙山的山脊上，刚才那种柔和的曲线，霎时变得如刀削斧劈般刚直，适才那位睡美人，蓦然变成一位身披黄金甲的武士，而刚才像美人明眸的月牙泉，此刻则像躺在武士怀中的绝代佳人，她秋波灵动，一脸妩媚！啊，鸣沙山与月牙泉，真不愧为千古奇观，她之所以令人百看不厌，是因为在不同的时空、不同的角度以及不同的光影的变幻下，变化无穷，变得那么迅速，变得那么奇妙，变得那么迷人。

叮当！叮当！叮当！

阵阵的驼铃声，在大漠上响起，它仿如一串串问号，在拷问着我们。据

可是，就这么个楼兰，这个曾盛极一时的西域重镇，在公元3世纪后迅速地退出历史舞台，后来竟销声匿迹，在很长很长的一段时间内，成了一个未解之谜。

解开这个谜的，不是中国人，而是瑞典的探险家斯文·赫定。1900年3月初，赫定带着探险队沿干涸的孔雀河左河床来到死亡之海——罗布荒原，在穿越一处沙漠时才发现他们的铁铲不慎遗失在昨晚的宿营地中。赫定只好让他的助手回去寻找，助手很快找回铁铲，还拣回几种木雕残片。赫定见到残片异常激动，决定发掘这座废墟。1901年3月，赫定开始进行挖掘，发现了一座佛塔和三个殿堂以及带有希腊文化色彩的木雕建筑构件等大批文物。随后他们又在这片废墟的东南部，发现了许多烽火台，一直延续到罗布泊西岸的一座被风沙掩埋的古城，他发现时兴奋得大喊：“天！我发现了第二个庞贝城（罗马古城）！”此后，楼兰古城始重见天日。

从楼兰遗址发掘出的文物，震惊了世界，其中有珍贵的晋代手抄《战国策》，考古工作者还在楼兰墓群中发掘一具女性木乃伊，经测定距今已有3000年，干尸裹饰漂亮，面目清秀，定名为“楼兰美女”，还有做工精细的汉锦、五铢钱、唐代金饰、汉文和佉卢文的残简等其他文物。

其实，早在元代，意大利旅行家马可·波罗，也来过此地探险，他穿越罗布泊后，在他的论文中写道：“沿途尽是沙山沙谷，无食可觅，夜中骑行，则闻鬼语。”可见，当年这里的环境，已是十分的恶劣与荒芜。楼兰古城遗址，正是在这罗布泊以西，孔雀河南岸，整个遗址处于雅丹地形之中，这里常年风多日烈，天长日久，风蚀得异常厉害，其中东西的雅丹地带的冈阜上覆盖着一层白色的盐碱土层，有的是一层很厚的精盐，另有部分冈阜，本身就是白膏泥，它们在清晨阳光的映照下，反射出灿烂的银光，因此，古书称之为“白龙堆”。它既是楼兰东西的一道天然屏障，亦是来自塔克拉玛干大沙漠刮来的风沙的囤积之地。据考证，阳关的风沙正是始于这“白龙堆”，宋以后，来自此地的流沙狼吞虎咽，逼着人们东撤，阳关被无情的沙漠淹埋了！

面对阳关的废墟，我不胜感慨：西汉后元三年（前141）汉武帝刘彻登基，在他54载的执政生涯中，重创西汉最为辉煌的时代，他一生致力于解决西北边陲的游牧民族问题。可是，纵使他的军事行动一再获胜，纵使他有功绩显赫的霍去病，纵使他设立阳关、玉门关，在他去世前目的仍然没有达到。如今当年汉武帝的宏愿早已成为现实，西域早已划入中国的版图，西域的少数民族，早已融进中华民族的大家庭。然而，昔日的雄关却被来自西域的浩浩沙暴所摧毁。看来，在中国历史的长河中，比西域入侵的铁骑更可怕的是来自大自然的风沙，这是一场更残酷、更严峻、更旷日持久的战争。

我带着怅茫的心情离开了阳关，南行不及二里，一片绿洲直愣愣地扑入眼帘，它像一块硕大无朋的翡翠嵌在茫茫大漠之中。周边的一排排古拙的村舍，正升起袅袅炊烟。导游告诉我们，那是南湖。我们蓦然产生到农舍去做客的冲动。走近南湖，始发现，所谓南湖其实只不过是人工开挖的一口山塘而已，然而就是这么一口山塘，却在茫茫大漠中孕育了这么一片绿洲。定睛细看，这片绿洲是一片一望无际的葡萄，这就是名冠全国的阳关葡萄！葡萄园的四周高耸着一排排的白桦树，它们像一排排武士，挡住了沙暴的侵扰，守卫着这个绿色的家园。那一串串葡萄在夕阳的辉映下，仿如一串串翡翠，一串串玛瑙，透着晶莹的光。

我们走进一户农家，农家一家子热情地接待我们，农舍门前就是葡萄园，老汉在葡萄架下摆起小桌，大娘为我们端上了热茶。不一会儿，小伙子捧上一大盆从屋前摘下的水果，有大枣，有葡萄，有紫胭桃。那大枣红中透黑，宛若红宝石；那葡萄，白的似马奶，红的似玛瑙；那紫胭桃，紫中含绿，精致得像工艺品一样。我挑了一颗大枣放在嘴里，甜中带酸直渗心肺。我们花了三百元买了只羊，老汉小伙子一齐动手替我们烤去，不到一个时辰，他们把烤熟的全羊端了上来。大娘为我们摆上了夜光杯，老汉为我们满满地斟上自酿的葡萄酒。夜光杯，是用祁连山的墨玉做成的，色泽斑斓而又通透，倒入葡萄酒，晶莹澄碧，荡着琥珀色的光波，我尝了一口，醇中带甜，口感好极了，阳关周围属于沙漠气候，日照时间长，昼夜温差大，阳关葡萄酿出来的葡萄酒，可谓葡萄酒中的珍品。我们一面嚼着羊排，一面品着葡萄美酒，两杯入肚已有三分醉意。

葡萄美酒夜光杯，欲饮琵琶马上催。

醉卧沙场君莫笑，古来征战几人回！

　　唐代诗人王翰的《凉州词》，是一首千古绝句。呵，醉卧沙场的年代已经过去，然而征战沙漠又何曾结束？南湖人祖祖辈辈坚守在这前沿阵地，他们的精神是多么令人敬佩，他们的经验是多么值得推广，我们面对大漠的袭击，我们能否来个反侵蚀？倘若我们以一个南湖一个南湖地向西推移，那么我们是否可以有效地收复一批又一批失地？当然，这有赖于国策的支撑，也需要一大批霍去病式的骁勇将军，以及南湖父老这样的一批忠诚战士。

　　我们离开南湖时，我看到这样一幅画面：

　　茫茫大漠，夕阳如血。

由于它有"活千年不死，死千年不倒，倒千年不朽"的顽强生命力，以及惊人的抗干旱、御风沙、耐盐碱的能力，人们称它为"沙漠的英雄树"……

夜闯轮台

我们从天山牧场绕过南麓夕阳已西下，此行的东道主新疆教育出版社塔社长突发奇想：夜闯轮台。轮台我去过，夜闯肯定另有一番味道，我忙击掌称妙！

轮台，地处天山南麓。轮台古国，《史记》称仑头国，地处西域中部，为丝绸之路北道要冲，是古丝绸之路中心，汉代是西域36国中的城邦之一。汉太初三年（前102）复为乌垒国，西汉神爵二年（前60），境内设西域都护府，统领西域诸国。唐朝后隶属关系历有改动。中华人民共和国建立后，1960年，隶属新疆巴音郭楞蒙古自治州。

如今轮台，有两大亮点：

一是塔里木石油开发战场和"西气东输"首站。塔里木已探明可挖的石油储量为十亿余吨，这里聚集着数万开采石油大军，被称作"大漠胡杨"，目前已达到年产石油840万吨的生产能力，仅轮台境内可控制石油储量达1亿吨，天然气1000亿立方米，煤炭量为6.43亿吨。

二是轮台的胡杨林。这里有世界最古老，最原始，面积最大，分布最密，存活最好的"第三纪活化石"——胡杨林，面积达43.6万亩。胡杨林是塔里木河流域典型的荒漠森林草甸植被类型，从上游河谷到下游河床均有分布，带着

的野马"。

我突然发现，在离河岸不远的一块沼泽地上，有一片干枯了的胡杨林，使我大为震惊的是，在月光下它竟然像一望无际雕塑群。有的丢光了绿叶，不知经过多少岁月的蒸腾，它依然铁骨铮铮地屹立，高昂着头颅，伸展着臂弯，在茫茫的大漠中，撑起一片生命的天空。有的纵然倒下，也化作一座奇峰，挡风沙御雪雨，凛然不可侵犯；有的像卧龙，撕开沉沉夜幕，虎伏大地，等候着黎明；有的像架古琴，横空架立，演奏一曲生命的绝唱；有的像一座古堡，阅尽千年的沧桑，守候大地一抹曙光。我们上前深情地抚摸，虽是粗粝，却富有年轮的质感，富有生命的张力，轻轻敲打后发出铿锵声韵，难怪哪怕是最浪漫的诗人，面对它们写出来的诗句都显得那么苍白！

离开塔里木大桥，从沙漠公路自南向东拐一条笔直的石油公路，便到塔里木胡杨公园，这是新疆观赏胡杨林最佳地之一，也是世界上1200个森林公园中唯一的沙漠胡杨公园。塔里木胡杨林风景区，集塔里木河自然景观、胡杨景观、沙漠景观、石油景观于一体，堪称大漠的大观园。由于塔社长提前打通了"关节"，公园特意为我们开了个夜场，聚光灯一开，整个公园的主要部分如同白昼。

进入公园大门，首先闯入眼帘的是三株合抱不过的古老胡杨树，它们高耸云端，撑起半边金色的天空，仿如秦汉年代的武士，站立在战车上，淡淡的薄雾为它们披上薄薄的战袍，轻轻的微风撩起战袍的衣角，看起来就是一组造型独特的雕塑。塔社长说，很多党和国家领导人都来参观过，游人更无一不在此驻足留步，我们看到这奇特的树，一下就来了精神，它们早已超过一百年，历经岁月的一场场浩劫却铁骨铮铮，展示的是生命之本色，幻化的是大漠之灵魂。它们是塔里木河胡杨林的标识，也是轮台胡杨林公园的标志。

在三株古老胡杨树左边是一湖碧水，这是塔里木河自然泄洪形成的一个沙湖，它仿如一只硕大无朋的金盆，盛着琼浆玉液。森林公园开辟后，不知从哪片原始森林里飞来了四只白天鹅，其后，又飞来了数只，它们一来便相中这个风水宝地，即使在冬季，也不肯离去。夏天它们在湖中游水，引吭高歌，冬日与人类共玩，与小艇游弋，成了远近闻名的"天鹅湖"。

湖中除了白天鹅，还有数不清的各种水鸟和珍禽在湖中嬉戏，在湖面低翔，在湖心亭啼叫。湖周边茂密的胡杨林可是一张张天然的金色大伞，游人可在岸边垂钓，湖中鱼很多，不时可以钓出大鲤鱼、黄花鱼等。白天，这里一湖金色的倒影，与天幕的蓝天白云相映成趣，成了摄影家捕捉光影的乐园。晚上，这里一湖幽静，鱼儿躲进湖边芦苇丛中小憩，鸟儿躲进胡杨林栖息，听见的是虫鸣蛙鼓的天籁之声，此刻，则成了音乐家创作灵感的天堂。

公园的左边有个野猪林，野猪早已被吓得逃遁了。我们借着灯光走进密林深处，却有野羊、野鹿、野狐、野鸡、野兔出没其间，野花争奇斗艳，野果直碰人头。这里可听见野鹿和鸣，可看见彩蝶翻飞，几个亭榭爬满藤蔓长满苔藓，竟也有点返璞归真的味道。茂密的森林，往往使人望而却步，因有原生态野味的浸染，却顿时使你的心也野了起来，忍不住往林里闯，亲近一下稀有的动植物。

在公园的东边有一处西汉时期的墓葬。据考证，这是汉朝官兵在此地屯兵垦荒留下的遗迹。经过两千年沧桑的变迁，依然可以看到墓的规模。虽然有几百年前盗墓的痕迹，但是依然保持了墓葬的原貌，可见当时这里已归汉朝一统。

公园内设有宾馆，是砖砌的四合院，宾馆后院高耸着一座20层高的瞭望塔，登上塔顶，轮台全景尽收眼底。

但见塔里木河蜿蜒遥遥的远方，主干散成众多的岔流，活像一大动脉，散着网状的小动脉。岔流间布满了一丛丛一片片胡杨林，顺着塔里木河一直延伸至茫茫天际。远处望去，仿如一片金色的云彩在飘荡、在舒展、在汇集，成一片片汹涌澎湃的金色波涛，蔚为壮观。近处可见河汊的末端长着浩渺的芦苇荡和红柳沙丘群，洁白的芦花在月色和灯火透射下，发出诱人的银白色光芒，而红柳沙丘群则像一团团火焰在大漠上跳跃着，谱写着大漠独特的旋律。更为壮阔的是，在无边的旷野上随处可见轮台油田高耸的井架和排列齐整的钻机以及井口喷射的朵朵烈焰，这昼夜燃烧的沙漠火，真可谓轮台的一大奇观，它们仿如一支支擎天的火炬映红了整个天幕，又仿如山民赶节高举的火把，与无边无际的胡杨形成一片金黄而又赤彤的海洋，为大漠平添几分热烈几分生机和无限的活力。

不到大漠真不知天地辽阔，不见胡杨不知生命之辉煌。

午夜两点我们回到了住宿的地方，我却没有丝毫的倦意，想起轮台的胡杨林，我兴奋得一夜无眠！

如果没有战争铁蹄的践踏，没有人为的过度开发，人与大自然和谐相处，中国会有不少像喀纳斯这样的人间仙境……

边声胡笳

夜深了，喀纳斯也睡了！

那散落在村寨上的灯火，还闪着迷离的眼睛，我却睡不着，搬了张椅子在小楼宽大的阳台上，一面享受柔柔的山风，一面回想起这几天在喀纳斯见过的情景。

喀纳斯，位于新疆阿勒泰市西北部，是一个森林型综合自然保护区，是我国唯一的一块欧洲—西伯利亚泰加林"飞地"。这里神秘、浩瀚、荒凉，然而这里又有着说不尽的富饶、宁静、美丽。

喀纳斯，在蒙古语中是"美丽富饶，神秘莫测"的意思，这里集冰川、冻土、高山、湖泊、河流、森林、草原等各种各样的自然景观于一体，既有北国风光，又有江南秀色，联合国一位环保官员称它是当今地球上最后一块没有被开发的处女地。

喀纳斯地理环境很特殊，如果将中国的版图比喻成一只昂首报晓的雄鸡，那么，阿尔泰山就是鸡尾高高翘起的尾翎，而喀纳斯则是尾翎上镶嵌的一颗闪烁迷人且耀眼的宝石。

喀纳斯湖形成距今20多万年前的第四纪冰川期，漫长的冰川期，在阿尔泰西北部峡谷中，留下了一弯月牙形的湖泊——喀纳斯湖。

陪同我们的新疆驻广州办事处滕主任告诉我们，要观日出和一览喀纳斯全景，便得上喀纳斯山峰上的"观鱼亭"。天刚发白，我们便从度假村出发，披一抹曙色，踏一路晨雾，爬了近两千米的山路，才登上"观鱼亭"。

　　向东展望，在碧蓝透明的天边，一轮巨大的朝日喷薄而出，瞬间变得异常红艳和灿烂，四周雪峰反射着耀目的光芒，整个喀纳斯湖变得蒸气腾腾无比辉煌。观鱼亭脚下浪涛般的云烟在翻滚，时而露出一块宝石般润滑的碧翠湖面，时而露出万顷飞翠流绿的林海。缭绕在众山峰腰间的山岚和雾影像一条洁白的哈达在飘扬，而靠近旭日的云，则被万丈霞光染红，变成色彩斑斓的彩云，以喀纳斯的上空为舞台，千姿百态，变幻无穷。

　　早上九点多钟，梦幻般的喀纳斯变得晴朗，四周美景直扑眼帘，四周山峰峰顶多为积雪覆盖。尤其是北部友谊峰更是白雪皑皑直插云霄，它海拔4374米，是阿尔泰山脉在中国境内的最高峰，是中国与俄罗斯、蒙古三国交界的天然界碑。友谊峰冰川气势磅礴，终年不化的冰川厚达数十米，覆盖面积在400平方千米以上，是喀纳斯湖湖水最主要的来源。喀纳斯，像一块月牙形的宝镜嵌在众山环抱的峡谷之中，从喀纳斯湖流出的喀纳斯河像一条银蛇向远方蜿蜒而去。周遭山涧森林浓密，山下繁花盛开，这里是我国唯一的南西伯利亚区系的植物分布区，长有西伯利亚区系的落叶松、红松、云杉、冷松和白桦林，一到秋季，阔叶林树叶变红、变黄，色彩斑斓，美丽得动人心弦。

　　喀纳斯湖海拔1374米，是坐落在阿尔泰深山密林中的高山湖泊，湖长25千米，宽1.6~2.9千米，面积45.73平方千米，最深处为188米，是新疆最深的湖泊。我们惊奇地发现湖随着阳光的交替变化时而湛蓝，时而墨绿，时而灰白，有时诸色俱全。滕主任告诉我们喀纳斯湖是有名的"变色湖"，这种变化四季最明显，湖中还有一种奇怪的现象，由于强劲谷风的吹来，湖中的浮木会逆流上游，在上游堆成一道林木的长堤，加之多年"湖怪"之说，更添神奇的色彩。

　　相传有一位牧民在喀纳斯湖边游牧，在阳光下打个盹，醒来时发现十几匹马全都不见了，湖边的水被染成一片血红，岸边遗留着杂乱的马蹄印。

　　在阿尔泰山区有两个很有名的猎人，带着猎枪到湖中猎杀"湖怪"。当

"湖怪"出现时，一位猎人举枪向它射去，随着"砰"的一声枪响，"湖怪"不见了，接着湖面上就掀起了惊涛骇浪，不一会儿，风平浪静了，两个猎人却不见了。

在19世纪末，一群俄罗斯人在喀纳斯湖捕到一条"大红鱼"，竟有好几吨重，他们在茫茫的雪地里牵着十几匹马驮运，运了三天三夜还没运到家里。

1985年8月11日，《新疆日报》在主版刊出一条引人注目的消息："喀纳斯湖发现巨型大红鱼，鱼头宽度在1米以上，鱼长约10至15米，体重超10吨。"

1987年，一支科学考察队经过两年多考察，发现一群由三四十条大红鱼组成的鱼群，每条鱼长三四米。考察队后来宣布，喀纳斯湖"湖怪"之谜已被揭开，被称为"湖怪"的大红鱼，就是巨型哲罗鲑鱼。哲罗鲑鱼是北方的冷水型食肉鱼类，满嘴都是锋利的牙齿，生性凶猛，常年隐于水中，繁殖季节鱼体呈红色，所以也称大红罗鲑鱼。

我们一面看喀纳斯湖的美景，一面听神奇的故事，不由得有种想听歌的冲动。滕主任是唱歌高手，于是我们要他来一首，滕主任也不推辞，他身材高大，一出口便是字正腔圆的男中音。于是《神奇的喀纳斯》在山谷间飘荡——

神奇的喀纳斯

人间的天堂

装扮过的湖水

倒映白毡房

千百年的雨雪

汇聚这地方

养育草原儿女

把你美名扬

我的祖父母

变成神秘雾

召唤世人来

湖边共歌舞

……

歌声在山谷上回应着激荡着，连亭下的繁花都在迎风起舞。

上"观鱼亭"，除了一览喀纳斯全景之外，还有一种侥幸心理，就是看看能否见到"湖怪"。我们当然没那么幸运，看见的只是笼罩着烟霞的一脉湖水，向弯弯的山谷深处蜿蜒而去，几艘游艇在湖上游弋，船后掀起雪白的浪花，偶尔也有鱼跃，而更多的是一群群逐浪的鸥鸟。

走下"观鱼亭"，我们沿着喀纳斯河一直往北走，一路上河畔的树林和小屋在乳白色的晨雾中时隐时现，牛群与羊群在绿茵上悠闲地吃草，不时听见牧羊人清脆的鞭响和悠扬的歌声。河水哗啦啦地流，清澈得能看见游鱼在觅食，河面上苍鹰在盘旋，鸟儿在翱翔，好一派生动而又和谐的景象。

距喀纳斯湖10千米便是卧龙湾，这湾其实是一个湖，由一连串曲折的河湾组成，湖中有小岛，岛的四周有清波在荡漾，岛上的红叶，仿如万片金鳞在阳光下闪动，远远望去仿如一条蛟龙在湖中戏水，湖的进水处的中流挺立着一块巨石，激流拍打石柱，顿时飞花溅玉，十分壮观。岛上有疏朗的树木与吃草的马儿，特具诗情画意。岸上古木擎天，远处山坡层林尽染，俨然一派瑞士的风光。

从卧龙湾沿喀纳斯河北上一千米，我们在峡谷中看到一蓝色月牙形的湖湾，整个就像喀纳斯湖的微雕版，这就是月亮湾。美丽静谧的月亮湾是喀纳斯一张最亮丽的名片。湖水碧莹透亮，湖面静如处子，偶尔飘落几片黄叶，就像小船在湖中漂荡。据说，月亮湾会随喀纳斯湖水的变化而变化，在河边的拐弯处有两个浅滩，极像两个大脚丫子，据传是嫦娥奔月时留下的一双脚印。

夜凉如冰，心境如茗。在我像过电影般回想起几天来白天看到的景色时，突然一阵乐器声闯进我的耳畔，这器乐时而像箫声，时而像铜管，时而像适时风，时而又像几种乐器的合奏。这是什么乐器？

"这是楚儿！"滕主任不知什么时候闯进阳台。他一边呷着茶一边娓娓向我道来。

这是用喀纳斯湖畔蒲苇的主茎做的苇笛。楚儿比拇指略粗，长有两尺多，上下有三孔，吹奏时有点儿像竹箫，但绝对不是笛子，笛子只能发出一种声音，而楚儿是一种复调的混声乐器，一支楚儿就有一个乐队才能达到的效果。我们现在听的就是用楚儿吹奏的《美丽的喀纳斯湖波浪》。

滕主任意犹未尽地接着说。

北京有一位专门研究乐器的教授听了喀纳斯一位老人演奏后非常激动，他认为老人吹奏的楚儿就是中国古代早已失传的乐器——胡笳，在三国时期，大名鼎鼎的曹操从匈奴接回了才女蔡文姬，蔡文姬带回最珍贵的礼物就是她所写的《胡笳十八拍》。

啊！谁说这处女地是一片蛮荒之地？这里可有深厚的文化底蕴呢，其中有两大佐证，一是这胡笳，二是"千里岩画长廊"。

这胡笳就是楚儿，传说很久很久以前，在喀纳斯湖畔有一个英俊的牧羊青年善于吹奏楚儿，附近部落里有一位貌美聪慧的公主，听到美妙的楚儿声被迷住了，这美妙的音乐搭了桥，两人相爱了。后来公主的父亲将公主嫁给一个部落首领，每当月光亮起的夜晚，小伙子来到湖边吹奏楚儿，盼望公主来听他的音乐，可公主一直没出现，楚儿的曲调越来越悲凉和忧郁，声音像山野的骤风，像喀纳斯湖的波浪，像峡谷的溪流，像森林多种鸟声的啼叫，时而激越、时而低沉、时而婉转、时而旷远，这多种声音的鸣奏形成了喀纳斯独有的声乐，穿越了很多世纪，到现在依然流行。

这岩画在阿尔泰山峻峭的山岩上，已有二三千年的历史，由世世代代的游牧民族传承下来，完成世界罕见的艺术巨作，岩画分岩刻和彩绘两种，内容多为狩猎、放牧、舞蹈、宗教活动及家畜和野生动物的形象，纯朴而又古拙，素有"阿勒泰千里岩画长廊"之美名。

聊后入梦，甜甜的。

次日清晨，我们走访的是喀纳斯景区附近的白哈巴与禾木两个自然村落。目前，这两地尚未被旅游团浩荡涉足，原生态保存尚为完整。

白哈巴被誉为"西北第一村"，跟哈萨克斯坦接壤，生活在白哈巴村的图瓦人，是游牧民族，淳朴、善良、豪爽、好客，至今仍保留着朴素的部落文化和生活方式。村民居住的木屋和圈养牲畜的栅栏，错落有致地分布在松林和桦林之间，走进村民家中，我们发现家家户户都好像是工艺品陈列馆，炕上铺满花毡，墙上挂着刺绣的帐幔挂壁。村民盛情，若碰上哪家办喜事，你就会成为远道而来的贵客，与他们一起欢歌起舞，大块吃肉，大碗喝酒，通宵达旦，给人留下终生难忘的印象。

禾木村位于布尔津境内，与蒙古、俄罗斯、哈萨克斯坦三国接壤，从喀纳斯到禾木村的一路秋景，实在不亚于喀纳斯景区，满山满坡金黄色的白桦、红杉、翠松斑斓多姿，丰富到令人眼花缭乱的程度。进入禾木村更是进入"摄影家的天堂"，清清的流溪绕村而过，点点木屋与毡房散落在山麓、林间与溪边，造型特别的木搭桥在急流中横卧，穿着民族服饰的妇女在溪边捣衣，背景是金黄色的白桦林和青黛色的远山。

过桥朝北走，山坡那边上有一块一望无边的草地，上面长满星星点点的野花，有羊儿马儿在吃草，有牧人在遛马，远处有高山有飞瀑，近处有流泉有琴音，在河的那边有星罗棋布的木屋在蓝天白云之下，在河流与草地之间。在这块草地上架满了"长枪短炮"，据说这里是拍摄禾木日出与日落的最佳地点，不少在全国摄影比赛中获大奖的照片均出自这里，摄影可是一门寻觅和等待的艺术！

据考证，当年成吉思汗西征，曾在这里练兵，这支兵马一直厮杀到欧洲，那是中国版图最大的时候。这块土地早已回归平静，当年的游牧民族后裔早已定居生息，过着极其悠闲安逸的生活！

啊，如果没有战争铁蹄的践踏，没有人为的过度开发，人与大自然和谐共处，中国就会有不少像喀纳斯这样的人间仙境。

高原圣湖

霍去病是一代骁将，文成公主是一弱质女子，霍去病收复的是失地，文成公主征服的是人心，两人在历史丰碑上均可刻上浓墨重彩的一笔……

日月山与倒淌河

在一些人的印象里，日月山与倒淌河，只是一个故事，一种传说，一段历史。其实，只要我们穿越时间隧道去认真探究，会猛然发现哪怕是地理环境也的确没那么简单。

日月山，坐落在青海省湟源县西南40千米，属祁连山脉，长90千米，海拔最高为4877米，是浩浩青海湖东部一天然的水坝。它位于我国季风区与非季风区的分界线上，地处黄土高原与青藏高原的叠合区，是青海省内外流域的天然分界线，划分农耕文明与游牧文明的分水岭。我们站在日月山脉眺望，发现一个很奇特的现象，东侧阡陌良田，水网河汉，一派江南风光；西侧远山迷蒙，草原辽阔，牛羊成群，一派塞外景色。山体两侧如此反差，实属国内罕见。日月山顶部由第三纪紫色砂岩组成而呈红色，故古时被称作"赤岭"，藏语叫日月山为"尼玛达哇"，蒙古语称"纳喇萨喇"，即太阳和月亮之意。

日月山，古时是内地进入西藏大道的咽喉，早在汉、魏、晋以至隋、唐等朝代，均是中原王朝辖区的前哨和屏障，故有"西海屏风""草原门户"之称。北魏孝明帝神龟元年（518），僧人宋云自洛阳西行求经，便是取道日月山前往天竺。古代历史上有许多发生在农牧交接地带的互市，赤岭互市就是其中著名的一个。唐武德二年（619），在今青海东部地区设鄯州（治今乐都碾伯）、廓州（治今化隆群科），置刺史。次年，唐与吐谷浑讲求和好，并达成互市协议，互市于承风戍（今拉脊山口）。开元二十一年（733），唐与吐蕃定点在赤岭互市，以一缣易一马。当时青海是重要的产马之地，吐谷浑人培育的"青海骢"在唐代驰名于世，唐肃宗以后开展了"茶马互市"，青海大批的马牛被交换到内地，内地的茶、丝绢等同时也交换到了牧区。

这种互市一直延续下来，明末至清初，互市地点增多，增有镇海堡、多巴、白塔儿（今大通老城关）等。清平定罗卜藏丹津叛乱后，对互市严格控制，规定只准每年二月、八月在日月山进行互市交易，并派军队弹压。后因这种规定不能满足各族群众之间的交换需要，清廷便数次放宽政策，并将日月山互市地点移至丹噶尔（今湟源县），日期也予以放宽。丹噶尔互市是日月山互市的继续，很快成为"汉土回民远近番人及蒙古往来交易之所"，在嘉庆、道光之际，商业尤其繁盛。清《丹噶尔厅志》记载丹地市场"青海、西藏番货云集，内地各省商客辐辏，每年进口货价至百二十万两之多"，成为当时西北地区显赫的民族贸易的重镇。

在历史上，日月山还是唐朝与吐蕃的分界。7世纪，以松赞干布为首的吐蕃雅隆部落，兼并了其他部落后，在一个叫逻些（拉萨）的地方建立了吐蕃王朝，与当时的唐王朝就以赤岭为界。松赞干布被推为赞普后，他倾慕唐王朝的繁荣与文明，贞观八年（634），他派出使者赴长安与唐朝通聘问好。唐太宗对吐蕃的首次通使也很重视，当即派使臣冯德遐持书信前往致意还礼。松赞干布大悦，闻突厥与吐谷浑皆尚公主，乃遣使随德遐入朝，"多赍金宝，奉表求婚"。可是，当时唐太宗没有同意，松赞干布几次派人向唐朝请婚也未能如愿，于是决定以武力通婚，于贞观十二年（638）爆发了蕃唐首次战争。松赞干布率军进攻唐松州（今四川松潘），被唐军击退后，松赞干布遣使到长安谢罪，并派大相禄东赞备厚礼——黄金五千两及宝物珍玩数百件，到长安再次向唐太宗请婚。翌年，太宗允以宗室女文成公主许嫁松赞干布，指派江夏王李道宗随同吐蕃王朝使者禄东赞护送文成公主去吐蕃王朝的国都逻些。

唐贞观十五年（641）正月，一支庞大的送亲队伍护送着一位美丽的公主走过日月山口，日月山便从此与日月同辉，成了伫望公主远去的一个沸腾的心海，守望着莽莽沧桑和沉甸甸的传说。唐代以前的日月山不叫日月山，叫作赤岭，远看如喷火，近看似血染，因高山"土石皆赤，赤地无毛"而得名。这座海拔仅3000多米的小山，在群山巍峨的青藏高原上，简直不值一提，但她在群山环绕中透出一个隘口，让骑马行走的民族便利地穿越青藏高原，成为中原通向西南地区和西域等地的重要通道，便有其不可替代的特殊地位，成为历史上有名的"交马赤岭"，说的就是中原和吐蕃封建王国的使者必须在此换乘对方的马方可踏入异域土地。从古都长安出发穿越青海远嫁西藏的文成公主，必然要沿着这条祖先拓展的古道，跨越这个关隘，走向遥远的西部，让守望高原的日月山，迎来这铭心刻骨的历史时刻。

作为告别中原的最后一站，再踏步便进入吐蕃地带，文成公主在山上支起了帐篷，她站在山巅，凝望故乡最后一眼。回首东望不见长安踪影，西望吐蕃一片苍茫。不禁心潮起伏，思乡之情油然而生，忍不住取出临行前唐太宗所赐的日月宝镜，没想到镜中竟出现长安繁华的景色，令她离愁倍增。公主悲喜交加，泪如泉涌。想到远嫁和亲的历史重任，毅然将日月宝镜抛下赤岭，摔在东的是日镜，摔在西的是月镜，两山顿吐光辉，隔山相望，唇齿相依，如同情侣，如同父女，其情其景，牵动世世代代人的心弦。为纪念这位深明大义的公主，人们把赤岭改名为日月山，而把山下文成公主的泪汇成的河叫倒淌河。

松赞干布多年的夙愿得以实现，亲自率领军队从拉萨远行至柏海（今青海玛多县境）迎候。在离黄河源头不太远的扎陵湖和鄂陵湖畔，松赞干布建起"柏海行宫"，两湖似两潭圣水，波光潋滟，一碧万顷，湖岸芦花飘荡，古林百鸟和鸣。一对异族新婚夫妇便在这美丽的地方，度过了他们的洞房花烛夜。

松赞干布和文成公主行至青海玉树时，看到这里景色优美，气候宜人，而且长途跋涉，需要休息，两人便在一条浓荫覆盖、清溪流淌、朝阳喷薄、月影扶疏的山谷里住了一个月。文成公主闲暇时，拿出唐太宗送给她的五谷种子和油菜籽等与工匠一起向玉树人传授种植的方法和磨面、酿酒等技术。玉树人非常感激文成公主，当公主要离开继续向拉萨出发时，他们夹道相送。当地的藏民还保留了她的帐篷遗址，把她的足迹和相貌都刻在石头上，年年膜拜。710年，唐中宗时，唐室的又一名公主金城公主也远嫁藏王，路过玉树时，为文成公主修了一座庙，赐名为"文成公主庙"。如今在玉树的"文成公主庙"已有1500多年历史，该庙共三层，庙中有文成公主坐像，是一座既有唐代艺术风格又有藏式平顶建筑特点的古式建筑。庙四周所有的悬崖和面积较大的石头上都刻着数不清的藏经。每逢藏族节日，当地藏民都来这里朝拜，香火一千余年从未断过。

山还是那座山，水还是那条河。经过一千五百多年岁月的蒸腾，无法考证其容颜是否依旧。

如今见的日月山，山峦起伏，峰岭高耸，兀峰白雪皑皑，像横空飘飞的哈达，低处红土覆盖，红岩垒垒，像一簇簇燃烧的火焰，山口的南北各有一座乳峰，其形状酷似太阳和月亮，而且山顶修有遥遥相对的日亭和月亭。亭子不高，但临于高原的峰顶，却有一种凌霄的感觉，而且建筑十分典雅，粉墙黛瓦，翅角飞檐，斜阳辉照，经幡飘舞，亭内用碑文和壁画记录了公主入藏时的种种情景。山上是无数藏人用虔诚和信仰堆起的玛尼堆，石堆上插满了盘树虬枝，枝上挂满了彩带。山下矗立着巍峨的白玉雕像，文成公主一双明眸，凝视远方，头顶白云缭绕，脚下溪流涓涓，不远处藏歌悠悠，绿草青青，野花遍地，牛羊如云，四周山角无数经幡和高昂藏歌迎着日光漠风在空旷的山野中飘荡，有点雄壮，有点苍凉，有点委婉，有点悠扬，表达出一代又一代人对那美丽灵魂的深深崇敬和追思。

山脚流向独特的倒淌河为这美丽的日月山风景更平添一抹自然魅力，成为天下奇观。倒淌河发源于日月山西麓的察汗草原，海拔约3300米，全长40多千米，一股股碧波从草丛中流出，然后汇成一股清流永无休止向西流去，流入浩瀚的青海湖，故名倒淌河。它是青海湖水系中最小的一支，不仅河流蜿蜒曲折，而且河水清澈见底，看上去犹如一条明亮的缎带飘落在草原上。它不像长江、黄河那样巨浪滔天，势不可挡，露出雄性逼人的英气，而是波澜不惊，悄然无声。春天，倒淌河纤瘦孱弱，蜿蜒曲折流动着水墨画也画不出来的一片春愁；秋天，它丰满宽阔，可称雄浑和丰厚。无论是春是秋它都不失韧性和坚定，朝着一个既定的方向潜行，永不停息。极目眺望，有朦胧的远山，有明丽的大草原；再远点，有浩瀚澄碧的青海湖，有飞禽翔集的鸟岛，有花海流金的黄菜花……

河水自西向东流，似乎是一个亘古不变的真理，可倒淌河何以向西呢？传说毕竟是传说，它只是寄托人们的一种想象，一种情思，一种向往。其实，倒淌河的形成与青藏高原的隆起直接有关。据科学考察，大约在13万年以前，青海湖还是一个外泄湖，湖水由西向东注入黄河。后来，随着地壳的强烈变化，日月山平地突起，把青海湖的出口严严堵住，青海湖从此变成了闭塞湖，那输出的湖水也被迫倒流入湖内，从而形成了倒淌河。我站在倒淌河的身边，俯下身捧起一掬清清的河水，分明在汩汩之中听到一声轻轻的叹息，一阵私语般的呢喃，一句温婉的低诉，似乎有着万种的柔肠，有万种的情思，于是我顿悟：这是一条女性的河，一条看似柔弱却极具韧性的河！

站在日月山，眺望倒淌河，我的心潮像日月山那般起伏，心中激流像倒淌河般流淌。

有人说，一个文成公主抵得个霍去病，胜过十万雄兵。其实，两者不同质实在无法比较，霍去病是一代骁将，文成公主是一弱质女子，霍去病收复的是失地，文成公主征服的是人心，两人在历史丰碑上均可刻上浓墨重彩的一笔，面对一个又一个觊觎中原的匈奴、吐蕃、蒙古发起的连年战乱，松赞干布迎娶文成公主后，中原与吐蕃之间关系极为友好，此后200多年间，很少有战争，使臣和商人频繁往来。松赞干布十分倾慕中原文化，他脱掉毡裘，改穿绢绮，并派吐蕃贵族子弟到长安上学读书，唐朝也不断派出各类工匠到吐蕃，传授各种技术。为促进吐蕃的社会进步，文成公主进藏后弘传佛教，并带去汉族农耕的文明，其中有五谷有蔬菜，藏族人喜欢的青稞就是小麦的变种。文成公主还带去车舆、马、骡、骆驼以及有关生产技术和医学著作，有效地促进了汉藏两族文化的交流。

也有人说文成公主比王昭君厉害，理由是文成公主出身显赫，而王昭君出身低微，文成公主留在长安可享荣华富贵，而王昭君只是很难有出头之日的宫女。我认为这种比较也是无稽的，早在公元前33年王昭君便出塞和亲，成了历史上的第一个，这种历史地位也是无可替代的。文成公主入藏后一路春风，王昭君出塞后却遭遇不少坎坷，文成公主百年后进的是庙堂，庙堂上的她一脸佛相，而王昭君走后入的是"青冢"，留下的永远是一个模糊的背影，然而她们的人格力量是平等的，她们都十分令人尊崇，她们均用一个女子柔弱的双肩担负民族大团结的沉重担子。

她们像日月山那样伟岸如山，像倒淌河那样上善若水，伟岸得让人仰视，上善得令人永远膜拜。

啊，日月山，倒淌河，你千古流芳！

烟波浩渺的青海湖，宛如一盏巨大
的翡翠玉盘嵌在高山与草原之间，构成
一幅山、湖、鸟、草原相映成趣的壮美
风光与绮丽图景……

高原圣湖

　　青海湖，无论你从哪个角度看，都是一个浩瀚的大海，不管在哪个季节看，也只能看到她其中的一面。所以从多角度，全季节去探究，才能了解她的全貌，才能目睹其全部的风采。碧水共长天一色，水鸟伴湖鱼起舞，雪山同飞云相融，四季与佳景异趣，这就是青海湖。

　　青海湖，地处青藏高原的东北部，青海省刚察县南部，被四座巍巍高山包围：北面是崇宏壮丽的大通山，南面是逶迤连绵的青海南山，西面是峥嵘嵯峨的橡皮山，东面便是雄伟赤彤的日月山。这四座大山海拔都在3600~5000米。举目四顾，犹如四幅高耸的天然屏障，将青海湖紧紧抱在怀中。从山下到湖畔，则是广袤平坦，茫茫无际的千里草原，而烟波浩渺的青海湖，宛如一盏巨大的翡翠玉盘嵌在高山与草原之间，构成一幅山、湖、鸟、草原相映成趣的壮美风光与绮丽图景。2005年10月它被《中国国家地理》杂志评为"中国最美五大湖之首"，2007年被国家旅游局评为5A级旅游景区。

　　青海湖，古称"西海"，又称"鲜水"或"鲜海"。藏语叫"措温布"，意思是"青色的海"；蒙古语称它为"库库诺尔"，即"青色的海"。由于青海湖一带早先属于卑禾族的牧地，所以又叫"卑禾羌海"，汉代也有人称它为"仙海"。西王母是3000多年前生活在青海湖一带的古羌人部落的女首领，她宴请乘八骏之辇来看望她的周穆王于瑶池，而这瑶池就是美丽的青海湖。西王母是青海湖的主神，替王母"殷勤探看"穆王行踪之三青鸟，就是生活在鸟岛上的万千候鸟。

青海湖以其美丽的神话传说被我国历代皇帝视为圣湖。据史料记载，从唐代开始，历朝许多皇帝都为青海湖祭海活动题词立碑，唐玄宗曾题青海湖神为"广润公"，封号青海湖。清代的祭海活动规模日盛且逐渐制度化，从遥祭发展到近湖祭海。因民间传说农历七月十八为西王母的诞辰日，祭海的日子便选在这一天，自唐玄宗以来，每年的这一天都有祭海活动。民国时期，宋子文、马步芳曾先后担任过祭海大员，念的是《总理遗嘱》。现在，祭海仪式又被恢复，但它已经衍化为民间活动。

青海湖，历来是兵家必争之地，早在汉代以前，羌族人在这块地方游牧为生，所以统称"羌海"。西汉末年，王莽在湖边设西海郡，筑城戍守。南北朝时，鲜卑乙弗部落拥有青海湖，首领号称"青海王"。南北朝后期到唐初，这里又是吐谷浑王国的中心，湖边有首都伏俟城。唐代，吐蕃与唐王朝大将薛仁贵、李敬玄、哥舒翰等先后在湖区大军鏖战，争夺地盘，死伤无数，杜甫有诗云：君不见青海头，古来白骨无人收。新鬼烦冤旧鬼哭，天阴雨湿声啾啾。

青海湖，湖面海拔6米，面积广达4283.3平方千米，绕湖一周共约360千米，比著名的太湖大一倍还要多。湖面东西长南北窄，略呈椭圆形。乍看上去，倒有点像一片肥大的白杨树叶。青海湖平均深约16米，最深为28米，湖水容积719亿立方米，是我国第一大内陆湖泊，也是我国最大的咸水湖，也是世界海拔最高的大湖。距今20万~200万年前成湖初期，属于外流淡水湖泊，与黄河水系相通，是距今4000万年前，由于印度板块和欧亚板块的碰撞挤压，喜马拉雅海上升为陆地的结果。后来，因地壳断裂形成的造山运动的继续作用，湖东地势渐渐隆起，造就出日月山，使湖水的出口被山脉所阻隔，东向河水倒淌向西，青海湖便成为只进不出的大湖，现今日月山西的倒淌河便是这段地壳变迁史留下的痕迹。

和青海湖相映成趣的是湖中小岛海心山，它距南岸约30千米，全岛东西长2.3千米，南北宽0.8千米，面积为1.22平方千米，山顶高出湖面数十米，海风如刀，将岛上岩石削割得瘦骨嶙峋，状如宝塔，海心山也称龙驹岛。相传，古时到冬天青海湖湖面结冰的时候，将母马赶到海心山，母马就会怀上"龙种"，产下的马矫健俊美，被称为"龙驹"。实际上，青海湖环湖地区因冬春多雪，夏秋多雨，水源充足，雨量充沛，是既辽阔而又丰美的天然牧场。青海湖一带所育的"秦马"因雄壮和善驰，在战国时代就很出名。隋朝，人们用这里产的土种马经过与"乌孙马""血汗马"交配改良，发展成为独具特色的良马"青海骢"。此种马神骏善驰，为军中良驹。唐时在日月山开"茶马互市"，以茶易马，这些用茶叶从牧民手中换来的马，就是用来充军征战的战马。

唐天宝年间（742—756），名将哥舒翰夜屠石堡城，攻破吐蕃后，占领环湖地区，并在海心山上筑过一座"应龙城"。然而，随着时光的流逝，此城已了无踪影。但是，因海心山四周环水，远离尘世，美若佛界，早从汉代起，就有信徒在上面建庙修神，他们于冬季湖面结冰时带了口粮进海心山，面壁诵佛，整年不出。此俗延续至今，仍有僧人在海心山上礼佛诵经，期望修成正果。

除了海心山外，青海湖中还有三座石岛，如三块巨大的岩峰鼎足于湖中，当地百姓形象地将它称为锅叉石，传说当年唐僧取经路过这里，将锅架在上面烧过饭。三座石岛由于远离陆地，无人干扰，是鸟儿们嬉戏繁衍的天堂。而最具魅力的是蛋岛和海西皮，这两个岛屿在青海湖的西北隅，距入湖第一大河布哈河三角洲不远，左右对峙，因岛上候鸟众多而被人称之为"鸟岛"。

蛋岛也叫小西山、海西山，岛顶高出湖面7.6米。岛上鸟类数量众多，有十几万只，是斑头雁、鱼鸥、棕头鸥的世袭领地。每年春天，棕头鸥、鱼鸥、斑头雁等随季风飞来，在岛上各占一方，筑巢垒窝，全岛布满鸟巢。由于在产卵季节，岛上的鸟蛋一窝连一窝，密密麻麻数也数不清，所以，人们就将此岛称为蛋岛。海西皮东高西低，面积比蛋岛大4倍多，约4.6平方千米。岛上地势较为平坦，岛之东悬崖峭立，濒临湖面。岛前有一秃顶岩兀然而立，如一口巨大的铁钟倒扣在青海湖中，万千只鸬鹚在它那浑圆的脊背上建成一个紧挨一个的窝，抬眼看去，俨然是一座鸬鹚王国的湖中城堡。

青海湖，不同季节，景色迥然不同。夏秋季节，当四周巍巍群山和西岸辽阔的草原披上绿装的时候，青海湖畔山清水秀，天高气爽，景色十分绮丽。辽阔起伏的千里草原就像是铺上了一层厚厚的绿色绒毯，一簇簇怒放的野花，把草原点缀得如锦如霞。数不尽的牛羊和膘肥体壮的骢马，犹如五彩斑斓的珍珠，洒满草原，湖畔大片整齐如画的农田麦浪翻翻起舞，菜花流金，芳香四溢，那碧波与长天一色的青海湖，好似一泓琼浆玉液在轻轻荡漾，而且这时又是赏鸟的最佳季节。鸟岛的主人大都是候鸟，当然也有当地居民。每年春天，当印度洋上的暖流涌来时，南亚诸岛的鸟儿们便越过冰雪皑皑的喜马拉雅山向北迁徙，它们中的一部分便以青海湖为目的地。

这个季节，棕头鸥、鱼鸥、赤麻鸭、黑颈鹤、鸬鹚等十多种候鸟，成群结队返回故乡，数量可达十万余只。它们衔草运枝，搬土叼泥，搭窝建巢，产蛋育雏，忙忙碌碌。在距离鸟岛很远的地方，我们就可以听到音色各异的鸟语，或低吟浅唱，或引颈高歌，叽叽喳喳闹成一片。登上鸟岛，各式各样的鸟巢密密麻麻，五光十色的鸟蛋满地皆是，令人眼花缭乱，无处落脚。当我们登上观鸟台，鸟岛全收眼底，各种候鸟或翱翔于蓝天湖面之间，在天空中划过一道道白色的痕迹；或嬉戏于碧波湖岸之中，在水面留下一道道银亮的波纹；或栖息于沙滩草丛之上，在懒洋洋地晒着太阳，整个鸟岛熙熙攘攘，遮天蔽日，好一个鸟的世界。

青海湖，有鸟222种，分属14目35科，主要有斑头雁、棕头鸥、鱼鸥、鸬鹚等。其中在鸟岛上，斑头雁数量最多，是岛上的主人，其巢布满全岛，但主要集中在鸟岛中部。棕头鸥主要集中在岛东北部。鱼鸥数量较少，零星镶嵌筑巢。此外，岛上还有凤头潜鸭、云雀、红脚鹬、罗纹鸭、红嘴潜鸭、翘鼻麻鸭、大天鹅、秋沙鸭、赤麻鸭等十几种珍贵鸟禽。岛主斑头雁性情温顺，又主要食草，故与主要食鱼的鱼鸥、棕头鸥及鸬鹚都能和平共处。这些小鸟一般互不侵犯，然而当有猛禽袭来，首先由孤雁鸣叫报警，随后大雁、鱼鸥、棕头鸥群起而飞，用身体挡住黑鹰俯冲的道路，继而群起而攻之，使之落荒而逃。起初我弄不明白，这里既没有原始森林，又没有灌木的浓荫，有的只是光秃秃的湖岩，为何鸟儿相中这个地方？哦，原来青海湖的鱼类资源和湖畔的植物资源为候鸟提供了丰富的食物饵料，这里便成了鸟儿们的"伊甸园"。

此外，若是冬天来青海湖又是另一番光景，当寒流到来的时候，四周的群山和草原披上一层厚厚的银装。每年11月份，青海湖开始结冰，浩瀚澄碧的湖面，冰封玉砌，就像一面巨大的宝镜，在阳光下闪闪发亮，终日放射出夺目的光芒。封冻期年均为108~116天，最短为76天，最长138天。冰厚度一般为40厘米，最厚为90厘米。封冰后，湖面平坦，羊群就可以自由走在结冰的青海湖上，冰封的湖面缩短了两岸草场的距离，那一群群雪白的羊群仿如一簇簇雪莲花怒放在湖面上，那穿着红羽绒服骑着青骢马手执长鞭的牧羊人，倒像一抹随着羊群飘动的彤云，其景色真像饮了杯青稞酒让人有点醉意。聪明的牧羊人还会在迁徙途中把冰面凿开一个洞，让羊群喝到冰下的湖水。

　　到3月中旬，冰层破裂，那种撕裂声仿如金属撞击声，煞是动听。此外，还可看到湖泊出现浮冰，在风力作用下，形成巨大的冰山漂至岸边，最大的冰山体积可达十立方米。其形状千姿百态，仿如用水晶雕成的一件件艺术品，那种栩栩如生，那种鬼斧神工，让你仿如闯进了水晶宫，目不暇接，意乱神迷。不过你可要十分注意，若一不小心掉进湖里，可会变成一条冰棍。那年我们在湖里看开湖倒也平安无事，但回西宁路上，车在冰路上打滑整整转了一个360度，险些翻了下来，吓得我们车里的人都惊出一身冷汗。

　　当然，冬季还可到仙女湾看看天鹅。仙女湾景区位于青海湖北部，是青海湖重要的湿地、天鹅的家园。在湖中过冬的天鹅有近万只，所以又被称为"天鹅湖"。每年冬季成群的白天鹅，与草丛上的白雪，湖中的冰片，岸上的霜雪，融成一体，呈现一个冰清玉洁的圣境。这里的冬天，虽是银装素裹，却一点不单调；岸边，像雪般随风飘荡的芦花；岸上，像琼楼玉宇般的雾凇；湖中，皑皑雪山的倒影；草丛中，觅食的野兔和小鹿，特别是成群成群的天鹅，在此展示曼妙的身姿，或排着"人"形的队伍，追赶湖上的落日，或仿似天仙下凡，在湖中尽情嬉戏，与这山、这水、这雪、这人文环境构成一轴轴画卷，像冰天雪地里跳动着一个个优美的音符。圣洁的天鹅，在这里孕育它们的后代，也赋予这片神奇的土地以灵性与温馨。

　　青海湖的周围，是莽莽苍苍的大草原，风吹草低见牛羊，它与青海湖形成谁也离不开谁的共生关系，族源为古羌人的藏族同胞世世代代在这环湖地域休养生息，也与青海湖的生态环境休戚与共。然而，由于20世纪末气候暖干，湖区周围降水少，注入青海河水水量减少，蒸发量加大，青海湖湖水"收支"不平衡，加之多年来在环湖地区建立农场，大面积开垦耕地，拦河筑坝，大量迁入农业人口，草场超载放牧，造成从1959至1988年，湖水水位平均每年下降十厘米，使本来四面环水的鸟岛和沙湖岛都变成了半岛，从而造成湟鱼产卵场缩小，产卵鱼群因水浅不能进入各河道产卵场产卵繁殖。而过度捕捞和滥捕，使濒临枯竭的鱼类更是雪上加霜。

每年夏天，一片连一片的油菜花的确很令人惊艳，但是随着油菜地的大片出现，大量的草地被开垦成为农业综合开发用地，也一定程度上造成环湖生态恶化。此外，青海湖西北角已被十多平方千米的沙丘包围，湖区的沙滩盐渍化严重，鸟岛周围满目黄沙，土地沙化一年甚过一年。正是这种生态恶化，占总数15%~20%的生物物种受到了威胁，藏野驴、野牦牛等珍稀动物数量出现了减少的趋势。湟鱼资源也急剧下降，严重破坏了青海湖"水鸟岛共生"的生态平衡。调查显示，斑头雁、棕头鸥、鱼鸥、鸬鹚等已较1982年下降了72.8%。

青海省政府注意到这个严峻的现实，于是发出通告，从2001年1月1日起，十年封湖育鱼，并开展环湖周围全面进行退耕还湖还草，与青海湖有流动的河流，已修拦河大坝的要开节制闸，严禁在布哈河、沙柳河、哈尔盖河、泉吉河、黑马河新建大坝。政府还规划用30年时间斥资50亿元人民币，治理青海湖的生态环境，这综合工程的实施，有效地保护了青海湖珍稀濒危物种，使高寒生态系统趋于稳定。与此同时，青海湖的环境保护问题越来越受国家的重视，被列入联合国《国际重要湿地手册》，同时加入了《水禽栖息地国际重要湿地公约》。

青海湖是嵌在青海高原的圣湖，我们要用古代祭海的那种虔诚，去爱护她的生态环境，让青海湖永远浩浩荡荡，水碧天蓝，牛羊成群，百鸟翔集，让她永远像迷人的神话一样，活在心中，活在世上。

猛然回首，一座圣殿端坐云端，顿时让我产生一种强烈的仰视之感，布达拉宫隐藏太多神奇的故事，沉淀太厚重的文化历史底蕴，留下太丰富的研究价值……

红山圣殿

远行，是人生中的一门学问，需要有个时间表和路线图，西藏海拔较高，应趁年轻有体力时跑一趟。我是在20世纪90年代初春夏之交进藏的，那时广州没有直达飞机，更没有高铁可坐，我们是飞到成都，然后转飞拉萨的。那次是《西藏青年》杂志社邀请全国青年报刊领导进藏采风，阵势搞得挺大。

刚进拉萨，布达拉宫便直扑眼帘，它巍巍然耸立在玛布日山（也称"红山"）之巅，白云簇拥岚影缭绕，群楼遁山垒砌，殿宇红白相间，气势嵯峨雄伟。《西藏青年》杂志副社长老杨告诉我们，布达拉宫是世界上海拔最高的宫殿，它集宫殿、城堡和寺院于一体，也是西藏最庞大最完整的古代宫堡建筑群！

这些年走南闯北，世界各地名胜古迹不少见，一碰面便能镇住我的则不多，布达拉宫算是一个。光看它不凡的气势，我便敢断定它不愧为藏式古建筑的杰出代表，中华民族古建筑的精华之作，我一下涌出马上去参观的冲动。

杨副社长微笑地劝阻：别急！别急！此行安排近半个月，我们先休整一下再去不迟，接着他给每人派了一份行程表，还告诉我们进藏头三天要注意的三件事：一是动作不宜太大；二是洗澡慎防感冒；三是少饮点白酒。是呵，到了高原每登高一米，都容不得你逞勇。刚下飞机在途中小憩，一女同行者小董见路边一泓湖水清澈见底，湖边长着小花，一时兴起跑去捧一掬湖水洗脸，采几朵小花欣赏，一上堤岸便一骨碌晕倒，输了氧才缓过气来。

我们是在进藏第三天清晨登布达拉宫的，在一抹斜阳的映照下，布达拉宫在雄伟中平添几许瑰丽，它由白宫和红宫以及其配套的建筑物组成，宫殿高200余米，外观13层，内为9层，主体建筑的东西两侧向下延伸，与高大的宫墙相接。宫墙所包范围全部属于布达拉宫，占地面积36万余平方米。

宫墙内的山前部分叫"雪城"，分布着原来西藏政府的办事机构，宫墙内山后有一以龙王潭为中心的后花园。五世达赖重建布达拉宫时在山后取土，形成深潭，后来六世达赖在湖心小岛修建了一座三层八角形的琉璃亭，内供龙王像，故潭称龙王潭，阁名龙王阁。岸边有依依垂柳，湖上有不系小舟，舟下鱼翔浅底，绿野怒放繁花。入布达拉宫，要从殿的左右两侧斜坡上，道的两旁有高耸的玛尼堆和漫天飞舞的经幡。看来，布达拉宫不仅雄伟壮丽，且充满禅味与画意诗情。

布达拉宫始建于7世纪吐蕃王朝藏王松赞干布时期，距今已有1300年的历史。7世纪初，松赞干布迁都拉萨后，为迎娶唐朝的文成公主，特别在玛布日山之上修建了共一千间宫殿的三座九层楼宇，取名叫布达拉宫。据史料记载，玛布日山内外围城三重，松赞干布和文成公主的宫殿之间有一道银铜合制的桥相连。布达拉宫东门外有松赞干布的跑马场。当由松赞干布建立的吐蕃王朝毁灭之时，布达拉宫的大部分毁于战火。

1645年，固始汗（当时青藏高原的最高统治者）和格鲁派摄政者索南群培为巩固当时青藏高原的王国和硕特汗国及下面达赖系统政教合一的政府，重建布达拉"白宫"，并把政府机构由哲蚌寺迁来。1690年第巴·桑结嘉措为五世达赖喇嘛修建灵塔，扩建了"红宫"。以后，历世达赖喇嘛增建了五个金顶和一些附属建筑。特别是1936年十三世达赖喇嘛的灵塔殿建成后，形成了布达拉宫今日的规模。

位于玛布日山之巅的布达拉宫，在当地信仰藏传佛教的人们心中，它犹如观音菩萨居住的普陀山，藏语的"布达拉"就是普陀之意。千百年来，多少信徒香客，倾其所有，走过千山万水，只为来到这座世界上海拔最高的宫殿，给灵塔上一炷香，给众佛磕一个头，给长明灯添一勺酥油。我们看到不少早晨起来的香客，走到白墙下，就已经扑在地上长跪不起，泪流满面，其中有满脸皱纹的老妪，也有年纪轻轻的少女，她们藏有什么故事？我不知道！

我们是一级一级从东部山脚踏上这迂回曲折的台阶，脚步感觉登天梯般轻盈，仰目便是金碧辉煌的金顶、具有强烈装饰效果的巨大鎏金宝瓶、法幢和红幡，交相辉映，红、白、黄三种色彩对比鲜明，分部合筑、层层套接的建筑形体，都体现了藏族古建筑迷人的特色。

我们首先闯入的是白宫。白宫是达赖喇嘛的冬宫，也曾是西藏地方政府的办事机构，高七层。最顶层是达赖的寝宫"日光殿"，殿内有一部分屋顶敞开，阳光可以射入，使整个殿异常明亮，不出殿门也可体悟到江河行地、日月经天、星河流动、风雨雷鸣。日光殿分东日光殿和西日光殿两部分，分别是十三世和十四世达赖的寝宫，也是他们处理政务的地方。这里等级森严，只有高级僧俗官员才被允许进入。殿内包括朝拜堂、经堂、习经室和卧室等，陈设均十分豪华。

第四层是白宫最大的殿宇东大殿，面积717平方米，内设达赖宝座，上悬同治帝书写的"振锡绥疆"匾额。布达拉宫的重大活动如达赖坐床典礼、亲政典礼等都在此举行。白宫外部有"之"字形的上山蹬道。东侧的半山腰有一块宽阔的广场，称作德央厦，是达赖喇嘛观看戏剧和举行户外活动的场所。我们到达时正好碰上千余藏民在广场上夯地基，他们排成方阵，每人拿一个木夯，一面呼着号子，一面夯地，动作整齐，节奏分明，仿佛在进行一场艺术表演。那个西藏历史上唯一一个不情愿做达赖喇嘛的仓央嘉措，三百年前就在这里坐在高高的看台上，心不在焉地观看跳神仪式和歌舞表演，苦盼着夜幕降临，好从小门溜出去八廓街，去那栋如今叫作玛吉阿米小楼去会那让他整日心神不定的小情人。

这不是神话，是一段史记。

仓央嘉措是第六世达赖喇嘛，1683年生于西藏南部的农奴家庭，1697年被当时的西藏摄政王第巴·桑结嘉措认定为五世达赖的转世灵童，同年在布达拉宫举行了坐床典礼。在著名学者桑结嘉措的直接培养下学习天文历算医学及文学等，仓央嘉措对诗的造诣很深。

仓央嘉措家族世代信奉宁玛派，这派教规并不禁止僧徒娶妻生子。而达赖所属的格鲁派，则完全相反，严禁僧侣结婚成家、接近女子。仓央嘉措并没有用教规约束自己，反而以宗教领袖的显赫身份，写下了许多情意缠绵的"情歌"。他还在龙潭的小岛上修了座精美的楼阁，邀请拉萨城里的男女青年一起跳舞唱歌，还为他们编写了很多情歌，这些情歌很快在西藏流传开来。

仓央嘉措为何这么叛逆？一是他进布达拉宫时已是情窦初开的15岁少年；二是要他从宁玛派的忠实信徒骤然端坐于格鲁派领袖的高位，他一下适应不了！不过，他的心情也相当地矛盾，他在《那一世》诗中写道：

曾虑多情损梵行，入山又恐别倾城。

世间安得双全法，不负如来不负卿。

我们离开了白宫，便进入红宫。红宫，主要是历代达赖喇嘛的灵塔殿，它位于布达拉宫的中央位置，外墙为红色，共有五座，分别是五世、七世、八世、九世和十三世的灵塔殿。宫殿采用了曼陀罗布局，围绕着历代达赖的灵塔殿建造了许多经堂、佛殿，从而与白宫连为一体。各殿形制相同，但规模不等。其中最大的是五世达赖灵塔殿，殿高三层，由十六根大方柱支撑，中央安放五世达赖灵塔，两侧分别是十世和十二世达赖的灵塔。五世达赖灵塔殿的享堂西大殿是红宫中最大的殿堂，面积达725.7平方米。殿内悬挂乾隆帝亲书的"涌莲初地"匾额，下置达赖宝座。整个殿堂雕梁画栋，有壁画698幅。红宫西部是十三世达赖灵塔殿，建于1936年，是布达拉宫最晚的建筑，其规模之大也可与五世达赖灵塔殿相媲美。殿内除了灵塔，还供奉着一尊银造的十三世达赖像和一座花费万余白银铸成的十面观音像，并配有一座用20万颗珍珠、珊瑚珠编成的法物"曼扎"。

与这种奢华灵塔殿相比，在这里我们寻找不到六世达赖仓央嘉措的一点痕迹！据记载，仓央嘉措坐床十年之后成了当时蒙藏两派政治斗争的牺牲品！为独揽统治西藏的权力，1705年双方爆发了战争，藏军败，藏摄政王第巴·桑结嘉措被处死，蒙古王拉萨汗向康熙帝告了仓央嘉措一状，说"仓央嘉措不守清规，是假达赖，请予废黜"，康熙帝准奏。仓央嘉措时年24岁。关于他后来的遭遇，流传很多版本：一说仓央嘉措在押解进京途中，在青海湖畔遇害，有人还演绎了个神话的尾巴，说他被青海湖众鸟带去西王母那里；二说仓央嘉措在解送经青海湖的一个风雨交加之夜遁去，开始了自己的流浪生活，先后周游了青海、甘肃、四川、西藏等地，还去了蒙古、印度、尼泊尔等国，曾当过乞丐，运送过尸体，但一直在弘扬佛法，十年后到了内蒙古阿拉善，被当地人奉为上师。现南寺还供奉六世达赖喇嘛仓央嘉措的灵塔，而闻名于宗教界！南寺始建于乾隆二十三年（1758），位于贺兰山主峰西北的阿拉善境内，这里群山环抱，古木成林，溪流潺潺，鸟语花香。占地曾达40万平方米，拥有庙宇数十座，喇嘛1500多名，是内蒙古最大的石雕像群。历史真让人捉摸不透，当年蒙古王上奏康熙帝将仓央嘉措废黜并欲将他置于死地，可蒙古人民却把他奉为上师，筑寺供奉起来。

如今仓央嘉措的身世和遭遇已广为人知，他的情诗被译成20多种文字，传遍了全世界。最近流传的一首《问佛》竟迷倒数千万的听众，他的诗作给作家、诗人、音乐家提供了不竭的灵感和创作的资源。藏传佛教一位高僧对其评价为"从六世达赖的一生来看，他不愧于一个大乘法者的德行"。仓央嘉措从江湖到殿堂，再从殿堂到江湖，也许江湖令他更接地气，更亲近人民，从而更能活在人民心中。布达拉宫虽没有他的一席之地，可在藏传佛教中他是一座耸天屹立的无字碑！

红宫中法王殿和圣者殿，相传都是吐蕃时期遗留下来的建筑。法王殿处在布达拉宫的中央位置，它的下面就是玛布日的山尖。据说这里曾经是松赞干布的静修之所，现供奉着松赞干布、尺尊公主、文成公主以及禄东赞等人的塑像。我看见文成公主塑像前挂满了哈达，还有一抔泥土，听说这土是一西安女子为她老乡放的，不知文成公主是否闻到故土扑鼻的泥香！圣者殿供奉松赞干布的主尊佛———一尊由檀香木天然形成的观世音菩萨像。

红宫中的另外一些宫殿也很尊贵。三界兴盛殿是红宫最高的殿堂，藏有大量经书和清朝皇帝的画像。坛城殿有三个巨大的铜制坛城（曼陀罗），供奉密宗三佛。持明殿主供密宗宁玛派祖师莲花生及其化身像。世系殿供金质的释迦牟尼十二岁像。

红宫的屋顶平台上布满各灵塔殿的金顶，全部是单檐歇山式，以木制斗拱承托外檐，上覆鎏金铜瓦。顶端立一大二小的三座宝塔，金光灿灿，甚是耀眼。屋顶外围的女墙用一种深紫红色的灌木垒砌而成，外缀各种金饰，墙顶立有巨大的鎏金宝幢和红色经幡，体现出强烈的藏式风格。红宫前有一白色高耸的晒佛台，在佛教的节日用来悬挂巨幅佛像挂毡，又令布达拉宫流泻浓厚的藏传佛教的色彩。

布达拉宫真不愧是一个宏大的历史博物馆，收藏着极为丰富的历史文物，如释迦牟尼的舍利子、2500宗卷经书，特别是金字甘珠尔、天竺等地的贝叶经以及清朝以来中央政府关于西藏的各种封赐达赖喇嘛的金册、金印、玉印和乾隆皇帝御赐为挑选达赖转世灵童而设的金本巴瓶。另有布达拉宫内设置的八宝灵塔，其中为五世达赖喇嘛修建的灵塔耗费黄金3721公斤，还有上万款宝石。灵塔包金皮，镶嵌大量珠宝，塔内安放历世达赖喇嘛的肉身，还有藏族匠师制作的金银器皿，镶嵌珠宝的法瓷、供器和民族工艺品，真可谓琳琅满目，价值连城。大殿内的壁画不仅是布达拉宫一道别致的风景，也是一座巨型的艺术长廊，既有西藏佛教发展历史，又有五世达赖生平，文成公主进藏过程，及西藏古代建筑形象和大量佛像金刚等，说它是一部珍贵的历史画卷毫不为过。布达拉宫珍藏着大量书籍，从佛教经典到医学、天文历算、十明（十类学问）学科无所不有，这些文物对于研究西藏的政治、经济、历史、文化都具有重大的价值。

从布达拉宫走下拉萨广场，猛然回首，一座圣殿端坐云端，顿时让我产生一种强烈的仰视之感，布达拉宫隐藏太多神奇的故事，沉淀太厚重的文化历史底蕴，留下太丰富的研究价值。

布达拉宫，你是西藏历史上，一座高耸天际的丰碑。

数十个喇嘛扛着数米长又大又笨重的法号，鼓着两腮涨红着脸，使劲地吹着法号，号声有点沉闷，有点沉重，却又极其浑厚且特具穿透力，它钻进寺院周遭的山谷，也回荡在人们的心头。

雪域狂欢节

每个民族都有自己独特的传统节日，在雪域高原上的藏族同胞也有自己隆重的传统节日——雪顿节，这真可谓是一个惊天地泣鬼神的狂欢节，我们是专门选择这个节日期间踏进雪域高原的。

在藏历6月30日（阳历每年日期不同，约在8月下旬），天还没亮，我们便跟着《西藏青年》杂志社副社长老杨赶到拉萨最大的寺庙哲蚌寺。这寺庙是1416年由藏传佛教格鲁派创始人宗喀巴的四弟子绛央却杰所建，占地面积约20万平方米，由三个大殿和一个经学院的建筑群组成，因其白色外墙建筑依山而建，从远处看好像很大的米堆，而米堆在藏语称作哲蚌，这寺因此而得名。自它建成之后，雪顿节的序幕——展佛就在这里举行。

我们赶到时，那里早已聚集了黑压压一片的朝拜者，他们是披星戴月从四面八方赶至，在等待展佛的庄严时刻的到来。展佛俗语说的是晒大佛，它既是雪顿节的序幕，也是雪顿节的高潮，是这节日的重头戏。前来朝拜的信徒越来越多，在山下汇成人山人海，藏族的信徒都穿着节日的盛装，远远望去简直成了一个斑斓的海洋。围在山下的数千名喇嘛，身穿紫红色袍子，头戴金黄色的峨冠，席地而坐，他们低着头虔诚地祈祷着，祈祷世间风调雨顺，祈祷人民幸福吉祥。数十个喇嘛扛着数米长又大又笨重的法号，鼓着两腮涨红着脸，使劲地吹着法号，号声有点沉闷，有点沉重，却又极其浑厚且特具穿透力，它钻进寺院周遭的山谷，也回荡在人们的心头。

当展佛时辰一到，数百名粗壮的喇嘛排成一字长蛇阵，扛着一幅500平方米用五彩丝绸织就的巨大释迦牟尼像，在法号声和诵经声中，健步迈上坡顶，迅速挂在山坡上，然后揭去披在大佛上的一层薄薄的轻纱，释迦牟尼佛在曙光下缓缓露出尊贵而又祥和的真容。一抹斜阳照来，大佛浑身放射出佛光，照耀着大地，信徒们向大佛献上洁白的哈达，抛上念珠等信物，然后双膝跪地，双手合十，向释迦牟尼佛虔诚地顶礼膜拜，场景甚为壮观而且震撼。朝拜者也许通过这种膜拜，祈求人佛之间达到一种沟通，达到一种默契，希冀灵魂得到升华吧。

在藏语中"雪"是酸奶子的意思，"顿"意为"宴""吃"，雪顿节按藏语解释应是吃酸奶的节日。雪顿节起源于11世纪中叶，节日最早在哲蚌寺形成，那时雪顿节是纯宗教活动。民间相传，佛教的戒律有二百多条，最忌讳的是杀生。由于夏季天气变暖，草木滋长，百虫惊蛰，万物复苏，期间僧人外出难免会踩杀生命，违背佛教中"不杀生"之戒律。因此格鲁派的戒律中规定藏历四月至六月期间喇嘛们只能在寺院待着，关门静静地修炼，称为"雅勒"，意即"夏日安居"，直到六月底方可开禁。待到解制开禁之日，僧众纷纷出寺下山，世俗老百姓为犒劳僧人，备酿酸奶，为他们举行郊游野炊，这就是雪顿节的由来，后来逐渐演变以展佛和演藏戏为主，这节日不仅拉萨有，其他地区亦有，在日喀则叫"色木钦波"，时间要晚于拉萨，规模也小于拉萨。

到了17世纪下半叶和18世纪初，清朝皇帝册封了五世喇嘛阿旺·罗桑嘉措和五世班禅罗桑益西贝桑布，赐给金册、金印，这样西藏"政教合一"的制度得到加强。据记载，来自藏区各地的12个藏戏剧团涌到雪顿节来，是宗教活动和文娱活动相结合的开始，但范围仍局限在寺庙内。先是以哲蚌寺为活动中心，故称为"哲蚌雪顿节"。五世达赖从哲蚌寺移居布达拉宫后，每年六月三十日的雪顿节，也总是先在哲蚌寺内进行藏戏会演，第二天到布达拉宫为达赖演出。18世纪初罗布林卡建成后，成为达赖的夏宫，于是雪顿节的活动又从布达拉宫移至罗布林卡内，并开始允许市民群众入园观看藏戏。这以后，雪顿节的活动更加完整，形成了一套固定的节日仪式。

在哲蚌寺看完晒大佛之后，杨副社长马上带我们赶往位于拉萨西部的罗布林卡，因为雪顿节的第二个节目藏戏会演在这里举行。我们进园一看，只见古木蔽日，绿草如茵，小桥流水，亭台楼阁，颇有江南园林的气韵。这里早已涌动着人潮，演出在石板铺成的舞台上进行，上面张挂硕大无朋的黄色凉篷，像一飘在空中的金色云朵。

据说，过去雪顿节，拉萨所有的大贵族、大活佛、地方政府的僧俗官员，都要早早来到罗布林卡，陪达赖喇嘛看戏，出席地方政府举行的酸奶宴会。达赖喇嘛坐在露天舞台西侧宫殿式的门楼上看戏，只有少数身份显赫人物才能坐在他的身边，其余僧俗官员按地位高低围坐在露天舞台两边。而舞台东面，坐满了密密麻麻的平民百姓，他们都是从市区和附近农村赶来的。雪顿节期间，达赖喇嘛的夏宫，对他们开放五天，表示神王与百姓同乐，机会非常难得。大家身穿节日服装，戴上所有的首饰，带着酸奶和各种吃喝，怀着惴惴不安的心情踏进神圣的园林。看戏时不能拥挤，不能喧哗，不能站起来，稍有越轨，"瓜甲巴"（打手）长长的竹竿，就会雨点般地落在头上。

藏戏被称为藏族文化的活化石，题材多来自民间故事、历史传说、佛教经典等，沉淀下来的有《诺萨法王》《文成公主》等八大传统藏戏。高亢动人的唱腔，抑扬顿挫的独白，神奇瑰丽的面具，古朴肃穆的服饰，优美动人的舞姿，历经600余年的洗练，藏戏散发着一种浑然天成、底蕴丰厚的独特魅力。演出结束，主持的官员代表达赖喇嘛给演员送东西，照例是成袋的青稞、糌粑，还有酥油、茶叶等。据说有一年，十三世达赖喇嘛颁布了金面具奖和金耳环奖，最佳男演员被授予一个饰有金子日月图案的面具。每个剧团的戏师，奖给一个金耳环（"阿龙"）或金耳坠（"索吉"）。参加雪顿节的12个剧团，只有觉木隆剧团有女演员，但女演员不能进罗布林卡演戏，她们只能在帐篷里做饭熬茶，或者出门讨饭、打短工挣点收入。

1959年，西藏进行民主改革后，雪顿节的内容更加丰富。节日期间，拉萨市附近的藏族人民三五成群，老少相携，背着各色包袱，手提青稞酒桶，涌入罗布林卡内。节日时，除西藏藏戏剧团外，还有青海、甘肃、四川、云南等省的藏戏剧团来到圣城拉萨切磋戏艺。近年，传统的雪顿节以展佛为序幕，以演藏戏看藏戏和群众的游园活动为主要内容，同时还有精彩的歌舞会演以及赛牦牛和马术表演活动，2009年西藏拉萨雪顿节还同时进行拉萨国际马拉松比赛。自治区各机关、单位将大型的文艺活动、学术研讨会、经验交流会安排在雪顿节期间召开，使雪顿节的内容更为扩大，内蕴更为丰富。

杨副社长为我们找了一个很好的位置坐下，伴着震耳的锣鼓声和众人的欢呼声，沃热藏戏队盛装出场，30名表演者身穿山南传统民族服饰，面带各式面具到舞台中间，他们要表演著名的八大传统藏戏之一的《白玛文巴》。《白玛文巴》讲述一位商人的遗腹子在一群空行母的帮助下战胜恶魔，勇斗邪恶的国王，最终为父报仇的故事。

藏戏演出本是露天舞台，观众也常常席地而坐，演员不同的面具色彩象征不同的角色特征，深红色象征国王，黄色象征活佛，蓝色代表正义和勇敢，而半黑半白象征两面派，很多观众一边听藏戏，一边摇着手中的转经筒或念着佛珠，当戏剧演到吉祥喜庆的时候，前来观看的官员和部分富人、百姓用哈达裹着钱抛向舞台，硬币如雨点般哗哗啦啦地落在演员的头上身上。此刻，掌声和欢呼声响成一片。

看完藏戏演出，杨副社长带我们去过林卡。而过林卡是雪顿节又一喜庆节目，藏族同胞非常喜欢过林卡，尤其是雪顿节期间。"林卡"藏语为"园林"，过林卡即是在园林中度假的意思，拉萨过林卡的地方主要是罗布林卡、人民公园、龙潭公园以及哲蚌寺和色拉寺附近的林地里，还有拉萨河畔。藏族是一个十分热爱大自然的民族，他们根据高原气候环境和生活条件形成民族习惯，在冬长夏短的西藏，阳光明媚的夏季，是最为宝贵的。这时的拉萨风和日丽，空气清新，树茂草盛，在挺拔的钻天杨下，婆娑的古树旁，在茵茵的绿草上都搭满了色彩斑斓的帐篷。杨副社长告诉我们，每逢雪顿节前七天，家中壮汉或全家人，拿上绳子或石灰到林卡里去圈上一圈，意此地已被占据。有的是隔夜或当天一大早，或邀朋请友三五成群，或老少相携，举家行动，背着各色包袱，手提青稞酒桶涌入卡内。一夜之间罗布林卡以及周围的树林，便涌现一座色彩鲜艳具有浓厚藏族文化风格的帐篷城市，还形成几条热闹繁华的节日市街，几乎整个拉萨城都搬进了这片绿色天地。

杨副社长带我们前往拉萨河畔，在河畔的草地上满布着白色的帐篷，仿如一瞬间长满一朵朵雪莲花，从每个帐篷里都流泻出高亢热烈的歌声和高原特有乐器的伴奏声，通过敞开的帐篷，我们清楚地看到几乎每个帐篷都在载歌载舞，整个拉萨河畔成了一个欢乐的海洋。藏族是一个富有艺术创造力，具有悠久文化艺术传统的民族，享有"会说话就会唱歌，会走路就会跳舞"之美誉，长期以来通过与其他民族文化之间的相互吸收、融合，形成了独具特色的藏族音乐和舞蹈。据杨副社长介绍，藏族音乐在20世纪50年代、90年代和21世纪的热潮引领下，唱响全国甚至走向海外。

在缓缓流淌的拉萨河上，有人在尽情地洗澡，有人在认真地洗刷衣衫鞋袜。在空旷的草地上晾满已洗的衣服，也有人洗累了，摊开四肢，舒舒服服地躺在地毯般的草地上晒太阳，或依在古树下，边吃边唱，或听鸟儿在树上啼唱，或看飘下的黄叶在河上漂荡。杨副社长带我们闯进一个帐篷里，帐篷地上铺了几张床单，十多位青年男女正围着两张茶几，一边喝青稞酒、酥油茶，一边弹六弦琴，唱着民歌，一见我们进来，赶忙给我们让座。我们还没坐定，几位女藏族同胞已为我们端起青稞酒，一边起来一边唱起了祝酒歌——

> 闪亮的酒杯高举起哟
>
> 这酒杯斟满了情和意
>
> 祝愿朋友吉祥如意
>
> 祝愿朋友一帆风顺
>
> 欢聚的时刻虽然是这样的短暂哟
>
> 友谊的花朵却开在我们的心里
>
> ……

你能拒绝他们这么诚挚的热情么？那就喝吧，可是一碗还不够，要喝就得让你连喝三碗，这就是藏族人所说的三口一杯，敬天、敬地、敬神。

每个帐篷都是这样一直玩到傍晚，从大人到小孩，个个都带着浓烈的醉意，一路欢歌而归。这就是西藏人，西藏的宗教，西藏的节日，西藏那饱满的雪域风情。

　　扎西德勒!

情发呆想心事的地方，一个可以穿越时空和历史对话的地方，一个笼罩着浓浓宗教色彩，流溢着浓浓文化底蕴，散发着浓浓古街风情，充盈着浓浓购物氛围的地方。

　　啊，世界屋脊，你并不贫乏！

起，我们竖起大拇指，赞他有本事，他们却齐声说是在"广东经济学院"学的，因为根子在长白山，积累点资金学了点本领便回长白山发展。趁着几分醉意，他们四位竟哼起《大美长白山》——

　　啊　长白山
　　四季大美轮回变换
　　圣洁和永远
　　啊　长白山
　　相守白头
　　相爱永远
　　天上人间
　　……

　　晚上我们到了镇上的剧院，看了一场别开生面的演出，每个节目都充满浓郁的乡土味，那高亢的伐木工号子，那刚劲的猎人之舞，那充满诙谐的"二人转"，看得我如醉如痴，真想不到县级的文艺团体竟有如此高超的演艺，事隔数年却依然历历在目。那天有点累，加之山风送爽，虫鸣催眠，一上床便呼呼入睡。

　　次日，天刚发白，房副社长便唤醒我们登山。山门的门楣是邓小平1983年登上长白山极顶时题写的"长白山"三个大字，那次参观完他老人家发出赞叹："人生不上长白山，实是一件憾事。"入了山门就可坐观光车，可游长白山景区山麓的各个景点。但要上天池，则得换上吉普车，且司机的技术要特别好，因为上山的路又陡又滑又弯又窄。我们搭那辆车的司机高大威猛，有点像电影《唐山大地震》的主角张国强，聊起来他话也很多。他在部队当汽车兵转业，很向往改革开放前沿阵地广东，曾在东莞当过驾驶员，他说极喜欢东莞宏远篮球队，因为这支队数年拿了全国的冠军。他儿子长得很高，不到17岁便长到差不多1.9米，他曾带儿子到东莞看过宏远篮球队打球，希望儿子长大能到宏远篮球队当球员。

停车场设在靠近峰顶的长白山天气监测站旁，要观天池还得爬段山路。虽是初夏，四望尽是皑皑白雪，那闪着银光的雪峰，那积着厚雪的山谷，登峰的路虽清了雪，但踏在路的雪渍上还是吱吱作响。山上风很大，山下穿着短袖衣，此刻却要披上羽绒服。登上峰顶，上有邓小平题写"天池"的石碑，放眼四望，天池尽收眼底。天池是中国最深的火山口湖，周围有16座奇峰环抱，海拔2189.1米，水面面积9.82平方千米，水深平均204米，最深达373米，年积雪高达258天，是中国最高最大最深的高山湖泊，蓄水是20.4亿立方米，是东北三条江——松花江、鸭绿江、图们江的发源地，临近池面还有水文检测站。

天池，水平如镜，水色澄碧。房副社长告诉我们，冬季湖上结冰，厚达一米以上。天池的内壁由16座山峰的悬崖峭壁组成，其石质是白色浮石与粗面石岩。从山峰俯视下去其状如一只硕大的玉碗，盛着微波荡漾的玉液琼浆，颇有鬼斧神工之妙。相传在很久很久之前，每年七月七日，长白山上必有天火喷吐，山上生灵全部被焚烧殆尽，一个叫日吉纳的姑娘，为了拯救村民，抱着刺骨的玄冰，爬上喷火的山口，纵身跃下，刹那间群山摇动，腹部塌陷，被砸出一个大坑，从此风霜雪雨在此汇集，形成了长白山天池。

天池气象瞬息万变，多云、多雾、多雨，常有蒸汽弥漫，风雨雾霭遮掩，宛若缥缈的仙境。天池观景，反差强烈，天气晴朗时，晶莹的峰顶倒映池中，色彩缤纷，景色诱人；狂风呼啸时，砂石飞腾，浪高一米以上；倘若暴雨倾盆，冰雪骤落，绰约多姿的奇峰峻崖，统统笼罩在混沌与迷蒙的面纱之中。湖中有长达十个月的冬季，湖水结冰期达六个月之多。

当地人认为天池有怪兽。大多数专家认为，这样寒冷的水域，一般只能生长少数几种冷水鱼类，但近几十年内，至少有30回数千人次，目击天池中有不同动物的记录。有目击者说怪兽像牛，有的说像狗，有的说像黑熊，有的说像蛇颈龙，有几次有人拍下或录下天池怪兽，但由于距离远加之天气迷蒙，也看不清是什么怪兽。长白山最具权威的《长白山志》的《大事记》中记述："光绪二十九年（1903），行路人徐永顺云，其弟复顺随至让、俞福等人，到长白山狩鹿，追至天池，适来一物，大如水牛，吼声震耳，状欲扑人，众人皆惧，相对失色，束手无策。俞急取枪击放，机停火灭。物目眈眈，势将噬俞，复顺腰携六轮小枪，暗取放之，中物腹，咆哮长鸣，伏于池中。半钟余……池内重雾如前，毫无所见。"这是对怪兽最早的文字记载。

房副社长说，天池附近还曾出现过"佛光"。1992年6月，佛光出现在长白山。当时一缕光束，破云而射，极其刺目，需片刻调适，视觉才能恢复。只见远处云雾中，一面大而圆的"光盘"悬挂其间，似银币如皓月，"光盘"中有一黑影，四周为一圈彩环，七色斑斓镶在"盘缘"，放射异彩，有人认为是佛陀把"佛光"赐予长白山。

怪兽之谜与"佛光"的出现，无疑为天湖的胜景，平添一抹绚丽、幽深与神奇的色彩，更让人产生一种探究其中奥秘的好奇心。

长白山天气寒冷，但生长在此的茵茵芳草和艳艳鲜花，依旧有蓬勃的生命力。那雍容华贵的长白杜鹃，那洁白如玉与杜鹃一块被誉为长白圣花的高山罂粟，那胜似红衣仙女的高山百合，那宛如金色耳环的高山菊，那小巧玲珑的白龙胆和遍布各个角落的高山桧，以及第四纪冰川时期由北极推移过来的长白越橘、松毛翠等，挺立着或高大或矮小的身躯，共同编织着锦绣的天池风光。房副社长说，这图景在西坡会看得更清楚，而六七月份开得最为灿烂。

我们从主峰走下山麓，发现有两个小湖泊，被人们称为"小天湖"，这两个湖一南一北，相距只有100米，像一双明眸，晶莹剔透，秋波盈盈，倒映着雪山、白云、蓝天、绿树，美不胜收。这里有飞瀑，有流泉，有石山，有莽莽岳桦，有通幽曲径，有八面来风的水榭风亭，这里是摄影留念乃至拍电影的天堂，《雪山飞狐》就在这取了不少镜头。

在天池的北侧，天豁峰与龙门峰之间有个缺口，池水由此溢出，形成乘槎河（又称天河），这是目前世界上最短的河流，只有1000多米。在天河的尽头，便是悬崖峭壁，河水飞流直下，形成68米落差瀑布群，似雪狮飞舞，像旱天雷轰，泻落深潭，绽放千簇雪花，真乃不同凡响。我们在北侧山麓望去，仿见一位婀娜多姿的少女，挥着白练在翩翩起舞，极为妩媚。据房副社长说，在冬季瀑布则挂满晶莹的冰凌，远望则如倒挂的冰川，甚是壮观和奇妙。

在长白山瀑布往下走900米的地方，便是长白山温泉，这是一个分布面积达1000平方米的温泉群，13个眼泉水喷涌不息。它由火山地热源所生，泉眼大小不一，终年热气腾腾，平均水温为60℃～80℃，可以泡熟鸡蛋和玉米。温泉附近的岩石，砂砾光怪陆离，闪烁着七彩光斑，远看如一幅幅色彩斑斓的油画。我们美美地泡了个温泉浴之后，坐在瞭望亭里，一面食用温泉泡熟的鸡蛋和玉米，一面看远方飞泻而下的瀑布，任山风入怀，任泉声入耳，那么舒适，那么闲逸，真有飘飘欲仙之感！

在返程的车上，我们热烈谈论观感，房副社长深情说："我虽然离开长白山，但心永远热恋着她。"他告诉我们，这趟走完了北坡，长白山的风景是看得差不多了，有空最好还去西坡看看，夏季去看看花海，冬季去滑滑雪，那可是另一番风情。

我听房副社长这么一说，一年后的盛夏，我带期刊界的几位领导，在长春考察"吉刊现象"之后又走了一趟长白山，在看完北坡之后又着实去西坡考察一番，果然西坡没北坡那么陡，亲近起天池来更为容易，西坡开发虽然较迟，却呈现一派后发的优势，原生态保持得相当完整，生态花园遍地开花，处处是花的海洋，花的世界，还有大面积人参种植园、雪蛤养殖场、蓝莓开发基地等一大批产业。此外，还引进外资开发了一个名列世界前茅的滑雪场和一个风情小镇。利用生态资源而不过度开发，经济效益陡增，却不破坏生态平衡。

同年春节我索性携了一家大小在长白山住了整整一个星期，既一睹长白山"千里冰封，万里雪飘"的那种壮阔那种雄浑那种大气，又在滑雪场玩了滑雪，拍了雪景，尝了美食。滑雪场占地7平方千米，共有雪道43条，其中有满足冬奥会比赛要求的9条雪道，可同时容纳8000位滑雪者。那弯弯的雪道两旁都是桦林，桦林后面便是莽莽苍苍大雪覆盖的村舍与河流，一拨拨穿着红色雪衣往下飞滑的滑雪者，像团火焰、像颗流星、像片流霞在林中穿越、在雪地腾挪、在山间飘飞，那种气势、那种美姿、那种豪迈在南方是无法领略的。

我喜欢长白山迷人的风景，更佩服永远恋着长白山的人，他们守住青山绿水，也夺取得金山银山。

当雾凇出现的时候，漫漫江堤，披
银戴玉，每棵江边垂柳琼枝摇风，岸上
苍劲古柏仿如千万朵银菊在怒放，仿如
千万丛白牡丹在盛开……

一江寒水看琼花

　　早就想去吉林看看雾凇，吉林的雾凇与桂林山水、云南石林、长江三峡被
称为中国四大自然奇观，而吉林雾凇却是这四处自然景观中最为特别的一个。

　　每当雾凇来临，吉林松花江岸，十里长堤"忽如一夜春风来，千树万树
梨花开"，江边那一排排垂柳结满琼枝玉叶，山坡上那一丛丛松柏绽满银菊牡
丹，把人们带进如诗如画的仙境。

　　看雾凇的精华地带在雾凇岛，雾凇岛在乌拉街镇，离吉林市区近四十千
米，只需一小时的车程。岛上地势较吉林市低，又有江水环抱，冷热空气在这
里交汇，冬季升腾起的大雾常常笼罩这个近六平方千米的小岛，有时竟一天也
看不见太阳，在这样的天气下，挂在树上的雾凇是不会掉下来的，并且夜里又
挂上一层。

　　我们抵达雾凇岛太阳快要下山，与其说是错过当天看雾凇的时机，倒不如
说正好碰上看雾凇的最佳时机。人们把吉林雾凇的观赏概括为三个阶段："夜
看雾，晨看挂，待到近午赏落花。"我们安顿下来，夜去看雾，明天早起看
挂，近午赏落花！不就可全部领略不同时间段的惊奇了吗？

　　我们在雾凇岛的曾通屯找了间民居住了下来，据此行的东道主吉林教育出
版社房副社长说，曾通屯是在岛上欣赏雾凇最佳的去处，因为这里沿江长满垂

柳，坡上长满苍松古柏和陌头长满千年榆树，树丛成行成垄，树形特别奇特，挂起雾凇来可谓百态千姿，曾有"赏雾凇，到曾通"之说。这里民房很传统，土烧的炕，纸糊的窗户，报纸糊的墙，屋内还设有独立的卫生间和太阳能热水器。我们晚间就在客栈里用餐，主人用柴火烧饭，空气中弥漫着农家特有的那种淡淡炊烟味，我们学着东北人一样，盘腿坐在火炕上。桌面上摆的尽是东北菜，三套碗、人参炖鸡、鹿茸三珍、清蒸白鱼、荷花田鸡、白肉血肠，喝的是东北玉米酒，一壶烧酒下去，寒意和困倦都赶得无影无踪。房副社长借着三分酒意，扳着指头，像说书般说起吉林的雾凇来。

大自然中雾凇较为常见，在中国和世界的许多地方都可以看到它的身影，中国的黄山、庐山、张家界的雾凇都很有特点，为何偏偏吉林雾凇一枝独秀？这其中既有自然的条件亦有人为的因素。每当冬季，尽管松花湖上一抹如镜，冰冻如铁，但冰层下面几十米的水里仍能保持4 ℃的水温。水温和地面温差常在30 ℃左右，于是就形成了松花江市区以下几十里不封冻的江面。温差使江水产生雾气，江面上白雾袅袅，久不消散。沿江那十里长堤，苍松林立，杨柳抚江，就在一定的气压、风向、温度等条件的作用下，江面的大量雾气遇冷后便以霜的形式凝固在周围粗细不同的树枝上，形成大面积的雾凇奇观，由于拥有得天独厚的自然条件，所以吉林雾凇又具有持续时间长、厚度大、出现频率高的特点。每年从12月下旬到翌年2月底，都是吉林观赏雾凇的最好的季节，最多一年可出现60余次。冰封时节吉林的草木虽已凋零，万物也失去了生机，然而雾凇却总能把"千树万树梨花开"的奇妙景致降临在北国江城。

人为的因素说的是水电站。冬季的吉林气温在零下20 ℃以下的天数达六七十天，奇妙的是穿城而过的松花江水，居然可在冬日严寒时同样奔流不息。从吉林市溯流而上15千米就是著名的丰满水电站。水电站大坝将江水拦腰截断，形成巨大的人工湖泊——松花湖。近百亿立方米的水容量使冬季的松花湖表面结冰，但水下的温度却保持零度以上。特别是湖水通过水电站发电机组后，温度有所升高，江水载着巨大的热能顺流而下，于是就形成了几十里江面严寒不冻的奇特景观，同时也具备了形成雾凇的两个必要而又矛盾的自然条件：足够的低温和充分的水汽。水和空气之间产生巨大的温差，松花江不断释放出的水蒸气凝结在两岸的树木和草丛之中，形成厚度达40～60毫米的雾凇现象，远远超过国内北方一些地方的雾凇厚度（多为5～10毫米）。而"吉林雾凇"又是雾凇中厚度最厚、密度最小和结构最疏松的品种——毛茸形晶状雾凇。

房副社长的一番高见，使我们茅塞顿开。

我们一看墙上的挂钟，快晚上十点啦，赶快跑到江边去看松花江上出现的江雾景观。只见一弯冷月挂在天际，江面上传来几声渡轮的汽笛声，江边还有几只野鸭在游弋，也许是听到什么动静，忽拍打着翅膀飞去对岸。江面上开始有缕缕雾气在袅袅娜娜升腾而起，继而越来越大，越来越浓，它们互相缠绕，互相拥抱，互相交融，集结成一大团一大团的雾霭在升腾着翻滚着，像一望无际的云水和烟雨，涌向松花江的两岸，把江中渡船包裹得忽隐忽现，让朦胧的远山忽浮忽沉。

霎时间，江边的垂柳，坡上的松柏，村前的老榆树，镇上的大街小巷楼房民居，都被大雾所笼罩。商店的霓虹，食肆的酒旗，路旁吊在树上的红灯笼，以及万家灯火在雾海中不时变幻色彩，时而昏黄，时而玫红，时而淡青，变得五光十色，扑朔迷离，整个岛屿仿如处在虚无缥缈却又变幻无穷之烟雨迷蒙的仙境之中。

雾这么重，明天能看到雾凇吗？我们疑惑地问。房副社长微笑地说：一般来说，当夜的江雾越是浓重，次日的晨雾越是壮观，这也是吉林雾凇预报的一个重要征兆，回去洗个澡，好好睡个觉，明晨早起看精彩的雾凇吧！

天刚露一抹曙色，我们便起床向松花江走去，江边早已挤满黑压压的人群。经过一夜的浓雾，昨夜那十里江堤上迎风摇曳的柳树，那黑森森的松柏和形状奇特的千年榆树，居然在我们眼前豁然呈现出一个银色梦幻般的奇妙世界。冉冉升起的红日被晨雾重重遮住，但也透过厚厚雾凇留下的空隙射出细碎的光斑，让雾凇不时染上一抹赤彤、一抹金黄或一抹淡橙，与天边的云霞构成一幅色彩斑斓的图景。

走近江边，透过雾凇，我们看到江水在横流，渡船在破浪、小艇在游弋，鸥鸟在盘旋。对岸的村庄农舍，近景，雾凇晶莹剔透，百态千姿；远景，原野银装素裹，意态迷蒙，如泼、如泻、如染；再远点，山峰岚影飘飞，金光罩顶，如岛、如冠、如浪。天地间流动着一轴构图与色彩绝佳的山水画！

"一江寒水清，两岸琼花凝"，是对雾凇岛的雾凇奇观那仪态妖娆、风韵独具的典型概括。当雾凇出现的时候，漫漫江堤，披银戴玉，每棵江边垂柳琼枝摇风，岸上苍劲古柏仿如千万朵银菊在怒放，仿如千万丛白牡丹在盛开。而那高大威猛千年榆树经雾凇一覆盖，仿如吐艳着一树一树的蜡梅。

码头上那一不解的小舟却是另一番情调，舟上铺满一层薄薄的霜，舟下凝结一层薄薄的冰，可江中的河水依然在低吟浅唱，那支插在江中的竹篙变成一条冰柱，远望如一根银光闪闪的定海神针。岸边的小草也十分有趣，被雾凇包裹得毛茸茸的，偶尔也会跑来一两只小白兔，那一抹红唇，那几根小须，在雪地中显得特别醒目，也特别逗人。

吉林雾凇不仅形状相当精致，而且场景十分恢宏，尤其那十里江堤简直是一个银雕的世界。雾凇不是雪，也不是冰，而是树枝上挂的白霜，沿着松花江堤岸望去，仿如一银色大海，翻着排排雪浪，十分雄浑，十分壮观。细细品来，又如用琼枝玉叶搭成的艺术长廊，有玉砌的宫灯，有银镶的器皿，有冰雕的图腾；再换一个角度去看，则如一个用钻石和水晶砌成的广寒宫，玉洁冰清而又寒气逼人。

这银色的大海，是那么汹涌，那么澎湃；这艺术长廊，是那么的晶莹，那么的剔透；这银色的广寒宫，是那么幽静，那么典雅。而在这银雕的世界里，不时走出一群群穿着红色绿色和黄色羽绒衣的姑娘，她们在那尽情地玩耍，忘情地拍照，放声地欢笑，像一团团光焰在跳跃，像一片片绿茵在铺展，像一潭潭碧水在流动，给人以无限的惬意，无限的温馨，无限的宁静和无限的想象；而那欢笑声比音乐还要清脆，还有韵味，还更为动听。难怪不少中外游人流连忘返，陶醉在"吉林雾凇天下奇"的意境中，吉林雾凇不愧为北国风光之最，难怪它名列中国四大奇观之一。

大概九点多，太阳已经升高，气温随之上升，微风开始增强，阳光和江风一合击，凝结在树枝上的雾凇开始脱落，接着是成束成束地滑落。正是这个时候，微风吹起脱落的雾凇在空中飞舞，明丽的阳光辉映在上面，仿如五颜六色的雪帘在掀动在翻飞在雀跃。然后纷飞的雾凇似雪花一样飘落江边,飘落原野,飘落在人们的头上、肩上,让人感到格外凉爽、清静而又舒畅,真想不到"待到近午赏落花"果真如此奇妙。吉林雾凇之美,美在壮观,美在奇绝,也美在其不可预知性,雾凇来时"忽如一夜春风来,千树万树梨花开",去时"无可奈何花落去,似曾相识燕归来",雾凇真有点说来就来,说走就走的感觉,宛如天地使者,既神奇又神秘,仿如向你诉说什么玄机!

除了如精灵般的优美,雾凇也是空气的天然清洁工。雾凇初始阶段的水蒸气会吸附空中微粒沉降到大地,净化空气,因此雾凇不仅在外观上洁白无瑕,给人以纯洁高雅的风貌,而且还是天然大面积的空气"清新剂"。此外,雾凇还是天然的"负离子发生器",有消炎灭菌、促进新陈代谢加速血液循环等功能,可调整神经,提高人体的免疫力。因为,它产生的负氧离子是空气中的"维生素""环境卫士""长寿素"。听说,根据雾凇出现的特点、周期和规律,还可预测未来天气和年成,为各行各业兴利避害,增收创利做一份贡献。

吉林雾凇这一天气现象出现,除了大自然鬼斧神工的作用,还有人类利用大自然的规律,让其作用发挥得更充分,使之与自然因素相辅相成,互相辉映,互相借力,吉林雾凇真可谓浑然天成之杰作。

走在吉林寒冷的大道上,看看似纱丝、似白菊、似珊瑚的雾凇,不禁会让人想到"寒江雪柳,玉树琼花"。也许这就是大自然赐予吉林这片寒冷大地的补偿吧!上善若水,雾凇是水化作的精灵,雾凇的价值是天然去雕饰,而又精美绝伦。神州,真神——玉树琼楼在人间!

这一条中央大街所承载的，又岂止是琳琅满目的店铺和商业的繁华？欧洲三百年的文化史诗和建筑艺术的恢宏画卷交融一体，就是哈尔滨这座城市的灵魂……

夜幕下的哈尔滨

中国的版图，像一只啼晓的雄鸡，其鸡首在东北，白山黑水的东北三省各有其妙，若论省府的神韵，则非黑龙江的哈尔滨莫属。

哈尔滨，地处东北亚中心地带，被誉为欧亚大陆桥的明珠，是第一条欧亚大陆桥和空中走廊的重要枢纽，也是中国历史文化和国际冰雪文化的名城。

哈尔滨，历史悠久，源远流长。早在两万两千年前，旧石器时代晚期，这里就已经有人类活动。大约3000年前，殷商晚期，哈尔滨进入青铜时代，属于黑龙江地区最早的古代文明古国——白金宝文化的分布区域。

哈尔滨，是座从来没有建城墙的城市，可它却是金、清两代王朝的发祥地，金收国元年（1115），金代就在此建都，金大定十三年（1173），重新定为陪都。元、明时哈尔滨又成为成吉思汗三弟斡斤家族的领地，明末清初，女真人曾用此城遗存的建筑材料在原地修筑阿勒楚喀要塞。可见，这没有过城墙的城市，历来都是兵家必争之地。

清光绪二十二年至二十九年（1896—1903），随着中东铁路建设，工商业开始在这里集结，中东铁路建成，哈尔滨形成近代城市的雏形。20世纪初，哈尔滨就已成为国际性商埠，先后有33个国家的16余万侨民聚居这里，19个国家在此设立领事馆。与此同时中国民族资本在此也有较大的发展，哈尔滨成了经济中心和国际都市。

　　1932年，哈尔滨沦为日伪统治，由于马克思主义在此传播较早，1923年哈尔滨已成立东北地区第一个党组织，1927年已成为中共满州临时省委，成了东北人民进行革命斗争和后来抗日战争的指挥中心。哈尔滨人民在对日伪艰苦卓绝的斗争中，先后涌现过赵尚志、杨靖宇、李兆麟、赵一曼等名垂千古的民族英雄和革命烈士，它也是全国第一个解放的城市。所以，哈尔滨不仅是一座历史名城，也是一座英雄的城市。

　　哈尔滨别具一番风味的是它那种欧陆风情，要欣赏这种风情，最好是在夜幕下，而且在冬天里。夜幕下的哈尔滨，流光溢彩，风情万种，冬天里的哈尔滨，银装素裹，分外妖娆。

　　夜幕下哈尔滨的风情，最集中的地方是中央大街。哈尔滨素有"东方莫斯科""东方小巴黎"的称谓，中央大街是哈尔滨的缩影，被称为"亚洲第一街"的中央大街，是一条老街，是一条步行街，更是一个建筑艺术的博物馆。它建于1898年，初称"中国大街"，1925年被称为"中央大街"，沿袭至今。中央大街虽非哈尔滨最长的一条街，但都涵括了西方建筑最有影响的四大流派，全街建有欧式及仿欧式建筑71栋，常见的起源于十五、十六世纪的文艺复兴式，十七世纪的巴洛克式、折中主义式以及十九世纪末二十世纪初新艺术运动风格，不同时期的经典欧式建筑，在这里都能找到样本和出处，充分体现了西方建筑艺术精华，使中央大街成为一条建筑的艺术长廊。百年光阴，白驹过隙，今日再回眸，这一条中央大街所承载的，又岂止是琳琅满目的店铺和商业的繁华？欧洲三百年的文化史诗和建筑艺术的恢宏画卷交融一体，就是哈尔滨这座城市的灵魂。

　　当然，这是有历史渊源的。其一，1898年，中东铁路在哈尔滨破土动工并开始建筑城市，来自关内及邻省的劳工大量涌入。原沿江地段是古河道，尽是荒凉低洼的草甸子，运送铁路器材的马车在泥泞中碾出一条大路，这便是中央大街的雏形，1925年被称为"中央大街"。其二，1904年，日俄战争爆发，大批俄国人涌入哈尔滨，开商铺、建银行、修教堂、办歌舞厅，异国的文化开始在这座城市打下烙印，虽然是中国大街，可是建筑风貌已经完全脱离了本土的格局。其三，民族资本的兴起，外国资本的强力渗入，亦为这条大街的西风东渐添了一把火。

这条大街越来越难负重压。1924年，由俄国工程师科姆特拉肖克设计并监工，中央大街被铺成了方石路，方石全用花岗岩雕成，形如俄式面包，深达半米的柱石埋于地下，路面密实而又精巧，这样彻底解决了路面翻浆的问题。可铺设这条路造价却极其昂贵，每一块方石造价就需一银圆，当时一银圆可是寻常人家一个月的饭钱，这长约1400米的中央大街，足足用了十万块方石，也就是光材料便足足花了十万银圆，这是一条用金子铺成的大街。随之而来就是充满欧陆风情的楼宇和店铺，它们也许是雄伟的商城，也许是夺目的购物广场，也许是霓虹闪烁的舞厅，也许只是一家很不起眼的药店、杂货店、咖啡屋。

哈尔滨的夜色是由灯光与霓虹装点的，在中央大街有152盏欧式古典的路灯点缀其中，每当夜幕降临，昏黄的灯光把大街照耀得格外古典而又温馨。当然，改革开放之后，增加不少现代的元素，在大街有三大音乐喷泉，坐落在不同路段的标志性建筑物的广场上，凝聚着音乐优美旋律与建筑设计的智慧之光，随着曼妙的音乐喷出百态千姿的舞蹈，然后又散落万颗碎玉，在灯光的投射下呈现出五光十色。大街两旁引进的欧式精品店，橱窗华丽，精品高档，霓虹闪烁，人流如潮。黑龙江毗邻俄罗斯，所以有很多俄罗斯风情融合在里边，无论是建筑、商品还是食品无一不是，足以让人流连忘返。

当然哈尔滨标志性古建筑亦在这大街上，就是圣索菲亚教堂，晚上看来整个教堂就是一座珠光宝气的宫殿。它坐落于美丽的松花江南岸，紧靠着中央大街，这是远东地区最大的东正教堂，始建于1907年3月，是沙俄东西伯利亚第四步兵师修建的随军教堂，以其独特的建筑景观欧域风情闻名海内外，也是沙俄入侵东北的历史见证和重要遗迹。墙体全用清水红砖建成，巨型的绿色洋葱头式大穹顶是典型的俄罗斯建筑的屋顶形式，四周围绕着大小不同高低不一的帐篷式尖顶，教堂正厅顶部就是钟楼，七座乐钟刚好组成七个音符，每到准点，抑扬顿挫的乐声就从钟楼向整个哈尔滨流淌而去，晚上听来特别地悠扬而又清脆。宏伟壮观的构思，可以同莫斯科的圣瓦西里教堂媲美，教堂进门便可看到一幅达·芬奇的《最后的晚餐》，虽为复制品但可乱真，那恢宏的气势，那栩栩如生的人物形象，一下把人吸引住。教堂是目前中国保存最完美的典型拜占庭式建筑。

圣索菲亚教堂前面就是索菲亚广场，这大广场又分为建筑广场和休闲广场。这是古建筑与时尚元素的糅合，建筑广场有博物馆，近千幅精美的图片展示哈尔滨文化名城的历史、现状与未来。广场则有信息港，还有陶吧、影吧及旱冰场等娱乐场所，间在其中的还有啤酒广场和冷饮广场，真可谓人潮涌动，笑语震天，掠天而过的探照灯，以及太阳伞下的灯光，或浓烈，或幽暗，把整个广场装点得扑朔迷离！

广场的四角均是俄罗斯小商店的购物圈。每个小商店虽不宽不敞，货架上的商品却琳琅满目，有套娃娃、有鼻烟壶、有茶叶罐、有望远镜、有小军刀、有铜做的工艺品、有锡做的日用品，还有各种造型的打火机，当然还有伏特加高度酒以及又大又长的雪茄。服务员把顾客当成上帝，百问不厌，十换不烦，真有种宾至如归的感觉，我挑了一个茶叶罐，罐面雕满了花纹，十分精致。偶尔也会走出三两位俄罗斯服务员，她们披着俄罗斯的披肩，玲珑浮凸的体态，衬着白里透红的脸容，一派青春的阳光气息，在灯光照耀下明亮的双眸像跟你对话，让人疑惑是否真到了俄罗斯。诚然，随着改革开放的深入发展，大门打开了，才有这奇妙的现象。

当然，要欣赏哈尔滨的夜色，我们还可以把视野打得更开一点，那松浦大桥像一把竖琴横卧在松花江上，那溢彩流光的拉索桥倒影，在松花江上像贵妇人般不断变幻其绚丽的身影；那龙塔带着浑身珠光宝气直冲云霄，倒有几分像珠江上的小蛮腰；那哈尔滨音乐厅，像架巨大无朋的钢琴耸立在江边，那江面倒像一张倒放的屏幕，跳动七彩纷呈的五线谱，流淌着婉转迷人的旋律。

防洪纪念塔，为纪念1957年战胜特大洪水而建，是目前哈尔滨开埠以来最年轻的一类保护建筑，塔高22.5米，罗马式回廊高7米，由20根擎天柱连成弧形相衬托。基座上方采用了波浪式水泥杆，镶嵌着与真人大小一样的24位古铜色浮雕，塔身呈椭圆形，由20块反弧形凹槽的花岗岩组成。塔身的顶部雕塑着高为3.5米的工农兵知识分子的全身立像。1990年在塔前的水池安装了一组大型音乐彩色喷泉，每当夜色降临，塔前的音乐喷泉随着旋律高亢和低婉跳跃，时而大江涛涌，时而细流涓涓，它象征勇敢的哈尔滨人民把惊涛骇浪，驯服成细水长流。精美的景致与深刻的内涵，极完美地糅合在一起。它与流动的松花江，与繁华的中央大街"一塔、一江、一街"三大景观融为一体，成为哈尔滨标志性的建筑。

冬天，走过这条大街，又是另一番景致，玉树琼枝的掩映下更加凸现那些欧式建筑的迷人色彩，浅红的、粉蓝的、鹅黄的、墨绿的，浪漫多姿的颜色拉开了一场童话戏剧的大幕。那些栽满鲜花的优雅露台，那些斑驳古旧的屋顶门窗，那些笔直高耸的烟囱，那些粗犷别致的铁栏棚，似乎都是童话世界里的道具，一幕一幕吸引着你浮想联翩。纷纷扬扬的雪片，散散落落的情怀，让你眯着眼睛，细看每一道雪景，轻轻地渐渐地，教堂的洋葱顶飘上了雪，商店的招牌挂上了雪，装饰的铜像上铺了雪，街上绿色的铁艺椅也落了厚厚的晶莹的雪，而一转身，其欧式建筑的门前矗立起了大雪雕，一群身穿色彩艳丽羽绒服的少女们正在雪雕前拍照，欧陆风情和冬日雪景就是一场浪漫与浪漫的狭路相逢，这样一条大街如何不让你驻足长留，心驰神往？

中央大街是哈尔滨时尚的代表地，这里聚焦了哈尔滨许多的百货公司，哪怕大雪纷飞，总能看到提着大包小包的人，兴奋地穿梭在各大商场之间，虽然满大街铺满了雪，踏上去吱吱作响，但依然满街是逛街购物或观光的人群。累了，在咖啡厅里品一杯热气腾腾的咖啡，在小酒馆里点一杯伏特加，或者在霓虹交错的酒吧里，跳一曲激情四射的舞曲。

要看哈尔滨密集的冰灯，还得移步500米到兆麟公园去，冰灯展每年1月5日开始，一直持续到2月末，哈尔滨人就地取材，以松花江的天然冰为主材料，辅以自来水喷浇，再加以灯光照射，将晶莹剔透的冰造出千万种形态的冰雕作品来，什么珠穆朗玛峰、布达拉宫、故宫、八仙过海、黛玉葬花、六国大封相，什么中国龙、雄狮、猛虎、熊猫……在赤、橙、黄、绿的灯光照射下，如梦如幻。

哈尔滨冰灯游园会创于1963年，每年冬天在哈尔滨市中心的兆麟公园举行。每次用冰量约2000立方米，冰雕作品1500余件，是目前世界上形成时间最早、规模最大的室外露天冰灯艺术展，且哈尔滨的冰雕每年都各不相同，真是

"年年岁岁冰相同，岁岁年年雕不同"。我们游走在这些冰雕之间，恍若走进了由冰雪雕铸的梦幻般的世界，看珠宫琳馆，看琼榭瑶桥，看银雕玉塑，人们称之为"永不重复的童话"。

选择一个冬天去夜幕下的哈尔滨走走吧，逛逛中央大街，赏赏兆麟公园的冰灯，你仿佛置身于欧陆风情的异国，仿佛闯进了玉宇琼楼的仙境，你会惊叹中国竟有如此美好的一片天地！你会由衷地感叹只要坚持改革开放，在祖国的大地上，什么奇迹都有可能发生。

这里是日本海暖湿气流与贝加尔湖
冷空气的交汇之地，相距遥远的冷热两
股气流不断地擦出火花，降雪量和雪质
其他地区都无法比拟……

雪爬犁滑过梦幻

　　在黄河以北，能看见雪并不是什么稀罕的事，但能让雪与人贴身亲近，并可体现雪悦人之美的地方，并不多见，"中国雪乡"便是其中一个，且是最棒的一个。

　　"中国雪乡"，原称双峰林场，位于黑龙江牡丹江西南部海林市大海林业局内，距牡丹江170千米，距哈尔滨280千米，整个地区海拔1200米以上，它犹如一颗璀璨的明珠，镶嵌在牡丹江深山老林之中。这里是日本海暖湿气流与贝加尔湖冷空气的交汇之地，相距遥远的冷热两股气流不断地擦出火花，降雪量和雪质其他地区都无法比拟。这里雪期长，降雪频繁，有"天无三日晴"之说，夏季多雨，冬季多雪，积雪期达七个月，从每年的十月至次年五月积雪连绵，年平均积雪厚达2米，雪量堪称中国之最，且雪的质地雪白、黏度高，所以有"中国雪乡"之誉。

　　"中国雪乡"藏于深山密林之中，在张广才岭与老爷岭交会处，这两座海拔1700多米的高峰直插云霄，山顶终年积雪，遍山长满高山偃松、岳桦，山间溪流叮咚，有獐子、狍子等野兽在林中奔突，有苍鹰、白鹤等飞禽在空中盘旋。夏季还有紫丹、玉簪等山花在山麓怒放。冬天这里便是莽莽苍苍的林海雪原。

　　我是在21世纪初的一个春节，坐着雪爬犁进中国雪乡的。爬犁是生活在北方冰雪世界中人们的主要运输工具，雪乡冬季山川沟野之间积雪往往埋住道路，哪是沟哪是壑全然不知，爬犁只要有冰雪，便可在其上面行走。沿路有海浪河、千年古榆、雾凇、白桦林、林海雪原的风光可赏，驾马爬犁的姑娘穿着花棉袄，红扑扑的俏脸长着一双水灵灵的大眼睛，手执一条长长的马鞭，马鞭上还系着一缕红缨，在寒风中飘呀飘，仿如一株怒放的红牡丹，偶尔挥动一下响鞭，就像放了一记鞭炮那样脆响。她就生长在雪乡，对雪乡的一切了如指掌，讲起雪乡来娓娓动听，于是我们起哄她来一首歌，她腼腆地笑了笑，用高亢而又清脆的嗓音，唱起了那首《雪爬犁》——

> 风像山在吼
>
> 雪像云在抖
>
> 风雪是锻炼咱的好帮手
>
> 带上几条狗
>
> 套上爬犁走
>
> 坐上那架风雪爬犁去闯老风口
>
> 风真是山怒吼
>
> 雪真是云发抖
>
> 风雪是强身健骨的好呀好气候
>
> 带上几条狗再套上爬犁风雪走
>
> ……

这首赞美北国风光的歌在林海中回荡在雪原中流淌，我们虽坐的不是狗拉的雪爬犁，是马拉的雪爬犁，却也感到一种十足的天然野趣。

闯进双峰的地界，我们便看到北国最高的山峰，最密的林海，最厚的积雪，最洁净透明的阳光，最纯朴的伐木工人的生活。进入雪乡，只见那层层叠叠的积雪，让那星星点点百余户民居，成为一座相连的"雪屋群落"。定睛细看，我们发现家家户户房顶上都有突出的雪檐，雪檐大都一两米宽，半米多厚，雪伸出房檐三四米还低悬不落，最有趣的是有的雪檐竟在空中拐了一个弯一直伸到地上，和雪地粘在一块，于是把房子严严实实地包起来，成了一个完整的雪屋。房舍随物见形的积雪，在风力的作用下可达两米厚，状如奔马、卧兔、神龟、巨蘑……千姿百态，仿佛是天上飘落的朵朵白云，仿如在雪原塑出的座座雪雕。雪乡从初冬冰花乍放的清晰，到早春雾凇涓流的婉约，无时无刻不散发着雪的神韵。看来"中国雪乡"果不虚此名。

我们在雪乡"毕大姐家庭旅馆"住了下来，这是在网上订的房，因这旅馆就在雪乡景区内，尽管旅客云涌，我们也没扑空。雪乡的房子多是木格楞式老房子，一场大雪过后，它们就像从雪地里刚长出的一株株矮矮胖胖的"雪蘑菇"，慵懒而立，老房子外面的小院子，都是用木栅栏围起来，线条简洁很不规则，如同炭笔漫不经心的勾勒，当栅栏的木枝披上银色外衣之后，又像童话里的小木屋，煞是天然煞是可爱。

毕大姐家庭旅馆跟别的房子并无二致，只是房子大了点且高二层，院子也大了点，并有一座很气派的大门楼，院子里的雪打扫得干干净净，房子很整洁，火炕上的被铺清清爽爽，四人房里还有热水器。雪乡天色说黑就黑，16点30分时，夜幕已降临，我们就在旅馆的"农家乐"就餐，围坐在火炕上，饭桌上摆了清一色的东北菜，有锅包肉，有炸小鱼，有小鸡炖蘑菇，当然还有大盆的猪肉炖粉条和大盆的东北饺子。也许有些饿，也许菜可口，我喝了半杯人参酒，食了不少菜，把肚子撑得胀胀的。

饭后我们赶忙到雪韵街看夜景，也许是正值春节期间吧，家家户户张灯结彩，吊满了红灯笼，有的还架起高高的三脚架，把一串串红灯笼从高处一直吊到屋檐，皑皑白雪就像那翻滚的雪浪，那高高的脚架就像三桅杆，那座座木屋就像大海的一艘艘渔船，那一串串红灯笼就像在浪中沉浮的渔火，整个雪乡成了一个渔火闪烁的海洋。小孩在门前点燃了鞭炮，在小院燃放了烟花，整个雪乡的天幕变得七彩缤纷，天边的那一弯冷月与天上流动的星河，跟地上影影绰绰的灯光，又缠绵交织在一块，真令人分不清那是天上的星星还是人间的灯火。雪地上飘满鲜红的爆竹纸屑，在大红灯笼的辉映下，仿如在雪地上撒了一地红牡丹的花瓣，一座座山梁山丘线条柔和而又玲珑浮凸，仿佛躺着一个个胴体晶莹的冰美人。此刻，整个雪乡又仿如一个宏大的天体浴池，让冰美人在尽情地沐着花瓣浴，冷艳得令人叫绝。

观日出的最佳地点在羊草山，它是中国雪乡较高的一座，位于雪乡西北方，是雪乡第一缕阳光升起的地方。天刚露曙色，我们便起床往羊草山，雪乡的人比我们起得还早，竟有人挑着水桶到小河边去，这是所有雪乡人家赖以生存的水源，水特别地清澈而又清甜，虽然每户都引来自来水，但仍然不少人趁太阳没升起时去挑第一趟天然的河水。一到冬天小河河面便结上一层薄薄的冰，冰层下欢快的河水仍低吟浅唱地流淌，在码头石阶边还开了一道窄窄的口，也许有意供人们挑水吧，看来大自然对人类还是有颗怜悯之心。天边还挂着一轮冷月，寒星还在眨着迷蒙的眼睛，可雪乡每家每户都升起了袅袅的炊烟，它跟轻轻的薄雾、浓浓的岚影交织在一块，把整个天幕遮掩得迷迷蒙蒙，为雪乡的屋舍披上一层薄薄的轻纱，偶尔传来雪乡几声狗吠，使整个原野显得一片空灵而又梦幻，宁静而又充满野性之美。只有那疏疏朗朗而又有点昏黄的灯光告诉人们雪乡已经苏醒。

我们登上羊草山的骆驼峰，天刚好发白。骆驼峰海拔1235米，峰下是莽莽苍苍的林海，时见松鼠在探头探脑，野兔在来回奔窜；山顶树少草多，也许正是山羊觅食的胜地，故而得名。因为它是制高点，没有任何东西遮障，所以是观日出、日落绝佳的地点。在遥远的地平线上，先透出一片朦朦胧胧的淡青曙色，然后变成一片白里透红的红晕，6时30分太阳腾地露出半张红脸，顷刻周遭彤云密布，不到四分钟时间，太阳就完全露出了头，放射出耀眼的金光。当太阳爬过山头，那阳光洒在雪乡的屋顶和栅栏上，一道道金色的"利剑"划开白色的雪，在白茫茫的世界里点缀了阳光的暖意，让人们感到格外的温馨。

从羊草山下来，我们又坐上雪爬犁前往二龙山影视基地。这是出于一种对《林海雪原》的情结，还在读初中时我就看长篇小说《林海雪原》，对于牡丹江这片土地有种好奇的迷恋，总想有朝一日拜谒这片英雄的土地，看看当年少剑波带的剿匪小分队在这茫茫的林海雪原里，到底哪里才是他们战斗过的地方。当地人谁都能指指点点，但谁都没有准确地说清楚，也许什么地方都是，什么地方都不是。这也很难怪，小说嘛虽说是源于生活，但毕竟只是对生活的一种捕捉、一种概括、一种提炼，难免有点挪移、有点换位，乃至变异。

影视基地，位于雪乡风景区西南20千米的山坳里，到了影视城，我们看到了土匪窝、跑马场、木屋、浅桥、吊椅、地窖、白桦林，虽是仿制，倒也仿得特别逼真，形成一道极有原始韵味的人文风情，再现了当年东北剿匪的林海雪原的情景。正是这种原始味吸引无数游人和国内外的记者、电视剧组来此创作。它建于1999年，十几年来先后拍摄过十余部反映东北题材的影视作品，像《林海雪原》《闯关东》《北风那个吹》《雪花那个飘》《风雪黑古镇》等。

离开影视基地，我们直奔"八一"滑雪场。中国人民解放军八一滑雪队把双峰作为冬训基地，已经有50年历史了。滑雪世界冠军于淑梅，就是从这里走向世界冠军领奖台的。1999年雪乡在这里建立了一个初级滑雪场，滑雪道长450米，宽50米，周围都是白桦林，场里有50套雪具拖牵设备。我们到达山顶已看到不少人穿上红的、蓝的、绿的滑雪服，飞驰在崇山峻岭、林海雪原之间，那红的身影像一团火苗，蓝的像一个气球，绿的像把降落伞，在跳跃、在浮沉、在升降，多么有诗情，多么有画意，多么有动感。孩子们都上场了，我也真想一试身手，可惜岁月不饶人，年纪大了就不敢冒这个险，细细地在现场品味一番也其乐融融。

从前，双峰农场的居民，很多是闯关东留下来的，主要靠木材来维持生计，后来由于滥伐，木材曾一度越来越少，经济来源也随之减少，森林资源一贫乏，整个林业系统都艰难起来。在20世纪80年代，那几个闯进雪乡的摄影师成了双峰振兴的功臣。当时他们拍完身上所带的所有胶卷，意犹未尽地离开这里，并在报刊上把雪乡的照片登了出来。次年，他们再进双峰，身后大批的摄影发烧友跟着一拥而至，随着一幅幅佳作在全国乃至在世界摄影比赛中获奖，一幅幅让人痴迷的雪乡图景展现在世人面前，双峰的名气越来越大，来这里旅游的人数开始陡然增长，旅游成了雪乡的一大产业，招待所、游乐场、农家乐乃至滑雪场、影视基地应运而生，林业也趁机封山育林，再显绿色的辉煌。

当你看到雪乡这厚厚的"雪毡"、金色的雪山、蘑菇状的雪屋、红灯笼的夜色、苍苍的林海、莽莽的雪原、奔窜的野兽、盘旋的飞禽……当你置身在这个东北最美丽的雪的世界，坐在狗拉的雪爬犁上一路滑过白桦林、雾凇时，你会觉得雪乡这个地方美得像梦幻般奇妙，真像满满饮了杯人参酒般醉人！

雪乡啊，愿你永远保持着雪的纯真、雪的高洁、雪的大气！世上唯真唯善最美。

我却是冲着丹顶鹤的故乡扎龙而去
的，这是一种情结，源于一首《一个真
实的故事》的歌和一个关于丹顶鹤的
故事……

丹顶鹤的故乡

　　齐齐哈尔是一个历史名城，可看的东西实在太多，可我却是冲着丹顶鹤的故乡扎龙而去的，这是一种情结，源于一首《一个真实的故事》的歌和一个关于丹顶鹤的故事。这段邂逅很简单，却涌起一股强烈的情感潮，一直拍击着我的心弦。

　　那是20世纪80年代的后期，我在《黄金时代》杂志社当副总编，当年请了香港美容师何丝琳，在全国办了个美容函授学院，志在为全国培养一批高水准的美容师，并在我的家乡东莞虎门办了一个庞大的美容中心，意在为函授学员提供一个实践基地，那时正是改革开放之初，也算是走在时尚潮头的一种举措。

　　我们决定为美容中心的揭幕典礼办个晚会，因为这是个新生事物，被邀请的嘉宾有当地政府的要员，有广东文坛的名家，亦有来自全国各地的函授学员。于是晚会也来点新潮，首先是地点选择在全国第一家夜总会——虎门宾馆；其次是节目来点特别的，一是时装模特表演，二是香港歌星演唱，三是广州刚冒头的歌手朱哲琴压轴。

　　晚会一开局，冷艳的时装表演一下抢尽风头，那袅袅娜娜的猫步，那五光十色的霓裳，那若隐若现的曲线，令嘉宾一惊一乍的。接着香港的女歌星登台，穿得比时装模特更要时髦，表演时既是劲歌又是热舞，一下把全场的气氛推上了高潮。

最后该是朱哲琴上场了，我真为她捏把汗，她还在广州师范学院就读，只是课余到歌厅客串一下，严格地说她还是一个毛孩子啊。她选择的歌是作者刚为她写的《一个真实的故事》（后来改叫《丹顶鹤的故事》），她一边漫步迈上舞台，一边用凝重的语言念着旁白——

　　有一个女孩，她从小爱养丹顶鹤，在她大学毕业以后，她仍回到她养鹤的地方，可是一天，她为了救一只受伤的丹顶鹤，滑进了沼泽地，就再也没有上来。

她一开腔，全场一片寂静。

　　走过那条小河　你可曾听说
　　有一位女孩她曾经来过
　　走过这片芦苇坡　你可曾听说
　　有一位女孩　她留下一首歌
　　为何片片白云悄悄落泪
　　为何阵阵风儿轻声诉说
　　还有一群丹顶鹤　轻轻地轻轻地飞过
　　……

歌声时而低沉，时而高亢，显得细腻而又凄美，歌声在夜总会回荡，在虎门土地流淌，然后飞出神州大地，歌唱结束还余音袅袅，整个场子沉默了一段时间，然后爆发出雷鸣般的掌声。

1990年，初出茅庐的朱哲琴就凭这首歌荣获全国青年歌手大赛的亚军，一夜成名，唱红了大江南北，打动了全国听众。后来我们派记者采访了她。小朱说，这首歌是著名作曲家解承强根据一个真实的感人故事谱写的，他主要看中朱哲琴那原生态的声线，才让她来唱这首歌的，歌中的故事深深打动了小朱，她是用一腔真情来演绎这首歌，虎门的庆典演出便是为了小试牛刀！

　　记者追踪采访发现《一个真实的故事》的原型真的很动人。主人翁叫徐秀娟（1964—1987），出身于黑龙江齐齐哈尔一个满族渔民家庭，一个养鹤的世家，父亲是扎龙湿地驯养丹顶鹤的工程师，母亲也在驯鹤场工作。由于受家庭的影响，她从小就热爱丹顶鹤，17岁开始在扎龙国家级自然保护区跟随父母驯养丹顶鹤，曾多次为党和国家领导人作驯鹤表演，获得一片好评。

　　1985年3月，徐秀娟为了更好地做好丹顶鹤的科研工作，自费到东北林业大学进修，因为家里穷，她是偷偷地靠抽血交学费完成进修的课程。1986年5月她毕业时，恰逢江苏盐城创建第一个鹤类饲养场，盐城的鹤场正好是扎龙丹顶鹤越冬的基地，一北一南，遥相呼应，如果能在盐城建立一个不迁徙的丹顶鹤野外种群，那将是一大突破，或许这就是一个世界级的科技课题。

　　徐秀娟欣然接受聘请，千里迢迢来到盐城工作，她的才华得到充分的发挥，并运用学到的理论和知识钻研养鹤技术。在1986年召开的中国第三届鹤类联合保护委员会会议上，徐秀娟的论文，受到专家的好评。她爱鹤如命，1987年9月，为救受伤的丹顶鹤，她深深沉入复堆河的河底，千水在流泪，万坡在含悲，几只丹顶鹤在河的上空盘旋悲鸣，徐秀娟为了自然生态的发展献出了年仅23岁的生命，所有人都动容了，报刊铺天盖地抢先报道，齐齐哈尔政府追认她为烈士，被誉为"中国第一位驯鹤姑娘"。

　　此事一晃20多年过去，我才有机会来到齐齐哈尔拜访丹顶鹤的故乡，扎龙在齐齐哈尔东南30千米，仅半个多小时的车程便到了。我见过全国很多湿地，但从来没见过扎龙湿地那么大，那么地丰富，远远望去，在浩瀚的蓝天下，乌裕尔河、双阳河、新嫩江运河、"八一"幸福河在松嫩平原中蜿蜒游走，这平原是中生代发展形成的一块凹陷的盆地，这几条河流在此盆地上交汇漫溢，形成一大片茫茫无际的沼泽地和星罗棋布的无数小型浅水湖泊，点缀在沼泽地和湖泊的是莽莽苍苍的芦苇荡，湿地周遭是大片大片的草甸、农田和池塘。

　　扎龙，是中国最大一个自然保护区，是世界闻名的一块湿地，总面积近21万公顷，为亚洲第一、世界第四，也是世界最大的芦苇湿地。它还是中国同纬度地区保留最完整、最原始、最开阔的湿地，被列入中国首批"世界重要湿地"名录，这是一片永久性季节淡水沼泽地，沼泽地最深为75厘米，湖泊最深为5米，主要保护对象为丹顶鹤和其他野生珍禽及湿地系统。由于景区湖泽密布，苇草丛生，鱼虾众多，是水禽鸟类栖息繁衍的"天然乐园"。世界上现有鹤类15种，中国有9种，扎龙有6种，全世界现存野生丹顶鹤约2000只，扎龙就有近300只的野生繁殖种群，以及人工繁育半散养种群430只，所以扎龙被称为"丹顶鹤的故乡"，齐齐哈尔也被称为"鹤城"。

扎龙湿地动植物资源异常丰富，保护区有鱼类46种，隶属9科，其中鲫鱼最为丰富。两栖类有4科6种，分别为极北鲵、大蟾蜍、花背蟾蜍、无斑雨蛙、黑斑蛙、黑龙江林蛙；爬行类有鳖和麻蜥两种；昆虫类有277种，隶属于11目65科；还有21种兽类，包括狼、赤狐、狍、獾和黄羊等。湿地虽没有参天古木，也没有苍苍林海，却不时可见野兽在草地游走和在湖泊中嬉戏。

当然，湿地最为丰富的是鸟类，约有260多种，隶属17目48科。其中国家重点保护鸟类有41种，最为著名的是鹤类，占全世界丹顶鹤总数的17.3%，此鸟极为珍稀，已列入全球濒危种类。白枕鹤有34只，蓑羽鹤有50多只，从1986年发现灰鹤，它们就已开始在此筑巢繁衍。其中丹顶鹤、白枕鹤、白琵鹭、白头鹤、蓑羽鹤、白鹤和灰鹤等35种为国家重点保护的一二级动物，无论是数量还是级别都占绝对优势，真不愧为独步世界的"鹤乡"。

扎龙湿地，可谓北国江南。暮春仲夏，芦苇青青，初秋季节，芦花飘荡；水面清澈，浮莲溢翠，菱角摇枝。四周草地，野花吐艳，暗香浮动，蜜蜂群集，蜻蜓飞舞。扎龙到处都可观鸟，在榆树岗，可登望鹤楼，远眺鹤类等水禽在湿地觅食与嬉戏；在龙泡子（扎龙南湖）可观众多雁、鸭、秧鸡、水鸥在草甸上懒洋洋地栖息和尽情啼叫；在九间屋、大场子可一睹芦苇、沼泽的景致，可观看鹭鸟、鹳鸟与白鹤、灰鹤在沼泽中翻飞，在芦苇荡上盘旋；在扎龙的草原、草甸和苗圃，可看白枕鹤、蓑羽鹤等草原野鸟在林中跳跃，看到小苇鹤、小白鹭在苗圃里捕虫，甚至可以看到大鸨展开400毫米的大翅在河流、在湖泊、在草原、在农田、在池塘低翔。每年的四五月或八九月，有二三百种野生珍禽云集于此，数以十万计，遮天蔽日，蔚为壮观，这是一首首凝聚的诗，一幅幅流动的画，这里真正是"鸟的天堂"。

当然，在这"鸟的天堂"里，丹顶鹤最为珍贵。

丹顶鹤在中国历史上被公认为一等文禽。明朝和清朝给丹顶鹤赋予忠贞清正、品德高尚的文化内涵。文官的补服，一品文官赐丹顶鹤，把它列为仅次于皇家专用的龙凤的重要标识，因而人们也称鹤为"一品鸟"。人们也把鹤作为高官的象征，一幅鹤立潮头或岩石上的吉祥纹图，取"潮"与"朝"的谐音，象征像宰相一样"一品当朝"；仙鹤在云中飞翔的纹图，象征"一品高升"；日出时仙鹤飞翔的纹图，象征"指日高升"。

东北地区的居民，对于丹顶鹤也异常爱戴，认为丹顶鹤象征幸福、吉祥、长寿和忠贞。殷商时代的墓葬中，就有鹤的形象出现在雕塑中，春秋战国时期的青铜器中，鹤体的礼器就已经出现。在各国的文学和美术作品中屡有把鹤作为吉祥物出现，看来无论古今中外，无论是在殿堂或者江湖，鹤都有它特殊的地位。

其实，传说中的仙鹤就是丹顶鹤，它是生活在沼泽或浅水地带的一种大型水禽，常被人们冠以"湿地之神"的美称，它与生长在高山丘陵中的松树毫无缘分。但是由于丹顶鹤寿命长达50～60年，艺术家们就常把它和松树描绘在一起，作为长寿与吉祥的象征。岭南画派的师祖高剑父的嫡传弟子黎明先生就赠过我一幅《松鹤图》：苍翠的青松下，一对丹顶鹤憨态可掬，流溢出一派祥和的气韵，我把它高高挂在厅堂上。闲下来我会搬张椅子，坐在画前虔诚地品味一番。

以前，我品丹顶鹤只是画或照片中，来到扎龙登上观鹤台，我才亲眼一睹丹顶鹤的风采。丹顶鹤常在浅水湾里漫步，远远望去仿如一团白雪漂浮在湖面上，定睛细看，才发现它大得精致，纯粹又不乏丰富。丹顶鹤可谓是鸟中的"庞然大物"，体长约120～160厘米，翼展约240厘米，可体重只有十多公斤，看后我才明白什么叫身轻如鹤。全身几乎纯白色，可裸露的头顶却长一坨朱红，尾部和初级飞羽全为白色，可三级飞羽却呈黑色，长而弯曲呈弓形，覆盖于尾上，飞翔起来就一片雪白。

丹顶鹤一昂首一投足都十分优雅，但动起来却极为迅猛。丹顶鹤的嘴特别地长，颈和腿也很长。在浅水中小憩时，喜欢单腿独立，且把头埋翅翼中，似是酣然入睡，但一有鱼儿游过，长嘴一叨，鱼儿马上成了腹中之物。丹顶鹤飞起来也十分迅疾，它骨骼外坚内空，硬度是人类骨骼的七倍，而且在迁徙时常常巧妙地排成人形，使后面的个体能够依次利用前面个体翩翅时所产生的气流，从而进行快速、省力、持久地飞行，时速可达40千米，飞行高度可以超5400米。

要欣赏丹顶鹤飞翔的雄姿，最好去看丹顶鹤的放飞。我们沿着小河蜿蜒的栈道，到丹顶鹤放飞的观景台去，这观景台颇有点像天文台，圆圆的顶，顶下有精巧的木栅栏。放飞的地点则在河对面长着苇草的小山坡上，只见一个身穿着白底红花上衣、腿穿绿色长裤、脚套黑色长靴的姑娘，手执一根长长的竹竿，把一群丹顶鹤有序地赶上山坡。小姑娘一声哨响，丹顶鹤呼的一声排成人字形，在蓝天白云的映衬下，扇动着双翼，向冉冉升起的红日追去，一幅"仙鹤追日图"活生生地呈现在我们的眼前。

看见这壮丽的图景，腾然唤起我那遥远的记忆，那驯鹤姑娘，那寻鹤的徐秀娟，那拿麦克风的朱哲琴，竟然重叠在一起。徐秀娟志在攀登大自然的原生态的科技巅峰，朱哲琴追求的是乐坛的原生态的最高境界。《丹顶鹤的故事》的主人翁徐秀娟永远也回不来了，她一心要攻下自然繁衍丹顶鹤世界科研的高峰，却壮志未酬身先死，可她的灵魂永远不灭，她那执着的精神激励着一代又一代人。那个唱《丹顶鹤的故事》的女孩朱哲琴获了亚军之后，并没有放弃她执着的追求，出版专辑发行60多个国家和地区，以《阿姐鼓》为代表作的歌曲响彻全球，以天籁之声震撼了世界乐坛，《泰晤士报》评论说："朱哲琴纯净自然的嗓音，让人体味音乐最本质最自然的东西。"

她啊！徐秀娟，丹顶鹤的姑娘！你在哪里？漫步在人生小河边的人们啊，快听！快听！风儿在轻轻地轻轻地诉说……

看来，社会的文明、和谐与稳定以及潜心去维护，才是文物最大的保护神……

沈阳故宫那些事

沈阳故宫那些事，真的是一言难尽。

沈阳故宫，位于沈阳市中心沈河区沈阳路上，是清代入关前的皇宫，也是除北京以外中国仅存的帝王宫殿建筑群，是清太祖努尔哈赤和清太宗皇太极建造和使用过的宫殿。沈阳故宫建筑群6万多平方米，坐北朝南，建筑分中路主体和东西两翼，全部建筑20多个院落共500多间房屋。建筑体现了汉、满、蒙古各族建筑风格的融合。沈阳故宫内有数量不算太多的文物展示，各处保留了当年各个主人居住原有的摆设，有明显的满族特点。

沈阳故宫何年开始建造，为何要迁都沈阳？

这得从清太祖努尔哈赤说起。努尔哈赤是清朝的奠基者，后金开国皇帝，通满语和汉语，喜读《三国演义》。25岁时起兵统一女真各部，明神宗四十四年（1616），努尔哈赤在赫图阿拉改称汗，建立后金，割据辽东，建立天命。

1621年，努尔哈赤率领八旗大军以锐不可当之势挺进辽东，攻下明朝在辽70余城，并将都城从赫图阿拉迁至辽东重镇辽阳，大兴土木修建王室。然而出人意料的是1625年三月初三早朝时，努尔哈赤突然召集众臣和贝勒议事，提出迁都盛京（今沈阳），众亲王、臣子当即强烈反对，但努尔哈赤力排众议，当天下午，率数十万八旗子弟浩浩荡荡开拔沈阳。

努尔哈赤为何如此"仓促迁都"？民间一直流传努尔哈赤深信"传统风水"，按照风水先生的指点，他在当时东京（辽阳）城西南角修建娘娘庙，在东门里修建弥陀寺，在凤岭山下修建千佛寺，想用三座庙把神龙压住，以保龙脉王气。但是，三座庙宇只压住了龙头，龙爪和龙尾，城里的龙脊梁并没被压住。龙一拱腰，就飞腾而去，一直向北飞到浑河北岸。罕王以为，命他在龙潜之地再修城池是奉天旨意，于是一座新城便拔地而起，并将此命名为"奉天"。又因为浑河古称沈水，而河的北岸为阳，所以又称"沈阳"。

　　当然，传说似乎过于神奇，但国家清史编纂委员会李治亭教授和沈阳故宫博物院研究室主任佟悦表示，历史建都建城，风水都是放在首位的，浑河之阳，上通辽河，辽河可通大海，可谓是一块"风水宝地"。他们同时指出，努尔哈赤迁都沈阳，更主要是从战略上考虑：首先，沈阳乃四通八达之地，可北征蒙古，西征明朝，南征朝鲜，进退自如；其次，原来的都城辽阳满汉两民族矛盾冲突严重，而沈阳当时还只是中等城市，人口少便于管理，可以避免满汉矛盾的激化。

　　沈阳故宫，又称盛京皇宫，在清代尚有盛京宫殿之称谓。其始建于努尔哈赤时期的1625年，建成于皇太极时期的1636年，后经康熙、乾隆时期的改建、增建，形成了今日的格局，这是清王朝的第一座大气庄严的帝王宫殿建筑群，具有浓郁多姿的满族风格和东北地方特色。

　　沈阳故宫是在明王朝走向衰弱，满族不断崛起的历史背景下创建的，努尔哈赤修建了议政之所——大政殿和十王亭，是营建沈阳故宫之开端。1626年努尔哈赤辞世，其与孝慈皇后所生第四子皇太极继位，修建了由大清门、崇政殿、凤凰楼、清宁宫、麟趾宫、关雎宫、衍庆宫、永福宫等组成的大内宫阙。就是在这座宫殿里，皇太极将女真改为满州，于1636年将国号称为"清"，并正式确定了宫殿之名。迄皇太极逝世止，盛京宫殿始终是清王朝的政治、军事、经济和文化中心。

　　1644年，清迁都入关后，盛京皇宫成为"陪都宫殿"，以开国先皇"龙兴重地"之宫阙圣道的崇高地位，倍受清历代帝王特殊的重视。在1671—1829年的150年间，康熙、乾隆、嘉庆、道光四朝曾先后十次东巡，拜谒祖先陵墓，瞻仰先皇的旧宫圣迹和遗物，以抒发对祖先开国创业功德的仰慕之情。为供东巡盛京的皇帝和后妃居住之用，乾隆帝对盛京皇宫与皇帝行宫进行多次改建和扩建，形成了先皇旧宫与皇室行宫并存的特色。其增修了西路建筑，又使沈阳故宫形成了东中西三路建筑、中轴对称的新格局。不仅如此，乾隆帝还源源不断从北京运送洋洋大观的皇家珍宝于此贮藏，以示"不忘根本"，使沈阳故宫成为当时与北京宫苑和热河行宫齐名的清代皇家三大文物宝库之一。

在沈阳故宫转了一圈，感觉虽没北京故宫规模那么宏大，那么庄严，但也朱墙金瓦气势不凡，有"关外紫禁城"之称，以其独特的建筑艺术和特殊的历史而闻名中外。在这片绚丽多彩雄伟多姿的建筑群中，最古老、最具特色的可数大政殿。

大政殿为八角重檐攒尖式建筑，外形近似满族早期在山林中狩猎时所搭的帐篷。在大政殿的房脊上，还饰有八个蒙古大力士，牵引着八条铁链，象征着"八方归一"。正门前的大柱上，盘旋着两条翘首扬爪的金龙，是受汉族敬天畏龙思想的影响，以龙代表天子的至尊无上。大政殿建筑特点的多样性，体现了多民族文化的融合。金龙盘柱，尽显中原之风；八位大力士，又流露了浓郁的蒙古色彩；而亭帐式的风貌，则是满族古老文化的延续。

作为最早使用和最为重要的宫殿之一，许多重大历史事件都以大政殿为舞台上演。1643年，六岁的顺治皇帝在大政殿继承帝位，并于次年在此颁布了出兵令，命摄政王多尔衮率兵入山海关直捣中原，最终完成了统一大业。

大政殿两侧南面，十王亭呈春燕展翅般排列，错落有致，如众星捧月，南宽北狭，似无穷无尽，整个布局象征兵多将广万世绵延。十王亭是清朝入关前左右翼王和八旗旗主在皇宫内办公的地方。它们与大政殿构成了一组亭子式的院落，或说更像一组帐篷式的军营，帐篷是可以流动的，而亭子就固定起来了，显示了满族文化发展的一个里程碑，反映了满族独特的军政体制——八旗制度，这在中国的历史上堪称独步天下。远在努尔哈赤立国之初，凡遇军国大事，都由汗王与八旗贝勒大臣共同讨论决定。努尔哈赤定都，在修建宫殿时将"君臣合署办公"的制度固定化，并以建筑形式形象地表现出来，这组独特的建筑为中国宫殿建筑史写下了空前一页。

1626年皇太极继承汗位，即续建皇宫，形成沈阳故宫的中路建筑，前起大清门，后至清宁宫，院落三进，独成一体。大清门是沈阳故宫的正门，为皇帝临朝前文武百官候朝的地方，又称午朝门。大清门的屋顶铺满黄琉璃瓦，并衬以绿色的剪边，既保留了以黄为尊的传统观念，又体现了满族人对故乡山林的深厚眷念。穿过大清门，北望便是崇政殿，俗称"金銮殿"，是清太宗皇太极举行日常朝会的地方。1635年，皇太极下令将族名"女真"改为"满州"。1636年他在崇政殿登基称帝，将国号"金"改为"清"，年号"天聪"改为"崇德"。

古代宫殿建筑布局讲究"前朝后寝"，穿过崇政殿两侧左右翊门，举目可见位于3.8米高台之上的凤凰楼。楼后为帝后寝居的后宫——台上五宫，北京故宫是"殿高宫低"，而沈阳故宫则恰恰相反"宫高殿低"。凤凰楼为宴饮、议事之所，是当年沈阳城最高的建筑。登上凤凰楼俯瞰四周，盛京全景尽收眼底，也是观赏日出最佳的地方，"凤凰晓日"是当年著名"盛京八景"之一。凤凰楼门洞上方悬有乾隆题的御匾"紫气东来"，乾隆是借用这典故寓意大清的国运兴起于东方。

穿过凤凰楼的通道，我们可以进入后妃居住的台上五宫：清宁宫、关雎宫、麟趾宫、衍庆宫、永福宫。清宁宫是皇太极和皇后博尔济吉特氏居住的"中宫"，清宁宫东梢间称"暖阁"，是帝后的寝宫，宽大的支摘窗式样朴素，棂条皆与"码三箭"相交，宫门亦不用隔扇式。暖阁内分南北两室。1643年八月初九，皇太极在暖阁内驾崩，终年52岁，后葬于沈阳昭陵，即北陵。

西路建筑，主要包括：戏台、嘉荫堂、文溯阁和仰熙斋等。这是清廷入关后历代帝王在150多年间扩建而成，是清朝皇帝东巡盛京时，读书、看戏和存放《四库全书》的场所。

这《四库全书》是乾隆皇帝于1772年下诏书访求天下藏书，历经十余年的时间编成的一部大型丛书。该书分经、史、子、集四部，所以称为《四库全书》，书修成后，抄录七部，在全国建七座藏书阁分别收藏，沈阳故宫的文溯阁便是其中之一。文溯阁与皇宫的"红墙绿瓦""金碧辉煌"不同的是，屋顶用黑琉璃瓦镶绿剪边，整个建筑以黑绿两色为主调，文溯阁藏书忌火，屋顶用

夜色的灵魂却是赤裸的，从某个角度说，它最能折射出一方水土的文化底蕴，尤其是城中河的夜色，这种折射就更为明显。

珠江夜韵

　　夜色是迷蒙的，哪怕是皓月当空，夜景也是过滤了的，哪怕是灯影疏淡，夜韵也带有矫饰的成分。然而，夜色的灵魂却是赤裸的，从某个角度说，它最能折射出一方水土的文化底蕴，尤其是城中河的夜色，这种折射就更为明显。

　　当夕阳沉入白鹅潭，珠江两岸骤然亮起了万家灯火，一幢幢高低错落的楼宇，闪烁着七彩霓虹，几座标志性建筑的饰灯，在珠江上空来回照射，活像一条条蛟龙驾着薄雾在江中飞舞。天字码头的游船出动了，它们在江面上穿梭游弋，一串串彩灯把它们勾勒得玲珑浮凸，仿如一座座金山银岛在江中浮动，各种光与影交织着辉映着，就像天上突然倾翻了万箩珠宝，璀璨得令人咋舌。夜深了，偶尔在江面上驶过几艘货轮和滑过几片渔舟，几声汽笛，数丛渔火，为沉沉睡去的珠江平添几分娴静与神秘。

　　珠江的夜色聚焦点在白鹅潭，这是广州珠江水域最深和最阔的河段。相传每年五月风雨交加波涛汹涌之夜，有两只状如小艇的白鹅随波而上，江面上随即浪静风平，故此而得名。白鹅潭有一沙洲，名曰沙面，它阅尽珠江的夜色，目睹珠江历史的嬗变。

　　早年珠江夜色虽没有如今这般华丽，却别有一番淡雅的风韵，在淡淡的月色和疏疏的灯影下，滑动着一艘艘小艇，每艘小艇都有划桨或摇橹的艇妹。艇妹多为疍家姑娘，她们穿着蓝色的大襟衫，红头绳扎着条大辫子，虽是素面朝天，却充满青春气息。珠江的艇妹与扬州瘦西湖的船娘及秦淮河的歌女，被当时称为中国的"水上三娇"。始时艇妹只是搭搭游客游游珠江，或为穿梭于珠江的客轮和货船送上艇仔粥、炒田螺、炒河粉之类的夜宵。当然，艇妹中也有卖唱的，多是一位老者拉着二胡，艇妹坐在船头，唱点粤曲小调或咸水歌什么的，为过往船客助助兴而已。

不知啥时候，这种风情被老鸨相中，在她们的操纵下，一些经不起诱惑的艇妹，做起卖笑的生涯来。后来，这股风越演越烈，以沙面为中心的水域，竟成了横溢着浓重脂粉味的风月场。到了明末清初更是登峰造极，妓船数以千计，它们用木板和藤圈相接，排列成阵，中间留条水巷，供小艇穿梭其中，成了一座规模宏大的水上妓寨。每当明月初升，晚潮乍起，十里寨灯，一下齐明。于是，小艇如鲫，游人若市，卖花声过，馨香扑鼻。寨中更是亭台箫鼓、画舫笙歌，白鹅潭上漂浮着一座灯红酒绿纸醉金迷的不夜城！在这浮华的夜色下，珠江上漂流着一股奢靡之风。

第二次鸦片战争之后，英法占领军看中沙面这片沙洲，强迫清政府签约为租界，他们在沙面的北端挖了条小河，将这片沙洲变成一个小岛，建起领事馆来，随后美、葡、德、日等国领事馆相继搬进岛内。岛内建有八条街道，街道两旁是风格迥异的小洋房，银行、邮电局、医院、商铺、会所遍布岛内，各国的国旗在岛内张扬着，俨然是座城中的外国之城。在南岸他们还特意建了一个码头，专供租界的小艇与停泊在白鹅潭的外国军舰往来。一到夜晚，沙面岛内灯火辉煌，西装革履的领事馆官员，揽着金发女郎的腰肢，在大街上大摇大摆地走着，靡靡之音与爵士乐从咖啡厅和夜总会流泻出来。停泊在白鹅潭的外国军舰，不时闪着探照灯向岸上扫射，仿如野狼瞪着那贪婪而又阴森的眼睛，随时准备扑向它的猎物，那时中国公民是不准进入岛内的，岂止不能进入岛内？连爱国的自由也没有。就在离沙面不到一里之遥的沙基，他们就制造了一起震惊中外的惨案，支持省港大罢工的游行群众，遭到了殖民者的枪杀，爱国者的鲜血染红了白鹅潭畔。这是一片丧失主权的土地，这是一片笼罩着殖民主义者淫威的夜色，珠江流淌的是一个民族的屈辱和义愤。

这种屈辱唤起了中华民族的自尊，这种义愤激发了一场场革命，维新变法、辛亥革命和广州起义的源头都在珠江。这一场场革命，催生了民族资本和民族工业的兴起，这种兴起带来了沿海城市的繁华，这种繁华引发了中外经济与文化的交流。在当时的广州，珠江北岸就崛起一道亮丽的风景线。海珠桥则是这道风景线上的一颗明珠，它飞架南北，能张能合，迎送南北两岸的车马以及进进出出羊城的舟船。在海珠桥的两翼，各有一座标志性的建筑。东面是爱群大厦，楼高十三层，是广州当时最高的一座宾馆，它浑身灰黑，酷似一位穿着燕尾服打着甫祫（领结）的西方绅士。西面是南方大厦，楼高九层，是广州当时最大的一个商场，它溢彩流光，仿如一位穿着旗袍戴着珠宝的东方少妇。它们依着珠江凭栏相对，守望着广州这座古老而又时髦的城市。

珠江北岸的整条沿江路，是一条建有骑楼的十里长街。先施公司、大新公司、东亚酒店、中央大酒店、大三元酒店等一批广州当时顶尖级的商场、酒店、食肆以及娱乐场所，星罗棋布在这条长街以及它的周围。每当华灯初上，在昏黄的街道上，飞奔着一辆辆黄包车，它们载着东山少爷西关小姐河南阿叔河北阿姨，赶去西豪电影院看西片《出水芙蓉》，或赶去海珠大戏院看粤剧名伶演《六国大封相》。一艘艘画舫一只只小艇从荔湾湖划出，载着观光客游向珠江深处，江面上滑动着一河灯火，流淌着两岸歌声。"莲香楼""大三元"等茶楼食肆也是热闹非常。街坊大伯及十三行的老板，早早赶来占着临江餐桌，约上三五亲朋好友或生意上的伙伴，一边喝茶谈事，一边欣赏江景。远远传来的是海关大楼的钟声与石室基督教堂传来唱诗班的歌声，这是当年夜幕下的珠江及其岸边的一幅风俗画，珠江涌动的是中西经济与文化交汇的潮韵。

广州回到人民手中，珠江北岸更是锦上添花。广州一解放，政府便在海珠桥北岸建起了海珠广场，广场上高高耸立着广州解放纪念碑，纪念碑雕塑着一名威武的解放军战士，他一手持枪，一手抱着鲜花，双目炯炯地守望着白云珠海，守卫着共和国的尊严。它的身旁就是闻名中外的中国商品交易会，与之比肩而立的是27层的广州大厦。从1957年始，一年春秋两季交易会，迎接数以十万计的五洲商客，使中国"一口通商"以另一种表现形式在广州延续。通过广州这一八面来风的窗口，瞭望欧风美雨，形成一个面向世界的姿态。与之相辉映的是这里形成的人文景观，每当夜幕来临，广州大厦楼顶的那盏太阳灯，把整个海珠广场照得如同白昼，广场上那一排排怒放的木棉花在灯光的照耀下，仿如天际飘落的一片片彤云。在广场上坐满了三五成群的人，有在晒月光的，有在看报纸的，亦有在谈情说爱的，与之融为一体的珠江岸边的风情，一双双情侣凭栏相拥，活像一对对连心锁，锁住了十里江堤，他们对与对之间几乎是零距离接触，却互不相扰，各自亲热着，一边享受徐来的江风，一边看江面滑行的渔火，或数天上的星星。那时候，夜幕下的珠江，水是那么清，清得可见鱼儿在戏水；珠江的夜空是那么的蓝，蓝得可以看见星河在流动；人是那么的纯，纯得可以亲密无间地相处。

珠江夜色，曾经也有黯然与凄清的时候，那时江面上，哪怕是七月也看不到渔火，哪怕是深秋也望不见归帆。那被人们喻为姻缘路的十里长堤，再也看不到一双双情侣的身影，尽管那时没有咖啡厅没有茶艺馆更没有酒吧，恋人们宁愿挤在逼仄得如七十二家房客的屋子里，也不愿到长堤上来。

那时候珠江水还是那么清，珠江上空还是那么的蓝，可人与人之间，却隔着一道深不可测的鸿沟。

珠江夜色重放光彩，是在改革开放之后。在珠江岸边，第一个"吃螃蟹"的是香港的霍英东先生，他以商业巨子的眼光看中了沙面这块风水宝地。在白鹅潭畔建起了一座五星级宾馆，这宾馆酷似一只浑身雪白的天鹅浮在白鹅潭上，宾馆就取名白天鹅，这一招实在是高，白天鹅！白天鹅！从白鹅到白天鹅，一字之差却既有传承又有突破！它完成一个质的裂变！它既保持白鹅的本色，又添几分儒雅与圣洁，它成为一个漂浮在珠江上的吉祥物，一个广州改革开放的象征！当年白鹅踏平的是五月龙舟水的戏谑，如今白天鹅拨动的是改革开放的春潮。紧随其后的是江湾大酒店，它仿如一叶白帆高悬在天字码头之东，人们帮它取个雅号叫珠江帆影。后来省政府在二沙岛建了座星海音乐厅，它像一架竖琴高高耸立在珠江的绿岛上。这三大建筑物成了珠江北岸的三大坐标，广州市政府动了大手笔斥巨资，在珠江两岸筑了二十里长堤，长堤上建起花岗岩栏杆，栽起飞翠流碧的绿化带。地产商从中发现了商机，纷纷在两岸建起了高级会所和豪宅，什么游艇会、高尔夫俱乐部，什么珠江帝景、滨江豪庭，十数家会所，数十个楼盘，争雄斗伟，各出奇招。我曾观看过一套一线江景的豪宅，当我步出阳台，只见浩浩珠江从脚下蜿蜒而过，那粼粼波光，那片片帆影，那如虹的大桥，那如烟的绿树，一齐向眼底奔来，使人顿觉神清气爽，心胸豁然开阔。每当最后一抹晚霞沉入白鹅潭底，一河两岸顿时成了一道五光十色的风景长廊，其美景其神韵绝不逊于巴黎的塞纳河。特别是中秋和除夕之夜更是令人称绝，白鹅潭上燃放长达半小时的烟火，珠江上空怒放着火树银花，把江水映照得七彩斑斓，每当这个时刻，广州万人空巷，人们纷纷涌到江边，观看这太平盛世的景象！

平日珠江岸边的夜生活亦极为丰富，除了珠江夜游，灯光夜市，饮夜茶之外，在白鹅潭的南岸和海珠桥的北岸，两条啤酒街显得特别红火。白鹅潭南岸的啤酒街，酒吧临江而建，外部景观颇像上海外滩，内部装修别具欧陆风情，而经营却走平民路线。此处啤酒低廉，且既可饮酒亦可看演出，"风车伴"就颇有巴黎"红磨坊"的味道，"威特斯"则以表演见长，其中最火爆的有拉丁舞和钢管舞，且每至周末均有俄罗斯女郎驾临，掀起一股俄罗斯舞的风暴，它们以放飞心灵为旗帜，成为收入较低的泡吧一族的新宠。而北岸沿江路的酒吧街则以前卫为特色，它们错落在老城区，都各具独特的风韵，像仁济路上的"滚石俱乐部"，爱群大厦的"爵士"及老发电厂的"咆哮"，都是引领时尚的前沿地带。它的消费主体是职场上的白领，周末亦有不少大学生与外国游客。这些年轻人在老外面前不卑不亢，主动上前搭话与交流，酒吧成了一个英语角，成为他们进军海外的一个练习场，他们是这片土地的主人，一张张充满阳光气息的脸，流溢的是自信与自豪，这些场景与当年沙面租界形成强烈的反差！

站在珠江岸边，眺望珠江夜色，一阵阵思绪，仿如一股股潮水，拍击着我的心弦！啊，珠江，广州的母亲河，你流淌了千百载，历尽了世事沧桑，你孕育了一场场革命，荡涤了封建社会的沉渣，洗清了近代史的屈辱；你敞开胸怀与海洋文化相交融，形成了独特的珠江文化，你掀起了一阵阵改革开放的浪潮，让广州崛起为一座现代化的新城；你跳动着时代的脉搏，珠江夜色，就是这脉搏的律动，谱写出一曲曲意味悠长的乐韵！

在东山的一个林荫蔽日的坡地上有
一座小寺，寺旁有一条弯弯的幽径通向
一个渡口，在那并不怎么宽的小河上，
停泊着数艘小艇，在朦胧的月色下摇曳
着数盏疏疏的灯影。

寺贝通津那条小街

　　寺贝通津位于东山，全长不到一里，可以称得上是全广州市最短的马路之
一。与其说它是一条路，不如说它是条小街更为贴切。但千万不要视其短而小
观它，从某个角度说，它是广州的一个缩影。在近代，广州流传这么句俚语：
东山少爷，西关小姐。其意是说，东山住的大都是达官贵人的公子哥儿，西关
住的多是富商巨贾的千金小姐。这可挑明了这座城市地域文化的差异性，因为
中华人民共和国成立前，西关一带是繁华的商业区，是商家的必争之地；而东
山一带则是幽静的别墅区，当然是有权有势之人的理想居所。在民国时期，时
有"南天王"之称的陈济棠就在东山的梅花村建了一幢别墅。这别墅虽比不上
广东四大名园那样宏大与奢华，然而亦前有假山后有花园，侧有六角凉亭，主
体建筑是西式的，屋顶却是碧瓦飞檐，别有一番中西合璧的风韵。

　　寺贝通津是东山的一脉，且是很具象征意味的一脉。你看，光街名就有
它的特色。所谓寺贝，就是东山寺的高坡；通津，则是通向渡口的要道。我们
不妨按照它的名字，振动一下想象的翅膀，修复一下它当年的面貌：在东山的
一个林荫蔽日的坡地上有一座小寺，寺旁有一条弯弯的幽径通向一个渡口，在
那并不怎么宽的小河上，停泊着数艘小艇，在朦胧的月色下摇曳着数盏疏疏的
灯影。多么有江南小镇的那种诗情那种画意那种风韵。这种想象并不是凭空臆

造，就在离寺贝通津不到百米之遥的新河浦，目前还保留一条通向珠江的小河，人们还在那里钓鱼捕虾呢。可见，建街之初的寺贝通津，很可能就是广州的近郊，用现代的术语来说，当初很可能就是城乡的接合部。

到了现代，这片清幽之地，被达官贵人盯上了，他们纷纷在这里占地而居，在这宽不到数丈的马路两旁，以及它的横街小巷建满了小洋房，每幢小洋房都有一个小围园，园内几乎没有小桥流溪水榭荷塘，但均种满四季葱茏的花木，偶尔也会从花树丛中飞出一角凉亭，且每幢洋房都有一个雅号，什么"隅园"呀"进园"呀"雅园"呀等，寄予着主人的心境和追求。这里，看不到一间西关大屋，也看不到一间三进四室的岭南民宅，主体建筑几乎清一色是西式风格，而每幢楼也几乎糅进了一些中国的传统工艺。再看，这个园那个园的称谓，也无不透露出封建士大夫的遗风，看得出中西方文化在这里交汇碰撞擦出一串串火花来。最具代表性的一座建筑恐怕要数"隅园"了，这座小洋楼建于1932年，分东西两座，整体风格源于英国，设计者在建筑装饰里融入中国的特色，楼顶是湛蓝的琉璃瓦，层分三级给人以高低错落之感，阳台一反英式全封闭的模式，设计成凹进去的通气阳台，在英式梁托上加上中国特有的吊钟花形，这就融进了岭南建筑的风格。院内有前后花园，园中有典雅的假山，有别致的凉亭。四周种满了花旗杉、白玉兰和红棉树，这些花树，枝繁叶茂，相拥成翠，深得苏州园林的意蕴，这种建筑风格曾被人称为"西曲中词"。其实，这种中西合璧的建筑风格大都跟主人的文化背景有关。比如隅园的主人伍景英便是晚清时期清政府派往英、美学习制造舰艇的留学生，1920年2月他学成回国，由海军部派往上海江南造船所工作。1925年国共合作在广州成立海军局，他被召回广州担任海军造船总监，为广东革命政府服务期间，设计了广东舰队的四艘巡洋舰，在抗战期间，参与了设计虎门水域的布雷工作，阻止了日军在虎门登陆计划。

这条路受西方文化影响的立论，还有两大有力的佐证：一是教会的学校，二是教堂。在这方圆不到数里的弹丸之地，竟有四所教会学校。一是以"培正"冠名的小学和中学，另一是以"育才"冠名的小学和中学。看得出当初两大教会都在这里摆设教育的擂台。当然，世上没有免费的午餐，洋人花钱在此办学，其目的显然是进行文化的渗透。不过，不得不承认的是这些学校办得不赖。由于管理的科学，治学的严谨，校风的淳朴，师资的精良，这些学校百年不衰，直到目前为止依然是省市的重点学校。

除了办学之外，教会在这里还设有教堂。在育才小学旁就有一间基督教堂。教堂不大，但尚可容六百余人，是一法式建筑，石米批荡的墙，朱红色铁皮瓦的房顶。墙上爬满了爬墙虎，秋风一吹斑斓得七彩纷呈，一副法国小镇教堂的派头。在教堂外还有一堵围墙，墙上长满了藤蔓，围墙内林荫蔽日曲径通幽，偶尔几声鸟啼更显一片寂静，给人一种庭院深深之感，流溢着几分神秘几许诱惑。一到礼拜日，就分外热闹，不到中午十二点，寺贝通津这条小街便塞满前来祈祷的人群，有开车来的，亦有步行来的，有步履蹒跚的长者，亦有活蹦乱跳的年轻人。间或有来教堂举行婚礼的，那时就更为热闹了，教堂外停满花车，教堂内铺上红地毯，长桌上坐满来祝贺的亲友。当然最热闹的要数圣诞节了。如今，西风东渐，这里简直成了沸腾的海洋。因为除了平日前来做礼拜的信徒之外，还多了一大群前来凑热闹的青年男女，他们穿着时髦的衣服，早早前来占据有利的位置，教堂的布置也充满节日的气氛，教堂前搭起彩楼，高高的圣诞树挂满彩灯，平日讲圣经的讲台搭起了舞台，唱诗班的歌声此起彼落，一直闹到凌晨一两点始肯散去。

教堂旁是寺贝通津一号大院，这原是一块高地，当年的东山寺就建在这里，据考证大概是建于明代，不知什么时候，小寺已经被湮没，取而代之是教会。这教会大概是20世纪之初成立，那幢巍巍然耸立在高地的教会大楼，如今已成为共青团广东省委的所在地，这幢西式建筑，虽经一个多世纪的风风雨雨，依然气宇轩昂，那朱红色的楼顶，虽然有点褪色，但在朝阳与落日的辉映下依然反射出炫目的光，与教堂红色的尖顶相映成趣。这里可算得上是一块风水宝地，地呈坡形，高低错落，大院内古木参天，古榕、古樟大得两人合抱不拢，白玉兰则高与楼齐，古榕似长髯飘飘的长者，白玉兰则像亭亭玉立的少女，微风轻拂，长髯起舞，暗香浮动。间在其中的还有红棉树、夹竹桃和神秘果。红棉树花开时节，仿如一支支擎天火炬，杨花时分，飞絮仿如雪花漫天飞舞，煞是壮观。还有一种说不出名的花树，叶子比巴掌还大，秋风一至，叶子

登关远眺，南面南粤郁郁葱葱，北面赣州烟雨蒙蒙，顿觉历史匆匆，岁月悠悠，颇有一种穿越秦汉之感……

穿越梅关古道

南岭山脉，像一道自然屏障，横亘于粤桂湘赣边境，自东而西有大庾岭、骑田岭、萌渚岭、都庞岭、越城岭，俗称五岭。它云蒸霞蔚，延绵起伏1000余公里，"五岭逶迤腾细浪"便是其雄奇态势的生动写照。

梅岭，是大庾岭中的一岭。梅岭古道，就是穿越南岭山脉的一条古道，位于广东南雄市和江西大余县分界处。梅关，也就在梅岭之巅的一道关隘。大庾岭位于五岭之东，相传因汉武帝时，庾胜将军在此镇守而得名。它是粤赣南北之界岭，岭北为漳水之源，西汇赣江而入长江；岭南为浈水之源，汇北江而入珠江。

梅岭，位于200余千米群峰起伏的大庾岭中段，主峰海拔841余米，东有海拔1073米的油山，西有海拔千米以上的山峰数座，梅岭与诸峰比较起来，其山不高，而峰姿独秀，堪称大庾岭山波峰浪里的独秀峰。因此，人们历来都把梅岭当大庾岭，以梅岭为大庾岭的主峰。梅岭获此殊荣，源于它有"迢迢古道贯南北，巍巍雄关壮五岭"，有梅花万树，诗韵千行。自然景观与人文景观俱佳，让它秀得那么独特。

梅岭，因其特有的地理位置，成为古代沟通五岭南北的咽喉，梅岭设关始于秦，秦始皇统一六国后，策略是对北方筑长城以防御匈奴，对南则开关辟道，以控"南蛮"！1200多年前，唐代丞相张九龄奉诏在梅岭劈山开路，用了不过两个余月，就打通了一个长66米、宽10米、高33米的大山坳，设了一道雄关，开通了一条宽一丈余、长十几千米的古道，成为长江与珠江相连的黄金通道，致使商旅如梭，物资云涌，南北交往，氏族迁徙的繁盛景象。在此之前，秦代开的军用山道，由于历经战乱，不堪行走，更无法用于商旅运输。张九龄所辟的梅关古道，的确对岭南经济文化做出重大贡献。正如诗人杭世骏《梅岭》诗云：荒祠一拜张臣相，疏凿真能迈禹功。

张九龄是广东曲江人，唐朝一代名相，风度文章皆为当朝之楷模。卒后，唐玄宗赐谥"文献"，可谓"当年唐室无双士，自古南天第一人"。后人在南岭梅关南百余米的驿道旁，建有张文献祠，因年代久远，祠现已难觅踪迹，然而梅关古道却像一座丰碑永立人们心中。

张九龄劈山开道的伟绩功炳千秋。其间还有这么一段传说：在开山道的进程中，他的爱妾戚宜芬一直侍奉在张九龄左右。不料，在开凿梅岭隘口时，进展受阻。每天凿开的岩石，晚上又合拢回去，如此折腾了半个月，让九龄心急如焚。一天清晨，张九龄照例到山上察看隘口，忽见一老者从岩后走来，询问开山情况，张九龄如实报告。老者说，此山有山妖作怪，需得孕妇之血才可能镇妖辟邪，打开山口。九龄满腹狐疑回到家中，侍妾戚宜芬见他神情沮丧，问及何因，九龄以老者之言相告。宜芬闻言深思良久，心想自己出身贫苦，在危难中幸得九龄相救收为侍妾，且对己恩爱有加，前月已身怀六甲，而今九龄有难，正是舍身相报之时，便亲切地劝慰九龄说："办法总能找出来的。"半夜，宜芬偷偷起床，只身佩剑来到梅岭关隘，对天诚心祷告："为助九龄开路成功，愿杀身以镇妖魔。"随即剖腹而死，血染山岩。山岩轰然巨响，阻道顿开。四方百姓悲恸之余，在梅岭脚下为其建庙塑像，岁岁祭祀，以表崇敬。这传说只能说是一段神话，开凿的成功，全仗张九龄的艰辛与智慧，也许传说是想说明得道多助，其中包括体弱妻妾乃至天地神灵。

我踏着梅岭古道往上行，时值隆冬，古道两旁梅林夹道，红梅、白梅、绿梅、蜡梅，争相怒放，像天边洒落的一片片云霞。跟着早已被岁月磨得油光滑溜的石阶，披着徐徐而来的山风穿行其中，只觉暗香浮动直往衣袖里灌，抬头仰望关隘迎面扑来，只见它东西横卧紧扣两边山崖，关隘门楣分别镶嵌着石刻匾额，北面书"南粤雄关"，南面书"岭南第一关"。登关远眺，南面南粤郁郁葱葱，北面赣州烟雨蒙蒙，顿觉历史匆匆，岁月悠悠，颇有一种穿越秦汉之感。梅岭花期较长，先后可达三个月，白梅先开，红梅随后，绿梅与蜡梅间在其中。寒梅傲雪，随着气温下降，梅花却愈开愈多，愈开愈艳。

梅关地处交通要冲，自古以来为兵家必争之地，刀枪剑戟，烽火硝烟，梅关沾满了铁血的色彩。秦末，十万户侯梅川举兵梅岭，入关破秦，战功显赫。相传，梅岭因梅川而得名。其实，现代人更相信岭上盛长梅花而称梅岭。因为梅岭之梅实在太盛实在太美，实在是一道艳得令人绕不过的雄关。不仅是文人骚客，哪怕是铁血将军越岭也立马行吟，古往今来吟咏梅岭的诗词不下千首。晋代，建武都尉陆凯率兵三万南征渡梅关时，正值梅岭梅花怒放，立马于梅花丛中，回首北望，想起陇头好友范晔，刚好碰上北去的驿使，于是便有一时兴起折梅赋诗赠友人的动人一幕，他那"虽位军队，手不释书"的儒将风度便跃然《赠范晔》诗上：

　　　　折花逢驿使，寄与陇头人。
　　　　江南无所有，聊赠一枝春。

宋代大文豪苏东坡，元祐八年（1093），因"讽刺先朝"罪名被贬惠州时路过梅关，在梅花丛中流连忘返，岭上亲栽一棵树，后人命名为"东坡树"。其后东坡居士在"南蛮"之地辗转近十载，徽宗即位元符三年（1100）大赦，复任朝奉郎，北归时又一次走古道，登梅岭，心潮难平，在岭头村一个村店休息时，一老翁问东坡的随从："官为谁？"答："苏尚书。"老翁上前向苏东坡施礼，并说："今日北归，是天佑善人也！"苏东坡很受感动，把老翁视作知己，分别时写了一首《赠岭上老人》诗，并题于村头壁上。诗云：鹤骨霜髯心已灰，青松合抱手亲栽。问翁大庾岭头住，曾见南迁几个回？苏东坡为自己晚年他乡逢知己而深感欣慰。可惜北归路上卒于常州，一代文曲星的陨落，真令世人不胜唏嘘。

第二次国内革命战争时期，梅关又是红军重要据点，开国元帅陈毅将军曾随毛泽东、朱德数次率领红军路越梅关，进驻南雄城。1934年10月，中央主力红军长征时，陈毅因负伤留下坚持艰苦卓绝的"三年游击战争"，1936年冬天，他在梅岭被国民党四十师围困时写下了气壮山河的《梅岭三章》：

> 一九三六年冬，梅山被困。余伤病伏丛莽间二十余日，虑不得脱，得
> 诗三首留衣底。旋围解。

> 一

> 断头今日意如何？
> 创业艰难百战多。
> 此去泉台招旧部，
> 旌旗十万斩阎罗。

> 二

> 南国烽烟正十年，
> 此头须向国门悬。
> 后死诸君多努力，
> 捷报飞来当纸钱。

> 三

> 投身革命即为家，
> 血雨腥风应有涯。
> 取义成仁今日事，
> 人间遍种自由花。

这三首诗如空谷中的一声惊天动地的长鸣，壮怀激烈，让人拍案叫绝，为梅岭平添百丈的豪气。如今，《梅岭三章》手迹诗碑设于梅关古驿站中段路旁，与怒放的梅花相互辉映，成了梅关古驿道的一处重要的人文景观。

梅关下的珠玑巷则是这古道上最重要的一个驿站，也是古代五岭南北过梅关的必经之路。珠玑巷建于唐代，该巷南起驷马桥，北至凤凰桥，全长1.5

千米。巷内商铺林立，旅馆比米铺还多。加之小桥、流水、石街小巷、古榕掩映，荷塘潋滟，小河蜿蜒，十足一个江南小镇。珠玑古巷并非因产美玉而得名，珠玑巷在唐代时还叫"散宗巷"。因有巷内族人张兴七代同堂，唐帝李湛听后，赏赐他们家族珠玑绦环，不久李湛驾崩赐号散宗，"散宗巷"为避讳改名珠玑巷。

珠玑巷的兴旺远在李湛之前，与开挖梅关古道密切相关。唐敬宗即位百余年前，张九龄奉唐玄宗之命，开凿大庾岭梅关，把一条崎岖难行的山间小路辟为能通车马的大道。从那时候起，梅关古道沟通了长江与珠江两大水系，使依立梅关古道的珠玑巷也夹道成镇，它是古代中原和江南通往岭南古驿道上的一个商业重镇，宋代沙角巡检司就在古巷的北面出口处。由于珠玑巷离古时南雄县城近15千米，距大庾岭近2.5千米，正好是南下北上过客路途歇脚处。所以从盛唐元年开始，尤其是明、清时期，南来北往珠玑巷的商旅、挑夫"日有数千"，直到粤汉铁路修筑之前，这条古道载着珠玑巷兴旺了1000多年。明万历年间的进士黄公辅诗中曾云：编户村中人集处，摩肩道上马交驰。清同治年间举人杨庭桂则在《南还日记》里称：古道上行人拥挤，比看唱戏的人还多，走起路来如蚂蚁般缓慢。

珠玑巷，亦是中国南下大迁徙的必经之地。这种迁徙有两层含义：一是人从北方途经珠玑巷南迁，另一是在珠玑巷定居一段再往南迁。珠玑巷一带环境优越，经济发达，吸引南北居民来居住。而大迁徙，则从北宋靖康元年（1126）开始，由于金兵大举南侵，战祸遍及几乎整个黄河中下游地区。金兵攻占开封后，掳走徽、钦二帝，次年七月，隆太后率六宫及卫士赴南方避难。冬月，宋高宗赵构经汴河退至扬州后，定都临安，宋朝南迁江南的中原族人又不得不再次南迁，其中有一支经梅关涌进广东。

宋室的南迁，促进了江南的经济发展。作为岭南交通要冲——梅关古驿道上的珠玑巷，因此盛极一时，商贩和居民高达千户，连同附近牛田坊一带五十七村，简直像一个小城市。

珠玑巷再南逃则迁至珠江三角洲、台湾。南宋咸淳年间，荒淫的宋度宗不事朝政，任由奸相贾似道弄权。其时，后宫一胡姓妃子因厌恶宫廷生活，向往普通百姓的天伦之乐，于是偷偷跑出皇室。宋度宗一日欲宠幸胡妃，发现其已逃走，即令兵四处搜寻，面对天罗地网，胡妃自知难于逃脱，便投江自尽。恰巧，南雄珠玑巷商人黄贮万雇船到京城临安做生意，站在船头欣赏美景时，见江心漂来一溺水女子，忙将其救上船施以汤茶。此女子正是胡妃，被救后谎称姓苏，通过一段接触，胡妃与黄贮万情投意合，终结为夫妇。受皇命追查胡妃的贾似道因搜查不到胡妃的下落，也只好向宋度宗复命说胡妃投江自尽。

胡妃随黄贮万到珠玑巷后，夫唱妇随，男耕女织，过上了普通百姓的平静生活，胡妃也将中原文化、农耕及栽培花卉等技艺传授珠玑巷平民，大家相处十分融合。谁知好景不长，珠玑巷一赌徒输钱，欲敲诈黄贮万不果，并得知其妻就是官府追查的胡妃，便向官府告发，奸相接到告发后心中却犯了愁，当年已向皇上声称胡妃已溺毙，这岂不是犯下"欺君之罪"？于是施以"杀人灭口"毒计，向宋度宗谎报南雄珠玑巷人欲谋反，昏君宋度宗下旨，血洗珠玑巷。

大祸将临，贡生罗贵挺身而出，经过商议，认为珠江三角洲地多人稀且土地肥沃，在他带领下，珠玑巷人97户33姓，伐竹结筏，告别家乡珠玑巷顺着浈江、北江前往珠江三角洲。

胡妃则为了不再连累珠玑巷乡亲，她毅然上岸，巧与朝廷追杀士军周旋，为珠玑巷人赢得逃脱时间后投井自尽。如今珠玑巷仍完整保留当年为胡妃立的纪念碑。从此珠玑巷人在珠江三角洲生根、开枝、散叶，撑起珠江三角洲的繁荣，"珠玑巷南迁"的动人故事流传至今，南迁各姓《族谱》都详细记叙其事。这段故事有点凄婉、有点曲折、有点艰辛，但它反映了广府人的根在哪里，也反映了珠玑巷人不畏强暴，"众姓一家"的团结精神。

自从清末粤汉铁路建成，珠玑巷被冷落了数百年，当年的富饶之地变成了贫困地区，也成了当年红色的苏区。改革开放后特别近几年又重新崛起，成了红色、金色、绿色发展之地，所谓红色便是红色苏区梅花怒放，金色是银杏参天烟叶遍地，绿色是绿色覆盖林莽苍苍。它虽不再是交通要冲，但却是一块高耸的历史丰碑，碑上有交通史、军事史和文学史，还有社会学的大迁徙史，一方土地能融历史长河中那么多显赫的地位，试问天下谁有？

这是一部西方殖民主义者对贫困落后国家民众野蛮而又血腥的利用、掠夺与压迫的历史；一部西方文化与东方文化的碰撞、糅合与圆融的历史，它们相互排斥着拉扯着又推动着历史的前进……

碉楼，石砌的传奇

　　你听过石砌的传奇故事吗？

　　开平碉楼便是。

　　当你闯进广东江门市开平地界，你真不知身置何处，忽儿见一座古堡巍巍然屹立于峰岭，那飞翠流绿的古树托出一座皇冠般的圆顶，那花岗岩的石壁，虽经百年风刀雨箭的袭击，却依然像古铜般坚实并富于质感，你以为身处欧洲的边陲古镇，不！这是开平。你忽而见一座古村落高耸起近20座塔式的古楼，你以为进入地中海岸边的庄园，不！这是开平。你忽而闯进一依山傍水的幽静去处，只见小桥、流水、人家，亭、台、楼、榭点缀其间，你以为到了江南水乡的园林，不！这是开平。

　　在开平这不足1700平方千米的土地上，竟矗立着1800多座这类碉楼，这是世界建筑史上的一大奇迹，也是一道很独特的风景线。自从电影《让子弹飞》上映，开平碉楼更是名声大噪。这一抹中西合璧的奇绝景色，洋溢着岭南乡村田园牧歌与欧美浪漫风情。登高远望，所有碉楼不再年轻，但却依然显露着迷人的神韵与风采，让人渴望透过百年沧桑的历史履痕，去倾听那段动人的石砌传奇故事。

　　明末清初，因位于新会、台山、恩平、新兴四县之间，开平成了"五不管地带"，加之濒临大海，江河纵横，匪患和水患都十分猖獗。崇祯十七年（1644）芦庵公的第四子关子瑞，为了保护当时村民的安全，在井头村兴建了座瑞云楼，这座石砌的碉楼异常坚固，既能防涝也能防盗，一有洪水袭来或贼寇扰乱，井头村以及毗邻的三门里村的村民便到瑞云楼躲避。1884年，潭江大涝，附近各地房屋被淹，不少村民遇难，开平赤坎三门里村民因及时上了碉楼，才躲过一劫。

1912—1926年这14年中，匪劫开平学校达8次之多，掳走师生百余人。其中，1922年12月，众匪抢劫赤坎地区开平中学时，被鹰村碉楼探照灯射到，四处乡团及时截击，截回校长及学生17人。1912年司徒氏人在赤坎为防盗贼而建的南楼，高7层19米，全是钢筋混凝土结构，每层都有长方形枪眼，第6层则为瞭望台，设有机枪和探照灯，虽然海盗土匪猖獗，但从不敢轻易来犯。抗日战争期间，司徒氏同乡自卫队队部就设在此，与日寇展开激烈战斗，坚持了8个昼夜，虽然碉楼弹痕累累，7名壮士都壮烈牺牲，但它却令日寇闻风丧胆，让民族浩气长存。

这些事轰动全县，这股浪潮拍击到海外，远在他乡的华侨闻讯也十分惊喜，觉得碉楼在防水患和防匪患中的地位无可替代。因此，这些华侨在外节衣缩食，在侨居国请人设计好碉楼图纸并集资汇回家乡建碉楼，这种楼被称作众楼。后来，有些历尽艰难，在海外站住了脚，发了点财的华侨，还有很多家眷在本土，加之强烈的"落叶归根"的乡土意识，索性把防盗防水和居住结合起来。于是，各种各样中西合璧的民居碉楼便像雨后春笋般在开平大地崛起，高峰期近3000座。

最典型的居楼是开平立园。

当我们从广州沿高速公路从开平路口下来，闯进塘口镇赓华村，远远可见"立园"的牌楼高高耸立于村口，牌楼简而不陋，梁脊双鳌争球，四边蛟龙戏水，有独占鳌头之意。进得园来，只见一条清波荡漾的运河在园内蜿蜒游走，然后汇入潭江。立园分为三区，别墅区、大花园和小花园。区与区之间以河相隔，又以小桥与回廊相连，桥上都有风亭，分别为"晚香""玩水""观澜""挹翠"。特别有意思的是"晚香亭"，晚清书法家吴道镕题的"晚香亭"，将"晚"字书写成既可读"晚"亦可读"晓"，当旭日东升彩霞满天时为"晓香亭"，当夕阳西下余晖一抹时为"晚香亭"，意境相融，堪称一绝。立园，真可谓园中有园，景中有景，令人叹为观止。

别墅区有众多别墅，泮立楼是园主谢维立先生及四位太太生活起居的中心。此楼建于1931年，楼高三层半。楼顶为中国古式琉璃瓦重檐建筑，地面皆为意大利彩砖，墙壁装饰着中国古代壁画，各层均设西式壁炉，厅顶悬挂西方古典灯饰，厅中摆设中式酸枝家具，卫生间及用水装置均从外国进口，门口为中国古色深锁重门，好一幢中西合璧的别墅。泮立楼后面是毓培别墅，以园主的乳名命名，为纪念爱妾谭玉英而建。四层楼分别为中国古式、日本寝式、意大利藏式、罗马宫式，一幢别墅几乎可让你领略世界最具特色的民居建筑模式，我细细考察，发现地面巧妙地砌了四个"红心"连在一起的图案，据说表示园主与四位夫人心心相印。你看建筑是西式的，而底蕴依然是中国传统文化。

坐落在东北面的乐天楼为碉楼，楼高五层，可俯视整座花园，全楼用水泥钢筋捣制而成，墙厚30厘米，周围遍布枪眼，是为村民防洪防盗而建的避难所，故取名"乐天楼"，这是区别于江南园林的独特之处。楼下，是用钢筋水泥建筑的地下室，有暗道从碉楼通向花园，通向园内各处，也可从外面各处通往碉楼，可谓防匪防盗的一大机关。

大花园在别墅区的西边，以"立园"和"本云道生"两大牌坊为中轴线进行布局。立园牌坊，南隔运河，遥对"虎山"，左右立着一对"打虎鞭"，这鞭用铜钎做成，高18米，粗30厘米，这对鞭依天而立，在空中挥舞，颇具震慑力。相传园主回乡兴建立园时，在美国的生意一度下滑，即请风水先生到立园察看，风水先生看后说：大牌坊对面的虎山与立园相克，须在园内立打虎鞭一对，克制虎势。园主从之，在西德订制打虎鞭一对，用船经香港运回开平安装，打虎鞭立后，园主在美生意果真日益兴隆。此举演绎的民居风水，对西方人来说，真可谓天方夜谭。

大花园的花藤亭特别有意思，亭的顶部仿英国女皇金冠而建，四壁用钢筋水泥做成通花花笼，四面各栽上春、夏、秋、冬四季花卉，四角爬满纵横交错的古藤，一年四季花开不辍，一亭四面爬满岁月的履痕。亭侧还有一个人造鸟巢，巢呈球状与花亭相互辉映，燕子、鹧鸪、鹦鹉、杜鹃均在上面结窝栖息，各种鸟儿啼唱不绝于耳，进得园来哪怕闭上眼睛，脑间也会跳出一派"鸟语花香"的妙境。

小花园娇小玲珑异常别致，东边小河那座"玩水桥"，桥上有"长春亭"，亭中爬满长藤，吊满了小米兰，依亭可赏园中四季花景，西边小河建"观澜桥"，桥上有"共乐亭"，亭顶为古式琉璃瓦，瓦檐四边悬挂响瓦，风吹瓦动，悦耳之声犹如风铃。凭栏可阅水中鸭弋鱼泳。园中有水榭、假山、风光塔与长廊，真可谓园小乾坤大。

这座美丽而又坚固的园林，能防水防盗，却防不了东洋鬼子铁蹄的蹂躏，开平沦陷期间鬼子闯进园内，把30毫米粗的铁窗柱也统统撞断，将园内财物洗劫一空，立园曾一度变得荒芜。1957年中南局第一书记陶铸曾到立园参观，并指示要保管好立园的一草一木，各级政府曾数度拨款维修，使立园基本保持了原貌，如今成了游客参观开平碉楼的一大景点。

碉楼群落最突出的有两个，一是马降龙村的碉楼群，一是自力村的碉楼群。马降龙村落被联合国称为"世界上最美丽的村落"，由永安、南安、河东、庆临、龙江5座自然古村落组成，为黄、关两姓家族建于明末清初，村内80％为侨户，13座碉楼高低错落，掩映在水库、荷塘、花圃、古村、翠竹丛中，与周围的村舍、民居、小桥、流水还有横笛牛背的牧童融为一体，在细雨迷蒙的日子里，颇有置身于"海市蜃楼"之感。

自力村碉楼与马降龙村碉楼群有异曲同工之妙。15座碉楼在湖光山色蕉林蔗海中忽隐忽现，炊烟与岚影在斑驳的碉楼间袅袅绕绕，流溢着一派古拙与清新的气息，散发着一股质朴与浪漫的情怀！

自力村碉楼最漂亮的可数"铭石楼"了，它高达6层，建于1925年，主人叫方润文，早年赴美谋生，开过餐馆，后来经商致富，娶一妻二妾。姜文的《让子弹飞》就是在自力村取的外景，主角黄四郎（周润发饰）的家就设在"铭石楼"。铭石楼五、六层特别引人注目，五层前部是宽敞柱廊，八根柱子为爱奥尼克柱式，四周平台为变形的罗马栏杆，正面是中巴洛克曲线山花。六层有六角琉璃瓦凉亭，六根罗马柱托起一园林式的亭阁。站在楼顶观望，高峻的碉楼，古朴的村落，流金的稻海，朦胧的远山，天边的霞彩尽收眼底。这幢楼2006年被国务院列为国家重点文物保护单位，2007年6月被列入《世界遗产名录》，可见其在江湖与庙堂中的地位。

其实，这石砌传奇故事，最大的阵势与最核心的情节在赤坎古镇。这古镇建于清康熙、雍正年间，有着350年历史，它的历史就是一部华侨史，就是一部中西合璧的建设史。这片奢华的土地，有连绵三千米夹道林立的骑楼和罗马柱廊式建筑，它诉说了另一种异国风情，显示出它历史上曾有的繁盛。

赤坎沿潭江而建，南岸是乡村，北岸则是城镇，古镇因地处开平境内的潭江上游而成为与中下游的交通枢纽，定期有航班通往香港、澳门、广州、东莞、佛山、江门、中山、陈村等，计有39个港口。清代水运用的是古帆船，民国三年（1914）换上火轮，有大广东、大赤坎、大飞腾等一批名轮在江海中游弋。后来加之42辆客货车，水陆每天载客量可达9300余人，真可谓车船如梭，客似云来，赤坎成了岭南的一大繁茂的商埠。

民国五年（1916）赤坎引进天主教，民国十一年（1922）建起了礼拜堂，礼拜堂的楼顶还挂起美国旧金山华人捐赠的大钟。民国十五年（1926）改建街道，全镇建成有骑楼的商铺600多座，延绵近3000米，一般楼高三至四层，中国传统建筑与西式建筑取其精华糅在一起，是20世纪初最具代表性的岭南旧城，既有岭南民居式的大屋，亦有哥特式、古罗马券柱式、巴洛克式、科林斯式的建筑，碉楼、大屋与教堂、洋楼点缀其中，中国的茶楼和酒肆与西式的咖啡馆和西餐厅交相辉映，赤坎商业进入全盛时期。20世纪30年代末，赤坎古镇属于归侨侨眷或以侨汇为资金的商店已占全镇商店总数的60%。

抗战时期，赤坎曾一度萧条，抗战胜利后，赤坎恢复了繁荣，交通迅速畅达，电讯畅通，侨汇源源不断，华侨纷纷回乡探亲投资，潭江通达香港，江面上往来赤坎与香港、澳门、广州的船只载出当地的大米、土产，运进英国、美国、德国产的印花布、洋火（火柴）、洋灯、煤油、钟表乃至意大利的皮鞋，巴黎的香水、时装及化妆品等大量的洋货。赤坎的人们生活方式早已发生很大的变化，男的剪掉长辫换上"花旗头"，换掉长袍马褂，穿起西装打上领带，女的脱了大襟衫、土布鞋，换上了百褶裙，穿上玻璃丝袜，抹上口红，洒着香水，年轻的骑着"三支枪"单车代步，中年妇女用缝纫机缝衣。三五知己或双双情侣喜欢到西餐厅割牛排，到咖啡厅饮咖啡。赤坎镇晚上霓虹闪烁，车水马龙，被人称为"小广州""小香港"，甚至是"小旧金山"。这种西风东渐的景象比内地要早一个世纪。

其实这块土地的这种奢华，是用血泪史换来的，其历史渊源得从"黑奴贸易"谈起，这种贸易专指欧洲殖民者把非洲的黑人贩卖到美洲充当奴隶。奴隶贩子从欧洲出发，乘船到达非洲，通过各种卑劣的手段，俘获黑奴之后，把黑奴运往美洲，卖给美洲的种植园主，然后再把美国的黄金和工业原料运回欧洲。最早进行"黑奴贸易"的是葡萄牙和西班牙，英国则后来居上，成为世界上最大的"黑奴贸易"国。

这是一段残酷的历史，"黑奴贩子"首先是"抓捕"。在美洲的"黄金海岸"和"奴隶海岸"，人贩子全副武装偷袭黑人的村庄，烧毁房屋，掳走精壮男子。这种赤裸裸的掳掠勾当，引起非洲人民的激烈反抗，他们便变换手法，出钱出枪挑动非洲酋长从事猎奴活动，然后再向酋长收购，这样一来，不仅遍及非洲沿海，且深入内地。其次是"贩运"。欧洲殖民者在非洲沿海设立要塞和商站专门收购"黑奴"，成交后，在奴隶的臂上和胸前打上带有纹章的烙印关入地牢，凑满一批运往美洲。

大西洋恶浪滚滚，运送"黑奴"的航线是条死亡线，挤在密封船舱的黑人，人叠着人，空气污浊，饮食恶劣，流行病猖獗，很多"黑奴"染上传染病后被抛入大海，葬身鱼腹。据统计，在黑人部落"猎奴战争"与"贩卖黑奴"的过程中，十个"黑奴"中只有一个生还，平均每年死亡人数达4万多，在400年"奴隶贸易"的黑暗历史中损失黑人达一亿之众，相当于1980年非洲人口的总和。英利物浦船只贩奴900趟，净赚1200万英镑，为了这英镑，在汹涌的大海洋中不知埋葬多少黑奴的骸骨！马克思曾指出：

非洲变成商业性猎获黑人的场所，是资本原始积累的主要因素之一……因此可以说，资本主义从头到脚沾满了非洲人民的鲜血。

同样是英国，也是世界上第一个禁止黑人奴隶贸易的大国，1787年，议会两院分别通过一项废除非洲黑奴贸易的法令。接着世界各国也纷纷禁止这种贸易。因为这是一本万利的行径，殖民主义者变着法子去捞这类钱，他们把视野从非洲转向中国，搞起"契约华工"来，时间发生在19世纪，把一大批一大批因生活所迫的中国人签契到海外做苦力，大约分为三种：一是南洋的"猪仔"华工；二是拉丁美洲的契约苦力；三是美国的"赊单"苦力。

第三种类型，脱胎于"猪仔"制，主要来自珠江三角洲各县，开平则首当其冲，原因大致有三，其一是开平受水患匪患之灾民不聊生，其二是开平水域交通方便，其三开平人外出谋生意识较强。这种行为在1850—1880年最盛行，苦力在南北美的开发中，筑铁路、开矿、淘金以及大面积治洼涝等重大工程，不知有多少苦力劳工客死他乡。不知经过多少年多少代的努力才摆脱控制站稳了脚跟，把积攒起来的一点钱，拿来开饭店，开药铺，做点生意等才慢慢发展起来，后来有些侨胞回乡把一些亲友带了出去，又把一些流行的货物运了回来，如此这般就带来了侨乡的繁盛。如今只要你在美国旧金山唐人街漫步，开平四邑话就是最灵"通行证"！

以开平赤坎为例，面积只有61.4平方千米，当地人口只有4.6万，海外华侨、港澳同胞竟达9万之众，这片繁盛的土地成为"中国第五名古镇"，昔日赤坎的"欧陆风情街"如今已成为"电影城"，很多以20世纪20年代广州、香港乃至北美唐人街作背景的电影、电视剧就在这里取景拍摄。

这石砌的传奇故事，就是一部珠江三角洲的华侨史！

这是一部西方殖民主义者对贫困落后国家民众野蛮而又血腥的利用、掠夺与压迫的历史；一部西方文化与东方文化的碰撞、糅合与圆融的历史，它们相互排斥着拉扯着又推动着历史的前进，用一种错综复杂的笔调书写和诠释世界的年轮与履历！

韩愈在潮州的影响力，并不在于他干了多少件实事，更主要的是他为官的理念，他的思想，他的才华，他的人格魅力以及他的精神世界融进了潮州文化中去……

流淌着古韵的土地

因为省参事室有关潮汕文史的调研，我一连跑了数趟潮州，这曾经是"十相留声"之地，享有"海滨邹鲁""岭海名邦"之美誉，是粤东的政治、经济、文化中心。这个有"三山一水绕城郭"自然景观的古城，依然流淌着一股浓浓的古韵。

潮州，自西汉元鼎六年（前111）开始，2100多年的朝代更迭，一直都是郡、州、路、府的所在地，所以古城一直都保持得较为完整。绵长的历史，相对独立的地理环境，勤劳质朴的人文传承，为今日潮州留下丰富的历史文化瑰宝，特别是中国四大古桥之一的广济桥，全国最早纪念韩愈的宗祠——韩文公祠，以及遍地皆是古迹的古城，可称是"潮州三绝"。

进入潮州，首先闯进眼帘的是那座广济桥。这桥，古称康济桥，俗称湘子桥，位于潮州市古城东门外，像条巨龙横卧急流奔涌的韩江，联结东西两岸，为古代广东通向闽、浙交通要津。

广济桥，集梁桥、浮桥、拱桥于一体，这种独特的风格是我国古桥的孤例，与赵州桥、洛阳桥、卢沟桥并称"中国四大古桥"，被著名桥梁专家茅以升誉为"世界上最早的启闭式桥梁"。

广济桥，始建于南宋乾道七年（1171），州守曾汪倡议，造舟为梁，以八十六只船架设浮桥，并在中流砌一个长宽均为五丈的大石墩，以固定浮桥，故名"康济桥"。

韩江洪水滔滔，浮桥屡为洪潮所毁，从南宋淳熙元年（1174）夏天起，几经修复，几经更名，到明宣德十年（1435）由潮州知府王源主持对桥进行规模空前的重修，全面加固23个桥墩，为使行人免遭日晒雨淋，还在桥上建起126间亭屋，亭屋间建造12座楼阁，江心急流处，仍用24艘船只连为浮桥，浮桥用了三根粗大的铁索固定，每根铁索重达2000公斤，桥修好后更名为"广济桥"，寓意为"广济百粤人民"。明嘉靖九年（1530）州守丘其仁减去浮桥，用船六只替之，"十八梭船廿四洲"之格局从此形成，自创立以来，共历时359年。

广济桥，是粤通向闽、浙的交通枢纽，因为桥上又有众多楼台，因此，很快成为热闹非凡的桥市。天刚破晓，江雾未散，桥上已是"人语乱鱼床"了。晨曦初露，店铺竞启，茶亭酒肆，旗幡飞舞，还有卖艺唱戏，下棋耍猴，问卜占卦等等，顾客登临，摩肩接踵，车水马龙，沸腾如海，正如清乾隆进士郑兰枝描绘的："湘桥春晓水迢迢，十八梭船锁画桥。激石雪飞梁上鹭，惊涛声彻海门潮。"活脱脱一幅流动的《清明上河图》。

广济桥的夜晚又是另一番情趣，"吹角城头新月白，卖鱼市上晚灯红。猜拳疍艇犹呼酒，挂席盐船恰驶风。"弯月初上的广济桥，酒肆中灯笼高悬，疍艇里猜拳行令，妓篷中丝竹细语，真是"万家连舸一溪横，深夜如闻鼍鼓鸣"，待到"遥指渔灯相照静"，已是"海氛远去正三更"。广济桥市的繁荣，曾牵动过南中国经济的神经，也许这正是桥市的价值所在。

由于历经沧桑的磨砺，中华人民共和国成立前广济桥已是满目疮痍，2003年10月，广济桥开始按明代风格为全面维修的依据，2007年全面竣工，令该桥焕然一新，特别是桥亭更显风雅。126座亭台殿阁像卧龙披上126片金鳞，颇有腾云欲飞之势。匾幅楹联挂满亭台殿阁，匾或黑底金字或黛字黑底，楹联则直接刻在白色花岗岩柱上，题字均出于著名书法家的手笔，整座广济桥，仿如一座文气盎然的艺术长廊。

关于广济桥有很多民间传说，其中流传最广的是"仙佛造桥"。话说韩愈来潮目睹洪水肆虐，鳄鱼为患，为连接两岸，请他的侄孙韩湘子等八仙与潮州广济和尚分东西施法造桥，由于中途被撞破天机，驱石的法力失效，致中间一段未能连接。于是，八仙之何仙姑，将莲花撒落江中化作十八艘船，广济和尚见状掷下禅杖化作巨缆，把浮桥连接起来。因此桥名分别称作"湘子桥"和"广济桥"。

这一传说，我考证再三，觉得不合理成分居多。其一韩愈在唐元和四年（809）已主政潮州，而广济桥始建于南宋乾道年间，建桥比韩愈来潮晚300余年；其二八仙中有四人生于宋代，怎能跃至前朝建桥；其三查遍史书，并没见广济和尚其人。编此传说动因也许有三：一是潮州人出于对韩愈的崇敬，想为他治潮功绩中加上一笔；二是在古代生产力落后的情况下，在浩浩大江上建造这样的大桥，其难度超越人的想象，于是让仙佛去显灵；三是这座神奇的大桥从建下第一个桥墩到形成"十八梭船廿四洲"格局，前后延续300多年历史，很难说归功于谁，索性把功劳记在韩愈与仙佛身上。其实这桥倒可证实三点：一是历代主政潮州官员的胆识；二是突现历代能工巧匠的智慧；三是历史是人民创造的，哪怕是建桥史。

韩愈治潮功炳千秋，并不在于建桥。

唐元和十四年（819）时任刑部侍郎的韩愈，因为谏迎佛骨，激怒了宪宗皇帝，被贬到潮州任刺史，韩愈任职八个月以强烈的责任心和爱民之心，为潮州办了四件实事。

一是驱除鳄鱼。潮州韩江曾名为鳄溪，江里很多鳄鱼，经常吃过江百姓，人们称之为"恶溪"。韩愈在"恶溪"古渡上设了祭坛，先以强弓毒矢呈于鳄鱼之前，给鳄鱼以强大威慑，继而以礼相待，祭以一猪一羊，然后高念亲自撰写的《祭鳄鱼文》，祭文波澜起伏，义正词严，把鳄鱼人格化，可视为一篇"讨贼檄文"，此文后被收入《古文观止》。如今韩江北堤路段的古渡口被誉为"鳄渡秋风"的纪念亭，就是为纪念韩愈当年除鳄的功绩。二是兴修水利。当年的潮州施行的是较为原始的农耕模式，韩愈一方面兴修水利以治旱涝，另一方面引进北方的农耕技术，使潮州的农耕模式大为改观。三是赎放奴婢。韩愈下令，奴婢可用工钱抵债，钱债相抵，就给人自由，不抵者可用钱赎，以后不得蓄奴，此举可谓射向当时社会陋习的一支响箭！四是兴办学校。韩愈到潮后，聘请乡贤为先生，扩建学校。韩愈之前，潮州只有进士三名，韩愈之后，到南宋，登第进士就达172名，状元、榜眼、探花三及第俱全。

其实，韩愈在潮州的影响力，并不在于他干了多少件实事，更主要的是他为官的理念，他的思想，他的才华，他的人格魅力以及他的精神世界融进了潮州文化中去，让人景仰，让人得到感化，化作一种无形的力量，推动这个地方的发展。

韩愈，是唐代杰出的文学家、哲学家、政治家。被苏轼称为"文起八代之衰"的韩愈为"唐宋八大家"之首，出身于官宦世家，其高祖、曾祖、祖父、父亲都代代为官，到了韩愈却家道中落，三岁丧父，两兄相继逝去，他是由他的大嫂抚养成人的。他从小刻苦好学，"七岁读书，十三岁而能文"，可官运并不亨通，从19岁开始三次到京师应考，三次落第，25岁第四次应举才中进士，进士只是身份，想做官还要过吏部一关，经过五年的求官历程，30多岁时才去汴州做了个官职低微的观察推官。

韩愈推崇儒学且有极高造诣，贞元十八年（802）他终被推任国子监四门博士，开始进入京师任职，与柳宗元、刘禹锡同为监察御史，"品秩不高而权限广"，专门向皇帝提意见和建议的。可他不惟皇帝是瞻，一心为民着想，目睹天灾使人民挨饿逃荒，便向皇帝写了《御史台上论天旱人饥状》，请求减缓百姓赋税，遭权臣陷害，被贬岭南阳山。他没沮丧，把"天下最穷处"阳山变成了文化城。三年后顺宗即位，大赦天下，韩愈改任江陵法曹参军，元和十二年（817）因随宰相裴度征讨淮西叛军有功，次年升为刑部侍郎，他不改一心为民的初心，元和十四年（819），宪宗皇帝举办了一个规模浩大的迎佛骨活动，韩愈看不惯这种劳民伤财的行为，奋笔疾书，洋洋洒洒写下了近万言的《谏佛骨表》，宪宗皇帝龙颜大怒，要将韩愈斩首，经宰相裴度等人力谏，才改贬到八千里外蛮烟瘴地潮州当刺史。韩愈被押出京城不久，家眷亦被赶出长安，年仅12岁的小女儿也染恶疾惨死在驿道上。当他策马行出蓝关，他的侄孙韩湘子赶来为他道别，51岁的韩愈心力交瘁，胸中郁块化作笔底波涛，写下了《左迁至蓝关示侄孙湘》：

一封朝奏九重天，夕贬潮州路八千。

欲为圣朝除弊事，肯将衰朽惜残年！

云横秦岭家何在？雪拥蓝关马不前。

知汝远来应有意，好收吾骨瘴江边。

他到潮州后，目睹潮州的落后，忘了心中的痛苦，也忘了被贬的官员如同罪人且不积极参政的所谓"古训"，大刀阔斧为民干了影响千秋万代的几件实事！这便是韩愈活在潮人心里最为朴实的缘由！

潮州人民为感念韩愈，潮州的江山都姓韩，韩江、韩山、韩堤、景韩亭、昌黎路、祭鳄台等，并建起"韩文公祠"世代朝拜！这既是一种人文精神的传承，也是一种民心所向。

韩文公祠，坐落于潮州城东笔架山麓，面临浩浩荡荡的韩江，江上帆影点点，使韩祠平添几许张力。祠堂有三层，第一层正门是一牌坊，是前总书记胡耀邦题的匾额，入门后有一条步步登高的甬道；第二层便是韩公祠正殿，高度为40米左右，恰到好处地构成瞻仰者肃然起敬的仰视角度。整座祠嵌于山光水色之中，左是象山，右是狮山，成环抱之势，飞檐如翼展翅于蓝天与白云之中，祠周参天古木，花树簇拥，暗香浮动。外形雄伟巍峨，祠内细刻精雕，给人一种既端庄典雅而又温馨祥和之感。

祠分前后二进，并带两廊。后进筑在比前进高出几米的台基上，正殿内供韩愈塑像，慈眉善目，一脸儒雅，堂上有对联："辟佛累千言，雪冷蓝关，从此儒风开海峤；到官才八月，潮平鳄渚，于今香火遍瀛洲。"祠后乃两层侍廊阁，第二层门口有石雕韩愈半身雕像，与正殿正襟危坐的塑像不同的是：石像一绺胡须随风飘起，两道剑眉挑起发鬓，眼光深邃傲视长空。细细看来，韩愈那种坚毅与挺拔的形象跃然。也许殿中是居庙堂之高的韩愈，门前是处江湖之远的韩愈吧。周围为历代韩祠碑刻和韩愈的笔迹。从国家的各级领导和海内外知名书画家或绘或留题的400幅墨宝，勒石镌刻与祠内古碑交相辉映，令千年古祠更加文气斐然。

韩公祠，千余载香火不断。韩愈入潮八月，潮州人却纪念他千秋万代。韩

番！拿个单反相机拍上一辑，会让人兴奋一阵子的。当然，你还可以听树上的鸟啼声，可以听山泉叮咚的琴声，亦可以欣赏白鹭追着晚霞在山间齐飞的意境。

二是赏"双绝"。

丹霞山的山石座座形象逼真，千姿百态，仿佛皆出自雕塑家之手，但无一不是大自然的鬼斧神工，特别是阳元石与阴元石更加神奇，让人对大自然的杰作不得不叹为观止。

号称"天下第一奇石"的阳元石，屹立在阳元山，与丹霞山主景区隔江相望，它赤裸裸地不给你丝毫想象的空间，活脱脱一男性阳具直傲苍穹，被称为"生命之根"。该石高28米，直径7米，由于风化的作用，从造型到色泽都无可挑剔。据地质学家考证，阳元石从旁边的阳元山剥离已经有30万年历史了，被誉为"天下第一景"的阳元石不仅神奇，阳元山下的传说更奇。阳元山下有一个村庄，因为多生男孩和双胞胎，叫多仔村。根据近几年人口普查的结果，村中76%育龄妇女都生男孩，其中的生命密码至今仍然无法破译！

在阳元石下拍照又是一大景观。男士固然踊跃，女士也不让须眉，我发觉新婚夫妇和外国人士在此拍照留念的也特别多。我倒是想到另一主题，一个地方的发展不更需要阳元石这种雄起精神吗？我跟陪我们一起参观的韶关市发改委的一位主任打趣说："来来来！大家都来，市需要雄起，省也需要雄起，实现中国复兴之梦，国家何尝不要雄起！"这一半玩笑一半现实的话题，让大家一边笑着看着，一边往阳元石下站好，来了一张"全家福"。

与阳元石相对的阴元石，则隐蔽于深山幽谷之中，到1998年才被发现，好在有当地人作向导，我们划着小艇，穿过几条流溪，拐过几道通幽曲径，在一林荫遮掩的峭壁上才找到。她很接地气，石高10.3米，宽4.8米，那洞边的幽草，那沁出的流泉，其形状、比例、色泽、动感，简直就是一具扩大的女阴解剖模型，被视为"母亲石""生命之源"。

阳元石和阴元石，一阳一阴，一刚一柔，奇妙地屹立在丹霞山中，它们依山傍水，是大地之父和大地之母，最逼真、最灵动、最杰出的作品，它们蕴含了天与地、阳与阴、水与火的阴阳五行之理，凝聚着震撼人心的力量与气质，它们是大自然最神奇的天然造化，被誉为"丹霞双绝"，每年都吸引着大批中外游客前来观光游览。中国性协会也多次前来丹霞山研讨自然景观与性文化的关系，但对阳元山下村庄多生育男孩的谜底始终没解开，给阳元石阴元石依然留下几分神秘的色彩。

三是游锦江。

人们说中国的山是北雄南秀，丹霞山却是既雄且秀，形成阳刚与阴柔的高度统一。整个山区保存良好的亚热带绿林，四季郁郁葱葱，苍翠欲滴，而丹霞之秀又主要秀在锦江。游锦江，就是游"水上丹霞"。来丹霞山不但要观山更要观水，古人赞丹霞"一水浮青碧，千峰竞翠微"，其秀丽之美不逊于"江作青罗带，山如碧玉簪"的桂林山水。

我们坐着游艇从"水上丹霞"码头出发，艇犁开一江碧绿的玉液，扑面迎来的便是"赤壁丹崖"，它如一堵刀削斧劈的赤壁横亘在前面，任岁月的风刀在壁上刻下大大小小的皱纹，上面布满了色彩纷呈的苔痕，仿如一幅大写意的壁画，在江水与赤壁的交接处，长满一丛丛桃花与一排排紫荆花，还有迎风摇曳的凤尾竹。它们如彩霞与翠雾簇拥着赤壁，仿如一堵硕大无朋又相当精巧的屏风。从"赤壁丹崖"一拐弯，便见锦江蜿蜒至天边朦胧的远山。远处，可见点点帆影掀起一圈圈白浪，重重山岚雾霭缠着峰顶，偶尔露出的亭台楼阁仿如玉宇琼楼。近处，是岸边凤凰花掩映的古码头，依依垂柳轻拂的古村落，以及坐落在半山腰的寺庙，流溢出一股浓浓古拙的野味。

锦石岩寺和别传寺就在这上面，宋代一个叫法云居士的人上丹霞山，见锦石岩集雄奇秀美于一身，认为可以在这里修身养性，于是聚集百余人到锦石岩建了一个天然的石窟寺。明朝灭亡后，有兄弟俩李永茂、李充茂，是明朝的臣子，他们不想为清朝做事，从江西逃至丹霞山隐居，并把丹霞山一段山坡买下来，带着亲戚下属在此修关门，凿石阶，架木梯，建房子，李充茂曾在广州海幢寺拜天然和尚为师，后来将丹霞山舍捐给师兄今释澹归。他是明朝进士，明灭亡后隐在海幢寺当和尚。49岁时，他到丹霞山，营建别传寺，住持了十多年。去世后葬于丹霞山海螺峰下，他的遗著《徧行堂集》是平生观察古今，修身立志的力作。他离世96年之后，清朝文字狱盛行，这书被人在游丹霞山时发现，便以"图谋不轨"的罪名举报朝廷，别传寺惨遭清廷血洗，杀僧众500多人，看来，这佛教之地也并不清静。

相隔不远的"望夫石"，形单影只地站在崖边，任江风吹散她的头巾，任尘埃洒满她的全身，她凝望着江中往来的舟楫，春夏秋冬，年复一年，盼穿秋水，夫君还不见影踪。看来锦江展现的也不尽是"世外桃源"，也有红尘中令人扼腕的一面，也许这才叫多维，才叫立体，才叫真实！

接下来便是"鲤鱼跳龙门""群象过江""送子观音"等一批带神话故事的景观，让你仿如闯进一个既形象又神奇的画廊，不仅让你目不暇接，且让你难以想象，让你心驰神往！

丹霞山是怎么形成的呢？根据专家研究，在距今一亿年前后，南岭山地隆起时，这里相对下陷，形成一个山间湖盆，周围山上的泥沙碎石被流水带到盆地内沉积下来，由于当时地球上的温度比较高，盆地内部降水较少，高温干燥的环境，使沉积物被氧化成铁锈色，并在距今7000万年以前，形成了一套厚约3700米、粗细相间的红色沉积地层，其上部1300米，厚的坚硬沙砾岩被称为丹霞红。丹霞山的群峰就发育在这丹霞红地层上。

距今约3000万年以来，随着地壳运动，整个湖盆发生了多次间歇性抬升，流水顺着断裂对这一红色沉积物下切侵蚀，山坡崩塌后退，保存下来的岩层就成为现在看到的红色山块，即丹霞地貌。据专家研究，丹霞山地区的地壳还在抬升，在距今600万年以来，平均每万年上升1米。美丽的丹霞山还是一座在成长的山。

雄哉，丹霞！

是啊，既俊秀又雄奇的丹霞山，这是大自然缔造的一部杰作，它还在运动中，有着顽强的生命力和神秘莫测的创造力。对大自然，我们得有点敬畏之心，绝不能轻言征服，我们只能保护，而最有效的保护就是保持原生态，而最大的破坏就是过度的人为开发，愿丹霞山变得更为清秀更为雄奇，愿生长在这里的人们具有更强的生命力和创造力，把这块土地保护得更好，创造得更好！

壮哉，丹霞山哺育的人民！

愿丹霞山哺育的这片土地，经济上要像你一样雄起！

偶尔还可看见一两叶轻舟从桥底轻轻滑过，欸乃的桨声与橹声伴随着船影，渐渐消失在一笼烟水的夜幕中……

儿时的小河

我的家乡有条小河，它汩汩地从村前流过，然后绕过高耸的寨城，绕过繁喧的小镇，再流入珠江口。跟别的小河不同之处是河岸都铺上麻石路，我们不时看到河上穿梭的帆影，岸上往返的挑夫。据说以前它可是虎门水陆交通的要津，虎门地形复杂，物产丰富，零丁洋畔，是银光闪烁的盐场；珠江河汊，是绿浪翻滚的水草；横亘莞邑中部的大岭山脉，密林深处长满蜚声海内外的莞香。莞盐莞草莞香三宝，就从这小河运向香港，销往四大洲。在我们村前就有一个水埗头，供来往的商船停泊。我们经常在码头的大榕树下，听老人诉说它昔日的辉煌。

这小河有一个很特别的名字：官涌。小时候我百思不得其解，为什么小河会有这么个怪怪的名字？后来，我才知道这名字有着一段荡气回肠的故事。据史籍记载：在清康熙年间，有一位叫晋淑玉的武进士，出任虎门古寨最大的军防长官。当时虎门是莞邑西南政治、经济中心，是珠江口商品集散的埠头。为了水陆交通的畅顺，他倡修了这条河。为此，他捐出自己的俸禄与家中的资产，不足之资从兵饷中抽出百分之一二来补够。不料却被别有用心的同僚煽动了"兵哗"，并以克扣军饷罪处其以死罪。行刑那天，当地百姓沿河哭奠，感动得老天大雨倾盆，河水涨满七天不退，百姓为晋公筑庙，庙中的晋公依然是官服加身，一脸正气，在人民的心目中，他永远是一名为民谋利的清官，为了纪念他为官时的政绩，人们把这小河命名为官涌，涌者小河也。

这小河，可是造福一方的生命之河，它不仅是虎门水陆交通的要脉，而且灌溉着万顷良田，使古寨成为鱼米之乡。也正因为这条河，引进咸淡交错之水，使这一带盛产闻名中外的莞草。沿着这条小河的一带河滩，开垦了大片大片一望无际的草田，草田上就种植着这种莞草，这莞草长得青绿青绿的比人还要高出一头，远远望去仿如一个波涛翻滚的大海。这水草一年收割一次，收割时节乡亲们叫"斩草"，"斩草"是最精壮的乡民们干的活。因为收割是在盛夏，他们往往选择在月夜，壮男们用一条水布围着下身，便挥动着寒光闪闪的草链，一阵狂砍便割下一大片，然后扎着一大束一大束，放落河中像放木排一样，顺着水流运回"草寮"中去，在寮中早有一群妇女在等候，她们用铜制的草刀，把草一条一条地串进刀中；然后像拉弓般，右手执刀左手握草，膝盖往刀柄一顶，手往后一拉，草便被破成两瓣，晒干后染上各种颜色，织成多种图案的草席与地毡，销向东南亚一带。记得小时候，我父亲与人合伙办起一间席厂，他既是厂的管理者又是染草的一把好手。印象中那染草的锅好大好大，停灶时分，在玩捉迷藏时，我常躲进锅中把锅盖一盖，躲过小伙伴们的"搜捕"。那一张张方方的草席和那一卷卷长长的地毡，铺满了村后的小山岗，我与小伙伴们常躺在草席上晒太阳，在地毡上翻跟斗！

小河可是我儿时的乐园。退潮时我们在河中捉鱼摸虾抓螃蟹。那跳跳鱼最鬼，满河滩里跳，常常弄得你一身泥一身水；那参鱼最狡猾，一鱼躲两个洞，你从这个洞掏它，它从那洞逃跑；那螃蟹最凶，你捉它，它张开双螯跟你对抗，一旦夹着你的指头，哪怕是把它的螯折断也不肯松开，夹得你叫爹叫娘钻心地疼。我们一旦捕获便用水草将它五花大绑，回到家中放在锅里一煮，来个以牙还牙大饱口福。涨潮时，小河成了我们天然的浴场。我们与女孩子们各划一段，谁也不准越雷池半步，因为男孩子们常是光着屁股在河中嬉戏，直至稍为懂事，才懂得穿条裤衩遮遮羞。记得小河有座石板桥，桥面用三条又粗又长的青石搭成，我们管它叫"三条石"，每条石约二十米长，一米宽，大概有二十吨重，真不知当时人们是怎样从山上采下来，又是怎样砌上去的。我们常赞叹着人的勤劳与智慧！这桥面离水面有十米多高，它成了我们天然的跳水台，这也是检验我们这群野小子勇敢与否的试金石，因为稍为懦弱者是不敢往下跳的。敢跳者又被划为上下两等，上等者来个燕子式，双手朝前一展，腾空一跃用头先着水，我们称之为"插水"；下等者来个炸弹式，纵身一跳用脚先着水，我们戏称为"种葱"，谁敢跳燕子式，谁就在孩子中拥有威信！我是属于不怕死的那一种，常常跳的是燕子式，但也偶有失败，肚皮先着水，摔得肚皮又红又痛，我们称之为"摔生鱼"！我们就是在这种摔打中渐渐长大的。

仲夏之夜，石板桥又成一景，桥上站着躺着一桥乘凉的男人，我们常常跟着去凑热闹，一面享受着轻轻吹来的江风，一面听成人们在斗嘴，在讲市井趣闻。偶尔还可看见一两叶轻舟从桥底轻轻滑过，欸乃的桨声与橹声伴随着船影，渐渐消失在一笼烟水的夜幕中，不灭的是小河深处那三五点忽明忽暗忽高忽低的渔火……

小河最为壮观的是除夕之夜。那夜，新年爆竹刚刚响过，我们一大群小孩，便用甘蔗麸点燃的火把，组成一支卖懒的队伍，沿着小河的石板路朝石板桥走去，先是一支小队伍，随后跟来一支又一支别村小孩队伍，在河岸上形成一条长长的火龙，把河水映得红彤彤的，而那卖懒歌从小组唱汇成大合唱，在小河的上空回荡着——

卖懒去，

买勤来，

桃花开，

菊花开，

今晚我们来卖懒，

明天清早过新年。

……

队伍汇集在桥头，然后相互交换了火把，再班师回朝，等待到天明讨父母的压岁钱……

这小河又是我儿时的启蒙老师，起码在天文知识方面是我的启蒙老师。我们可以从小河涨潮的大小去判断是农历的初一还是十五，可以从潮涨潮退认定是正午还是黄昏，还可以从小河的咸淡程度去判断是腊月还是初春，可以从春潮的大小去推测当年是干旱还是水涝。最有趣的是我们这帮小淘气去捣马蜂窝时，亦要看是涨潮还是退潮，若是涨潮时被黄蜂蜇中，其伤口奇肿无比，若是退潮时被蜇中其肿则轻多了，这是老人们的经验之谈，也是被我们在实践中证实了的，其中奥秘，我至今还未破解。

既长在城里求学和工作，离家乡远了，可故乡的小河却不时闯进我的梦来，仿佛要与我倾诉什么！早些时候我抽空回家乡一看，家乡变繁华了，小巷变成宽敞的街道，田园变成林立的工厂，两座五星级的酒店巍巍耸立在小镇上，向世人宣示它的富有。可家乡的小河再也找不到儿时的踪影，那清清的河水不见了，取而代之是一条墨黑墨黑的浊流，河面上再也看不到鱼游和虾跳，河岸上也看不到青青的水草和白白的芦花，也看不到偶尔从红树林中飞出的鸥鸟与野鸭。当然，更看不到孩童在河中戏水，看不到小舟从河中滑过。那座青青的石板桥也不见了，新建的是一座板着脸孔了无生气的水泥桥，桥墩被污水染成个大花脸，一阵淡淡的愁绪顿时涌上我的心头——

很明显，这是工厂的污水，使美丽的小河被污染成一条面目可憎的臭水沟，这污染是带灾难性的污染，它不仅使小河变丑，而且使这一方土地生态环境的恶化，水质遭到毁灭性的破坏，人的身体健康受到严重的威胁。

啊，一个地方的现代化是否一定要以牺牲自然的生态为代价？人怎样与自然和谐相处，这是一个不可回避，也是十分迫切需要解决的命题。若是破坏这种和谐，人类迟早是要遭受惩罚的，在建设的进程中呼唤环保意识这是多么重要！

什么时候，能还我儿时的小河？

泛舟其中仿如在太空飘浮，而当你奋桨向前则产生一种穿越时空隧道之感。在朦朦胧胧中一些与零丁洋有关的历史人物在向我们走来……

夜探零丁洋

夜探零丁洋，是我多年的夙愿。

零丁洋之夜，魅力来自渔火，这渔火神奇之处则是可幻变成海市蜃楼。早在孩提时，我就听村中老人说过，当时我将信将疑，真想邀几位小伙伴，撑一竹筏去探个究竟。

既长，翻阅旧县志，果有如此记载：零丁洋海市蜃楼出现时"海光忽生，水面尽赤，有无数灯光往来，螺女鲛人之属，喧喧笑语，闻卖珠、鬻锦、数钱、量米麦声，至晓方止"。如此奇观，名传四海。据说，当时被贬惠州的东坡居士，亦欲购舟前往，但终没成行。当时，我就有种去续东坡居士之愿的冲动。看看能否有幸碰到海市蜃楼的幻现，看看能否拾到前人遗漏的诗句。后因离开故乡，此愿便一直搁了下来。

今秋回乡，终还了愿。

这晚，繁星闪烁，我约了虎门的几位文友，划着一只小艇，直闯零丁洋。桨儿敲碎了一河灯影，浪花惊飞一路鸥鸟。呵，零丁洋！你那滔滔的雪浪哪里去了呢？你那翔集的帆影又到哪里去了呢？只见在烟水迷蒙处，龙穴岛像盏神灯在波涛起伏中忽隐忽现。蔚为壮观的是那一盏渔火，一串串，一簇簇，跟天上的繁星，跟双桨击出的磷火，跟岸边的灯光交织一起，分不清哪是天哪是地，哪是海哪是天，泛舟其中仿如在太空飘浮，而当你奋桨向前则产生一种穿越时空隧道之感。在朦朦胧胧中一些与零丁洋有关的历史人物在向我们走来。

看，一叶扁舟向我们漂了过来，船头屹立着一位长者，海风撩起他破旧的青衫和飘飘长髯，迷蒙的月色，映照着他那张冷峻的脸……

他是谁？

啊，是著名将领文天祥！

宋代大臣文天祥。1278年底，率军在广东五坡岭与元军激战，兵败被俘，正被押解在船上过零丁洋。此刻，他眺望着那寥落的半江渔火，想起那连年的战火和那破碎的半壁山河，想起那飘零的身世和未酬的壮志，一时万千感慨涌上心头——

> 辛苦遭逢起一经，干戈寥落四周星。
>
> 山河破碎风飘絮，身世浮沉雨打萍。
>
> 惶恐滩头说惶恐，零丁洋里叹零丁。
>
> 人生自古谁无死，留取丹心照汗青。

这，便是千古绝唱《过零丁洋》！

好一个"留取丹心照汗青"！

我听到一个不屈的灵魂在呐喊，我看见一颗坚贞的丹心在燃烧！这不屈的灵魂和燃烧的丹心，为扑朔迷离的零丁洋平添一股凛然的正气！这种高风亮节，舍生取义的人生观，为中华民族树立一个光辉的典范！

看，一艘快艇泊向沙角的岸边，艇上走出三位顶戴花翎的大员，为首者双目炯炯，刚毅的脸上透出几分豪迈几分儒雅。

他是谁？

啊，是钦差大臣林则徐！

几个月前，他奉旨南下禁烟，在龙穴岛收缴外国不法商人两万多箱鸦片，他坐镇虎头山督战，在虎门海滩把鸦片销毁。他清楚以英夷为首的侵略者是不会善罢甘休的。于是他在虎门日夜巡察海防，在虎门江口设立六个炮台，筑起一道铁锁铜关，时刻准备痛击来犯之敌！此刻，他正偕同邓廷桢、关天培两位爱国将领，踏着中秋的月色，徒步登上虎门要塞最前沿的沙角炮台。极目远眺，眼底的零丁洋，玉盘涌上，海天一色，月华烟细，潮声带雨，十里渔火，浪中明灭！如此大好河山岂能被污染、被践踏!？他拿起望远镜轻轻地击着手掌，在他心中升腾一腔浩气——

蛮烟一扫海如镜，

清风长此留炎州

……

啊，我听到一个爱国者的誓言在大海中回响，我看到高挺的民族脊梁屹立在祖国南疆！这不屈的誓言与坚挺的脊梁为波涛汹涌的零丁洋，平添一股气壮山河的豪情！他的这股浩气跟他后来因主张禁烟而受到谪贬伊犁充军，被迫在西安与家人分别时写的《赴戍登程口占示家人》"苟利国家生死以，岂因祸福避趋之"的爱国情感与大无畏精神一脉相承，光照千秋！

听，这是什么在嘶鸣？

似涛吼，似海啸！

啊，这是陈连陞将军的战马！

有时历史真会嘲弄人，且令爱国者仰天长啸。果不出林则徐所料，英国派出东方远征舰队大举向虎门进攻，林则徐率领爱国军民七次击败英夷的进攻。英夷只好挥师北上。腐败无能的清政府害怕洋人的坚船利炮，竟撤了林则徐的职，并把封锁敌舰进攻的拦江铁链拆除，自毁虎门坚固的海防。英军乘虚再犯虎门。镇守在虎门第一重门户沙角炮台的守将陈连陞父子，在大兵压境、后续无援的情况下，率600官兵孤军浴血奋战。他们凭着天险击退敌人数次的进攻，终因寡不敌众，炮台被攻破。陈连陞跨上战马带头冲入敌阵与敌人展开肉搏战。他血染战袍依然挥刀砍杀数十鬼子，最后不幸中弹身亡。全台将士也全部壮烈牺牲，鲜血染红了零丁洋畔！后来，当地群众把没人认领的骸骨收集起来，在炮台后面的白草山麓筑起一个"节兵义坟"，陈连陞的坐骑则被英军掳去香港，终日向着虎门方向嘶鸣，最后绝食而亡。

啊，人们说它的灵魂不灭。是的，那雪鬃飘飘的浪潮不正是节马的化身吗？那日夜轰响的涛声不正是战马的嘶鸣！？节马的故事脍炙人口，说的是节马，其实赞的是英勇坚贞的马的主人！

听，这是什么在轰响？

似山崩，似地裂！

啊，这是威远炮台的炮声！

这炮声是水师提督关天培亲自点燃的！在惨烈的鸦片战争中关天培忠实执行林则徐的抗敌路线，在虎门要塞筑起铁锁铜关，把来犯之敌打得屁滚尿流。林则徐、邓廷桢被撤职之后，他独撑虎门御敌的重担。沙角战役一打响，坐镇虎门要塞第三重门户威远炮台的他，便向琦善告急，琦善这投降派哪肯拨救兵？得知沙角失守，战将陈连陞阵亡，关将军愤懑填胸老泪纵横！当英国的铁甲舰队向威远进攻，这位62岁高龄的主帅，横刀立马，率领全台将士奋起还击，他身负重伤数十处，仍然亲自发炮，一发炮弹射来，只剩半截身躯的他，依然横刀怒目屹立在炮台上，吓得英兵滚下台去……

啊，那在岁月蒸腾中依然像南疆"海上长城"巍然屹立的威远炮台，不正是关老将军伟岸的身影？那在潮汐拍击下，依然发出炸雷般回响的雄关涛吼，不正是威远那不屈的炮声！？

一声汽笛把我们从历史的隧道拽回现实中来，一艘万吨巨轮从我们身边驶过掀起的排天巨浪，一下子把我们的小艇托向峰尖！霎时间，我的眼前一片通明，只见南岸的南沙港口，一艘艘巨型商船停泊在海面上，像一座璀璨的水上皇宫，那渔舟客艇闪烁的星星渔火，则像这皇宫飞泻下来的流苏！那排排吊货机横空出世，展开铁臂在装卸着集装箱，那进进出出的车流像鱼儿般穿梭，一切都显得那么繁忙而有序，好一个大型的港口。目前港口码头泊位92个，其中十万吨级以上的泊位已达4个，开通约160条国际航线，72条"穿梭巴士"，集装箱吞吐量达1800万标箱，与世界80多个国家和地区的350个港口有海运往来。对内则确立"泛珠三角"交通一体化新概念，依广州港据珠三角东翼而成为华南对外贸易枢纽港，腹地延伸到广西、云南、四川、贵州、湖南、湖北等地，成了"一带一路"的一个黄金停泊点。广州南沙自贸区正在红红火火建立，现已有1007家全国各地电商企业在南沙落地，更使南沙名震中外。目前，正在推进的粤港澳大湾区，南沙成了其中的一大重镇。

那珠江北岸的全国第一镇——虎门镇霓虹闪烁，万家灯火齐亮。灯光夜市，像座座星海浮动，汹涌的人流像波涛般翻滚，太平广场亮如白昼，成了老人的天堂，跳舞的人群摆着一个又一个的方阵。虎门公园灯影迷离，一队队健儿在足球场网球场龙争虎斗，一对对情侣在花前月下说爱谈情。纵横的马路，车流像一条彩色的河。这镇是改革开放第一个"吃螃蟹"的镇，办起了全国第一间来料加工厂，搞起了国际时装节，高峰期来料加工厂达3000多间，税收达60亿元，目前正成功进行转型，一些高科技企业生产基地正往这里迁。综合总体实力在全国千强镇中遥遥领先。设立在零丁洋畔的"海战纪念馆"依然开放，一排排红棉树高擎千支火炬，一簇簇广榔树翻滚着绿色波涛！纪念馆仿如一座古堡，闪着幽幽的灯光，参观的人潮一浪接着一浪，传统爱国主义教育在这片英雄的土地一直没停息过。

那横跨珠江口的虎门大桥，远看像一条镶满夜明珠的巨龙横卧在零丁洋上，其主干道跨径888米，大桥两岸引道工程11.16千米，桥下可通过十万吨的巨轮。近看这座桥则像一把竖琴，是中国第一座悬索桥，亦被誉为"世界第一跨"。它连接珠江口东西两岸，把虎门与南沙接驳起来，成了广东东西两翼的交通枢纽，是贯穿深圳、珠海、香港、澳门的咽喉，使珠江经济走廊四通八达，其作用非一般桥梁所能比拟。

呵，夜探零丁洋，我们觅不到那海市蜃楼，这不能不说是件憾事。据说这海市蜃楼是银海般的盐田，在夕阳辉映下对周围城镇的一种反照，早在清朝乾隆年间，零丁洋畔撤了盐场，这海市再未出现过。我等平庸之辈，当然搜索枯肠也难拾到前人遗漏的佳句。然而，我们却深深触摸到"留取丹心照汗青"的民族之魂，他们把对祖国的无比坚贞用一腔热血把文天祥的千古绝句，写在零丁洋上；正是这一颗颗丹心燃沸一腔腔热血，化作排天的怒潮把侵略者葬入海底！也正是这一颗颗丹心点燃建设者的一腔腔烈火，在零丁洋上托出两座不夜的新城。

据载，当年林则徐，在被罢职调离虎门前夕，策马登上当年坐镇指挥焚烧鸦片的大人山巅，向虎门的山山水水投以深情的一瞥。然后扬鞭而去，留下一串马蹄声。这马蹄声可是一种历史的叩问啊，个人的荣辱对英雄来说早已置之度外，可国力的强弱，人民的安危才叫人揪心啊，发一声仰天长啸，那只是英雄气短的无奈，国泰民安才是他的希望。假若林则徐眼下能目睹国力和虎门的现状，我想他一定会粲然一笑。

这是一个梦想润泽的家园；
这是一个岭南水乡活的标本。

梦泽家园

最近，东莞华阳湿地公园，一下子火了起来，被认为是一个岭南水乡活的标本，成为广东乃至全国旅游一个新的热点，这使我想起了华阳所在的水乡小镇——麻涌。

麻涌，我并不陌生，它位于东莞市西北部，地处珠江口东岸，由浩瀚的狮子洋，东江支流淡水河，一左一右托起的一片绿洲，与虎伏在洋上的大小虎岛遥遥相望，与广州新塘镇仅一河之隔。它是著名作家陈残云笔下"香飘四季"的水乡小镇。我的老家东莞虎门同是水乡，上初中时便读《香飘四季》，感到特别地亲切。

其实对麻涌的一次深刻而透彻的阅读是在2010年的夏天，当时有关部门请我们为麻涌写本书，同行的有江西省作协主席陈世旭，广东省作家协会常务副主席吕雷，《羊城晚报》总编辑张宇航和晚报副版《花地》主编左多夫等，我们在那一浸就是半个月，足迹踏遍麻涌的河涌、水陌、古村，又是座谈又是采访，对麻涌的前世今生有了个总体认识，最后分工合作，写成一本书——《走进麻涌》。

这是一轴诗意与苍凉交杂的历史画卷。

宋绍兴十年（1140），中原一股为躲战乱的难民，越过了南雄的珠玑巷，来到这狮子洋畔，只见一望无边的海滩长满芦苇，成群结队的鸥鸟在草丛中飞翔，滩涂中鱼跃虾跳。这可是一片可自耕自足的处女地啊！于是他们在洋畔找了片陆地，搭起了茅寮，升起了炊烟，围滩种稻，下水捕鱼，过着日出而作，日落而息的生活。

始时，这片村落叫古梅乡。麻涌先祖从南雄珠玑巷迁来，珠玑巷旁有座梅岭，漫山遍野都是梅花，为了纪念这段不寻常的经历，遂将新家园命名为梅乡。到了明清时期，古梅乡便更名为麻涌。因为这片土地，河涌纵横交错，涌边种满黄麻，故以麻涌命之。

麻涌村民，源于三支。

一是源于南迁的移民，二是来源于戍边兵丁，三是来源于水上人家。尽管他们来源繁杂，支系繁多，但他们却能和谐相处，共同守望着这片新垦的土地。

当然，这片土地，不是世外桃源，也不尽是田园牧歌，也有方方面面的困扰，也有凄风苦雨的时候。特别是日本侵华时期至中华人民共和国成立前，麻涌便常遭天灾人祸的侵害，麻涌人的日子苦不堪言。

人祸，主要来自匪患。

1911—1949年，这段时期几乎村村有土匪，而漳澎、大步、华阳则是著名的三个匪巢。潮涨潮落常到珠江东江打劫过往客船，月黑风高则常到邻村打家劫舍绑架勒索，他们既是海盗，也是悍匪。抗日战争爆发后，土匪与日本鬼子勾结在一起，受害的是当地人民，让他们长期在战火中煎熬。

天灾，主要来自三大自然灾害。

其一是咸潮，其二是虫害，其三是台风，其中台风是最要命的。麻涌面临珠江口，是台风多发之地。台风来时一般夹着暴雨且潮水上涨，整个麻涌便成为一片泽国，台风过后，整个麻涌一片狼藉，河汊水网上漂满浮木与盆瓢……

　　腊月里黄尘迷眼，

　　三月里雨巷划船。

　　……

诗人谭日超的《大沙田放歌》写的正是昔日水乡的凄迷情景。

中华人民共和国成立了，在清匪反霸运动中，恶贯满盈的匪首被一一正法，而自然灾害依然在肆虐着麻涌人民。他们曾敲着铜锣赶麻雀，拿着铁锹到土墩捉老鼠，点起万盏马灯灭飞蛾，当然，最气壮山河的莫过于"四乡联围"。

麻涌的田，都是由江流冲积淤泥而成，不仅临海且地势低洼，每年都会出现海水倒灌，万顷沙田每年只能种植一造，且亩产只有一百多斤。1955年，东莞县委决定在麻涌修建一个1800公顷的大围田，工程地域跨越漳澎、麻涌、东太、大步四个乡，历史上被称为"四乡联围"。

在当时的工地上，麻涌人经常看到一个高大的身影。在烈日中，他头戴竹笠，高挽裤脚，与社员们一齐锄土；在风雨中，他披着蓑衣，与社员一道划着小艇运石……他就是著名作家陈残云，此刻他正在东莞挂职任县委副书记，下来麻涌蹲点。后来，他以这段生活为素材，写了《香飘四季》这部脍炙人口的小说，塑造了许火照、许凤英等一批人物形象，为麻涌打造了一张亮丽的名片。

摆脱匪患及自然灾害的麻涌，像洗去泥污的水乡少女，更显风情万种。河汊的两岸搭满临水骑楼般的吊脚楼，广袤无垠的大沙田，翻滚着蕉林蔗海，纵横交错的堤围，浮动着龙眼、荔枝，一只只小艇穿梭于水网河汊，一艘艘渔船撒网于浅海内江，本地人用"择地而居，围滩而种，出门登船，下水捕鱼"来概括自身的生活。

麻涌，不愧为一个香飘四季的鱼米之乡。

春季。那灿灿桃林，繁花如雪，海风一吹香气四溢；那撒满田野的紫云英，怒放着点点小花，远远望去仿如一匹硕大无朋的织锦；冬种的地瓜、马铃薯，该收获了，一大串一大串的瓜果堆满了田垄。

夏季。荔枝红了，龙眼熟了，引来蝉儿在枝头鸣唱。一累累饱满的香蕉，把蕉树压弯了腰，间种在蕉地上的花生该拔了，一箩箩白花花的花生被送到了榨油厂……

秋季。是收割秋稻的时令，也正是膏蟹最肥的时候，稻田上一汪积水就会藏有一只膏蟹和一窝鱼虾。夕阳西下，一只只小艇运回一座座金山般稻谷的同时，也运回一桶桶河鲜。

冬季。甘蔗该砍了，田垄上满是砍蔗的人群，河涌里旱路上满是运蔗的船车，在大小糖厂前垒得像一座一座山峰，从糖厂里溢出那甜腻腻的味儿，沁得村民们心里甜滋滋的。

麻涌农耕有三宝：甘蔗、香蕉和水稻。其中甘蔗和香蕉则是顶呱呱的品牌，在全省乃至全国都叫得响。

麻涌，是典型的岭南水乡，是东莞乃至珠江三角洲的一个样板。

改革开放后，在汹涌澎湃的工业浪潮面前，昔日的农耕文明面临挑战，变得举步维艰。麻涌也难逃这种宿命。昔日充满诗情画意的蔗林蕉雨水网河汉，遂成了一种美丽的尴尬。这种尴尬，是把你昔日的辉煌冲得稀里哗啦，毫不留情地将你的经济实力远远抛在全市排行榜的后面，甚至被戏称为"东莞的西伯利亚"。

无工不富啊，这是麻涌决策者之痛！

然而，要走这条路，麻涌首先遭遇的是交通的瓶颈。

路，只有路通才能财通！

路在何方？"开门望见水，出路要坐船"。偌大的麻涌竟找不到一条到市区——莞城之路。加之麻涌地属冲积平原，原来就是狮子洋的海滩，地表下面都是由淤泥沉积而成，用建筑行话来说，称之为软基。建厂房不仅要桩打得深且要打得密，埋在地下的比地面上的建筑所需的资金还要多得多。这样的施工成本，无论大、中、小型企业只有望而轻叹的份儿，根本不敢前来问津。

麻涌陷入了徘徊期，一徘徊就是五年。

契机终于来了！

1988年仲夏的一天。

大盛村民罗沛棠划着小艇，迎着一抹淡青的曙色，驶进蕉林收割香蕉。突然，在蕉林不远狮子洋畔的荒滩上，传来阵阵轰鸣声。他拨开蕉叶一看：哗，好家伙！吊重机横空飞架，运沙船鱼贯穿梭，惊得白鹭嘎嘎地扑打着翅膀向狮子洋飞去！这块未被开垦的处女地究竟发生了什么变故？这里正在修建码头！

黄埔港和虎门港相继在此建分港。坐拥双港口，所有原材料和产品可以直接从这里进出口，麻涌地域优势骤然腾升，不借船出海，更待何时。

从那时开始，镇政府哪怕勒紧裤带也腾出资金，加大基础设施的投入，先后扩建了中麻公路和修建了进港路，并建起了新沙等一批公园式工业园，引进了玖龙纸业、超盈纺织、南玻光伏、中储粮等一批大型企业，一大批中、小企业也蜂拥而至，麻涌终于打了翻身仗，生产总值在市内直线上升。

在工业上去的同时，农业并驾齐驱，特别是果业有很大的突破，除了蕉林蔗海，那新引进的几百亩火龙果像一支支擎天的火炬，那满田满垄的番石榴吊满枝头，那一畦畦的草莓像一颗颗红宝石，在蓝天下闪闪发亮，那一片片的薰衣草像群紫衣少女在海边轻舒广袖……引来蝶蜂翩翩起舞。麻涌人自豪地说："香飘四季"又回来啦！

麻涌要独领风骚，最大的优势在哪？

2010年深秋。

大步村民欧文光给《香飘四季》镇报拨了个爆料电话：在靠近狮子洋的农田里，经常看见一群群白鹤出没。记者赖群生一听，赶到那里远远便见湿地上聚集一大群白鹤。它们时而在滩边觅食，惊得那些小螃蟹拼命到处找洞钻，那些跳跳鱼急得带着一身泥水在滩涂上逃。它们时而展开雪白的翅膀在草丛中飞翔，惹得一群群鸥鸟，在叽叽喳喳地欢唱！他举起相机，噼噼啪啪地拍下这一幅幅和谐而美丽的自然生态图景。他还发现那久违的野生莞草，也悄悄地长在河滩与沟边，在狮子洋的滩涂湿地就长着八百亩，海风徐来绿浪翻滚，与狮子洋的海水浑然一色。那几乎绝迹的红树林也一丛丛地冒了出来，傲然地站在海岸与河边……

这是多少代麻涌人的梦啊，麻涌决策者就是想建这么一个梦想润泽的家园，这家园就是绿色的生态水乡。青山绿水就是金山银山啊，要梦想变成现实，就要走这么条绿色发展之路。《走进麻涌》最后一节就是写这宏伟蓝图的。一晃六年过去，实施状况如何我着实想看看。

2016年夏天，我不惊动任何领导，跟在东莞工作的同学老胡一起悄悄地到麻涌探个究竟。当然首选便是"华阳湖湿地公园"了。它位于麻涌南端，紧靠淡水河，与广州经济技术开发区一桥之隔，该园总面积351.97公顷，以"游龙戏泽涌"为设计理念，建有"湖畔塔影""芭蕉小筑""泽乡花田"等几个景区。华阳湖湿地公园处于珠江与东江交汇的三角洲河网地带，东江支流、倒运河和麻涌河，像三条银龙在这三角洲中游走，然后汇集成波光潋滟的华阳湖。当年著名作家陈残云《香飘四季》描绘日夜奋战兴修水利的"蛇窝"便在园中。老胡在麻涌的一位女学生早在那湿地公园的牌楼下接应，她的名字叫水娣，名字有点土，面容却清新脱俗，柳叶眉瓜子脸，一双明眸就像水乡般水灵，她在麻涌一间小学当校长，成了我们天然的导游。牌楼不远便是华阳湖的游船码头，我们租了艘小艇在湖中畅游。

船刚离岸，观光塔、湖心塔和北塔三大塔便直扑眼帘。先是观光塔，它巍巍然屹立在岸边，塔的倒影以及那成荫绿树构造出一道线条极为优美的湖岸线，让人视野开阔心旷神怡。继而是湖心塔，它在碧波中起伏沉浮，时而在桥孔中闪现，时而在烟雨中躲藏，时而在花丛中露一峥嵘，显得既灵动而又迷蒙；再而是壁立天际的北塔，它与黛色的远山和飘飞的云朵构成华阳湖肃穆而又庄严的背景，使整个华阳湖显得高远而又辽阔，也许这就是"湖畔塔影"之意境吧！

"芭蕉小筑"其实便是两岸的风景，麻涌盛产香蕉，这是全国闻名的，曾有一累香蕉长达1.2米、重135斤的记录，在20世纪60年代初蕉农曾受到周总理的接见。只见在浓密的蕉海中偶尔冒出一两排吊脚楼，水娣笑眯眯告诉我们："住上一宵可别有番画意诗情。白天，可焚一炷莞香，靠在窗边借一抹斜阳看书，或坐在阳台看蕉农长篙点破一沟绿影，载着一艇翡翠般香蕉，穿过蕉林薄雾向岸上划去。入夜，可看一轮冷月，在蕉林冉冉升起，你可以一面品尝水乡佳果，一面欣赏华阳湖的夜景。你可以剥一条带梅花点的香蕉，可以啃一段脆皮的竹蔗，可以尝口红得发紫的火龙果，那种香滑、那种清甜、那种润肺、那种滋味好极啦！你可以看三五渔火在湖中明灭，可以看十亩荷塘披着银色月光，可以看星河在天际流动。夜深了，起风了，夜雨来了，那雨打芭蕉的声响，仿如珍珠跌落玉盘，清脆而又缠绵，你仿如听见广东音乐《雨打芭蕉》在回旋在流淌，它会带你进入甜甜的梦乡。"我们还清晰地看见，在蕉林中夹有一片片野芋、美人蕉、木芙蓉、郁金香、一线红、龙吐珠、四季海棠等花树。若是阳春三月，那樱花、桃花、木棉花、簕杜鹃、黄风铃花更是争相斗艳，还有三万亩波斯菊等你欣赏，我们闯入的简直是花的世界。

我们突然想起水乡的咸水歌很出名，就一起请水娣来一首，她腼腆地笑了笑，亮起歌喉来了首《月下轻舟泛渔歌》：

> 浪拍河滩银光四溅，
> 江心明月映照渔船，
> 大姐放纱小妹上线，
> 渔歌对唱水拨琴弦，
> ……

原来水娣竟是唱咸水歌的高手，真是什么水养什么人啊，水娣的歌声像那河水，甜甜的轻轻的柔柔的……

船行约40分钟，便闯进了"泽乡花田"，说是花田，其实是一望无际的荷塘，面积达500亩，既有红千叶、千瓣棉、西湖红莲等20多个品种，还有单瓣、重瓣，深红、粉红、黄、白、橙等花色花型各异的荷花争妍斗艳。小艇在河汊纵横的荷田中穿行，可见盛开的荷花在绿波上闪烁，还可看见红蜻蜓在荷蕾上站立，偶尔还会看到锦鲤在荷间跳跃，江风徐来，暗香浮动，真令人如醉如痴。忽然，荷塘传来一阵银铃般的笑声，我们循声望去，原来一群水乡姑娘正划着小船，在莲丛中采着莲蓬，那彩色头巾仿如一群春燕在翻飞。在荷塘深处，有个小小的孤岛，岛上屹立个玉观音，高二丈余，神态安详，整个荷塘犹如她脚踏的硕大莲蓬，奇特的是不管你从哪个角度看她，她都向你颔首微笑，让你心中顿涌祥和之气。

麻涌是"游泳之乡"也是"龙舟之乡"。水娣告诉我，每年五月十六日为龙舟大景。所谓大景，便是龙舟赛那天万人空巷，每条自然村都要"出龙舟"，赛前舞狮"开景"。赛时两岸人墙围观，那"赛龙夺锦"的激烈场面，颇有气壮山河之势。赛后全村人集中在祠堂大食"龙舟饭"。麻涌龙舟队经常参加国内外锦标赛，屡获佳绩，2013年中华龙舟大赛就在华阳湖举行，麻涌龙舟队夺得了总分第一。随着电视的转播，以及在华阳湖广场举办的大型《香飘四季》歌舞演出，麻涌更是名声大震。

除了华阳湖湿地公园，麻涌还通过16千米长的水上生态绿道，把新基、麻二和麻三古村落围成一座"水乡古镇"。我们闯进去，一路上两岸芦花飘荡，红树林水鸟低翔，莞草飞翠流绿，红荔硕果垂溪，偶尔也可看到牧童骑在牛背，横吹短笛，优哉游哉地跨过石板小桥；看到河边数丛水杉下系着数艘渔艇，艇上升腾起缕缕炊烟；看到牧鸭人驾着一叶小舟，赶着一群鹅鸭在涌边觅食；也看到一座跳出河面的瓜棚，棚顶浓荫覆盖，吊满水瓜、丝瓜，爬满了红杜鹃、牵牛花，真可谓"凉棚天成"，有位水乡老人坐在凉棚下，一面吸着"大碌竹"水烟筒，一边在河边垂钓。呵，好一派江南水乡"田园牧歌"式的图景！

闯进"水乡古镇"就仿如闯进江南水乡的"周庄"和"乌镇"。"小桥、流水、人家"，纵横交错的河汊托起三座古村落，仿如托起三座"绿岛"，岛与岛之间以小桥相连，河上荡着悠悠的小舟，岸边栽着古榕和垂柳，古榕上吊满红灯笼，每隔百步便有一凉棚跳出水面，它绿柳轻拂，浓荫覆盖，亭亭玉立，八面来风，这可是麻涌一道独特而又亮丽的风景线。夜幕降临，凉棚会亮着数盏灯火，凉棚铺满厚厚的木板，木板下便是从河上升腾起来凉飕飕的水汽，上面坐满乘凉的人群，有讲市井新闻的，有讲古仔的，有弹秦琴的，有拉二胡的，有哼粤曲的，有唱咸水歌的！热闹得像一锅翻滚的粥。有些河段，还保留着吊脚楼，楼下的水埗头系着弯弯的小舟，码头上常见少妇在捣衣，或少女在洗藕。有些河段，还看见一群赤裸的顽童在"打水仗"，惊得鸥鸟向海边飞去，那鹅可一点儿也不生分，照样红掌拨着清波在河中游弋。在薄雾迷蒙的河湾深处，常有渔艇穿梭、在撒网，他们撒下一网网银辉，网起白花花的鱼虾；他们抛下一笼烟水，收获丰盈的喜悦。啊，你听！不远处还传来黑管伴奏的男中音《弯弯的月亮》——

遥远的夜空

有一个弯弯的月亮

弯弯的月亮下面

是那弯弯的小桥

……

这浑厚的歌声，向水乡夜空的深处荡开去，荡开去……

"古镇三岛"，各具风韵。

新基古村的视点是古祠堂。新基立村于宋淳祐五年（1245）。村前一字排开的祠堂，鼎盛时期有30多座，如今保存下来的还有20多座，可谓规模宏大，气势壮观。最大的一座可数莫氏祠堂，它占地2480平方米，建于明代万历年间，已有400多年历史。和莫氏祠堂一样，璞潮家庙同样名声在外，它始建于1917年，是新基人莫柱一为纪念其父莫璞而建的，莫柱一曾任民国时期的广东省省长，参加过讨伐袁世凯的护国运动，此家庙有其特殊的历史意蕴。村中的关帝庙、妈祖庙隐没在河边古木的林荫深处，庙中飘出的袅袅香火与河面的烟雨糅合为一团团吉祥之气，在水乡弥漫开来。

麻二古村的视点是"水乡的乐园"。它地处狮子洋畔，抬头可见洋上帆影，侧耳可听大海涛声。小桥、古榕、垂柳围绕和簇拥着10幢16层的农民公寓，公寓前就是一个占地12000平方米的水乡公园，园中有一座"军城"，纪念在此屯田的祖先，亭、台、楼、榭点缀在弯弯的小河与茵茵的绿地间，十亩荷塘繁花闪烁，百丈长廊画栋雕梁。千尺河岸飞峙九座凉亭，一座跳出河面的"河船粤韵"曲艺亭，宛如当年粤剧名伶的一艘红船在江中行驶，麻二粤剧私伙局正在这里排演《胡不归》。入夜，灯光球场龙争虎斗，游泳池中的健儿似出海蛟龙，绿树掩映的图书馆，灯火通明，安静得连蚊子飞过都听得见。这水乡古村的文化生活，可谓比城镇更为"城镇"。

麻三古村的视点是"水上集市"。它靠近镇的中心地带，东依麻涌河，北靠华阳湖，西近第二河，水陆交通十分方便，麻三立村较早，居住着萧、袁、莫三大家族，是宋代淳熙和景定年间先后从珠玑巷迁入的。这里充满一种古拙庄园的气韵，大街小巷清一色是麻石路，大路和小巷两旁密密麻麻布满634间古拙的店铺，江边霓虹闪烁，酒旗飞舞，"水上茶居"等酒肆竟有50多间，清晨你可披着薄雾在临水位置品上"一盅二件"。这里的水埗码头最为繁忙，香蕉、甘蔗从这里运往全国。商旅如织，客流如潮，大小宾馆、客栈有近30处迎来送往。初一、十五"圩集"更是热闹非凡，河上穿梭小艇如过江之鲫，叫卖声一浪高于一浪，真与乌镇的"水上集市"有异曲同工之妙！

有人说这"水乡古镇"是岭南的威尼斯，不过威尼斯河上用的是"贡多拉"，水乡古镇用的是小舟；威尼斯唱的是意大利小调，这里哼的是粤曲或咸水歌；威尼斯两岸是矗立的高楼、峻宇和教堂，这里是古榕掩映的古宅、凉棚和祠堂；威尼斯广场上云集的是白鸽，这里在河中游弋的是白鹅。

水娣告诉我，麻涌镇政府规划通过华阳湖湿地公园，用水上生态绿道和依托"水乡古镇"把六大水乡古村以及麻涌八景连起来，构成一个水乡生态园，古镇、古街、古桥、古庙、古村落以及古朴的水乡风情尽显其中，打造一个岭南水乡活的标本。

啊，麻涌——

一部自强不息的史诗，

一个梦想润泽的家园！

情牵日月潭

东方动感之都
又见『中英街』
骨子里的奢华
浪拍三桅船
情牵日月潭
岁月风刀

华灯初上，海港两岸霓虹像倾翻千船珠宝，闪动无与伦比的繁华；太平山上下万家灯火像流动的星河，横溢着极端昌盛的精气！它像一颗璀璨的明珠，在维多利亚港闪烁⋯⋯

东方动感之都

这是人类海岸开发超巨型的现代艺术品，熙来攘往的万吨巨轮，升降频繁的国际航班，泊在港湾的豪华游轮，状如飞翼的会展中心，高若摩天的中银大厦⋯⋯华灯初上，海港两岸霓虹像倾翻千船珠宝，闪动无与伦比的繁华；太平山上下万家灯火像流动的星河，横溢着极端昌盛的精气！它像一颗璀璨的明珠，在维多利亚港闪烁。这是香港，东方的动感之都。

> 小河弯弯向南流
> 流到香江去看一看
> 东方之珠　我的爱人
> 你的风采是否浪漫依然
> 月儿弯弯的海港
> 夜色深深灯火闪亮
> 东方之珠整夜未眠
> 守着沧海桑田变幻的诺言
> 让海风吹拂了五千年
> 每一滴泪珠仿佛都说出你的尊严
> ⋯⋯

这首写于香港回归前夕的《东方之珠》，几分乡愁、几分眷恋、几分寻觅、几分期盼，它写了香港的百年沧桑，写了香港人的寻根意识，写出香港与内地的血脉相连，抚慰着中国人家园宿命的伤痕，更道出对香港美好未来热切的展望。

一万多年前，这里是内地山脉延伸部分，后来由于山体断裂下沉与海水入侵，才形成现在的维多利亚港，使香港与内地分离。维多利亚港是进入香港的门户，当年英军占领这个海港时，正是维多利亚女皇在位，因而得名，人们也常把维多利亚港作为香港的代名词。据香港南丫岛考古发现，早在5000多年前，这里就有人类居住，最早的"原居民"据说是善于航海和捕鱼的"越人"，秦时期，一些中原人为躲战乱，也有一支南迁至九龙新界。到了公元前214年，秦朝将沿海的土地纳入版图时，香港也因此清晰地成为中国领土的一部分。明朝时期，香港只是珠江口的一个小渔村，因为是转运"莞香"集散地，而被称为"香港"。1840年6月第一次鸦片战争时，英国军队用坚船利炮强行在香港西北大笪地登陆并占领该岛，1841年6月宣布为自由港，1842年8月29日迫使清政府签订《南京条约》，正式将香港岛割让给英国，直到1997年香港回归。

第一次经深圳罗湖海关进入香港是1983年年底，当时真有种闯进另一世界之感，那闪烁的霓虹，那华丽的橱窗，那摩天的大厦，那如泻的车流，真叫人眼花缭乱，但当时限制很多，到港要先到新华社报到，住规定的宾馆，到了晚上连街都不敢出。所以第一次到香港仅有一个模糊的印象：繁华。后来，到香港机会多了，每次出国都要路经香港，且跟香港有很多业务往来，特别跟香港出版集团联系更为密切，我们集团把新华书店都办到香港去了，接触多了，对香港便有更深切的了解。香港是一座繁华的国际大都市，全港由香港岛、九龙半岛和新界三大区域组成，管辖陆地面积1113.76平方千米，到2023年中总人数约为750万人，人口密度居全世界前列。香港是一个世界著名的自由港，凭借其优越的地理环境，以及政治、经济等多方面的优势，创造了许多令人赞叹的奇迹，经过150多年的开发与建设，已成为世界瞩目的国际金融中心、交通中心、贸易中心和国际旅游城市，它曾连续两年被评为"亚洲最佳城市"。在全球最佳十大城市排名中，香港不仅名列第二，也是亚洲唯一上榜的城市，而且购物方面则居榜首。

香港，最优越的自然条件当然是港口。维多利亚港，港区海底多为岩石，航道无淤积，港区水域辽阔，是一个得天独厚的深水良港，可同时停泊50多艘万吨巨轮，吃水12米深的远洋轮船可以自由进入，是世界上最繁忙的天然内港之一，每年抵港的远洋轮船超过六七万航次，是全世界第三大港，仅次于美国旧金山和巴西的里约热内卢。港内还有数万个避风塘，刮台风时船便可以在避风塘躲避风浪。世界上大部分港口没有避风塘，一般最多能停泊十几艘大轮船，所以维多利亚港是深切的、温馨的，也是最安全的，曾经的百年沧桑化作淡淡的岁月留痕，沉淀荡漾在浩渺的历史烟波之中。

维多利亚港的南岸是香港岛，而南区的湾仔，是香港特别行政区的所在地，也是全港的政治、经济、文化中心，是香港最繁华的地区，香港政府的行政机关、外国领事、银行、大酒店和世界知名的跨国公司的办公室多集中在这里。特别是中环，被称作是香港的曼哈顿。当你一走出中环地铁或是踱上天星码头，就会看到一座座由钢筋混凝土筑成的石屎森林拔地而起，从爱丁堡广场到皇后像广场，从干诺道中到皇后大道中。19世纪幸存至今的西式建筑，记述了过去150多年香港的历史，而玻璃幕墙的摩天大厦则突显出一个现代化大都市的延伸与发展。

在皇后像广场南面，隔着德辅道中耸立香港最知名的三家银行：汇丰银行、渣打银行和中国银行，形成了香港的金融中心，其中尤以汇丰银行大厦和中银大厦气势最为宏伟壮观。汇丰银行大厦高180米，外形就像一个巨大的机器人，全方位开放的透视式设计显示它所处的高科技时代，仅钢材就用了3万吨，而整座建筑据说耗资6.7亿美元，是世界上最昂贵的大厦之一。中银摩天大厦位于皇后大道与花园道交会处，由世界著名建筑师贝聿铭设计，大厦70层，高315米，以竹子"节节拔高"为形象意念，顶端像针尖一样直刺云霄，流溢着一种势不可挡的锐气。

湾仔及铜锣湾是港岛最繁华的商业区，位于湾仔海滨的香港会展中心，1988年建成，远远望去就像一只向天空展翅飞翔的大鹏，与高78层的中环广场与夜总会灯红酒绿互相辉映，充分体现中西文化的互相交融。而大型商厦与百货公司林立的铜锣湾几乎成了血拼一族的最爱，包括最具时代动感的"时代广场"，香港百货公司"崇光"，与主攻时下时装潮流以及百货品牌的"金百利商场"等。当然，你还可以走进崇光百货商场，随着潮水般的人流穿过轩尼诗道，去逛逛渣甸坊的"港岛女人街"。在这里你会感受到另一种地摊式的商业文化，整条小街是露天地摊，售卖的尽是女士的宠物——时装、首饰、化妆品、鞋袜、内衣等，应有尽有，其中还有不少名牌货，单是内衣和袜子，就有不少是日本进口的，但价格比起在大商场买就便宜得多。

九龙半岛位于维多利亚港的北岸，与香港岛隔海相望，其中旧九龙沿南北走向，以弥敦道排列着尖沙咀、油麻地、旺角等商业区，是香港最为热闹、人气最旺的购物区，是香港的购物天堂。从九龙半岛尾部的"新九龙"到北边广东深圳河境界的大片地域是新界。新界大部分是山岳，中央的大帽山海拔957米，是香港最高的山峰。新界东部沿广九铁路两旁是一片田园风光和一些近海的朴素渔村，西部则是风平浪静的海岸线，有沙滩、有礁岸、有海鸥、有芦苇荡。

香港的夜色在世界是出了名的，要观香港夜色，最佳的是在黄昏和夜晚登上太平山顶。太平山俗称扯旗山，又称维多利亚峰，海拔554米，是俯瞰香港黄昏与夜景最佳景致的地方。黄昏，从山顶广场眺望那滚圆的红日从维多利亚港慢慢地沉下去，那漫天飞舞的红霞，那流光溢彩的海浪，那穿梭的巨轮与漂浮的小舟，那归航的汽笛与晚唱的渔歌，互相映衬互相融合，可谓色彩斑斓气象万千。入夜，你登上凌霄阁的观景台，看一座座灯火辉煌的大厦，看一处处风火轮般飞跃的霓虹，看一条条像彩色河般流动的车流，呈现一派现代都市的动感，你会深深感受到天人合一的和谐，一种华美与宁静的独特魅力。

香港有260多个离岛，其中最大的是大屿山，它位于珠江口外，面积146.75平方千米，超过港岛的一倍，主峰凤凰山海拔935米，是香港第二高峰。大屿山南岸是全港最长最美丽的沙滩，水质细腻洁白，是一个天然浴场。岛西南的大澳镇有"香港威尼斯"之称，这里的水上棚屋，仿如水上的骑楼，纵横交错别有风味，你可以驾着轻舟穿梭棚屋之间，可以在阳台垂钓，可以登船撒网，也可以凭栏一边观赏海景，一边大嚼海鲜。这里朝可看日出，晚可看日落，夜可以枕着涛声入梦。从20世纪70年代开始，许多香港人在周末或节假日喜欢到大屿山休闲。

大屿山最知名的景点当属宝莲寺和天坛大佛。宝莲寺地处昂坪平原，介于凤凰山与弥勒山之间，1906年由江苏镇江金山寺三位禅师创建的道场，是香港最著名的十方丛林，并有"南天佛国"之称。山门之前，左有木鱼峰天坛大佛与法华塔，右有莲花山与狮子石，苍松古柏，溪流潺潺，堪称屿山胜景。寺内有高大巍峨的大雄宝殿，大殿后有藏经阁、金刚窟，珍藏着已有50多年历史的金像和白玉释迦牟尼佛像，以及中国佛教协会赠送的7173卷清刻《龙藏经》。

宝莲寺正对的木鱼峰上立有全球最高的户外青铜坐佛"天坛大佛"，它高26.4米，连基座高34米，用202块青铜铸造镶嵌而成，总重达200多吨，大佛按《佛经如来三十二相》的记载，参照洛阳龙门石窟的唐代卢舍那佛丰圆端丽的面相铸成，1993年12月29日建成开光后，即成为集宗教文化雕塑艺术一身的"香港之最"。一般的佛像，总是面南而坐，只有这天坛大佛，坐向却是"佛心向北"，面朝着北京。天坛大佛之下，于1997年7月1日香港主权移交前摆放了"回归宝鼎"，是为纪念香港回归特别铸造，鼎身有香港区徽紫荆花浮雕，上有云彩，下有海涛，当时香港行政长官董建华题写"香岛春暖"四个大字，寓意香港如春回大地，欣欣向荣。

岁月如流，光阴似箭。在香港回归20周年的日子里，习近平总书记出席庆典大会，伴随习总书记前往的是中国自己制造的航母辽宁舰，前者说明中央的重视，后者彰显国力的强盛。150年前英帝国主义用坚船利炮攻下香港，今日我用航母捍卫国土的回归。习总书记在庆典上的重要讲话，给香港带来习习的春风，带来了殷殷的期望。香港回归，洗刷了民族百年耻辱；香港回归，是彪炳中华民族史册的千秋功业；回到祖国怀抱的香港，已经融入中华民族伟大复兴的壮阔征程。

目前，正在推进的《粤港澳大湾区城市群发展规划》，更能发挥港澳的独特优势，提升在国家经济发展和对外开放中的地位与功能。粤港澳大湾区是继美国纽约湾区、美国旧金山湾区、日本东京湾区之后的世界第四个湾区，是国家建设世界级城市群和参与全球竞争的重要空间载体，当然也将成为"一带一路"的重要枢纽。

随着粤港澳大湾区的建成与发展，香港将更为繁荣，是一座更为灵动的都市，是一颗更为璀璨的东方明珠！

跨越的，且港方那边站着巡警，这边站着武警，可进了关的人哪管那么多，趁警察一不留神便溜了过去，警察哪有不知？只是睁一只眼闭一只眼而已，因为他们深知这些人并不是想"偷渡"，只是好奇或想购物而已，要真正进入香港市区还有很多层关卡呢。

改革开放之初，内地商品匮乏，与之相反"中英街"的免税商店则是集五大洲之商品，从1980年起前来购物的内地游客平均每天最少3万人，最高可达10万之众，这种热闹一直延至1997年香港回归。起初采购最多的是些价廉物美的日用品，什么尼龙袜、香皂、洗发水，什么速吃面、巧克力、罐头、饼干，还有一整箱一整箱的吕宋芒、金山橙、猕猴桃等，奢侈品则是西服、时装、手袋以及一些名贵药材，诸如西洋参、高丽参、冬虫草等。小型电器如收录机、录像机和照相机都十分诱人，但这类电器出关查得严，一般胆小的人也只好作罢。

随着人民生活水平逐渐提高，金银首饰逐渐成为婚嫁习俗以及时尚的饰物，也成为送礼的重要物品，敏锐的香港商人率先抓住这一商机，迅速将世界新潮的金银首饰引进"中英街"，掀起一股购买黄金的热潮，"中英街"因此被称为"黄金一条街"。最鼎盛时光华界金铺就有47家，其中谢瑞麟金铺占地就达1000平方米，经营人员达百人之多，经营戒指、项链、手环，以及钻石等十多种珠宝，一天最低销售额达200多万元人民币，最高为500多万元。与此同时，各种中、高档名表也大行其道，什么帝舵、梅花表，甚至劳力士也销得相当猛。

不管是什么阶段，"中英街"最活跃的是"走水客"，用他们的话来说，到"中英街"是来"拉货"的。那段时间珠江三角洲的许多"万国市场"，很多货物都是这些"走水客"供给的。当然，亦有用船运的一些走私物品。他们用"蛇皮袋"大包小包地带，一天出关两三次，为了躲避检查，他们就想尽办法夹带，我就看过一些"走水客"躲进厕所，腿上套上十几双尼龙袜，身上穿上十几件的确良，也有夹带点金饰和电子手表之类的贵重物品的。当年我在《黄金时代》当总编，开辟过一个栏目叫《秘密采访手记》，就专门派记者去采访这些"拖帮"。故事很多亦很精彩，不过大都是长途奔波"用辛苦赚点贩运费"而已。政府有关机构何尝不知，只是有意无意没有严加制止。当时"中英街"不仅带旺了沙头角，而且辐射了整个珠江三角洲。

啊，沙头角我们又见面了！啊，"中英街"咱们又相叙啦！海关依然是那个海关，街还是那条街！可人流却冷清了不少。汉勇兄告诉我们：1997年香港回归，结束了"中英街"两国分治的历史，开启了"一国两制"的新时代。香港回归令"中英街"摆脱两国管辖的困局，也令它失去香港窗口的功能，"购物天堂"的称号逐渐褪色，尤其是2003年，香港全面开放自由行，游客可以直接过港购物。如今，深圳除了沙头角，还有文锦渡、罗湖、福田等陆上口岸相继开通，内地居民赴港越来越容易，而"中英街"地理位置相对偏僻了点，商品吸引力也不断下降。据统计，香港回归后的第二年，"中英街"的客流量跌至800万人次，2002年仅有128万人次。随后几年的客流量一直在百万上下徘徊，而今黄金首饰店铺不足十间。

如今活跃在"中英街"的依然是那些"走水客"，他们仍然在那"拉货"，特别是日用品，因为还是执行免税政策，比内地要便宜30%左右，在广州及珠江三角洲各大城市看到不少"港货商店"，想来不少货源都是来自这里。有种现象倒明显普遍了，那就是兜售假货，特别是名表、名烟、名酒及首饰，这无疑是对"中英街"诚信的一种极大伤害。我们去"中英街"溜达，就有人来兜售"名表"，什么百达翡丽、江诗丹顿、伯爵、劳力士等应有尽有。汉勇兄悄悄告诉我们这些都是假货，外表跟真的一样，表芯全是国产的，走起来倒也很准。他们漫天要价，我们可落地还钱。这些名表若是真的，价钱都在数十万元一只，结果他上前一杀价，用1000元港币买了4只，给我们一人送了一只，他打趣说："你们不要当作名表，只当工艺品玩玩！"我们一边接表，一边笑作一团。

我们走到第四个界碑，那棵古榕依然是根深叶茂，风采不减当年。汉勇兄说，我们此行主要不是购物，而是好好看看保留下来的文物。最引人注目的恐怕是界碑，"中英街"共有八处界碑，其中一、二号界碑是1905年英国单方面换石碑后留下来的，三至七号界碑被日军弄掉，今天我们看到三到七号碑，是国民党政府同港英当局于1948年共同重竖。它们既是中国贫穷落后、清王朝腐朽没落和外国列强侵略瓜分中国的重要历史物证，又是中国改革开放、香港回归祖国并实行"一国两制"和中国走向繁荣富强的历史见证。八块界碑已经失去棱角，有的字迹已经模糊。1989年6月29日，界碑被广东省人民政府授予省级文物保护单位。

在"中英街"，原来还有一段长长的水上边界，筑的是高高铁丝网，如今已经拆掉，现在用的只是一条铁索把一排蓝色浮桶串起来，边界两边都有野鸭在游弋，都有鸥鸟在飞翔，有些野鸭和鸥鸟索性爬上或飞上浮桶上去晒太阳。可见，这只是一条象征性的边界！

在"中英街"后街边有口古井，井不大却是用青石砌成，该井为清代康熙年间迁来沙头角拓荒的客家人所建，已有三百多年的历史，是当地人们的饮用水源，如今水依然清澈甘甜，"中英街"两边的人们还流传着"同走一条街，共饮一井水"的民谣。"饮水思源"，古井对于当地居民有水育之恩，也牵连着居住在"中英街"两边居民的乡情和亲情，它不仅是沙头角历史发展的见证，也是"中英街"形成和发展的历史见证。

中英街历史博物馆，是1999年5月1日建成的，博物馆就立在"中英街"内，总面积为1688平方米，较全面地记录和反映了"中英街"的百年沧桑。我们特别感兴趣的倒是那颗设立在博物馆广场的"警示钟"，它与"中英街"界碑相互映衬，是"中英街"新的一景，警示钟记叙了"中英街"被割占、抗争、变迁、发展和回归这一百年来的历史。钟身上刻着"勿忘历史，警钟长鸣"八字，提醒人们牢记"中英街"屈辱的历史，告诫后人回顾、铭记深刻的历史教训：国家落后就要挨打。

离开"中英街"，离开了沙头角，车往东部华侨城奔去，我的心潮像大梅沙海湾的海浪一样难以平静，一路上深圳河在我眼前蜿蜒而过。深圳河，香港在那头，深圳在这头，一边是荒野，一边是繁荣，你留住了桑田，我建起了高楼。再往前便是盐田港，香港那边留下了荒芜的海滩，深圳这边建起了繁华的海港。"中英街"的繁荣是特殊政策的产物，如今失去"购物天堂"的称号，与曾经的浮华喧嚣渐行渐远，而中华民族复兴之路却越来越近，整个中国随着改革开放的深入推进，中华大地越来越繁荣。如今的"中英街"虽然平静却是祥和的，虽被冷落却是富足的，"中英街"命运与国家的命运紧密地相连在一起，它铭刻着历史的印记，真实地记录了中国改革开放的一段历程。

在趋于平静的"中英街"，我们可以听到国家前进的脚步声！

澳门是一个充满欧陆风情的海滨小城，开埠400多年的历史，给澳门打上了更深的中西文化融合汇聚的烙印……

骨子里的奢华

南海之滨，珠江口西畔，一座状如葫芦的小岛，坐落在万顷碧波之中，这便是澳门。在开放之前，甚至在改革开放之初，我们虽近在咫尺，却仿隔天涯，要一睹其芳容，谈何容易？

记得20世纪80年代，外省朋友来广州总想去看看澳门。我们只有两招，一是去珠海拱北海关，隔着大楼，去窥视一下对面的楼宇，或索性在晚上登上拱北最高的银都酒店，坐在楼顶的旋转餐厅一面品茶，一面察看澳门的夜色，对面的世界真可谓是一座霓虹闪烁，溢彩流光的不夜城；二是在九洲港坐游船绕澳门一周，虽只隔数丈，但一江烟雨，我们也只能看到一些码头、教堂和古街的朦胧身影。

听说横琴岛跟澳门只是一河之隔，但那是特区的特区，当年到那里要特别通行证，我们便用采访之机，乘几个小时的帆船登到岛上的边防哨所，看到对面的也仅是澳门氹仔的一片葱茏的原野！

后来去香港容易了，到澳门也不是一件难事，只要坐一小时飞翼船便可到达。尽管如此，我却兴趣不浓，总觉得她只是一弹丸之地，一座东方的赌城而已，去澳门只是让浮生来一次放纵，除此之外岂有他哉！也许是出国机会多了吧，外面的世界看多了，总不把澳门放在眼里。直到澳门回归，拿到了港澳通行证，从珠海可直接到澳门，我才认真去探究一番，始发觉澳门并非我想象的那么细小那么简单，她真可谓地小乾坤大，文化底蕴深厚着呢。

澳门，位于珠江三角洲的西部，距广州145千米，三面环海，北与广东珠海市相连，东与香港隔海相望，相距只有60千米。澳门面积的确很小，只有32.8平方千米，由澳门半岛、氹仔和路环岛三个部分组成，地形以丘陵、台地为主，地势最高处为路环岛的主峰塔石塘山，海拔171米，路环岛保留大片绿化山地及天然海岸，形成竹湾、黑河两个美丽的海滨浴场。从氹仔岛眺望澳门半岛，它的左右均有一座山，像是两扇开启的门，半岛周围环绕着海水，当地人称这种地形为澳，连在一起便称作"澳门"。

澳门，明代是广东香山县的一个小渔村，当时小渔村最漂亮的建筑是一座妈祖庙，当地人称"妈祖阁"，供奉的是中国沿海渔民和船民奉祀的海神妈祖，也称天后。当第一批葡萄牙人登上澳门，便以其音译成"MACAU"，这就是澳门葡萄文名称的由来。1553年，来到澳门的葡萄牙船队通过贿赂当时明代澳门的官吏，取得停泊码头的权利，并开展贸易活动，成为去广州、厦门等内地乃至到东南亚的中转站，1557年他们进一步划出租借地开始定居，并将这块土地逐渐变成自己的管辖范围。

葡萄牙位于欧洲西南部，葡萄牙的西部和南部，是大西洋的海岸，除了欧洲大陆领土之外，大西洋的亚速群岛和马德拉群岛也是葡萄牙领土。十六世纪，葡萄牙在大航海时代中扮演活跃的角色，成为重要的海上岛国，十五、十六世纪乃葡萄牙的全盛时代，在非洲、亚洲、美洲拥有大量殖民地，为海上强国，在这个时代，不仅在经济、政治、文化上，葡萄牙都远远超越欧洲其他国家。在十五世纪，西方资本主义国家，掀起一股"贩卖黑奴"的狂潮，葡国便是最热衷于干这勾当的国家之一。给非洲黑人带来深重的灾难，这种血腥的行径遭到全世界的声讨，连后来贩卖黑奴最厉害的英国的国会亦公布法案禁止这种行为。随着贩卖黑奴贸易的禁止，殖民主义者把视野从非洲转向中国，搞起"契约华工"来，尤其在1856—1880年，把一大批一大批因生活所迫的中国签契约劳工运到海外做苦力，俗称"卖猪仔"，其主要来源于珠江三角洲，特别是四邑，其中开平最甚，葡萄牙利用澳门这港口作为中转站，做了不少"卖猪仔"的生意。

随着远洋船队而来的是一群群传教士，意大利的耶稣会，西班牙圣道明会等教士纷纷登陆澳门，传播天主教和基督教，并修建了众多教堂，据统计高峰期达20多座，其中有6座被列入世界文化遗产，使澳门成为当时亚洲最知名的"圣名之城"。鸦片战争后，葡萄牙人开始超出原来划定的租借地界墙居住，并在1887年的《中葡会议草约》中塞进了"葡国永驻管理澳门以及属澳之地"的字样。1999年12月20日，中华人民共和国对澳门恢复行使主权，澳门终于回归祖国，成为我国继香港后第二个特别行政区，并从此开始了"一国两制、澳人治澳"的历史新纪元。

澳门是世界上人口密度最高的地方之一，32.8平方千米的陆地就有55.25万人口，平均每平方千米约2万人，其中澳门半岛的人口密度更达到每平方千米5万余人。两个离岛相对人口较少。在澳门55万人口中，95%是华人，其余为葡萄牙和其他国籍的人，约占5%，而华人中又多为广东人，所以葡萄牙语为澳门官方语言，但市民则普遍讲广东话，广东的生活习惯和风俗礼仪在澳门影响很深。随着社会的变迁和中西文化的交流，澳门居民的传统礼仪习俗也在悄悄发生变化。在澳门土生土长的葡萄牙人因为数代居住澳门，不少还兼有中西血统，能操葡语和粤语，信奉天主教，保留欧洲生活方式，又受中国文化习俗的影响，是一个融合中葡文化的特殊社会群体。他们在澳门自成一体，风俗习惯也构成了澳门民俗一道独特的风景线。

澳门是一个充满欧陆风情的海滨小镇，开埠400多年的历史，给澳门打上了更深的中西文化融合汇聚的烙印。在这里，既有古色古香的传统庙宇，关帝庙、妈祖庙、土地庙，又有庄严肃穆的天主圣堂、基督教堂、玫瑰圣母堂；既有充满岭南特色的民居，亦有欧洲风格的洋楼；既有充满水乡风情的茶楼酒肆，亦有流溢洋气的咖啡馆和西餐厅。古老的大三巴牌坊历尽历史风雨沧桑，一座座教堂和葡式建筑都散发着独特的文化魅力。

澳门虽然已渐渐褪去葡萄牙的影子，但一幢幢风格各异的葡式建筑依然矗立街头，嫩绿色的、浅紫色的、奶油色的，小小的尖顶，总是那么淡雅，那么素净。市中心的议事厅和议事厅的前地从雕塑到色彩都流溢着浓郁的葡萄牙风情。议事厅即澳门民政总署大楼，这幢始建于16世纪末的大楼，已走过400多年的历史，它原本是典型的巴洛克式建筑，后来在修建时加入了新古典主义风格，步入大门，两侧延伸出的墙面装饰着葡萄牙青瓷砖，透出葡萄牙庄园的氛围。与议事厅一街之隔的议事厅前地，也叫海波广场，地面铺满了葡式碎石子，黑白相间，大波浪的趋势则充满浪漫的异域情调，灯光灿烂金碧辉煌，这种带点儿历史印痕的葡式建筑，大概也不失为一种呼吸着历史气息的繁华吧！

记得电影《伊莎贝拉》中有句台词：澳门，很小，以至于不经意之间，你就可遇到你认识的人。澳门街道十分狭窄，几乎找不到一条宽敞的大路，适合用双脚去丈量它每一个细节，但这份小却丝毫不能掩饰它骨子里的那份丰富那份繁华甚至奢侈。沿着新马路走一走，便可读尽澳门的繁华与古老，这条街全称"亚美打利庇卢大马路"，这是澳门最宽的大马路，不过也只有双向四车道，周大福、周生生之类的珠宝店铺及劳力士名表店、巴黎时装店、意大利皮具店，世界各种名牌应有尽有。还有当铺沿街林立，也许是由于很多人到赌场玩上一把，把现钞输得精光，而把身上值钱的火钻、金劳、皮裘等贵重东西再押上玩一把吧。因为葡京赌场就在这条街上，还有被写进历史书的大三巴牌坊，号称澳门美食圣地的"三盏灯"都云集在此。"三盏灯"荟集中西南北美食，中国菜、日本菜、韩国菜和泰国菜，均在此一展身手。此外还有音乐酒吧、港式茶餐厅、葡式咖啡屋，最惹人注意的还有本地正宗的葡国菜和各类澳门小食。只要你漫不经心地去街上走一圈，便了解到整个澳门的历史，寻觅到400多年东西方文明的交融，触摸到这狭小天地骨子里的那种奢华。漫无目的地走着，任谁都无法忽视这看似有点苍老的小城，那份伴着久远历史所隐藏的现代与一路繁华，它不虚幻不缥缈，伸手便可触摸得到。

当然，澳门最具魅力的，恐怕还是她被誉为"东方蒙特卡洛"的博彩娱乐业，是亚洲最为著名的赌城。澳门博彩内容甚多，赛马、赛狗、赛车俱全，并已经从赌博发展成为一种文化娱乐型博彩旅游业，它已成为澳门财政收入的一个重要来源。

说澳门是"东方蒙特卡洛"，我十分认同，蒙特卡洛这个地方我去过两趟，是摩纳哥公国的一座城市。摩纳哥位于欧洲地中海之滨，法国的南部，是世界上第二小的国家，除了梵蒂冈便是她。总面积为1.98平方千米，比中国的颐和园还小，除了靠地中海的南部海岸线之外，全境北、西、东三面皆被法国包围，为少有的"国中之国"，世人称之为"赌博之国""袖珍之国""邮票之国"。摩纳哥是世界上海岸线最短的沿海国家，依山傍海，景色宜人，有着延伸4千米长的狭窄的沿海地带，就像一个长在峭壁上的五彩缤纷的海滨公园。

摩纳哥有着让人津津乐道的历史，起初它被利古利亚人占领，后依次被罗马人和蛮族侵吞。1297年热那亚人家族正式在此定居，其后裔由此渐渐成为封建首领和王公贵族，至今已统治摩纳哥700多年。说到摩纳哥，我们首先会想到的是美丽的格蕾丝王妃——曾经是奥斯卡影后，她与雷尼尔三世的爱情故事，在世界范围内广为传颂，而这段国王与美女的轶事，也为摩纳哥增添了浪漫的气息。如今，在公国的峰威区，便是置在峭壁上的"首都"，建有著名的格蕾丝王妃玫瑰园，园内种植6000多株玫瑰，其中150余种出自名家之手。人们称之为"峭壁上的玫瑰"，我们前往观看只见园内姹紫嫣红，幽香四溢，园外便是峭壁下的地中海，碧波万顷，游艇穿梭，奔放飘逸，美不胜收。

蒙特卡洛是摩纳哥的经济和文化中心，也是世界著名的赌城，她与摩纳哥的"首都"同在一海岸线上，相隔只有一个不到300米的海湾。1863年摩纳哥亲王三世为了解决财政危机而建成，如今已成为欧洲王公贵族、商界名流经常光顾的旅游胜地。虽然以博彩出名，但蒙特卡洛的文化气息更令人流连忘返，建于1879年的蒙特卡洛歌剧院，气派豪华，是欧洲最著名的音乐殿堂之一，每年一月至四月都要上演高质量的剧目。蒙特卡洛国际马戏团节同样享誉世界。到了蒙特卡洛人们都要到那泡泡温泉浴场，这是一个海洋温泉浴场，它继承了当地人海水浴的优良传统，创造了一种新的生活艺术。还有游艇俱乐部，扬帆出地中海兜风垂钓，也是一种天然的乐趣，蒙特卡洛把地中海的浪漫风情和东方的智慧融入了蒙特卡洛精神之中，让她永久不衰。

澳门越来越流溢着蒙特卡洛的气质。每当夜色降临，澳门的景色更为迷人，披了光影交织的澳门，淹没了白天的狭小，娱乐场所、酒吧、商店门前通宵达旦的霓虹灯把澳门闪烁得扑朔迷离，而纸醉金迷的赌场更是怂恿人们在此放肆地一掷千金。澳门赌场，已成三足鼎立之势：葡京赌场历史悠久，当年赌王何鸿燊在这里一举定"江山"，葡京、永利、金沙现在不是三足鼎立之势了，如今对街的永利赌场，场面辉煌超过葡京，但人气并没有占上风；而2007年开业的威尼斯人则集赌场、娱乐、购物、美容和住宿于一身，占尽了风头。三大赌城，天花板上都异常温馨，周遭流泻着缠绵的音韵，可就在这衣香鬓影中，在骰子的飞起与滚落中，悲欢离合，多少风云变幻，有人顷刻破产，有人瞬间成了新贵，人生放纵，就是没有硝烟的战火，人们呀，要慎之又慎！

威尼斯人的崛起，使澳门更具蒙特卡洛的味儿。它由美国拉斯维加斯金沙集团投资200亿，有3000间豪华客房，以意大利威尼斯水乡以及著名雕像为特色，并以拉斯维加斯威尼斯人度假式酒店为蓝本建成。设有拍岸地、天蓝地和绿气地等三大泳池，中间以威尼斯池畔花园及水力按摩池相伴。金光综艺馆可容15000余人，多举办国际性盛事，如重量级拳王争霸赛、网球争霸战、世界女排大赛等赛事，举办国际知名歌手演唱会以及"国际小姐竞选"等活动。

走进三楼的大运河购物中心，仿如置身于威尼斯水域，街道上铺满鹅卵石，威尼斯风格的建筑被涂抹得色彩缤纷，350余家商店及数十家食店散布于三个不同的区域，大运河、圣路卡运河及马可·波罗运河三条运河在拱桥与商铺中游走，整个购物中心被一幅偌大的天幕覆盖，天幕配以灯光云影，营造出晨昏日出日落的云彩和天色，全被漆为黑色的贡多拉在河中悠悠晃荡着，意大利帅哥轻轻撑着长篙，哼着婉转悠扬曲子，水声与歌声在这河上流淌着！

啊！澳门，东方的蒙特卡洛，那一抹骨子里的奢华……

一块土地最后的归宿，那是国力
的角逐……特别是那中西融合的文化底
蕴，是对那不寻常历史最好的诠释。

浪拍三桅船

　　一艘三桅船张开风帆，犁开船下的万顷碧波，海风吹来阵阵的涛声，在船旁低吟浅唱，这便是澳门的海事馆，位于妈祖庙对面的港湾，当年首批葡萄牙人登岸的地方。它虽建于1980年，1990年才迁往这里，可它展现的却是葡萄牙和中国海事的历史，也展示了澳门开埠以来历史留下的履痕，特别是中西文化融合交流的履痕。

　　1553年的一个月黑风高之夜，一支挂着葡萄牙国旗的船队，在珠江口伶仃岛悄然登陆，这是葡萄牙探险家澳维士率领的小船队，他们从葡萄牙马拉加出发，远渡重洋探险至此。他是第一个到中国的葡萄牙人。此时的葡萄牙在世界上号称海上强国，船队随后到了伶仃岛西岸的澳门，通过贿赂当时明代澳门官吏，取得停泊码头的权利，并开展了贸易活动。

　　1557年葡萄牙人进一步划出租借地开始定居，并将这块土地逐渐变成自己的管辖范围。1887年的《中葡会议草约》中塞进了"葡国永驻管理澳门以及属澳之地"的字样。1999年12月20日，中华人民共和国对澳门恢复行使主权，澳门终于回归祖国，这段历史经历了四个多世纪。

　　当年，随着远洋舰队而来的是一群群传教士，意大利的耶稣会，西班牙圣道明会等传教士们纷纷登陆澳门，并修建起了众多的教堂，最鼎盛期有20多座，使澳门成为当时亚洲最知名的"圣名之城"。以澳门旧城区为核心，通过相邻的广场和街道连为一体。这些古建筑至今保持原貌，是中国境内现存年代最远，规模最大，保存最完整的中西建筑相互辉映的一片历史城区。

中国最古老的教堂遗址，最古老的西炮台群，最古老的修道院，最古老的基督教坟场，第一座现代灯塔，第一座西式剧院，第一所西式大学，第一座西式医院都高度集中在这里。澳门是欧洲国家在东南亚地区的第一个领地。葡萄牙人居留澳门后，在这里修建了大批欧式教堂以及民居等建筑，而意大利、西班牙等西方国家也渗透其中。穿插其中的马路、横街小巷，都兼有海港城市和中外聚居的特色，突出体现了中西文化融合交流的风韵。

大三巴是澳门古建筑较为集中的区域，它包括大三巴牌坊、天主教艺术博物馆、大炮台、澳门博物馆等，而以大三巴为核心沿新马路两侧更分布众多教堂，既有西班牙天主教圣道明会修建的玫瑰圣母堂，也有意大利耶稣会的圣安多尼堂和圣若瑟修道院小堂，还有天主教奥斯定教会的圣奥斯定堂和葡萄牙人供奉的圣老楞佐堂以及澳门天主教最具规模的主教座堂，而大三巴本身又是圣保罗教堂的遗迹，从而使得这一带流溢着浓郁的宗教色彩。

大三巴牌坊位于澳门大巴街旁的一座小山丘上，地处澳门闹市区，是澳门最有名的建筑，"三巴"是葡萄牙文São Paulo（圣保罗）的粤语音译，大三巴牌坊其实就是以前的圣保罗教堂的石砌前壁遗迹，圣保罗教堂是意大利耶稣会在澳门开办的"天主之母"神学院的一座教堂，而建于1599年的"天主之母"神学院曾是当时远东第一所西式大学。圣保罗教堂建于1602年，是当时远东最大最古老的天主教堂。1762年，当时葡萄牙澳门总督方济各·马加尼雅士将耶稣会逐出澳门，关闭了神学院，1831年又将教堂改为兵营。1835年在一次兵营失火中，神学院各教堂都不幸被烧毁，仅残存教堂的石砌前壁部分。由于它的形状与中国传统牌坊相似，所以被称为"大三巴牌坊"。

大三巴牌坊横向五层，顶部是一个高高在上的十字架，十字架下的三角形顶层是一尊圣灵鸽子铜像，象征着上帝；旁边围绕着太阳、月亮及星辰的石刻，象征着圣母童贞怀孕瞬间那绚丽情景。在铜鸽下面是耶稣圣架雕像，旁边还刻着钉死耶稣的刑具。第三层的正中央刻着童贞圣母玛利亚雕像，雕像旁围

妈阁庙就位于西望洋山下，它依山面海，风光宜人，是澳门最古老的寺庙，有着500多年历史，与普济禅院、莲峰庙并称为"澳门三大禅院"。妈祖阁创建于明朝弘治元年（1488），庙内供奉的是护航海神妈祖，而东望洋山顶上的雪地殿堂，祭祀的是葡萄牙的护卫航海之神，一庙一堂，可谓"异曲同工"，无论是东方还是西方，出海者都指望有神灵保佑，只是信奉的神不同，看来渴望人身安全是全世界人共同的价值观。早年葡萄牙人初抵澳门于庙前滩头登岸，并以"玛阁"的闽南语意译为"MACAU"而成为澳门的葡称，妈阁庙因此成为澳门开埠的历史见证。那组扬帆的三桅船型的海事博物馆，就建在妈阁庙对面的海边，共同诠释中外航海的故事。

在西望洋山南面的西湾湖海湾，沿孙逸仙大马路耸立着象征中葡友谊的艺术雕像融和门，以及澳门最高的建筑——澳门旅游塔，塔高338米，据说是亚洲第八，全球第十的独立式旅游塔，于61层有一室外观光廊，可放眼饱览55千米以外的风景，除澳门尽收眼底之外，还可远眺南海风光和白云珠海。前者有点灰色的幽默，后者倒有极目海天的气派。

啊！一块土地最后的归宿，那是国力的角逐；一个地方的风光，会随着岁月而变——只有那沉淀的文化底蕴才是永恒的，特别是那中西融合的文化底蕴，那是对那不寻常历史最好的诠释！

历史长河永远荡涤一切的虚饰，时代有更迭，岁月有轮回，日月有升落，乾坤有浮沉。但是，给世间一片光明的，永远是太阳和月亮；活在人民心中的，永远是托起太阳和月亮的人……

情牵日月潭

素有台湾"天池"之称的日月潭，是台湾地区最大的天然湖泊，也是中国少数著名的高山湖泊之一。它位于阿里山以北，能高山之南。日月潭中有一小岛，远望像湖中的一颗明珠，名拉鲁岛。以此岛为界，北半湖形如旭日，南半湖弯似新月，故称日月潭。

日月潭之美，在于环湖重峦叠峰，湖面辽阔，潭水澄澈，波光潋滟。湖岸周长36千米，面积9.4平方千米，平均水深约40米。水面比杭州西湖略大，水深却超过西湖十倍，清人曾作霖说它是"山中有水水中山，山自凌空水自闲"。300年来，日月潭就凭着这"万山丛中，突现明潭"的奇景而成为宝岛诸胜之冠，在清朝时即被选为台湾八大景之一。

日月潭，四季景色各异。春天，烟雨迷蒙，一舟划破春水，峰峦叠嶂，两岸姹紫嫣红。夏天，清爽宜人，凉风随波徐来，古木浓荫，好个避暑胜地。秋天，漫山红遍，沟壑层林尽染，黄叶飘洒，铺满山间小路。冬天，难见冰雪，湖边芦苇飘荡，万千小鸟，云集岛上过冬。

日月潭，一日姿彩纷呈。清晨，万籁俱寂，湖水在山色的映衬下颇显几分神秘，偶尔传来几声鸟啼，更显一湖幽静。傍晚，夕阳西下，漫天彩霞，金色阳光洒在透亮的波影中，荡漾着温馨的气息，常见渔夫在撒网，飞出晚唱渔歌，网回金色希望。夜间，新月如钩，嫦娥的倩影倒映湖中，宁静而又优雅，秋虫与蛙鼓唱鸣，催人进入甜甜梦乡。

要读透日月潭，可荡舟，可步道，可登山。

荡舟最好选择在清晨。那天晨曦乍露，我们便来到日月潭的伊达邵码头，码头泊满了游艇，也系着小舟，这是日月潭最大的一个码头，品泽会馆就在潭边，这里就是邵姓人的聚居地。为了玩得更有点诗情画意，我们租了条小艇，船老大就姓邵，我们称他为邵叔，他一脸沧桑，极像一位渔民，可那嘴巴像导游般能说会道。说是游潭，倒不如说是在欣赏湖光山色，整个湖面都飘着薄薄的雾，周遭的一切仿如罩满一个迷蒙的梦，一切都看不清楚，一切都任凭你尽情地想象。

小舟荡开双桨，舟下碧水荡漾，湖上一帘烟水，微风徐来，烟水飘动，湖中片片小舟，像一群出浴的佳人，披着一袭轻纱，在婀娜多姿地起舞，让人如坠蓬莱仙境之中。偶尔还见三三两两的水鸟在湖面上掠过，有时还发出一两声啼叫，与咿呀的桨声合奏成动听的晨曲。天边尚未寥落的晨星和半山别墅疏淡灯光若隐若现地倒映在湖水中，时而昏黄，时而白炽，时而淡青，在湖中化作一圈又一圈的幻影。环湖的重峦叠峰，均在重重的岚影之中，当第一抹霞光射出，峰峦才揭开面纱，露出清秀而又充满阳光气息的面容。

啊，潭中首先闯入眼帘的是湖中一小岛，远远望去仿如浮在水面的一颗晶莹碧绿的明珠，这就是日潭与月潭以之为界的"珠屿岛"，也叫"拉鲁岛"。这小岛，昔日甚大，后因日本人建水电站而大部分被淹没，变得很小，日月潭的外形也随之变得不那么明显，倒像飘落在潭中的一片枫叶。不过，正因为其小，方便增"一屿孤浮四面空"之恢宏与旷达。拉鲁岛，为高山族之一的邵姓人祖先灵魂栖息之地，岛上古木擎天，溪流叮咚，游人很少前往。拉鲁岛虽小却特显神秘，现在仍有其神圣性和象征性的意义。

艇行至西北岸山脚，远远听见飞瀑怒吼雷鸣，原来不远处就是从浊水溪上游通过18千米长的大隧道引水入湖的入水口，这就是日月潭的水源，入水口喷出的水花，高达四至八米，势若蛟龙吐水，湍流排空，较之济南的趵突泉更为壮观。

船快靠青龙山脚，只见湖畔一道流溢着欧陆风格的亮丽风景迎面扑来，铁杉、柳杉和台湾杉高与天齐，抱成一座浓密的森林，点点日式小木屋和欧式小别墅错落有致地点缀其间，码头上泊满一艘艘游艇，邵师傅告诉我们，它叫青年活动中心，其实是一个度假村。中心还分杉村、梅村和竹村，是提供教育训练、集会、旅游、森林浴、休憩度假的最佳场所。我想，在此度假一定带上湿漉漉的水汽，这里少了都市那种繁华那种嘈杂，却多了一份恬静，多了一点灵气。

系舟登岸，首先走的涵碧步道，这步道有点像大陆湿地公园的栈道，都是用木搭成，步道平缓蜿蜒，环绕涵碧半岛水滨，穿梭于林荫花木以及小桥流水之间。近，可看潭水帆影；远，可看黛色远山。清晨漫步其中，可见五色鸟、山红头、绣眼画眉在林间跳跃与啼唱。行至潭畔码头可尽览慈恩塔、文武庙及涟涟碧水。登音乐亭是远眺青龙山脉及拉鲁岛的最佳地点，并可体会传说中青龙抢球的地理奥妙！蒋介石的行宫涵碧楼就因坐落在这涵碧半岛而得名，蒋介石的夫人宋美龄，就时常漫步于涵碧步道欣赏日月潭的日出日落，享受林间小道幽雅与宁静。步道两旁还栽了蒋夫人最喜欢的桂花、米兰、栀子花等灌木，当年人们要进这步道也不是那么随便，涵碧步道的入口叫梅荷园，为蒋介石先生当年悠居日月潭随从官兵岗哨要塞，以梅花精神给守卫的官兵戴上无我精神的桂冠，这里并没有梅与荷，不过倒有桂花、米兰的暗香在浮动。

桃米溪是桃米里中一段以绿色生态改造的河流，在改造的同时也建造了亲水公园，所谓亲水公园，就是我们所说的湿地公园。园中种满了椰子树、槟榔树、大叶榕，还有茄苳树和野牡丹。当然，还有美人蕉、夹竹桃、芦苇荡，更抢人眼球的是百亩荷塘、依依垂柳以及剪柳的春燕、啼唱的百灵鸟。据说傍晚还有满天的白鹭在溪上盘旋。这里溪水特别地清，清澈得可见溪中的游鱼和溪底的卵石，那飘落溪中的野菊花瓣，亦为流溪平添几分清香、几分诗意！这泉水凉得有点透心，把你满身的暑气驱赶得一干二净，一下拉近了人与大自然的距离。

日月潭的孔雀园，其实是潭畔的一个迷你型的动物园，乃蒋介石指示何应钦筑的，园中有200多只孔雀还有其他名贵珍禽，如山鸡、台湾蓝鹊、长尾雉、金鸡、银鸡与白冠鸡等。当然，园中最大的看点是孔雀开屏。开屏是公孔雀的权利，在孔雀的世界是由公孔雀来取悦母孔雀的，以达成传宗接代的目的。孔雀的叫声很特别，有点像猫咪叫春，而且只要一只叫两声，就会引起全体的附和，蛮有趣的。其实，孔雀亦会争宠，只要你大喊："孔雀不及火鸡靓！"便会引来一群孔雀争相开屏，那种五彩斑斓的色彩，真可谓美不胜收。看来，一些珍禽也有人性的一面。

登山观景，有三大去处。

文武庙，坐落在日月潭北山脉，背山面湖，气势磅礴，据说建于1932年，后经整修。正殿主祀的是关二爷，手执青龙偃月刀，长髯飘飘，一面凛然正气，名曰"武圣殿"；后殿主祀孔子，手捧书卷，长袍拖地，一面儒雅，和大陆各地一样称"大成殿"，名山大川古刹名殿我见过不少，像文武殿建于一处的我独见此家。

玄光寺临潭而建，位处日潭与月潭的陆地交界处，地理风水称该寺占据"青龙戏珠"之宝地。玄光寺建于1955年，外观为仿日式寺庙建筑。由于这里当初规划为临时安奉玄奘大师头部灵骨舍利之所，因此没有黛瓦朱柱映照，没有青松翠柏扶疏。寺内供奉玄奘大师金身，上悬"民族宗师"匾额，整座寺看上去显得简朴精致，深入探究却充满玄机……

玄奘寺在玄光寺的后面，位于青龙山巅，从玄光寺登1300多级台阶可直达玄奘寺。在甲午战争中，日本人在南京掠走玄奘法师的头顶骨舍利，1955年还灵骨到台，1958年安奉于日月潭畔的玄光寺。1965年11月，玄奘寺建成后，灵骨才迁入玄奘寺。玄奘寺牌楼下方，安放两头白象，中间绘有《玄奘大师西域行游图》。

玄奘寺共三层，一层正殿，中西合璧结构，殿门悬"玄奘殿"匾。殿内正中供奉玄奘法师负笈像。玄奘殿三楼有小塔曰"玄奘塔"，玄奘法师的头顶骨就安放于塔中，楼上也是玄奘寺的经典文库重地。寺院内有三座碑文，中间是巨幅主碑"大唐玄奘师传"，恭录玄奘法师生平。殿前还有鼓楼一座，登楼可击鼓可敲钟，晨钟暮鼓回荡于青龙山麓。

慈恩塔，位于青龙山顶，是蒋介石1971年为纪念母亲王太夫人所建，仿辽宋古塔式样八角宝塔，该塔建在海拔955米的青龙山顶，塔高9层，高约45米，塔顶正好海拔1000米。据说，慈恩塔塔顶是王太夫人的灵位，设有石桌石椅，可供休憩。慈恩塔是日月潭景区的制高点，站在塔顶，不仅可以看到日月潭、拉鲁岛，而且玄奘寺与慈恩塔同在一条轴线上。看来尽管日月潭这块风水宝地蒋先生占尽玄机，可怎也无法挽回其失败的命运。

猫兰山，坐落在日月潭的北侧，海拔1020米，登山路上，山谷地遍是云遮雾障的茶园，茶园中还有一栋三层高的木建筑，相当典雅古拙。据说日月潭是高山茶和阿萨姆红茶的主要产地。走过茶场，路旁有一排壮硕的锡兰橄榄树，红色的枯叶飘飘洒洒，铺满山间小路，风景煞是迷人。猫兰山是日月潭风景区的制高点，是俯瞰日月潭全景及观赏日出日落的最理想地点。

据悉，日月潭由玉山和阿里山的断裂盆地积水而成，而千百年来，民间却有两种传说，其中一种传说日月潭的发现要归功于一只神鹿。300年前的嘉义县，有40个山胞一起出去打猎，他们发现一只体形巨大的白鹿，于是开始追赶，白鹿向西方逃去，猎人们便尾随追踪。他们一直追了三天三夜，追进深山后，白鹿却在茫茫丛林中失去了踪影。他们不甘心又在山中搜索了三天三夜，直到第四天，穿过山林，面前豁然开朗，只见莽莽群山在苍苍林海重重包围之中，一泓澄澈明净的湖水正在阳光下闪动着粼粼波光，湖中有个小岛把湖水一分为二，一半圆如太阳，一半弯如新月，他们便把这美丽的湖泊命名为"日月潭"，把那小岛叫"珠屿岛"，于是回到家乡向部落首领汇报并建议搬迁到此，首领欣然同意，并率众迁居到此，这位首领就是邵岭酋长"毛王爷"毛信孚的祖先。

另一个传说是在玉山和阿里山之间，有一个大潭，里面住着两条恶龙，一天，恶龙为了好玩，竟将天上的太阳和月亮吞下，致使人世间分不清白天与黑夜，万物陷于混乱之中。为了找回太阳和月亮，当地一对青年男女——大尖哥和水社姐，历尽艰难险阻，在阿里山下寻找到恶龙最害怕的金斧和金剪刀，并与恶龙进行殊死的搏斗。最后恶龙命归西天，可是太阳和月亮还是沉落潭底，大尖哥吞下公龙的眼珠，水社姐吞下母龙的眼珠，霎时两人都变成巨人立在潭边，他们拔起潭边的棕榈树，各把太阳和月亮捞上来，再撑上天空。太阳和月亮高挂在天上，照耀大地，万物复苏。然而，大尖哥与水社姐变成矗立在河边的两座大山。后来人们便把这个大潭取名为"日月潭"。

直到现在，每年中秋，德化附近高山族的青年男女都会扛着长竹竿，带着精致的彩球，来到潭边庆祝中秋。他们跳起古老的民族舞蹈——春光舞、竹竿舞，唱起阿里山的民歌，节目的重头戏是模仿古老传说中大尖哥和水社姐托起太阳与月亮的舞蹈，让日月潭永远享有日月的光辉。

这两个古老传说之所以同时流传至今，也许是各有其合理的成分，前者赞扬的是自然生态环境之美，认为日月潭是天合之作，后者揭示的是人文底蕴，赞颂的是人类面对一切邪恶势力不屈服不妥协的斗争精神。

与日月潭一别就是十数载，但无时不在牵挂。日月潭不仅是一道风景，更是一种象征。历史长河永远荡涤一切的虚饰，时代有更迭，岁月有轮回，日月有升落，乾坤有浮沉。但是，给世间一片光明的，永远是太阳和月亮。活在人民心中的，永远是托起太阳和月亮的人。

岁月的风刀，可以把一普通的岩石雕成一件价值连城的艺术精品，也可以把它毁于一旦。只有民族之根，才是永恒的……

岁月风刀

在台湾转了一个圈，给我印象最深的是野柳。

野柳，野柳，多么浪漫的名字，古语有云：清清河边柳，月上柳梢头。柳是一片意境，柳是一种寄托，柳是一种向往，柳是一种思念。柳和情是孪生姐妹，可我在野柳寻找了大半天却没有柳的一丝踪影，那么野柳两字是从何而来呢？至今仍是个谜！不过，这个野字倒是十分贴切的。

野柳位于台湾北部，是一凸出海面的岬角，离台北市只有10余千米。这里如一只海龟蹒跚离岸，昂首拱背而游，因而又称之为野柳龟。野柳岬长约1600米，宽仅250米。在2000万年前，台湾仍在海里，由福建一带冲刷下来的泥沙，一层层堆积出砂岩层，600万年前的造山运动，把岩层推挤出海面，造成台湾岛，野柳是其中一部分。造山运动挤压时，在野柳的两侧雕出两道断层，断层易破碎易受侵蚀，所以两侧凹入，中间凸出形成海岬，地壳不断抬升，因而产生了单面山、海蚀崖、海蚀洞等地形。海蚀、风蚀等在不同硬度的岩层上作用，又形成一片土黄色和深褐色浑然一体的奇异怪石。那是凹凸起伏的蜂窝岩，一道道深浅宽窄不一的海蚀沟，大片大片的薹状岩，还有形如网状的风化窗等世界级的岩层景观，造成了千奇百怪的瑰丽景象。

野柳更像一座天然的雕塑公园，所不同的是，那些作品不是罗丹那样的雕塑大师的作品，而是海浪的噬咬，岁月的风刀雕刻而成。

这片奇石，数量最多最引人注目的非烛台石莫属了，全台湾惟野柳有之，全球亦属罕见。它位于平台与山丘交接的海岸边，尤其在秋冬季节吹起东北季风时，海边随之刮起巨浪，将烛台石的表面洗得光滑圆润，如此漂洗千万年后，水滚石不断沿着坚硬的结构外围冲刷侵蚀，渐渐雕出圆锥石形，中央露出坚硬结核如同蚀光，便完成一座座惟妙惟肖的烛台石了。

对于烛台石，有人说它更像女性浑圆高耸的乳房。野柳海滩是一个天然浴场，一大群女性一番海浴之后，躺在烛台下享受和煦的阳光浴，我们望到的更是一排排高低错落的乳林了。每年冬天，东北季风一吹，挟带而来的上涨潮水激起滔天浪花，瞬间便把这乳石吞没了，这乳石上总是长满珍贵的发菜，当地的渔民，经常冒着被海浪卷入海中的危险，在湿滑的乳石上采摘发菜，烛台石发菜犹如乳林中吐出的乳汁，养活了这一带世世代代的渔民。

在靠近海岸的是一大片形如老姜的姜石，隔着一条宽敞的海蚀沟，内侧则是大片凹凹凸凸的风化窗，再向内延伸，则是形似蘑菇的蕈状石。蕈状石的演变过程要经历千百年，它们一颗颗活像是一擎伞的大香菇，因此又被称为擎伞石。更让人感到惊奇的是有一条基岩伸出海面，经海浪的反复冲蚀，将这条平躺在海面的基石堤分裂成横竖排列整齐的"豆腐块"，人们叫它"豆腐岩"。还有分散在各景区的"仙女鞋""情人石""二十四孝石""龙头岩""卧牛石""海豹石""梅花石""珍珠石""玛瑙石""海蚀壶"，都形神兼备，各异其趣。

当然，最具冲击力的要数"女王头"了，它身高2米，是野柳的象征，也是台湾旅游业的一张名片。女王头本就是一个蕈状石，形成原因与其他蕈状石大致相同，因为它凸起在斜缓的石坡上，成因更主要的恐怕是岁月的风刀。由于它发髻高耸，颈项修长，鼻梁笔挺，微微仰首，美目远眺，无论从哪个角度看，面目、轮廓、神态都显端庄、高贵、优雅，让人们不得不赞叹造化之美妙，便称它为"女王头"。如今，它独领风骚数百年，饱经风霜，已经日见消瘦，在历史长河中，已经度过了蕈状岩的诞生期、无颈期、粗颈期，显然早已进入了细颈期，地质学家预计20年后，女王头很可能随时断颈，当它的颈部无法支撑头部的重量时，就会终结生命，美好的形象就会从人们的视野中消失。这当然为人们所痛心。在野柳守护灯塔的老伯，对女王石情有独钟，"9·21"地震，他顾不得回家，趴在窗台上忧心忡忡地看着"女王头"，生怕疯狂的地震把女王的脖子震断。

在野柳，潮涨潮落也是一大奇观。我们往大海延伸的单面山走去，经过玛玲岛脚下拾级而上，来到单面山的顶端，顶端是个平台，迎风面是险峭的断崖，野柳全收眼底，东面是浩瀚的东海，极目远眺，海天一色，俯首下望，不见帆影却见密布的礁石，在延向大海的石道上有一高耸的灯塔。涨潮时，海边风大，每当潮涌层层墙高的波浪，从四面八方向礁石扑来，发出阵阵怒吼，撞起千堆雪浪。退潮时，裸露出一片七彩纷呈的海滩，那里有很多海化动物的活化石，像海胆石、海龟石，还有许多五颜六色的贝壳以及造型精美的鹅蛋石，再加上岸边的美人蕉、龙舌兰、海鞭蓉、南国蓟等海岸植物，野柳蔚成一天然的海岸公园。

除了奇特的地质和怪异的石雕以外，野柳还是众多候鸟休憩的驿站，这里有大片的沼泽地，长满水草和灌木林，是候鸟们从西伯利亚到达台湾的第一站，也是北归时离开台湾最后一个可以歇脚的地方和每年南迁北归之地。除常见的鸟类外，还有白眉鸫、黄喉鸫、寿带鸟、戴胜、黄眉柳莺、灰鹤、黑鸫等稀有鸟种，黄昏时分，那种海浪轻拍，百鸟归巢的奇景也是野柳一绝。

野柳的风俗也颇为神奇。从第一景区走向第二景区的交界处，有个海蚀洞，俗称妈祖洞。因为这里曾捡了两尊神像，一尊据说是二百年前的农历四月十六日，被野柳村民在岸边洞口拾得，是妈祖神像，最后安奉在五千米外的金色里慈护宫中；另一尊是漳州人信仰的开漳圣王，目前供奉于野柳渔港边的保安宫中。

野柳村民会在发现妈祖像这天，举行隆重的仪式，迎接妈祖回野柳做客。据说，妈祖回野柳的当天早上，一定是阳光普照的退潮期，一等妈祖离开，便会纷纷扬扬地下起绵绵细雨来，并开始涨潮，淹没了妈祖洞，村民说这是妈祖舍不得离开才潸然泪下。

野柳渔港边的保安宫，供奉的是从妈祖洞捡来的神像开漳圣王。每年元宵节，野柳渔港的渔民，都按照漳州人的风俗，在这里举办刺激的神像净港过海过火仪式，以祈求渔汛丰收。正月十五，海风依然汹涌澎湃，停泊在渔港的渔船大放鞭炮，绕行渔港一周之后，一群年轻力壮的男信徒驾着神轿跃入冰冷的渔港，一路游向港口的对岸，这就是象征祛邪的净港过海仪式。上岸之后，立刻接受信徒们长串鞭炮的轰炸，神轿就在轰天动地的鞭炮阵中奔跃，场面相当热烈，具有驱灾纳财之意。庆典至此还有另一高潮，抬着神轿的壮士来到附近广场，这里早已铺满一地烧红的炭火，上面撒满了降温的盐巴米粒，轿头们一声令下，壮士们扛着神明赤足飞驰"过火"，一路扬起的阵阵浓烟，朦胧之中仿如神至。在领略了自然环境之后，有机会再领略一下这里的人文环境，也是一件天大的乐事。

在野柳观日，又是另一番情调。地点最好在野柳风景区旁的野柳渔港，只要在渔港住上一晚，那里落日的黄昏与东升的旭日一样辉煌，这时间段正好看到归帆与出海的壮丽图景。

这渔港，在野柳尚未驰名之前，便已在那成形，在岸边一排排吊脚楼吊在海边，每一幢楼都有一水埗码头，码头上都系着一叶小舟，每个阳台都跳出海面，在阳台上往沙滩椅上一躺，那便是观日落与日出的最佳地方。潮涨了，下面是一片汪洋，海浪拍打着码头，发出小提琴般的声响；潮退了，下面是一片海滩，看得见鱼儿在跳动，蟛蜞在爬行。

那一天，我们就挑了这么一间靠海的渔家旅舍住下。行李刚放下，正值如盘的夕阳就要沉入海底，那漫天飞舞的晚霞把大海染得一片赤彤，一艘艘归航的渔舟像一只只飞翔的鸥鸟向港口飞回，隐隐约约传来互答的渔歌。在岸边，渔家妇幼早在那守候，船泊岸了，她们抬着箩筐下船，把满筐银光闪闪的海鲜抬上岸。有的就地在码头交易，有的送进附近海鲜餐厅，大条船的鱼多，把大筐大筐的鱼送进了水产收购站。

我们请屋主黄伯帮忙挑了几斤海鲜，有白鲳、有海鳝、有乌头鱼，还有九节虾和螃蟹。黄伯是烹调海鲜的高手，为我们做了一顿丰盛的海鲜宴，黄伯当然成了我们的座上客，他一面饮着啤酒一边食着海鲜，一面跟我们讲起野柳的风土人情。原来他的祖先是从福建搬迁过来，什么妈祖做客，什么开漳圣王过海过火的风俗均是从福建的风俗传承过来的。

我忽然记起，那一年四月，连战先生大陆行，对礼品挑选格外精心，在千挑万选之后，选中台湾已故画家杨三郎的画作《野柳奇岩》《野柳风景》等作品。这些画作是杨三郎于20世纪70年代中期写生的代表作，画的是野柳凹形岬角，无尽的大海波涛，汹涌的浪花翻卷着涌入凹处，清澈的海水映照着蓝天白云，左边岩面上则矗立着一块蘑菇形的蕈状岩，正瞧大海的北面眺望，仿佛就是画家的化身，静观大海，心向北方。此画画风豪迈奔放，色彩鲜明，层层不息的海浪，如同作者奔腾不息的思绪，构成一幅澎湃浪漫，而又充满期盼的深情之作。这充满生命力的画卷，仅是一幅精美的风景画吗？连战送这画上北京，恐怕有更深一层的寓意吧？

晚上，这里的景色有点奇特，只见白天用四支楠竹，从四个角撑起的一张大渔网，在晒太阳，晚上却动了起来，他们就在自家的阳台上用牵绳操纵这大网，大网撒下时，一切风平浪静，大网收起时网上鱼跃虾跳，渔民驾起小船，拿上鱼兜，提着灯笼，一到网底，把上网之鱼一个反扣手兜上鱼兜，然后划船归岸。一切是那么娴熟，一切是那么充满诗意。夜晚渔港，摆的就是这种网阵。夜色迷蒙，云水蒸腾，我们只看见一盏盏渔火，在来回穿梭，像流星也像流萤，呈现出一片空灵而又飘逸的景象。

夜深了，涛声伴我入梦。次晨，我们被出海的号子唤醒，天刚露曙色，因为遭逢退潮，人们要把船儿弄出海边，有人在前面拉，有人在后面推，场景十分壮观。当船儿推到海面，一轮红日刚好在海天交接处喷薄而出，满天朝霞金光灿烂，整个海域金蛇闪动。船儿扬帆出海了，拨开那浓重的霞雾，追着那冉冉上升的金阳飞去。

离开野柳渔港，向台北奔去，禁不住回首瞭望野柳的景区，那"女王头"在朝阳照耀下，神采依然。啊，岁月的风刀，可以把一普通的岩石雕成一件价值连城的艺术精品，也可以把它毁于一旦。只有民族之根，才是永恒的！岁月越久它会扎得越深长得越壮，任何岁月的风刀都不能把它割断，也无法摧毁！

跋：好一个水云问渡

优游六合　思接千载

卢锡铭是资深出版人，在散文园地耕耘不辍，近年不断有新作问世，老干新枝，异军突起，在岭南散文家中独树一帜。卢锡铭的散文，视野宽阔。从天池到青海湖，从灯红酒绿的澳门赌场到古幽神秘的神农架，从潮州人建造的韩文公祠到洞庭湖边的岳阳楼，读之令人优游六合，思接千载，深究思理之妙，舒卷风云之色，展卷获益。此种发自真性情之文章，不事雕琢，不尚浮丽，"游"中有"思"，"思"中有"游"，或颂扬祖国大好河山，或关心底层民生民瘼，承韩愈、范仲淹之正脉，并具有新鲜之现代感，为当下所不多见。

在潮州笔架山麓的韩文公祠里，作者想到的是韩愈目睹天灾肆虐，百姓逃荒，上书皇帝缓百姓赋税而遭权臣陷害，被贬岭南阳山的不幸遭遇。但受过打击的韩愈，不因个人利害而接受"教训"，不改初心。当皇帝不惜国力，要举办一个大规模的迎佛骨活动时，他又不合时宜地洋洋洒洒写了近万言的《谏佛骨表》，其结果是"一封朝奏九重天，夕贬潮州路八千"。韩愈在这里定格，潮州人记住了他！历史记住了他！在作者写烟波浩瀚的洞庭湖的文章中，同样将焦点落在一腔浩然正气的范仲淹身上，借景抒怀，接天地之良心，发古今之正气，我认为这正是其文的肯綮，非一些花样文章可比。

范若丁（花城出版社原社长兼总编辑、《花城》杂志原主编）

知面丰盈　刺点诱人

　　卢锡铭的散文，自然与人文，历史与现实多空纠缠，呈巨齿咬合状；"知面"丰盈，"刺点"诱人。《枕沙听涛》，抒写闽、粤、台海上交叉点南澳岛，地理奇崛（郑和下西洋五经之地，华南第二大出海口，明代已获"海上互市"称号），文脉久远（有新石器时代的象山文化），而且"刺点"诡秘：1279年宋朝军队与蒙古军队在四会崖门大战，宋军全军覆灭，宋忠臣左丞相陆秀夫，背着少帝赵昺投海自尽，深圳赤湾有宋少帝赵昺墓，而南澳有陆秀夫公墓；南澳有龙井虎井马井三口神奇宋井，太子楼遗址古榕下密室，藏有宋帝大量珠宝。又如《挂在悬崖上的故宫》写武当与张三丰，《马帮驮来翡翠城》，写翡翠城与艾思奇。读之，很有喜感。

　　作者写故乡的一组散文，充满奇特和浓郁的乡土气息，《夜探零丁洋》写虎门海市蜃楼，"海光忽生，海面尽赤"奇闻，连被贬惠州的苏轼也欲购舟前往，引人不胜驰想；《梦泽家园》中，写麻涌狮子洋滩涂湿地八百亩野生莞草疯长，一累重达135斤的香蕉；《儿时的小河》描述莞盐莞草莞香三宝的出处以及远销五大洲的"咸水史"，以馨东莞之艳，道破东莞机枢，其家园爱意，让人想起了蒋光鼐的名句"红荔黄蕉是吾乡"。

黄树森（著名文化学者、广东省文艺批评家协会原主席）

深度抵达　始终在场

　　如同在香格里拉的原始森林，与一缕缕摇曳着的松萝（树胡子）相遇，惊讶于那种淡绿细密的触须，把波光般变幻的文字搂进胸怀。这显然是"在场"散文对内在性的尝试抵达所导致。

　　卢锡铭写自然，不取指点江山的姿态；写市井，不取旁观者的视角；写人事，不取悲天悯人的伉怨。他写新生，他写希望，写得酣畅，写得动情。

　　眼中形象，心底波澜，历史沉思，文化自信，总是从生活出发，从个体感悟出发，经过梳理，努力为作品赋予具有新鲜感的层面或内涵。

"不远处，格姆女神山，像一位刚刚在泸沽湖出浴的佳人，披着一袭轻纱，平卧岛上，头枕玉臂，仰望星空，这位当年为'走婚'奠基的女神在想什么……"卢锡铭伸出双手，欲言又止，狡黠地微微一笑，他想让读者来回答。

左多夫（高级编辑、《羊城晚报·花地》原主编）

长相守望　放飞精灵

好一个水云问渡！

仿若古乐《屈原问渡》八章，深勾浅抹，长挑短剔，舒缓处有如潺潺山泉，虽是曲折微澜，却教人恍然生起矶矴野渡的感觉，稍作凝视，竟也溪响天摇，水动石也动；及至急促处，更是万斛飞瀑，烟炎张天，令人叹为观止。

也不尽然，屈子问渡，端的是五岭那云遮，三湘那水隔，霜也凛，风也悲，去步踉跄，忧愤满腔。问渡渔父，渔父鼓枻踏歌而去："沧浪之水清兮，可以濯吾缨。沧浪之水浊兮，可以濯吾足。"这词儿也太轻佻了，以清浊定进退，圆通如斯，讨巧如斯，于刚正不阿的三闾大夫而言，不啻夏虫语冰，井蛙言海，何足与之诘辩？

自然，卢锡铭的水云问渡，就没有这些个隔阂了。他温和，宽厚，谦让，言简而又不失机锋的夫子风度，在圈子里是出了名的。正所谓文如其人，他的山水散文，可贵之处正在于不矫情，不托大，心手相应，真诚敦厚。此外，与其天性契合的还有一点，那便是乐山乐水之外，还颇得"看山是山，看水是水；看山不是山，看水不是水；看山仍是山，看水仍是水"之妙，恰似古往今来之仁者智者，"采菊东篱下，悠然见南山""相看两不厌，只有敬亭山""野旷天低树，江清月近人""高山流水琴三弄，明月清风酒一樽"，那山那水那人，此刻哪还分得出你我？简直就是同祖同宗，血脉相连，出入不舍，长相守望的至亲骨肉。

其实，与山水共呼吸，本就是人类的共同情结。1842年，德国探险家理查·舒姆堡刚一抵达位于美洲腹地的罗赖马山，就为"蕴含于大自然奇观中的崇高与永恒"所震撼，面对造物主的伟力，他深感自己卑微如草芥，连找个恰当的词儿来礼赞上天也无法办到。直到一个世纪之后，随着拉美著名作家卡彭铁尔的到来，这才将他的缺憾给补上。在卡彭铁尔眼里，这座库纳印第安人心目中的众山之父，"俨然是委内瑞拉、巴西和英属圭亚那交界处一座迎风挺立的瞭望塔""在那里，石头说着话，当面训斥人类。在那里，石头都经过修炼，当大山把磨玉米的石碾赐给人们时，它立即听懂了，并现出笑靥般的微微中凹的曲线"。由山而塔而石，凝视者所聚焦的是一段历史："正是它，挡住了一批又一批冒险家的去路，迫使他们流下绝望的眼泪""听任自己的遗骸和驴马的尸骨混杂在一起"。说话的石头，它的训斥与馈赠，不正是理查·舒姆堡所难以言状的崇高与永恒么？

一座山有一座山的品格，一条河有一条河的情操，一个湖有一个湖的气质，一片海有一片海的襟怀，卢锡铭笔下的山山水水，莫不着力于此。

展读全书，南方的山川湖海自不待说，便是"一江寒水清，两岸琼花凝"的北国雾凇之城，"仿佛每一基石每一台阶都能敲出几声梵音清咒"的五台寺庙群，"有如一块硕大无朋的翡翠嵌在茫茫大漠中"的阳关村舍，铁骨铮铮被誉为"大漠之魂"的轮台胡杨林，因卓玛姑娘而令人倍加向往的西南秘境香格里拉，"有最古老的记忆和最纯真脸庞"的稻城亚丁，"远看如喷火，近看如血染"的日月山，以及山脚下那道据传为眼泪化成的倒淌河，无不从书中向我们款款走来。我们或许无法洞察它们的全貌，但它们总会将最动人的一面呈现在我们面前，包括几可触摸的细部。它们都会说话，也都有着自己的喜怒哀乐甚至爱恨情仇，一如卡彭铁尔笔下的罗赖马山上的石头。

哦，还有，还有喀纳斯湖畔的《边声胡笳》、雪线之上的《高原圣湖》、拉萨城里的《红山圣殿》和《世界屋脊一条街》……卢锡铭以方块字重构的这些湖泊山川、殿堂民居，无一不带着深情的叩问，无一不带着久久偎依的体温。它们，分明就是一群被放飞的山水精灵！

伊始（广东省作家协会原副主席、广东文学院原院长）

后记

    这些年走南闯北，去过不少地方，留下不少记忆，也拍过一些照片，总想把它们整理出来，留下人生点点滴滴的履痕。本以为退下来就有时间去做这件事，哪知还要我当广东省期刊协会会长，后来还聘我当省人民政府参事，人闲心不闲，一搁浅就是整整十年。

    其实，这里很多文章，以前在报刊上发过，见于《南方日报》《羊城晚报》《广州日报》《花城》《随笔》《作品》《粤海散文》《广州文艺》《特区文学》《焦点》《潇洒》《华夏》《时代潮人》《潮人》《广府人》等，也被《散文》《作家文摘》《中外文摘》等转载过，被《中国散文评论》《散文选刊》整辑刊登和评论过。也有不少文章被选入各权威机构各类精品选辑的集子中。

    踏遍华夏的大好河山，绝对不仅是欣赏其湖光山色，哪怕是山山水水都不是纯粹的物化。山有魂，水有韵，物有语，人有文，山水、阳光、风情、人物都有其独特意味和深刻的内涵，都可悟出其中生活的哲思和挖掘出其中人文的底蕴，真可谓"心中若有桃花源，何处不是水云间"。这类文章我写的是行踪，也是心迹、也是感悟，往往是天地人生的一种交织、一种缠绕、一种圆融。书取名《水云问渡》叩问的就是融合之路，带有几分禅意而更多的是一种求索，所以很大部分文章都有意无意地流溢出探求的味道来。《点亮心灯》写的是佛教圣地五台山，我自然而然探讨起拜佛的要义来；《触摸泸沽湖》描绘了摩梭人浓郁的风土人情，"走婚"的来由和它究竟还能走多远便汩汩流淌于我的笔端；《洪荒遗踪》浓笔重墨地写了神农架的洪荒气息，我无法回避这块宝地的千古人物屈原和王昭君；《红山圣殿》写布达拉宫的辉煌，我却发现六世喇嘛仓央嘉措这个值得歌颂的"叛逆"形象；《最后的枕水人家》写了江南水韵，这水韵酿就多少杰出人物？于是夏同善和茅盾便跃然纸上；《岁月风刀》雕塑台湾野柳绝色风景，还预示了什么？这使我陷入了沉思……

中国地大物博，源远流长，一方水土养一方人。我们要靠大好河山来养我们的大气，靠这股大气去怡养我们的性情，去培育我们民族的自信，去激发我们热爱这片大地的豪情。中华民族有它独特的气质，黄河是华夏的母亲河，流淌着中华五千年文化的血脉，有咆哮的雄浑，有奔腾的激越，有奔流到海不复回的韧性，要实现复兴中华的"中国梦"，就要呼唤这种民魂的再造，我写壶口瀑布《民族魂的图腾》点的就是这个题。当然不是每篇文章都是这么凝重，但绝对不会纯是风花雪月，绝对不会是故作无病呻吟，而会出于一种文化情怀在烟水云山间来个问渡，把所思所想所悟向朋友倾诉，与读者交流，以期达到心灵上的沟通，认知上的共识。

这类文章，既好写又不好写。好写，写所见所闻所感，"有碗说碗，有碟说碟"，说完就完，不见意蕴、不见风骨，来个纯自然主义，这样写出来的文章，哪怕文辞最华丽也难免显得平庸、浅薄和苍白。不好写，要写出现场感，写出新角度，写出新观点，写出新内涵，挖掘出深刻的人文底蕴，要吐纳江山大气，要吸收日月精华，就谈何容易？景点还是那个景点，走过的人何止千万？写过的人又何止百千？要写出"人人心上有，个个笔下无"，对你的审美能力、观察能力、挖掘能力、概括能力、驾驭文字的功力，又是何其高的考验！我甘心接受这种考验，且想融报告与文学、历史与现实、自然景观与人文景观于一体。所谓报告，就是要把景观的来龙去脉交代清楚；所谓文学，就是要调动一切文学的手段去表现；所谓历史，就要有陈述源头的纵深感；所谓现实，就是写出时代的气息。自然景观，需要诗化的意境与语言；人文景观，需要哲思的深度与厚度。至于这种探索打多少分，只能让方家来评判了！

出这本书，得到很多朋友的支持和关注。广东教育出版社新老领导应中伟、陶己、曾宪志、朱文清、李朝明、夏丰鼎力支持，美编黎国泰认真设计了版面，省期刊协会黄秀玲为文章的录入花了不少心神，责编赖晓华、王晓晨、蔡潮生和编审邱方竭尽全力层层把关，著名作家任蒙在百忙中认真阅读了书稿，为我写了序。广东省文坛的"吉祥三宝"：花城出版社原社长兼总编辑、《花城》杂志原主编范若丁，著名文化学者、广东省文艺批评家协会原主席黄树森，著名影视作家、省文化终身成就奖获得者章以武教授，还有我的一班老友：高级编辑、《羊城晚报·花地》原主编左多夫，广东省作家协会原副主席、广东文学院原院长伊始，省作协副主席、二级教授郭小东，著名散文评论家、华南师范大学二级教授陈剑晖等对此书的出版特别地关心，他们分别写了序、跋及评论文章。原广东省新闻出版局老局长陈俊年、朱仲南对此更是关爱有加。当然，我还要特别感谢我的家人——我的爱人林雪梅、女儿女婿们，自始至终他们对我的写作都给予极大的支持，且这文中的很多地方都是一起去的。胞弟伟尧为封面提供了照片。还有很多的人关注这本书，并给予援手，在此一并致谢！

　　是为后记。

卢锡铭

二〇一七年九月二十六日

于羊城东堤湾